견인 도시 연대기

2

사냥꾼의
현상금
PREDATOR'S
GOLD

PREDATOR'S GOLD by Philip Reeve
Text ⓒ Philip Reeve, 2003
All rights reserved.

This Korean edition was published by Bookie Publishing House, Inc. in 2010
by arrangement with Scholastic limited
through KCC(Korea Copyright Center Inc.), Seoul.

이 책은 (주)한국저작권센터(KCC)를 통한
저작권자와의 독점계약으로 부키(주)에서 출간되었습니다.
저작권법에 의해 한국 내에서 보호를 받는 저작물이므로 무단전재와 복제를 금합니다.

사냥꾼의 현상금
PREDATOR'S GOLD

필립 리브 지음 · 김희정 옮김

지은이 **필립 리브**는 영국 판타지 소설계의 대표 작가이자 일러스트레이터. 2001년 『모털 엔진』을 출간하면서 곧바로 베스트셀러 작가 반열에 올랐고, 이듬해 이 책으로 '네슬레 스마티즈 어워드' 금상을 수상했으며 영국 최고의 문학상인 '휘트브레드 상' 최종 후보에 올랐다. 이후 그의 소설들은 『가디언』『데일리 텔레그래프』『타임스』의 호평 속에 워너브라더스 등의 메이저 영화사와 피터 잭슨 같은 유명 감독들이 영화 판권을 사들이는 등 출간될 때마다 화제를 모으고 있다.

주요 작품으로 '견인 도시 연대기' 4부작인 『모털 엔진』『사냥꾼의 현상금』『악마의 무기』『황혼의 들판』외에 『라크라이트』『아더 왕, 여기 잠들다』 '버스터 베일리스' 시리즈 등이 있다.

옮긴이 **김희정**은 서울대학교 영문학과와 한국외국어대학교 통번역대학원을 졸업했다. 현재 가족과 함께 영국에 살면서 전문 번역가로 활동하고 있다. 옮긴 책으로 『영장류의 평화 만들기』『내가 사는 이유』『우주의 마지막 책』, 함께 옮긴 책으로 『코드북』『두 얼굴의 과학』『그들이 말하지 않는 23가지』 등이 있다.

견인 도시 연대기2 **사냥꾼의 현상금**

2010년 6월 25일 초판 1쇄 발행
2019년 1월 10일 초판 4쇄 발행

지은이 필립 리브
옮긴이 김희정
펴낸곳 부키(주)
펴낸이 박윤우
등록일 2012년 9월 27일
주소 03785 서울 서대문구 신촌로3길 15 산성빌딩 6층
전화 02) 325-0846
팩스 02) 3141-4066
홈페이지 www.bookie.co.kr
이메일 webmaster@bookie.co.kr
제작대행 올인피앤비 bobys1@nate.com

ISBN 978-89-6051-087-6 04840
ISBN 978-89-6051-677-9 (전4권)

책값은 뒤표지에 있습니다. 잘못된 책은 구입하신 서점에서 바꿔 드립니다.

차례

PART  ONE

1. 얼어붙은 북쪽 나라 11
2. 헤스터와 톰 19
3. 승객 31
4. 용감한 자들의 고향 45
5. 폭스 스피리츠 53
6. 얼음밭 상공에서 66
7. 유령 도시 73
8. 겨울 궁전 84
9. 시설에 오신 것을 환영합니다 96
10. 분더캄머 106
11. 잠들지 못한 영혼들 120
12. 불청객 128
13. 휠하우스 140

14. 사냥꾼 도시 148

15. 헤스터 혼자서 166

16. 야간 비행 183

17. 헤스터가 떠난 후 190

18. 사냥꾼의 현상금 201

PART  TWO

19. 기억의 방 217

20. 신제품 230

21. 거짓말과 거미들 238

22. 스크류 웜 261

23. 해저 2만 리 275

24. 엉클 284

25. 팝조이 박사의 실험실 298

26. 큰 그림 310

27. 계단 315

28. 바람을 풀다 334

PART  THREE

29. 크레인 355

30. 앵커리지 366

31. 칼을 뽑은 사람 381

32. 밸런타인의 딸 392

33. 살얼음 418

34. 안개의 나라 432

35. 빙산 위의 방주 440

일러두기
본문의 각주는 옮긴이 주입니다.

PART ONE

PREDATOR'S GOLD

1
얼어붙은 북쪽 나라

일찍 눈을 뜬 프레야는 한동안 어둠 속에서 그대로 누워 있었다. 그녀의 도시가 강력한 엔진의 힘으로 얼음 위를 이동하면서 생기는 진동이 온몸에 느껴졌다. 아직 완전히 잠에서 깨지 않은 그녀는 자기가 침대에서 일어나는 것을 도와줄 하인들을 기다렸다. 그들이 이제는 모두 죽어 버렸다는 것을 깨닫기까지는 잠시 시간이 걸렸다.

프레야는 이불을 젖히고 아르곤 램프에 불을 켠 다음 벗어 던진 그대로 먼지를 덮어쓴 채 쌓여 있는 옷들을 헤치고 목욕탕으로 걸어갔다. 샤워를 해야겠다고 결심한 지 몇 주가 지났지만 용기를 내기가 힘들었다. 오늘 아침에도 샤워기 앞에까지는 갔지만 샤워기에 달린 복잡한 스위치와 레버들을 보고는 다시 한번 풀이 죽어 물러나고 말았다. 어떻게 해 봐도 샤워기에서 따뜻한 물이 나오지 않았다. 그래서 오늘도 그녀는 결국 작은 세면대에 물을 받아서 얼굴과 목에만

물을 묻혔다. 이젠 종잇장처럼 얇아진 비누가 전부였지만 프레야는 그것을 머리카락에 대충 문지르고 세면대 물에 머리를 푹 담갔다. 목욕 하인이 시중을 들었더라면 샴푸, 로션, 크림, 컨디셔너, 그리고 각종 향수가 다 동원되었을 것이다. 하지만 그 하인들은 모두 죽고 없었다. 이제 목욕탕 캐비닛에 줄지어 들어서 있는 각종 병들은 프레야에게 겁을 주는 존재일 뿐이었다. 선택할 것이 너무 많았기 때문에 프레야는 아무것도 사용하지 않는 쪽을 선택했다.

그래도 이제 스스로 옷을 입는 방법은 터득했다. 잔뜩 구겨진 채 바닥에 떨어진 드레스 중 하나를 집어 침대 위에 편 다음 프레야는 아래쪽에서부터 기어 들어가 한참을 옷 안에서 헤맨 다음 겨우 머리와 두 팔을 맞는 구멍으로 내보내는 데 성공했다. 털 장식이 달린 긴 겉옷은 그에 비하면 훨씬 수월했다. 하지만 단추를 잠그는 것은 여전히 어려웠다. 예전에는 항상 하인들이 몇 명씩 붙어서 옷에 붙은 수많은 단추들을 한번도 잘못된 구멍에 끼우는 일 없이 재빨리 채워 주곤 했다. 그것도 그날 벌어질 일들에 대해 서로 웃고 이야기하면서. 하지만 그들도 이제는 모두 죽고 없었다.

프레야는 장장 15분 동안 잡아당기고 더듬거리면서 헤맨 끝에 옷을 다 입은 자기 모습을 거미줄 낀 거울에 비춰 볼 수 있었다. '그리 나쁘진 않군. 여러 가지 사정을 감안하면 말이야.' 보석 같은 것을 좀 달면 더 나아 보일지도 모른다는 생각이 들었다. 그러나 막상 보석을 보관하는 방으로 가 보니 쓸 만한 것들은 하나도 없었다. 요즘

1. 얼어붙은 북쪽 나라

들어 계속 물건들이 사라지고 있는 것 같았다. 프레야는 그것들이 도대체 어디로 가는지 알 수 없었다. 그러나 어차피 비누로만 감아서 뻣뻣한 머리에 왕관을 쓸 기분도, 땟국물이 흐르는 목에 호박과 금 장식이 된 목걸이를 걸 기분도 나지 않았다. 어마마마께서 장신구도 걸치지 않은 프레야의 모습을 보셨다면 못마땅해하셨겠지만 어차피 어마마마도 돌아가신 지 오래다.

정적만 흐르는 궁전의 텅 빈 복도에는 먼지가 눈처럼 하얗게 쌓여 있었다. 프레야는 하인을 부르는 종을 친 후 그가 오기를 기다리면서 창문 밖을 내다봤다. 도시의 서리 낀 지붕 위로 흐릿한 북극의 여명이 밝아오고 있었다. 엔진 구역에서 돌아가는 톱니바퀴와 피스톤의 움직임에 맞춰 바닥이 떨리고 있기는 했지만 도시가 움직이고 있다는 실감이 나지 않았다. 지금 북극에서도 가장 북쪽인 하이 아이스 지역을 통과하고 있기 때문일 것이다. 이동하고 있다는 느낌을 줄 만한 이렇다 할 이정표도 없이 그저 뿌연 하늘을 반사해서 군데군데 번쩍이고 있는 하얀 평원만 하염없이 펼쳐져 있었다.

이윽고 제복을 입은 하인이 파우더 뿌린 가발을 바로잡으면서 도착했다.

"좋은 아침, 스뮤." 프레야가 말했다.

"좋은 아침입니다, 전하."

순간적으로 그녀는 스뮤를 자기 내실로 불러들여 쌓인 먼지도 어떻게 하고, 바닥에 널려 있는 옷들도 치우고, 사라진 보석들도 찾고, 그리고 샤워기 작동 방법도 물어보고 싶은 충동을 느꼈다. 그러나 스뮤는 남자였다. 마그라빈의 방으로 남자가 발을 들인다는 건 전통에 어긋나는 행동으로, 생각할 수도 없는 일이었다. 그래서 프레야는 대신 매일 아침마다 하는 말을 다시 했다. "아침식사실로 안내해요, 스뮤."

아래층으로 내려가는 엘리베이터를 스뮤와 같이 타고 가면서 프레야는 그녀의 도시가 빙하 위를 지나가는 광경을 상상했다. 커다란 흰 접시 위를 작고 까만 딱정벌레가 기어가는 장면이 머리에 떠올랐다. 문제는 그 딱정벌레가 어디로 가고 있는가였다. 스뮤도 그걸 궁금해하는 게 분명했다. 얼굴에 다 씌어져 있었다. 자꾸 뭔가 묻고 싶은 얼굴로 자기를 쳐다보는 표정을 보면 뻔했다. 방향조정위원회에서도 알고 싶어 했다. 배고픈 사냥꾼 도시들을 피해 이리저리 다니는 것은 그렇다 치더라도 지금은 그런 상황이 아니지 않은가. 이제 프레야가 도시의 미래를 결정해야 할 때가 온 것이다. 지금까지 수천 년간 앵커리지 시민들은 그런 결정을 라스무센 가문에게 맡겨 왔다. 라스무센 가문의 여자들은 특별한 사람들이었다. 60분 전쟁 이후 내내 앵커리지를 다스려 온 것도 그들이었고, 좋은 무역 상대를 만나고 얼음 함정이나 사냥꾼 도시들을 피하기 위해 어디로 가야 하는지를 알려 주는 얼음의 신들과 꿈속에서 대화를 하는 것도 그들이었다.

그러나 얼음의 신들은 라스무센 가문의 마지막 생존자인 프레야

1. 얼어붙은 북쪽 나라

의 꿈에 나타나지도, 그녀에게 말을 걸지도 않았다. 사실 이젠 거의 아무도 그녀에게 말을 걸지 않았다. 어쩌다 누군가 말을 걸더라도 그건 최대한 정중하게 도시의 방향을 언제 결정할지 묻기 위해서였다. '왜 나한테 물어봐요?' 프레야는 그렇게 소리 지르고 싶었다. '난 그냥 어린 소녀에 불과한데! 마그라빈이 되고 싶었던 적은 한 번도 없어요!' 하지만 이제 사람들이 그런 것을 물어볼 만한 대상은 프레야 말고는 아무도 남아 있지 않았다.

적어도 오늘 아침에는 프레야도 대답할 준비가 되어 있었다. 단, 사람들이 그 대답을 좋아할지는 모르는 일이었다.

프레야는 등받이가 높은 검은색 의자에 앉아 길고 검은 식탁에 차려진 아침식사를 혼자서 먹었다. 나이프와 티스푼이 그릇에 부딪혀 정적 속으로 울려 퍼지는 소리가 참기 힘든 소음처럼 느껴졌다. 그 늘진 벽에서 그녀의 거룩한 조상들이 프레야를 내려다보고 있었다. 그 초상화들마저도 초조한 표정으로 프레야가 도시의 방향에 대해 빨리 결정을 내리길 기다리는 듯했다.

"걱정들 마세요." 프레야는 초상화 속 조상들에게 말했다. "이제는 마음을 정했어요."

아침식사를 마치자 시종장이 들어왔다.

"좋은 아침, 스뮤."

"좋은 아침입니다, 얼음 평원의 빛과 같은 존재시여. 위원회가 전하를 알현하기 위해 기다리고 있습니다."

프레야가 고개를 끄덕이자 시종장은 아침식사실의 문을 열고 위원회 위원들을 들어오게 했다. 원래는 23명으로 구성된 방향조정위원회였지만 이제는 미스터 스캐비어스와 미스 파이뿐이었다.

윈돌린 파이는 키가 크고 수수하게 생긴 중년 여성으로 금발을 납작하게 머리 위로 말아 올리고 다녀서 얼핏 보면 무슨 빵을 머리에 얹고 다니는 것처럼 보였다. 작고한 수석 네비게이터의 비서였던 그녀는 지도와 도표들을 읽는 데는 문제가 없었지만 마그라빈 앞에서 너무나 긴장을 한 나머지 프레야가 코만 훌쩍여도 머리를 까딱이며 무릎을 굽히는 인사를 반복했다.

그러나 같이 온 위원회 동료 쇠렌 스캐비어스는 많이 달랐다. 앵커리지가 움직이기 시작하면서부터 내내 엔진 마스터를 지내 온 스캐비어스 가문 출신인 그는 이제 살아남은 사람들 중에서 프레야의 지위에 버금가는 거의 유일한 인물이었다. 모든 게 정상적인 시대였다면 프레야는 그의 아들 악셀과 다음 해 여름쯤 결혼했을 것이다. 엔지니어 계급의 비위를 맞추기 위해 마그라빈이 그중 한 명과 결혼하는 건 아주 흔한 일이었다. 그러나 이제는 정상적인 시대도 아니었고, 악셀도 더 이상 이 세상 사람이 아니었다. 그녀는 스캐비어스의 며느리가 되지 않아도 된다는 사실이 꽤 기뻤다. 그는 엄하고 말도 없는, 그야말로 우울하기 그지없는 노인네였다. 그가 입고 다니는 검은 상복이 아침식사실의 그림자에 파묻혀 데스마스크같이 허연 그의 얼굴만 괴기스럽게 공중에 떠다니는 것처럼 보였다.

1. 얼어붙은 북쪽 나라

"안녕하십니까, 전하." 스캐비어스가 뻣뻣하게 허리를 굽히며 말했다. 미스 파이는 그 옆에서 인사를 하며 얼굴을 붉혔다.

"현재 도시의 위치가 어떻게 되지요?" 프레야가 물었다.

"전하, 탄호이저 산맥에서 북쪽으로 200마일가량 떨어진 곳입니다." 미스 파이가 지저귀듯 말했다. "바다 얼음도 단단하고 다른 도시들도 눈에 띄지 않습니다."

"엔진 구역에서 전하의 지시를 기다리고 있습니다. 얼음 평원의 빛과 같은 존재시여." 스캐비어스가 말했다. "동쪽으로 다시 돌아갈까요?"

"안 돼요." 프레야는 몸을 떨었다. 과거에 다른 도시에게 잡아먹히기 직전까지 갔던 일들이 생각나서였다. 동쪽으로 돌아가거나 교역을 하기 위해 남쪽으로 방향을 돌려 얼음 평원의 가장자리까지 가기라도 하는 날이면 아크에인절의 사냥단이 그 소식을 듣고 군침을 흘릴 것이 뻔했다. 엔진실에서 일할 사람이 얼마 남지 않은 마당에 아크에인절과 같은 사냥꾼 도시로부터 다시 도망칠 수 있을 것 같지 않았다.

"서쪽으로 향하는 게 어떨까요, 전하?" 긴장된 목소리로 미스 파이가 제안했다. "그린란드 동쪽 가장자리에서 작은 타운들이 겨울을 납니다. 그 타운들과 무역을 할 수 있을지도 모르지요."

"안 돼요." 프레야는 단호하게 말했다.

"그러면 다른 목적지라도 마음에 두고 계십니까, 전하?" 스캐비어스가 물었다. "얼음의 신들이 계시를 내리셨습니까?"

프레야는 엄숙하게 고개를 끄덕였다. 사실 그 아이디어는 한 달 넘게 머릿속으로 계속 심사숙고하고 있던 것이었다. 얼음의 신들이 계시를 내려서 그 아이디어가 떠오른 것 같지는 않았다. 하지만 사냥꾼 도시들과 질병, 그리고 정찰 비행선들로부터 도시를 안전하게 지킬 수 있는 방법은 그것밖에 없어 보였다.

"죽은 대륙으로 경로를 잡으세요." 프레야가 말했다. "고향으로 돌아가는 겁니다."

PREDATOR'S GOLD

2
헤스터와 톰

헤스터 쇼는 행복이라는 것에 서서히 익숙해지기 시작했다. 굶주린 배로 진흙 밭을 헤매면서 대 사냥터의 구덩이와 고물 수집 타운을 전전하던 인생을 뒤로 하고 마침내 세상에서 자기 자리를 발견한 느낌이었다. 자기 소유의 비행선 제니 하니버가 있었고(지금 앉은 자리에서 목을 빼서 보면 17번 기둥에 서 있는 잔지바발 향신료 화물선 너머로 제니의 붉은 기낭 위쪽이 살짝 보였다), 그리고 톰이 있었다. 친절하고, 잘생기고, 똑똑한 톰! 헤스터가 온 마음을 바쳐 사랑하는 톰. 게다가 그 모든 악조건에도 불구하고 톰도 자기를 사랑하는 것 같았다.

한동안 헤스터는 이런 상태가 오래 가지 않을 거라 확신했다. 그녀와 톰은 너무도 달랐다. 헤스터는 누가 봐도 아름답다고 할 인물은 못 되었다. 키가 크고 허수아비처럼 깡마른 몸매에 녹슨 쇠 빛깔의 머리카락은 빡빡하게 두 갈래로 땋아 내렸고, 예전에 칼에 당한 상처 때문에 얼굴은 두 동강이 나서 눈 하나와 코 대부분을 잃은데다 입은 뼈드렁니가 드러난 채 항상 비웃는 듯한 각도로 영원히 고정되고 말았다. '오래 가지 않을 거야.' 정비공들이 제니 하니버를 수리하는 사이 블랙 아일랜드에서 묵는 동안 헤스터는 줄곧 그렇게 생각했다. 그 후 아프리카로 내려갔다가 아메리카로 향하면서도 헤스터는 '그저 동정심에서 나랑 같이 있어 주는 거야.'라고 생각했다. '도대체 내 어디가 좋아서 나랑 같이 있어 주는 걸까?' 남극에서 원유를 채취하는 커다란 도시들에게 필요한 물품을 조달하면서 돈을 많이 벌 때도, 그 후 티에라 델 푸에고 상공에서 비행 해적들을 따돌리느라 속도를 내기 위해 싣고 있던 화물들을 모두 내버려서 빈털터리가 되었을 때도 헤스터는 줄곧 그것이 궁금했다. 무역 상선들과 함께 푸른 대서양 위를 다시 비행하면서 그녀는 또 한번 '이 상태가 절대 오래 갈 수는 없어.' 하고 중얼거렸다.

그러나 그 상태는 오래 갔다. 2년 이상이나 계속된 것이다. 9월의 햇살을 받으며 에어헤이븐의 번화가에 위치한 카페 크럼플 존의 발코니에 앉아서 헤스터는 이 상태가 영원히 계속될 수 있다는 것을 마침내 믿기 시작했다. 그녀는 테이블 밑으로 톰의 손을 꼭 쥔 채 특유의 비뚤어진 미소를 지어 보였다. 톰은 사랑에 가득 찬 눈길로 헤스터를 바라봤다. 톰의 도시가 죽던 날 밤, 메두사의 빛을 받으며 그녀가 처음 그에게 키스했던 때 자기를 바라봤던 눈길과 하나도 다른 게 없었다.

2. 헤스터와 톰

올가을 에어헤이븐은 북쪽으로 이동해서 지금은 서리 황무지 위 몇 천 피트 상공에 정박해 있었고, 여름철 몇 개월간 계속되는 백야 (白夜) 동안 얼음 위를 누비고 다니던 작은 고물 수집 타운들은 그 밑에 모여들어 교역을 하고 있었다. 날아다니는 자유 무역 도시 에어헤이븐의 정박장으로 줄지어 올라온 기구들에서 갖가지 색 옷을 입은 고물 수집상들이 쏟아져 나왔다. 그들은 초경량 금속으로 만들어진 에어헤이븐의 갑판에 발을 딛는 순간부터 팔기 위해 가지고 온 물건들을 소리 높여 외쳐 대곤 했다. 얼어붙은 북쪽 땅은 잃어버린 테크놀로지 유물들을 다시 파내는 고물 수집상들에게 좋은 사냥터였다. 막 수집 여행에서 돌아온 이들은 스토커 부품이라든가 고대 테슬라 총 조각들, 그리고 지구상에 존재했다 사라진 수많은 문명들이 남기고 간 기계들의 이름 모를 잔해들을 파느라 바빴다. 간혹 60분 전쟁 직후 하이 아이스에 묻힌 후 이제야 처음 햇빛을 본 고대 비행 기계의 잔해도 보였다.

그들의 아래 남쪽 그리고 동쪽, 서쪽으로는 서리 황무지가 아스라이 펼쳐져 있었다. 눈이 닿는 곳까지 지평선이 끝없이 뻗어 나간 서리 황무지는 1년 중 8개월 이상을 얼음의 신들이 지배하는 추운 자갈밭이었다. 타운들이 남기고 간 바큇자국의 그늘진 바닥에는 이미 눈이 쌓여 있었다. 북쪽으로는 대 사냥터의 북쪽 경계를 이루는 화산인 탄호이저 산맥이 검은 현무암 병풍처럼 둘러쳐져 있었다. 그 중 몇 개는 아직 화산 활동이 계속되고 있어서 분화구에서 나오는 짙은 회색 연기들이 하늘을 받치고 선 기둥 같아 보였다. 그 산맥들 사이 화산재 베일 너머로 희미하게 하늘과 땅의 구분도 없이 그냥 온 세상이 하얗기만 한 얼음 황무지가 보였다. 그리고 그 하얀 얼음 위로 무언가가 움직이고 있었다. 거대하고 더럽고 아무도 멈출 수 없을 것 같은 분위기의 그 물체는 마치 산 하나가 산맥에서 떨어져 나와 혼자 떠돌아다니는 것처럼 보였다.

헤스터는 코트 주머니에서 망원경을 꺼내 눈에 가져다 대고 그 거대한 물체를 보기 위해 다이얼을 돌렸다. 갑자기 초점이 맞자 헤스터는 그것이 다름 아닌 거대 도시임을 깨달았다. 공장, 노예 숙소 등이 있는 여덟 층짜리 갑판, 검댕을 열심히 내뱉고 있는 대형 굴뚝들, 도시 뒤쪽 프로펠러의 후류를 타고 있는 스카이 트레인, 배기가스에서 불완전 연소된 광물을 채집하느라 배기관 근처에 붙어 있는 기생 비행선들, 그리고 눈과 돌가루가 섞여 날리는 바람에 보였다 안 보였다 하며 돌아가고 있는 하단부의 커다란 바퀴들….

"아크에인절!"

톰은 헤스터한테서 받아 든 망원경을 자기 눈에 대면서 말했다. "맞아. 여름에는 탄호이저 산맥 북쪽 어귀에 잠복해 있다가 지나가는 작은 고물 수집 타운들을 사냥하지. 북극 얼음이 옛날보다 훨씬 두꺼워지기는 했지만 여름이 다 가기 전까지는 아크에인절의 무게를 견뎌 내지 못할 정도로 얼음이 녹는 지역들이 생겨서 그보다 더 남쪽으로는 내려오지 못해."

2. 헤스터와 톰

헤스터가 웃음을 터뜨렸다. "만물박사님!"

"나도 어쩔 수가 없어." 톰이 말했다. "내가 원래 역사학자 길드의 견습생이었잖아. '위대한 견인 도시' 리스트가 있었는데 그걸 다 외워야 했거든. 아크에인절은 리스트의 거의 제일 위에 있었던 도시라 잊어버릴 수가 없지."

"잘난 척하기는!" 헤스터가 불평을 계속했다. "짐브라나 잔-산단스키 같은 도시였으면 좋았을걸. 그럼 너도 그렇게 유식한 척하지 못했을 텐데."

톰은 다시 망원경을 열심히 들여다보고 있었다. "얼마 가지 않아 바퀴를 들어 올리고 썰매 날을 내린 다음 썰매 도시들과 눈유목민 타운들을 사냥하러 나설 거야."

그러나 지금 당장은 아크에인절도 무역만 하는 데 만족하고 있는 것 같았다. 도시 전체가 탄호이저 산맥에 난 통로를 지나기에는 너무 덩치가 큰 탓에 몇몇 비행선들이 안개를 뚫고 남쪽으로 내려와 에어헤이븐으로 왔다. 제일 앞장서서 날아온 비행선이 에어헤이븐 주변에서 북적대는 기구들 사이로 도도한 곡선을 그리며 6번 부두에 착륙하기 위해 고도를 낮췄다. 톰과 헤스터가 앉아 있는 곳 바로 아래쪽이었다. 둘은 그 비행선의 정박용 클램프가 부두에 연결되면서 나는 진동을 희미하게 느꼈다. 늘씬하게 잘빠진 단거리 공격용 비행선이었는데 검은 기낭에 붉은 늑대 그림이 그려져 있었고 그 밑에 고딕체로 '클리어 에어 터뷸런스'라는 이름이 씌어져 있었다.

방탄 처리가 된 곤돌라에서 덩치 큰 남자들이 으스대는 몸짓으로 나오더니 부두를 따라 발을 쿵쿵거리며 번화가 쪽으로 걸어갔다. 커다란 몸집에 털코트를 입고 털모자를 쓴 그들의 셔츠 밑으로 쇠사슬 갑옷이 차갑게 번뜩였다. 그중 한 명은 쇠로 된 헬멧을 쓰고 있었는데 축음기 나팔관처럼 생긴 커다란 확성기 두 개가 달려 있었고, 헬멧에서 나온 전선이 옆에 선 남자가 쥔 마이크에 연결되어 있었다. 마이크를 쥔 남자가 계단을 오르면서 하는 말이 에어헤이븐 전체에 울려 퍼졌다.

"공중인들이여, 인사 받으시오! 하이 아이스의 악몽, 북극의 회초리, 스피첸버그 정착 도시의 파괴자, 위대한 아크에인절에서 보내는 인사를 받으시오! 썰매 도시들의 위치에 대한 정보와 황금을 맞바꿀 용의가 있소! 실제 도시를 잡게 되면 정보 제공자에게 금화 30개를 포상금으로 내리리다!"

그 남자는 톰과 헤스터가 앉아 있는 크럼플 존의 테이블 사이를 누비면서 계속 같은 말을 외치고 다녔다. 주변에 있던 비행사들은 모두 고개를 저으면서 얼굴을 찡그리고 돌아앉았다. 사냥감이 너무 드물어지자 큰 사냥꾼 도시들이 사냥감에 대한 정보를 알려 주는 사람에게 보상을 하기 시작했고, 아크에인절을 비롯한 일부 도시들은 그런 일을 아예 공개적으로 광고하고 다녔다. 정직한 비행 무역상들은 작은 썰매 도시들을 방문하는 것조차 아예 금지당할까 봐 걱정하기 시작했다. 작은 도시들 입장에서는 섣불리 정박 허가를

2. 헤스터와 톰

내 췄다가 그 비행 무역상이 바로 다음 날 아크에인절 같은 대도시로 날아가 자신들의 위치를 밀고할 위험이 있었기 때문에 언제 그들의 접근을 금지할지 모르는 일이었다. 비행 무역상들 사이에는 항상 밀수꾼, 파트타임 해적, 그리고 생각보다 이윤을 많이 내지 못해서 절박해진 무역상 등이 섞여 있게 마련이었다. 그들 중에는 약탈자들이나 다름없는 사냥꾼들이 내건 황금을 양심에 거리낌 없이 받을 사람들이 얼마든지 있었다.

"올여름 키미투, 브리드하빅, 앵커리지에서 교역을 하고 그 도시들이 어디서 겨울을 날지 아는 사람은 나를 찾아오시오. '가스백과 곤돌라'에 있을 테니." 그 남자는 계속 소리치고 있었다. 젊고, 멍청하고, 돈 많고, 잘 먹고 산 사람처럼 보였다. "금화 30개! 1년 쓸 연료와 부양 가스를 살 돈은 충분히 되고 남는 액수요!"

"저자가 피오트르 마스가드야." 헤스터는 옆 테이블에 앉은 한 흑인 여비행사가 일행들에게 하는 소리를 들었다. "아크에인절 디렉토르의 막내아들이지. 저 패들을 사냥단이라고 부르는데 그냥 정보만 사고 다니는 게 아니라 아크에인절이 따라잡기에 너무 빠른 도시들에 먼저 비행선을 몰고 날아가서 강제로 멈추게 하거나 진로를 바꾸게 한대. 칼을 목에 대고 위협해서 아크에인절 입에 스스로 걸어 들어가게 만드는 거지!"

"그건 너무 불공평해!" 옆 테이블의 대화를 듣고 있던 톰이 외쳤다. 불행하게도 그 순간 우연히 마스가드가 말을 잠깐 멈춰 정적이 흐르고 있었기 때문에 톰이 내뱉은 말을 카페 사람 전체가 다 듣게 되었다. 마스가드가 뒤로 돌아섰다. 그의 커다랗고 잘생긴 얼굴이 차가운 미소를 띠고 천천히 톰을 내려다봤다.

"불공평하다고, 공중인? 뭐가 불공평한데? 도시가 도시를 잡아먹는 세상이야, 아시다시피!"

헤스터는 긴장했다. 톰에 대해 절대 이해할 수 없는 것 중의 하나는 그가 늘 모든 것이 공평해야 한다고 생각한다는 점이었다. 그렇게 자라서 그렇겠지 하고 추측하기는 했다. 고물 수집 타운에서 자기 머리만 믿고 몇 년 살다 보면 그런 생각일랑 완전히 잊어버릴 것이 분명했다. 그러나 역사학자 길드의 그 모든 규칙과 관습 속에서 자라난 덕에 톰은 가끔 현실을 잊고 아직도 마스가드 같은 사람을 보면 충격을 받을 여지를 마음 한 켠에 남겨 놓고 있는 것 같았다.

"제 말은… 그게… 도시진화론의 규칙이란 규칙은 모두 어기는 거라…" 톰은 덩치 큰 마스가드를 올려다보며 설명했다. 자리에서 일어서 봤지만 아직도 마스가드를 올려다보기는 마찬가지였다. 그는 톰보다 머리 하나 하고도 반은 더 컸다. "빠른 도시들이 느린 도시들을 먹고, 강한 도시들이 약한 도시들을 먹는 겁니다. 그게 바로 규칙이지요. 자연의 섭리대로 말이죠. 정보 제공자에게 황금을 약속하고 그런 식으로 사냥감을 하이재킹하는 건 균형을 깨는 짓이에요." 마치 마스가드가 역사학자 길드 견습생의 토론 클럽 상대자나 되는 것처럼 톰은 계속 말을 이었다.

2. 헤스터와 톰

 마스가드는 활짝 웃더니 털코트를 옆으로 젖히고 칼을 빼 들었다. 주변에 앉아 있던 사람들이 비명을 질렀다. 사람들이 자리를 피하기 위해 서둘러 일어나는 바람에 의자들이 넘어졌다. 헤스터는 마스가드의 칼에서 눈을 떼지 않으면서 톰을 천천히 뒤로 끌어당겼다. "톰, 이 바보 멍청이! 그만둬!"
 마스가드는 헤스터를 한동안 노려보다가 갑자기 웃음을 터뜨리며 칼을 다시 칼집에 꽂았다. "봐! 저 쬐그만 비행사가 이쁜 여자애를 호신용 마스코트로 데리고 다니는구먼!"
 그의 일행이 마스가드와 함께 웃음을 터뜨렸다. 헤스터는 얼굴을 붉히면서 오래된 빨강 스카프를 추켜 올려 얼굴을 가렸다.
 "나중에 한번 찾아오지!" 마스가드가 소리쳤다. "이쁜 숙녀들은 언제나 환영이야! 잊지 마. 어떤 도시가 어디로 가는지 알면 언제라도 찾아와. 금화 30개면 제대로 된 코 하나는 살 수 있을 거야."
 "기억하지." 헤스터는 톰을 재빨리 옆으로 밀면서 말했다. 분노가 마치 새장에 갇힌 까마귀처럼 그녀의 가슴속에서 세차게 퍼덕거리고 있었다. 그 자리에서 쫓아가 싸우고 싶은 마음이 굴뚝 같았다. 마스가드가 으스대며 칼을 뽑아 대기는 했지만 제대로 쓸 줄 모르는 게 분명했다. 그러나 어둡고, 흉악하고, 꼭 원수를 갚고야 마는 성격은 요즘 들어 자꾸 드러내고 싶지 않은 부분이었기 때문에 헤스터는 그냥 지나가는 마스가드의 마이크 줄을 칼로 끊는 것으로 만족했다. 다음번에 으스대며 사람들 앞에서 이야기하려고 할 때

웃음거리가 될 사람은 바로 마스가드일 것이다.

"미안." 부두 쪽으로 급히 내려가면서 톰이 부끄러운 듯 말했다. 이제는 온 부두가 아크에인절에서 내린 상인들과 관광객들로 붐볐다. "그럴 생각은 아니었는데… 난 그냥…."

"괜찮아." 헤스터가 말했다. 사실 진짜 톰에게 하고 싶었던 말은 가끔 그렇게 용감하고 어리석은 행동을 하지 않으면 그건 톰이 아니라는 말, 그런 톰이 아니었다면 이렇게 사랑하게 되지도 않았을 거라는 말이었다. 그러나 그런 생각을 다 말로 표현할 수 없었기 때문에 그녀는 그냥 톰을 갑판 받침대 아래쪽에 있는 작은 공간으로 밀어 넣고, 아무도 보고 있지 않다는 걸 확인한 다음 깡마른 팔로 그의 목을 껴안고 베일을 내리면서 입을 맞췄다. "여길 떠나자."

"아직 화물이 없잖아. 모피상을 찾아가지고…."

"여긴 모피상이 없어. 올드-테크 가진 사람들밖에 없잖아. 그런 물건 싣고 다니고 싶은 생각은 없지, 그렇지?" 톰이 결정을 못 하고 망설이자 헤스터는 그가 더 이상 다른 말을 하기 전에 다시 한번 입을 맞췄다. "에어헤이븐이 이젠 지겨워졌어. 다시 새의 길로 돌아가고 싶어."

"좋아." 톰이 말했다. 그는 미소를 지으며 그녀의 입과 볼 그리고 상처가 지나가면서 울퉁불퉁해진 눈썹을 쓰다듬었다. "맞아. 북쪽 하늘은 이만큼 봤으면 됐어. 떠나자."

하지만 일이 그렇게 쉽게 풀리지는 않았다. 제니 하니버가 정박해

2. 헤스터와 톰

있는 17번 부두로 걸어간 둘은 비행선 옆에 커다란 가죽 가방을 놓고 그 위에 앉아 있는 사람을 발견했다. 마스가드의 조롱에서 아직 완전히 회복하지 못한 헤스터는 얼른 다시 얼굴을 가렸다. 톰은 잡고 있던 그녀의 손을 놓고 처음 보는 남자 쪽으로 다가갔다.

"안녕하세요!" 남자가 일어서며 인사를 했다. "미스터 내츠워디와 미스 쇼 맞으시죠? 이 훌륭한 비행선의 소유주라고 들었습니다만. 아이고, 항구 관리사무소에서 두 분 다 아주 젊다는 얘기를 듣긴 했습니다만, 이렇게 젊을 줄이야. 거의 어린애들이시구먼!"

"저는 열여덟 살이 거의 다 됐습니다." 톰이 방어적인 태세로 말했다.

"괜찮아요, 괜찮아요! 나이야 적든 많든 무슨 상관이겠어요. 마음이 중요하지. 두 분 다 넓고 관대한 마음을 가졌을 게 분명한데. 내가 사무소에서 일하는 사람한테 저 잘생긴 청년이 누구냐고 물었더니 저 분은 바로 토머스 내츠워디인데 제니 하니버의 소유주라고 알려 줍디다. 그래서 내가 속으로 그랬지. 저 젊은이야말로 내가 찾고 있던 바로 그 사람일지 몰라. 그래서 여기 와 기다린 거라오."

그 남자는 자그마한 체구에 이제 막 머리가 빠지고 배가 나오기 시작한 것 같았고, 잘 다듬은 흰 턱수염을 기르고 있었다. 북쪽 지방을 헤매는 고물 수집상들의 전형적 복장인 긴 털코트, 털모자, 주머니가 많이 달린 상의, 두꺼운 칠부 바지, 그리고 안에 털을 댄 부츠 등을 입고 있었다. 그러나 한 가지 다른 점은 그가 걸치고 있는 모든 것이 너무 비싼 물건들이라는 점이었다. 마치 연극에서 얼음 황무지의 고물 수집상 역할을 하기 위해 솜씨 좋은 재단사가 무대 의상을 만들어 입힌 느낌이었다.

"자, 어때요?" 그가 말했다.

"뭐가 어떻다는 말이에요?" 잔뜩 떠벌려 대기만 하는 이 낯선 사람에게 전혀 호감을 느끼지 못한 헤스터가 무뚝뚝하게 물었다.

"실례합니다만, 무슨 말씀이신지 저희는 잘 모르겠습니다…." 톰이 좀 더 예의를 갖춰 말했다.

"아, 실례했습니다. 용서하세요." 그 남자가 계속 주절주절 말을 이었다. "좀 더 자세히 말씀 드리도록 허락해 주십시오. 제 이름은 페니로얄입니다. 님로드 보리가드 페니로얄! 최근에 저 드높은 화산 지역 탐험을 마치고 집으로 향하는 길이지요. 귀하의 멋진 비행선에 탑승을 원합니다."

PREDATOR'S GOLD

3
승객

페니로얄이라는 이름은 많이 들어 본 듯하기는 했지만 어디서 들었는지 생각이 나지 않았다. 역사학자 길드 견습생 시절 강의실에서 들었던 것 같기는 한데 강의에 나올 정도로 중요한 일을 한 것이 무엇이었는지 전혀 기억할 수 없었다. 엉뚱한 상상을 하느라 너무 바빠 선생님들이 무슨 말을 하는지 귀를 기울일 여유가 없었던 것이다.

"승객은 안 받아요." 헤스터가 단호하게 잘라 말했다. "남쪽으로 향하는 길이고 우리끼리만 비행합니다."

"남쪽이라! 안성맞춤이구먼!" 페니로얄이 활짝 웃으며 말했다. "제 고향이 바로 뗏목 휴양 도시 브라이튼이거든요. 올가을 브라이튼은 중앙해를 항해하고 있는데 어서 집으로 돌아가고 싶은 마음이 굴뚝 같답니다, 미스 쇼! '퓨멧 앤드 스프레인트'가 제 전담 출판사인데 보름달 축제 전까지 새 책을 완성하겠다고 어찌나 성화를 부리는지…. 지금까지 적어 놓은 메모를 엮어서 글을 쓰기에는 조용한 내 서재만큼 적당한 곳도 없거든요."

페니로얄은 말을 하면서 부두에 있는 사람들의 얼굴을 살피듯 자꾸 어깨너머를 흘깃거렸다. 땀까지 흘리고 있는 품새가 집에 가는 것보다 훨씬 급한 다른 일에 쫓기는 사람 같다고 헤스터는 생각했다. 그러나 톰은 그가 던진 미끼를 덥석 물었다. "작가세요, 페니로얄 씨?"

"페니로얄 교수지요." 그는 활짝 웃으면서 친절하게 톰의 말을 고쳐 주었다. "나는 탐험가 겸 모험가, 그리고 대체 역사학자랍니다. 내가 쓴 책을 본 적이 있을지도 모르겠군요. 『잃어버린 모래 도시』 아니면 『아름다운 아메리카 – 죽은 대륙의 진실』 같은 책들이 있는데…."

그제서야 톰은 자기가 어디서 페니로얄이라는 이름을 들었는지 기억해 냈다. 처들리 포메로이가 '역사학의 최근 동향'이라는 강의에서 님로드 B. 페니로얄이라는 이름을 언급한 기억이 났다. 포메로이는 페니로얄이 제대로 된 역사 연구에는 전혀 관심이 없는 사람이라고 말했었다. 그러면서 그는 페니로얄의 대담한 탐험 여행 이야기들은 스턴트쇼에 불과하고 그의 책들은 역사적 사실보다는 허무맹랑한 이론과 엉뚱하기 짝이 없는 로맨스와 모험 이야기만 가득하다고 불평했다. 톰은 허무맹랑한 이론들과 엉뚱한 로맨스 이야기가 사실 좋았다. 그래서 포메로이의 강의를 들은 후 박물관 도서

3. 승객

실에서 페니로얄의 책을 찾아봤지만 고리타분한 역사학자 길드는 페니로얄의 책에 서가를 낭비할 수 없다고 판단했는지 결국 톰은 그의 책을 찾지 못했고, 그래서 페니로얄이 어떤 모험을 했는지도 알아낼 수 없었다.

그는 헤스터를 흘낏 쳐다보면서 말했다. "승객 한 명은 실을 공간이 있고, 운임도 받으면 도움이 될 것 같은데…. 그렇지 않아, 헤스터?"

헤스터는 얼굴을 찡그리기만 했다.

"돈은 걱정 말아요." 페니로얄이 두툼한 지갑을 꺼내 들고 소리 나게 흔들면서 약속했다. "지금 금화 다섯 개를 지불하고, 브라이튼에 도착해서 금화 다섯 개를 더 내기로 하면 어떨까요? 피오트르 마스가드가 불쌍한 도시 하나 배반해서 팔아먹는 대가로 내건 현상금만큼은 아니지만 괜찮은 금액일 텐데… 게다가 날 실어다 주면 문학 발전에도 커다란 공헌을 하는 셈이죠."

헤스터는 근처에 놓여 있는 굵은 밧줄 더미를 쳐다봤다. 이미 자기가 진 것이다. 과할 정도로 친근하게 구는 이 낯선 남자는 톰의 마음을 어떻게 하면 움직일 수 있는지 너무도 잘 알고 있었다. 게다가 금화 열 개면 상당한 금액이라는 건 헤스터도 인정하지 않을 수 없었다. 그녀는 이제 피할 수 없다는 것을 알면서도 다시 한번 마지막 시도를 해 보기로 결심하고 페니로얄의 짐을 발로 툭 차며 물었다. "짐에는 뭐가 들었어요? 올드-테크 물건들은 비행선에 싣지 않는 것을 원칙으로 하고 있어요. 올드-테크 무서운 걸 너무 잘 알게 돼서…."

"맙소사!" 페니로얄이 소리쳤다. "나도 전적으로 동감이에요. 내가 '대체' 역사학을 하긴 하지만 바보는 아니거든. 고대 기계를 발굴하는 데 일생을 바친 사람들이 어떻게 되는지 내 눈으로 봐서 잘 알고 있다오. 그 사람들 보통 이상한 방사선 같은 것에 노출돼서 병이 나거나 고장 난 옛날 폭탄 같은 게 폭발하는 바람에 팔다리를 잃기도 하고…. 가진 건 갈아입을 속옷하고 지금까지 메모한 종이 수천 장, 그리고 새로 나올 내 책 『다섯 개의 산-자연 현상인가, 고대인의 실수인가?』에 쓸 그림들뿐이에요."

헤스터는 페니로얄의 짐을 다시 한번 차 봤다. 발에 채인 짐이 천천히 옆으로 쓰러졌지만 금속성 소음 같은 것은 나지 않았다. 페니로얄이 거짓말을 하는 것 같진 않았다. 그녀는 고개를 숙이고 자기 발 쪽을 쳐다봤다. 갑판에 잘게 뚫어 놓은 구멍 사이로 작은 타운 하나가 기다란 그림자를 끌면서 서쪽으로 천천히 이동하고 있는 것이 발밑으로 보였다. '하긴, 뭐….' 헤스터는 생각했다. '중앙해는 푸르고 따뜻하겠지. 이 황량한 황무지하고는 많이 다를 거야. 일주일이면 거기까지 충분히 갈 수 있을 거야. 페니로얄 교수 때문에 일주일 정도 톰하고 단둘이 있지 못한다 해도 그 정도는 참을 수 있겠지. 그 후 한평생을 단둘이만 있을 수 있는데….'

"좋아요." 그렇게 말하며 헤스터는 페니로얄의 지갑을 채서 금화

3. 승객

다섯 개를 꺼냈다. 그가 마음을 바꾸기 전에 얼른 챙겨 두는 것이 나을 것 같다는 생각이 들어서였다. 그 옆에서 톰은 "앞쪽 선실에 침대를 마련해 드릴 수 있을 겁니다, 교수님. 의료실을 서재로 쓰셔도 되고요. 오늘 밤은 에어헤이븐에서 묵고 내일 새벽에 출발할 예정이었습니다." 하고 말했다.

"별 상관이 없다면…." 페니로얄은 그 묘하게 초조해 보이는 눈으로 다시 한번 부두 쪽을 살피면서 말했다. "지금 바로 출발했으면 좋겠는데요. 얼른 저술 작업을 시작하고 싶어서…."

헤스터는 어깨를 으쓱하더니 지갑을 뒤집으며 말했다. "항구 관리사무소에서 허가를 받는 즉시 떠나죠. 대신 금화 두 개를 더 내야 해요."

❋ ❋ ❋

태양은 탄호이저 산맥 서쪽의 안개 사이로 불붙은 석탄 같은 모습으로 지고 있었다. 아래쪽에 형성된 무역 밀집촌에서는 아직도 에어헤이븐을 향해 기구들이 올라오고 있었고 아크에인절 쪽에서도 비행선과 기구 비행선들이 현무암 산악 지대를 넘어 남쪽으로 내려오고 있었다. 그 비행선들 중 하나에 위저리 블링코라는 유쾌한 인상의 늙은 신사가 타고 있었다. 그는 아크에인절의 부두 지역에서 골동품 가게를 운영하면서 가게 위층에 있는 방들도 세주고 적당한

값을 치루는 사람에게는 그가 누구든 간에 자기가 알고 있는 정보를 파는 방법으로 생계를 유지하는 사람이었다.

부인들이 비행선을 부두에 정박시키도록 놔두고 블링코는 서둘러 항구 관리사무소로 걸어가 이렇게 물었다. "이 사람을 본 적 있소?"

관리사무소 직원은 미스터 블링코가 건네는 사진을 한번 쓱 보더니 말했다. "그건 페니로얄 교수 아닌가요? 역사학을 하신다는 신사분?"

"신사분 좋아하시네!" 블링코가 분개해서 소리쳤다. "우리 집에서 6개월 동안 하숙 생활을 해 놓고서 에어헤이븐이 근처에 오자마자 땡전 한 푼 안 내고 줄행랑을 친 놈이오! 이놈 어디 가면 잡을 수 있소?"

"너무 늦었어요." 나쁜 소식을 전하는 데서 쾌감이라도 느끼는 듯 그 직원은 빙그레 웃으며 말했다. "아크에인절에서 제일 먼저 도착한 기구를 타고 와서는 남쪽으로 향하는 비행선이 있냐고 묻더구먼. 그래서 제니 하니버를 모는 그 젊은이들하고 연결시켜 줬지. 한 10분 전쯤에 떠났을걸. 중앙해로 간다던데."

블링코는 피곤한 듯 한 손으로 커다랗고 창백한 얼굴을 비비면서 신음 소리를 냈다. 페니로얄이 약속한 금화 스무 개를 못 받으면 타격이 컸다. '왜, 왜, 왜 그 사기꾼한테 선금을 받아 두지 않았을까.' 페니로얄이 자신의 저서 『아름다운 아메리카』에다 '절친한 친구 위

3. 승객

저리에게, 고마움을 담아. 페니로얄.'이라고 직접 서명해서 줬을 때 너무 고마웠고 다음 작품에 자기 이름을 언급하겠다는 약속까지 하자 감격한 나머지 경계를 늦춘 것이 화근이었다. 페니로얄이 술 마신 돈까지 자기 가게에 다는 것을 보고도 의심하지 않았다. 게다가 자신의 젊은 부인들과 내놓고 시시덕거리는 것도 그냥 눈감아 주지 않았던가! 빌어먹을 작가놈들 같으니라고!

그러나 바로 그 순간 자기연민과 편두통의 안개를 뚫고 항구 관리 사무소 직원의 말 중 한 단어가 블링코의 뇌리에 날카롭게 꽂혔다. 이름. 낯익은 이름. 돈 가치가 있는 이름!

"방금 제니 하니버라고 했소?"

"그랬죠."

"하지만 그건 불가능한 일인데! 신들이 런던을 멸망시켰을 때 그 비행선도 같이 실종됐는데!"

관리소 직원은 고개를 저었다. "그렇지 않아요. 전혀요. 지난 2년 내내 안 간 데 없이 누비고 다닌 것 같던데. 피라미드 도시 누에보 마야 같은 데까지 다니면서 무역을 했다는 이야기를 들었어요."

블링코는 그 직원에게 감사 인사를 하고 부두로 뛰어나갔다. 풍성한 몸매의 블링코는 평소에 좀처럼 뛰지 않지만 이번에는 뛸 이유가 충분했다. 그는 전망대에 설치된 망원경을 서로 돌아가며 보고 있던 아이들을 밀어젖히고 급하게 망원경의 방향을 바꿔 하늘을 훑어봤다. 남남서 방향으로 지는 해가 한 비행선의 앞 유리창에 부딪혀 반짝였다. 붉은색의 곤돌라와 쌍둥이 쥬네-카로 엔진을 장착한 비행선이었다.

블링코는 자신의 비행선 '착시 현상' 쪽으로 급히 뛰어가 그를 따라다니느라 평생 고생만 하는 부인들에게 소리쳤다. "빨리! 무전기를 어서 켜!"

"페니로얄이 또 미꾸라지같이 빠져나간 모양이구먼." 부인 중 한 명이 말했다.

"놀랍기도 하지, 호호호." 또 다른 부인이 말했다.

"아크에인절에서도 똑같은 일이 벌어졌었잖아." 세 번째 부인이 말을 이었다.

"모두 조용히 해. 중요한 일이란 말이야!" 블링코가 소리쳤다.

네 번째 부인이 시큰둥한 표정으로 말했다. "뭐 고작 페니로얄 같은 놈 가지고 이렇게 법석이람."

"페니로얄이 문제가 아니야!" 블링코는 모자를 벗고 무전기 헤드폰을 머리에 쓰면서 소리 질렀다. 그는 무전기를 비밀 주파수에 맞추면서 다섯 번째 부인에게 그만 훌쩍거리고 비행선의 시동을 걸라고 명령했다. "지금 얻어들은 이 정보를 비싼 값에 살 사람들이 있단 말이야! 페니로얄 그 몹쓸 놈이 타고 간 게 바로 안나 팽의 비행선이라고!"

3. 승객

❈ ❈ ❈

톰은 자신이 동료 역사학자들과의 대화를 얼마나 그리워했는지 이제껏 깨닫지 못했다. 견습생 시절 배운 토막 지식들을 이야기하면 헤스터는 항상 즐겁게 들어 주곤 했지만 그런 대화는 늘 일방적이었다. 어릴 때부터 온전히 자기 힘으로 살아 온 헤스터는 빠른 속도로 지나가는 타운에 몰래 뛰어오르는 방법이나 고양이를 잡아서 가죽을 벗기는 방법, 혹은 강도 짓 하려는 상대의 어디를 치면 제일 크게 타격을 줄 수 있는지 등은 잘 알고 있었지만 자기가 살고 있는 세계의 역사에는 전혀 관심이 없었다.

그런데 페니로얄이 그 친근한 성격으로 제니 하니버의 비행 갑판을 가득 채우면서부터는 상황이 완전히 달라졌다. 어떤 물건을 봐도, 그리고 어떤 일을 겪어도 페니로얄은 항상 그것에 관한 이론이나 일화를 알고 있었다. 그의 이야기를 듣고 있노라면 책과 역사적 사실들, 유물들, 그리고 학문적 토론에 둘러싸여 살던 런던 박물관 시절이 그리워지기까지 했다.

"저 산들만 해도 말이야…." 어느새 말투를 편하게 바꾼 페니로얄이 비행선 오른쪽 창밖을 가리키며 말을 이었다. 일행은 길게 뻗은 탄호이저 산맥의 남쪽 줄기를 따라가고 있었다. 아직 활화산인 분화구의 칼데라 안에서 솟아오른 용암이 그의 얼굴에 깜빡거리는 빛을 던졌다. "새로 나오는 내 책의 주제야. 저 산들은 어디서 온 것일까? 고대에는 없었던 것들이지. 지금까지 보존된 지도를 보면 알 수 있어. 그런데 어떻게 짧은 시간 안에 저렇게 높은 산들이 솟아오르게 된 걸까? 왜 그렇게 솟아올랐을까? 샨 구오의 지형도 마찬가지야. 거기 있는 잔 샨은 지구에서 제일 높은 산인데 고대 기록에서는 전혀 찾아볼 수 없지. 이 높은 산들이 우리가 지금까지 배운 대로 그저 자연적인 화산 활동의 결과물일까? 아니면 뭔가 크게 잘못 풀린 고대 테크놀로지의 산물일까? 내 말은 에너지원을 새로 만들어 내려던 실험이 잘못 되었을 수도 있고, 어쩌면 엄청난 무기가 숨겨져 있을지도 모른다는 말이지. 화산 제조기 같은 거라도 저 산들 밑에 숨겨져 있다면…. 그런 걸 찾아낸다면 얼마나 엄청난 발견이 되겠어, 톰?"

"우리는 올드-테크 같은 거 찾아내는 데 전혀 관심 없어요." 헤스터가 습관적으로 대답했다. 비행선의 경로를 잡느라 지도를 보고 있던 그녀는 페니로얄이 한마디씩 할 때마다 그가 더 싫어졌다.

"물론 아닌 줄 잘 알고 있지!" 그는 헤스터 옆의 벽을 쳐다보며 말했다.(아직 헤스터의 끔찍한 얼굴을 보고 소스라치게 놀라지 않을 자신이 없어서 그녀를 바로 쳐다보지 않았다.) "물론 아니지! 굉장히 고귀하고 현명한 편견이야. 하지만…."

"편견이 아니에요!" 더 이상 못 참고 말을 끊은 헤스터가 손에 들고 있던 컴퍼스로 자신을 가리키는 것을 보면서 페니로얄은 그녀가 그걸로 뭔가 심각한 짓을 할 수도 있겠다는 생각을 얼핏 했다. "우

3. 승객

리 엄마는 고고학자였어요. 탐험가이자 모험가이자 역사학자였죠. 당신과 똑같이. 엄마는 아메리카의 죽은 땅에 가서 어떤 물건을 캐내 집에 가져왔어요. 메두사라고 부르는 물건이었죠. 런던 시장이 그 이야기를 듣고 밸런타인을 보내 엄마를 죽이곤 그 물건을 빼앗아 갔어요. 그놈은 온 김에 내 얼굴도 이렇게 만들어 놨죠. 그 물건은 런던으로 옮겨져 엔지니어들이 작업을 했고, 그리고 나서는 꽝! 자폭하고 말았죠. 런던한테는 그게 마지막이었고."

"아, 그래." 페니로얄이 약간 기가 죽어 대답했다.

"메두사 사건을 모르는 사람은 아무도 없을 거야. 심지어 메두사가 폭발하던 그 순간 내가 뭘 하고 있었는지까지 기억하는데! 그때 나는 굉장히 매력적인 아가씨 민티 뱁스낵과 함께 치타모토레에 있었지. 폭발하면서 나는 빛이 지구 반대편 그 먼 동쪽까지 보였을 정도니까…."

"우린 바로 그 옆에 있었어요. 폭발의 후폭풍을 뚫고 비행을 했고, 그리고 그 다음 날 런던이 어떻게 됐는지도 두 눈으로 봤죠. 도시 전체가, 우리 톰의 고향 전체가 엄마가 파낸 물건 때문에 잿더미가 되어 있었어요. 바로 그 때문에 올드-테크 근처에는 가지도 않는 거예요."

"음…." 이젠 정말 불편한 표정으로 페니로얄이 대답했다.

"자야겠어." 헤스터가 말했다. "머리가 아파서." 사실 거짓말이 아니었다. 페니로얄의 잔소리를 몇 시간 듣다 보니 상처로 먼 눈 뒤쪽 머리에 깨질 듯한 통증이 왔다. 톰에게 잘 자라는 키스를 하기 위해 조종석 쪽으로 다가갔지만 페니로얄이 보고 있는 데서 그러고 싶지 않아 그냥 귀만 살짝 건드린 다음 "쉬고 싶을 때 불러."라고만 말하고 비행선 뒤쪽에 있는 선실로 향했다.

"깜짝이야!" 헤스터가 자리를 뜨자 페니로얄이 말했다.

"좀 성질이 있기는 해요." 헤스터가 너무 심하게 해 댄 것 같아 곤란해하던 톰이 말했다. "하지만 참 좋은 애예요. 그냥 좀 낯을 가려서 그래요. 일단 잘 알고 나면…."

"물론, 물론이지." 페니로얄이 말했다. "한번 척 보면 저 평범하지 않은 겉모습 안에 정말로… 음 정말로… 거시기한 게 있다는 걸 알 수 있지." 그러나 그는 헤스터에 대해 칭찬할 말을 하나도 생각해 내지 못했다. 그래서 그냥 말을 얼버무리며 창문 너머로 달빛을 받고 서 있는 산들과 땅에서 이동하고 있는 작은 타운의 불빛만 쳐다봤다.

"런던에 대해 헤스터가 한 말이 백 퍼센트 사실은 아니야." 한참 후에야 그는 다시 말을 이었다. "런던이 완전히 잿더미가 됐다는 이야기 말이야. 직접 본 사람들 여럿한테 들었는데 아직 잔해가 많이 남아 있다더군. 내장 갑판 전체가 바트뭉크 곰파 서쪽 오지에 그냥 널려 있다 그러더라고. 내가 아는 고고학자가 있어. 크루위스 모차드라는 젊은 여잔데, 흠… 매력 있는 여자지…. 그건 그렇고, 크루위스는 잔해 안에 실제로 들어가 보기까지 했다더군. 굉장한 이야

3. 승객

기였지. 불에 그은 해골들이 여기저기 널려 있고 반쯤 녹아내린 건물과 기계들이 보이고. 메두사에서 조금씩 흘러나오는 방사선 때문에 폐허들 사이로 아직 색색깔의 불빛이 떠다니기도 한다는데."

이번에는 톰이 불편한 표정을 지을 차례가 됐다. 고향이 완전히 파괴된 사건은 아직 아물지 않은 마음의 상처였다. 2년 반이나 지났건만 그 대폭발 직후에 봤던 빛은 여전히 꿈에 나타나 톰의 눈을 부시게 하곤 했다. 폐허가 된 런던에 대해서는 더 이상 이야기하고 싶지 않아서 톰은 페니로얄 교수가 가장 좋아하는 주제, 즉 페니로얄 자신에 관한 이야기로 말을 돌렸다.

"재미있는 곳에 많이 다녀 보셨을 것 같은데, 맞죠, 교수님?"

"재미있는 곳이라고? 톰, 자네는 상상도 못 할걸세. 내가 이 두 눈으로 직접 본 것들을 어떻게 한두 마디로 다 옮기겠나? 브라이튼에 도착하자마자 서점에 가서 내 저서를 모두 선물하겠네. 자네같이 머리 좋은 젊은이가 내 책을 아직 한번도 못 봤다니 믿어지지 않아."

톰은 어깨를 으쓱해 보였다. "런던 박물관에 교수님 저서가 소장되어 있지 않았거든요…."

"물론 안 되어 있겠지. 소위 역사학자 길드라는 것들이! 푸하! 고리타분한 노인네들 같으니라고! 그거 아나? 내가 런던 역사학자 길드에 가입하겠다고 신청한 적이 있는데 말이야, 길드 회장이란 작자, 테데우스 밸런타인이었지 아마? 그 작자가 일언지하에 거절하더구먼! 내가 아메리카에서 발견한 것들이 마음에 안 든다는 거였지."

톰은 호기심이 생겼다. 자기 길드가 고리타분하다는 소리를 듣는 건 싫었지만 밸런타인은 별개의 문제였다. 바로 자기를 죽이려 했고, 헤스터의 부모를 살해한 자가 아닌가. 그가 거절한 사람이라면 톰은 누구라도 받아들일 용의가 있었다.

"아메리카에서 발견한 게 뭔데요, 교수님?"

"아하, 톰! 이야기가 긴데, 들어 볼 테야?"

톰은 고개를 끄덕였다. 남쪽에서 불어오는 바람이 심상치 않아서 어차피 오늘 밤은 조종실 갑판에 붙어 있어야만 했다. 이야기를 들으면서 밤을 새우는 것도 나쁘지 않아 보였다. 게다가 페니로얄과 대화를 하다 보니 마음 한구석에서 잊고 있던 뭔가가 다시 깨어나는 느낌이었다. 모든 것이 단순했던 시절, 3등 견습생 기숙사 침대에 누워 손전등을 켜고 위대한 탐험 역사가들의 이야기를 읽던 그 시절이 다시 생각난 것이다. 몽크톤 와일드, 충마이 스포포스, 밸런타인, 피시에이커, 콤프톤 카크 등이 모두 그 시절 톰이 좋아하던 작가들이었다.

"물론이죠, 교수님." 톰이 대답했다.

PREDATOR'S GOLD

4
용감한 자들의 고향

"북아메리카는 말이야, 죽은 대륙이야. 그걸 모르는 사람은 없지. 위대한 탐험가이자 탐정이었던 크리스토퍼 콜럼보가 1924년에 발견한 그 땅덩어리*에 한때 세상을 호령하던 제국이 자리잡았지만 60분 전쟁 때 완전히 파괴되고 말았지. 죽은 혼만 떠돌아다니는 붉은 사막과 오염된 늪지대, 원자폭탄이 터져서 생긴 구멍들, 그리고 아무리 가도 붉은 빛의 바위들밖에 보이지 않는 그런 곳이 됐어. 정말 대담한 탐험가들 아니고는 아무도 엄두를 못 내는 곳이지. 밸런타인이나 자네 친구의 불쌍한 어머니 같은 고고학자들이 간혹

---

* 페니로얄이 이렇게 잘못된 정보를 확신에 찬 어투로 말하는 것 자체가 일종의 풍자로 보인다. 이 장면에서 독자들은 지금 우리가 역사적 '사실'이라고 알고 있는 정보들을 새로운 시각으로 바라보게 된다. 아메리카 대륙을 발견한 탐험가의 이름과 연도처럼 21세기인들에게는 당연하고 중요한 정보가 세월이 흐르고 문명이 망하는 과정에서 어떻게 왜곡되었는지를 코믹한 인물 페니로얄의 입을 빌어 보여 주는 작가의 의도는 무엇일까?

고대 벙커 유적지에서 올드-테크를 발굴하기 위해 들어가기도 하고.

 하지만 떠도는 소문들이 있어. 입에서 입으로 전해지는 이야기들 말이야. 퇴락해 가는 비행선 정비소 타운에 붙어 사는 은퇴한 비행사들이 술 한잔 걸치고 거나해지면 하는…. 돌풍에 휘말려 날려 간 비행선에서 숲과 초원, 드넓은 호수가 펼쳐진 아메리카를 봤다는 건 흔한 이야기고. 한 50년쯤 전에 슈뇌리 울바우슨이라는 비행사가 실제로 그런 곳에 착륙했다는 전설도 있어. 울바우슨은 자기가 내린 곳을 바인랜드라고 부르고 지도를 만들어서 레이캬비크 시장에게 줬다는데 나중에 학자들이 레이캬비크 도서관에 찾으러 갔을 때는 이미 그 지도는 흔적도 찾을 수 없었다지 아마. 다른 이야기들도 많은데 항상 제일 중요한 부분은 같아. 우연히 그런 곳을 발견한 비행사가 그 다음 몇 년에 걸쳐 다시 그곳을 찾으려 하지만 모두 실패하고 만다는 거지. 아니면 하늘에서는 멋진 초원처럼 보였던 곳에 비행선을 착륙시키고 보니 유독성 해조류가 자라고 있는 분화구에 생긴 호수였다든지.

 하지만 우리 같은 진짜 역사학자들은 그런 전설에 어느 정도는 진실이 숨어 있다는 걸 알고 있지. 나도 지금까지 들은 이야기들을 모두 모아 보고 뭔가 연구해 볼 가치가 있다는 생각을 했어. 저 잘난 밸런타인 같은 사람들이 말하는 대로 과연 아메리카는 죽은 대륙인가? 아니면 올드-테크 사냥꾼들이 자주 가는 죽은 도시들보다 훨

4. 용감한 자들의 고향

씬 북쪽 어딘가에 얼음 황무지의 빙하물이 독을 모두 씻어 내려 꽃들이 다시 피기 시작한 곳이 생긴 건가?

그래서 바로 나 페니로얄이 진실을 파헤치기로 결심했지! 89년 봄 마침내 나는 동료 탐험가 네 명과 함께 내 비행선 알란 쿼터메인을 타고 원정에 나섰지. 북대서양을 가로질러 도착한 아메리카 해안 지역은 옛 지도들에 뉴욕이라고 표시된 곳 근처였어. 말 그대로 살아 움직이는 것은 하나도 없는 죽은 도시였지. 커다란 분화구들이 즐비하게 늘어서 있었는데 가장자리는 그 블라스트 글라스라고 하는 물질 있잖아, 그걸로 완전히 감싸여 있었어. 그 유명한 전쟁의 엄청난 열로 그렇게 된 거라고들 하지.

그곳에서 우린 다시 서쪽으로 향했다네. 죽은 대륙의 중심을 치고 들어가자 생각한 거지. 재난이 닥친 것이 바로 그때야. 오염된 벌판 위를 비행하고 있는데 갑자기 믿어지지 않을 정도로 강한 폭풍이 몰아닥친 거야. 일행 중 세 명은 추락할 때 죽었고, 다른 한 명도 며칠 후에 저세상으로 갔지. 보기에는 깨끗했지만 오염되어 있던 물을 마신 게 탈이었어. 아마 끔찍한 올드-테크 화학물질이 들어 있었겠지. 물을 마시고 나서 파랗게 변하더니 온몸에서 양말 고린내가 나더라고.

혼자 남은 나는 북쪽으로 향했어. 분화구 평원을 지났지. 거기는 한때 시카고, 밀위키 같은 전설적인 도시들이 있던 곳이야. 푸른 아메리카를 찾겠다는 꿈은 완전히 포기한 지 오래였고, 얼음 황무지 가까운 곳까지 어떻게든 가서 근처를 지나는 눈유목민들한테 구조를 받는 게 유일한 희망이었지.

  결국 그 희망도 서서히 사라져 갔고, 갈증과 허기에 지칠 대로 지친 나는 높다랗고 험한 산들 사이의 말라붙은 계곡에 쓰러졌어. 절망에 사로잡혀서 '이것이 나 님로드 페니로얄의 종말인가?' 하고 외쳤지. 돌들마저 '네!' 하고 대답하는 것처럼 들렸어. 얼마나 절망적이었는지 상상할 수 있겠나? 나는 내 영혼을 죽음의 여신에게 보내고 눈을 감았지. 다시 눈을 떴을 때는 암흑 나라의 유령이 되어 있겠구나 생각하면서 말이야. 하지만 정신을 차려 보니 모피 같은 것에 감싸여 카누에 누워 있더군. 멋진 젊은이들이 노를 저어 북쪽으로 향하고 있는 게 아니겠어?

  처음에는 대 사냥터에서 온 탐험가들인 줄 알았는데 말이야, 알고 보니 그들은 바로 아메리카 원주민들이었어! 맞아! 그 죽은 대륙 북쪽 변방에 실제로 사람들이 살고 있었던 거야! 그때까지만 해도 나는 주류 이론을 믿었지. 그 있잖아, 자네네 역사학자 길드에서 하는 소리 말이야. 아메리카의 멸망에서 살아남은 몇 안 되는 사람들은 북쪽 얼음 황무지로 도망쳐서 이누이트족하고 섞여 지금의 눈유목민을 형성했다는 이론 말이야. 하지만 그 원주민들을 내 두 눈으로 본 다음에는 북쪽으로 가지 않고 남은 사람들이 있었다는 걸 깨달았지. 허욕과 이기심으로 온 세상을 멸망시킨 나라의 자손들이 살아남아 미개하고 야만스러운 생활을 하고 있었지만 굶주린 채 죽

4. 용감한 자들의 고향

어 가는 불쌍한 페니로얄을 구조해 줄 만큼의 인간애는 남아 있었던 거야.

손짓 발짓으로 나를 구조해 준 사람들과 대화를 좀 할 수 있었는데 '기계 세탁 가능'이라는 여자하고 '12일 이내 배달'*이라는 남자였어. 둘이서 탐험을 나섰다가 나를 발견한 것 같더군. 둘루스라는 고대 도시 유적에서 블라스트 글라스**를 캐내려고 떠난 여행이었다지 아마.(알고 보니 그 야만인들 사이에서도 블라스트 글라스로 만든 목걸이가 인기 있는 장신구였어. 파리나 트랙션그라드의 멋쟁이들과 다를 게 없는 거지. 날 구해 준 두 사람 모두 블라스트 글라스 팔찌와 귀걸이를 달고 있었어.) 그 원주민들은 아메리카의 끔찍한 사막에서 살아남는 방법을 잘 알고 있었지. 돌을 들춰내서 먹을 수 있는 벌레를 찾아내기도 하고, 특별한 종류의 풀이 자란 패턴을 보고 마실 물을 찾아내기도 했어. 하지만 그들이 황무지에서 사는 건 아니었어. 훨씬 더 북쪽에 집이 있었는데 나와 함께 자기 부족에게 돌아가겠다는 거야!

내가 얼마나 흥분했을지 상상이 가나, 톰? 강을 거슬러 올라가는

---

* 21세기 공산품 라벨에서 흔히 볼 수 있는 제품 사용 설명서, 혹은 상품 안내서 같은 것이 유물로 남아 까마득한 후세인들이 그것을 '멋진 이름'이라 생각해 사용하고 있는 상황. 우리 주변에서 흔히 보지만 주의를 기울이지 않는 것들을 새로운 시각으로 볼 수 있게 해 주는 동시에 저자의 유머 감각을 엿볼 수 있는 대목이다. 더불어 '기계 세탁' 혹은 '배달' 같은 개념이 이미 사라진 지 오래라는 것을 짐작하게 해 주는 이름이기도 하다.

** blast glass. 핵폭탄이나 화산 폭발 등으로 인한 뜨거운 열로 유리가 녹아내려 이루어진 잔해를 가리키는 것으로 보임.

데 마치 세상의 기원을 거슬러 올라가는 느낌이었어. 처음에는 황량한 바위산에 가끔씩 고대인들이 지었던 큰 건물들의 잔해인 비틀어진 대들보 같은 게 보이는 곳만 지나갔어. 그러던 어느 날 먼발치에서 초록 이끼 무더기가 보이더군. 조금 가다 보니 더 큰 이끼 무더기가 보이더니 그런 게 하나 더 보이고…. 그 후로 며칠간은 또 아무것도 보이지 않다가 갑자기 강 양편으로 풀, 양치류 식물 같은 것들이 점점 더 많이 보이기 시작했어. 강도 점점 더 맑아졌고. 어느 날 '12일 이내'가 물고기를 잡았지. '기계 세탁'은 강변에 모닥불을 피우고 물고기를 요리했고. 그 후로는 날마다 강에서 잡은 생선으로 식사를 할 수 있었어. 그 즈음에는 이미 강변에 나무가 우거진 곳으로 들어와 있었지. 나무 말일세, 톰! 그냥 작은 덤불이 아니라 자작나무, 떡갈나무, 소나무들이 우거진 숲이었어. 그리고 강은 점점 넓어지다가 커다란 호수로 변했는데 바로 그 호숫가에 원주민 마을이 자리 잡고 있었어. 역사학자한테 그 광경이 얼마나 값진 것인지! 수천 년 만에 다시 살아난 아메리카!

그 후로 3년 동안 원주민들과 지낸 이야기를 하자면 너무 기니까 굳이 자세히 이야기하지 않겠네. 추장 딸 '우편 번호'를 굶주린 곰에게서 구한 이야기랑 그녀가 나한테 홀딱 반한 이야기, 그리고 화가 잔뜩 난 추장 딸의 약혼자를 피하느라 야반도주를 한 이야기 같은 것도 다 생략하기로 하고. 그 뒤 북쪽으로 향해 얼음 황무지를 지나 모험에 모험을 거듭한 끝에 다시 대 사냥터로 돌아온 이야기

4. 용감한 자들의 고향

도 굳이 하자면 너무 기니까 뛰어넘고. 어차피 브라이튼에 도착해 내 베스트셀러『아름다운 아메리카』를 사서 읽으면 다 나와 있는 이야기니까."

❀ ❀ ❀

 톰은 아무 말도 하지 않고 오랫동안 가만히 앉아 있었다. 페니로얄이 묘사한 아름다운 광경이 머리를 가득 채우고 있었다. 교수의 위대한 발견을 지금까지 한번도 들어 본 적이 없다는 게 믿어지지 않았다. 세상을 뒤엎는 엄청난 발견 아닌가! 기념비적인! 이런 위대한 사람이 길드에 가입신청을 했는데 거절하다니, 바보들 같으니라고!
 한참 후에야 톰은 말을 이었다. "하지만 다시 돌아가 보지 않으셨나요, 교수님? 장비를 제대로 갖추고 다시 원정을 나섰다면…."
 "그러게 말이야, 톰." 페니로얄이 한숨을 쉬면서 대답했다. "두 번째 원정을 할 만한 돈을 대겠다는 사람을 찾지 못했어. 내가 가지고 있던 카메라와 샘플 채취 기구가 알란 쿼터메인이 추락할 때 모두 못 쓰게 되어 버렸다는 부분 기억하지? 원주민들을 떠날 때 기념이 될 만한 물건 몇 개를 챙기긴 했지만 집으로 돌아오는 길에 모두 잃어버리고 말았어. 증거가 없으니 날 믿고 돈을 대려는 사람도 없었어. 대체 역사학자는 말만 가지고는 안 된다는 사실을 깨닫게 됐지." 그는 슬픈 표정으로 말을 이었다. "내가 아메리카에 아예 가지도 않았다고 생각하는 사람들까지 있다니까."

5
폭스 스피리츠

다음 날 아침 비행 갑판으로 내려온 헤스터는 그때까지도 커다란 소리로 떠들어 대고 있는 페니로얄을 보고 잠시 어리둥절했다. 자지도 않고 밤새 저렇게 떠들었나 하는 생각이 들었기 때문이다. 하지만 제니의 취사장에 있는 작은 세면대에서 얼굴을 씻으며 그녀는 대강 상황을 짐작했다. 불쌍한 톰은 비행 갑판에서 밤을 새우고 페니로얄은 편히 잔 다음 톰이 끓여 놓은 모닝커피 냄새를 맡고 내려온 게 분명했다.

　양치질을 하면서 헤스터는 취사장의 작은 창을 통해 밖을 내다봤다. 세면대 위 거울에 비친 자기 모습을 보지 않으려고 피하다 생긴 습관이었다. 하늘엔 노란 양겨자색 바탕에 잘 익은 사과색의 붉은 구름이 걸려 있었다. 유리창 한가운데에 검은 점 세 개가 찍혀 있었다. 유리에 뭐가 묻었나 생각하면서 소매로 지우려고 하다가 그녀는 자신이 잘못 생각했다는 것을 알았다. 인상을 쓰면서 망원경을 가져다가 그 검은 점들을 자세히 관찰하는 헤스터의 이마에 더 깊게 주름이 잡혔다.

헤스터가 비행 갑판에 들어갔을 때 톰은 잠깐 눈을 붙일 준비를 하고 있었다. 바람은 여전히 강했지만 이제는 산악지대를 벗어났기 때문에 속도를 내지는 못하더라도 바람에 날려 화산에서 솟아나는 불기둥에 휩싸인다든지 절벽에 부딪힌다든지 할 위험은 없었다. 톰은 피곤하지만 만족스러운 표정으로 낮은 문설주를 피해 몸을 숙이고 들어서는 헤스터를 보며 활짝 웃었다. 페니로얄은 제니에 있는 것 중 제일 고급 커피가 든 컵을 들고 부조종석에 앉아 있었다.

"교수님이 모험담을 이야기해 주셨어." 헤스터에게 조종석을 양보하려고 일어서면서 톰은 열띤 목소리로 말했다. "정말 믿어지지 않을 정도로 대단한 모험들이야. 너도 함께 들었으면 좋았을 텐데."

"믿어지지 않는다는 말은 맞는 것 같군." 헤스터가 대답했다. "하지만 지금 내가 제일 듣고 싶은 건 왜 무장 비행선 함대가 우리를 추격하고 있냐는 거야."

페니로얄은 두려워서 자기도 모르게 꺄악 소리를 냈다가 황급히 손으로 입을 막았다. 톰은 비행선의 좌현 유리창으로 가서 헤스터가 가리키는 곳을 살폈다. 검은 점들은 이제 훨씬 더 가까워져서 육안으로도 비행선인 것이 보였다. 세 대가 나란히 빠른 속도로 접근하고 있었다.

"에어헤이븐으로 가는 무역상일지도 몰라." 톰이 희망을 버리지

5. 폭스 스피리츠

않고 말했다.

"공격 대형을 하고 있잖아. 민간 무역상들이 아니야."

톰은 조종간 아래에 걸려 있던 쌍안경을 가져왔다. 비행선들은 약 10마일 정도 떨어져 있었지만 속도가 빠르고 무장이 잘 되어 있다는 것을 한눈에 알 수 있었다. 기낭에 녹색 마크가 그려져 있는 것을 제외하고는 완전히 새하얀 것이 뭔지 모를 불길한 느낌이 강하게 들었다. 여명을 뚫고 질주하는 비행선의 유령 같은….

"연맹의 전투 함대야." 헤스터가 잘라 말했다. "뒤가 넓게 퍼진 엔진 덮개를 보면 알 수 있어. 무라사키 폭스 스피리츠 함대지."

헤스터의 목소리에 두려움이 스며 있었다. 그럴 만도 했다. 그녀와 톰은 지난 2년 동안 반 견인 도시 연맹과 마주치지 않으려고 애를 써 왔다. 제니 하니버가 한때 연맹의 요원이었다가 이제는 고인이 된 불쌍한 안나 팽의 것이었기 때문이다. 두 사람이 제니를 훔쳤다고 할 수는 없지만 연맹 입장에서는 달리 해석할 수도 있는 상황이었다. 작년에 스피츠베르겐 정착 도시가 함락된 후 북쪽에서는 연맹의 세력이 약해졌기 때문에 이쪽은 안전할 것이라고 생각했었다.

"피하는 게 낫겠어. 바람이 부는 쪽으로 방향을 바꿔서 멀리 도망치든지 아니면 산 사이로 숨자."

톰은 망설였다. 나무로 된 곤돌라에 고물더미에서 골라 낸 엔진을 달고 있는 비행선 치고 제니의 속도가 빠르기는 했지만 폭스 스피리츠 함대를 따돌릴 수 있을 것 같지 않았기 때문이다. "도망치면 더 죄 지은 것처럼 보일 텐데." 톰이 말했다. "우리는 잘못한 게 없잖아. 내가 저 비행선들과 이야기를 해 봐야겠어. 뭘 원하는지도 알아내고…."

톰은 무전기로 손을 뻗었다. 그러나 페니로얄이 톰의 손을 잡아채면서 말했다. "톰, 안 돼! 저 하얀 비행선 소문은 많이 들어서 알아. 저건 보통 반 견인 도시 연맹 소속 비행선들이 아니야. 그린 스톰이라고 여기 북쪽 지방 비밀 기지를 근거로 활동하는 극단주의자 분파 소속이야. 모든 견인 도시와 그 주민들을 없애 버리겠다고 맹세한 광신도들이라고! 맙소사, 잡히면 곤돌라에서 나가지도 못하고 그 자리에서 죽을 거야!"

페니로얄의 얼굴빛은 이미 비싼 치즈 색깔로 변한 상태였고 이마와 코 위에는 구슬땀이 맺혀 있었다. 톰의 손목을 잡은 그의 손이 심하게 떨리고 있었다. 처음에 톰은 뭐가 잘못된 것인지 알아차리지 못했다. 페니로얄 교수처럼 많은 모험을 한 사람이 이 정도를 두려워하는 건 아니겠지?

헤스터가 창문 쪽으로 고개를 돌리는 순간 비행선들 중 하나가 제니 하니버의 좌현을 향해 로켓을 발사하면서 제니 하니버에 승선하겠다는 신호를 보냈다.

헤스터는 페니로얄을 믿어야 할지 마음을 정하지 못했지만 그 하얀 비행선들에서 뭔지 모를 위협감이 느껴지기는 했다. 저 비행선들이 우연히 여기 나타난 게 아닌 것만은 확실했다. 누군가 제니를

5. 폭스 스피리츠

찾기 위해 그 비행선들을 보낸 것이 틀림없었다.

헤스터는 톰의 팔을 살짝 만지면서 "가자." 하고 말했다.

톰은 방향타 조종간을 위로 올려 제니가 세찬 바람을 뒤에서 받을 수 있도록 방향을 잡았다. 그런 다음 레버들을 모두 앞쪽으로 밀어 붙이자 엔진이 높은 소리를 내면서 풀 가동 모드로 들어섰다. 또 다른 레버 하나를 움직이자 반원 모양의 실리콘 실크 돛이 엔진과 가스백 사이에 펼쳐지면서 제니의 속도가 한층 더 빨라졌다.

"사이가 벌어지고 있어!" 톰이 뒤쪽으로 향한 잠망경에 거꾸로 비치는 흐릿한 이미지들을 보며 소리쳤다. 그러나 폭스 스피리츠들은 끈질겼다. 자신들도 질세라 방향을 바꿔 제니와 같은 경로를 선택하고 엔진을 풀 가동시켰다. 한 시간도 지나지 않아 기낭에 그려진 마크를 육안으로 확인할 수 있을 만큼 거리는 가까워졌다. 반 견인 도시 연맹의 부서진 바퀴 모양 마크가 아닌 뾰족한 초록색 번개 마크였다.

톰은 피난처로 삼을 만한 도시나 타운을 찾을 수 있을까 하는 희망에 매달리며 비행선 아래로 펼쳐진 회색빛 풍경을 훑어봤다. 그러나 동쪽 멀리 순록 떼를 몰고 툰드라를 지나 이동하는 랩랜드 농경 타운 한두 개를 제외하고는 아무것도 보이지 않았다. 그나마 거기까지 가기 전에 폭스 스피리츠 함대에게 추월당하지 않을 자신도 없었다. 앞쪽으로는 탄호이저 산맥이 가로막아 지평선이 보이지 않았다. 그 계곡들과 높은 산에 걸린 구름 사이로 몸을 피하고 요행을 바라는 도리밖에 없어 보였다.

"어떻게 하지?" 톰이 물었다.

"계속해서 가. 산속으로 들어가면 따돌릴 수 있을지 몰라." 헤스터가 대답했다.

"로켓을 쏘면 어떡하지?" 페니로얄이 다 죽어 가는 소리로 말했다. "엄청나게 가까워지고 있잖아. 사격을 시작하면 어떻게 해…."

"제니를 파괴하지 않고 사로잡기를 바랄 테니까 로켓 같은 건 쓰지 않을 거예요." 헤스터가 페니로얄을 안심시켰다.

"제니를 잡으려 한다고? 누가 이런 고물단지에 관심이나 있겠어?" 너무 긴장한 나머지 성미가 급해진 페니로얄은 헤스터에게 소리쳤다. "이게 안나 팽의 비행선이었다고? 클리오 맙소사! 포스킷 아멘! 그린 스톰은 안나 팽을 거의 신처럼 존경하는데! 노던 비행 함대의 잿더미를 딛고 발족된 게 바로 그린 스톰이야! 바트뭉크 곰파에서 런던 에이전트 때문에 죽은 사람들의 복수를 하겠다고 맹세한 놈들인데! 그러니까 안나 팽의 비행선을 회수하겠다고 기를 쓰는 게 당연하지! 맙소사! 왜 처음부터 훔친 비행선이라는 이야기를 안 해 줬지? 내 돈 다시 돌려줘!"

헤스터는 페니로얄을 옆으로 밀치고 지도가 놓인 탁자로 다가갔다. "톰!" 그녀는 탄호이저 산맥의 지도를 자세히 살피면서 말했다. "여기서 서쪽으로 가면 화산들 사이로 약간 틈이 나 있어. 드라켄 패스야. 거길 가면 우리가 착륙할 만한 도시가 있을지도 몰라."

5. 폭스 스피리츠

그들은 비행을 계속했다. 눈 덮인 산꼭대기 위 공기가 희박한 곳을 비행하다가 어린 활화산에서 뿜어져 나오는 연기 기둥에 너무 가까이 날아가서 큰일 날 뻔하기도 했다. 한 시간이 넘게 비행을 했지만 이어진 산 사이로 난 통로나 도시는 보이지 않고 폭스 스피리츠와의 거리만 점점 더 줄어들고 있었다. 그러다 갑자기 로켓 몇 대가 창문을 밝히고 지나가더니 제니의 우현 바로 옆에서 터졌다.

"오, 퀴크!" 톰이 소리쳤다. 하지만 자기 도시가 망하는데도 손가락 하나 까딱하지 않은 런던의 수호신 퀴크가 황산 연기 가득한 탄호이저 산중을 헤매는 제니 같은 고물 비행선을 구하기 위해 나설 리 없었다.

페니로얄은 지도가 펼쳐진 탁자 밑으로 숨으려고 했다. "이젠 로켓을 발사하고 있잖아!"

"가르쳐 줘서 고맙군요. 방금 폭발한 게 뭔가 궁금하던 참이었는데." 자기 예상이 빗나가서 화가 난 헤스터가 소리쳤다.

"로켓은 쏘지 않을 거라고 했잖아!"

"엔진을 겨냥하고 있어요." 톰이 말했다. "엔진이 고장 나면 속수무책이 되고 그러면 선원들을 보내서 우리 비행선 안으로 들어올 거예요."

"무슨 대책 없어?" 페니로얄이 절박하게 물었다. "어떻게 맞싸워 볼 수는 없냐고!"

"우린 로켓이 없어요." 톰이 풀이 죽어 대답했다. 런던 상공에서 벌어졌던 그 끔찍한 마지막 전투에서 13층 엘리베이터를 쏘아 떨어 뜨리고 거기 타고 있던 승무원들이 타오르는 곤돌라 안에서 같이 타들어 가는 것을 본 후 톰은 제니를 비전투 비행선으로 유지해 왔 다. 그 후로 한번도 로켓 발사대에 로켓을 탑재해 본 일이 없었던 것이다. 그러나 이젠 그렇게 하찮은 양심의 가책 때문에 자신과 헤 스터, 페니로얄 교수가 모두 그린 스톰의 손아귀에 들어가게 됐다 는 생각에 톰은 후회가 밀려왔다.

그때 로켓이 또 하나 지나갔다. 뭔가 대책을 세우지 않으면 안 됐 다. 톰은 다시 한번 쿼크 신의 이름을 부르면서 좌현으로 급커브를 틀어 제니를 첩첩이 쌓인 산들 사이로 몰았다. 비행선은 바람에 깎 인 현무암들이 던지는 어두운 그림자 사이를 빠른 속도로 지난 후 다시 해가 비치는 곳으로 나왔다.

톰은 아래쪽 저 멀리 전방에서 또 다른 추격전이 벌어지고 있는 것을 발견했다. 작은 고물 수집 타운 하나가 산 사이로 난 틈을 따 라 남쪽으로 열심히 도망 중이었고, 그 뒤에 커다랗고 녹이 슨 3층 짜리 견인 도시가 턱을 한껏 벌린 채 따라가고 있었다.

톰은 그쪽 방향으로 제니를 몰았다. 비행선 뒤쪽의 잠망경으로 폭 스 스피리츠 세 대가 끈질기게 따라오는 것이 보였다. 페니로얄은 손톱을 물어뜯으면서 들어 보지도 못한 희한한 신들의 이름까지 다 갖다 대며 기도했다. "오, 위대한 포스킷! 오, 디블, 우리를 구해 주 소서!" 헤스터는 무전기를 다시 켜고 급속도로 가까워지는 견인 도

5. 폭스 스피리츠

시를 호출해서 정박 허가를 내 달라고 요청했다.
 잠시 정적이 흘렀다. 로켓 하나가 비행선과 30야드도 채 떨어지지 않은 곳에서 다시 폭발하는 바람에 연기와 잔해가 유리창을 때렸다. 그때 무전기에서 슬라브 악센트가 강하게 섞인 에어스페란토를 하는 여자 목소리가 들려왔다. "여기는 노바야-니츠니 항구 관리국이다. 귀선의 요청은 거부되었다."
 "뭐?" 페니로얄이 비명을 질렀다.
 "하지만 그건…." 톰이 말했다.
 "비상 사태다!" 헤스터가 무전기에 대고 말했다. "우리는 지금 추격을 당하고 있다."
 "알고 있다." 다시 목소리가 들려왔다. 유감스럽다는 투가 섞여 있었지만 단호했다. "문제를 일으키지 말아 달라. 노바야-니츠니는 평화로운 도시다. 접근을 불허한다. 이 요청에 응하지 않을 경우 사격 개시하겠다."
 제일 앞서서 쫓아오고 있는 폭스 스피리츠에서 쏜 로켓이 제니 바로 뒤에서 터졌다. 무전기에서 들리는 그린 스톰 소속 비행사들의 거친 위협에 잠시 노바야-니츠니 항구 관리국에서 하는 말이 들리지 않다가 다시 그 여자 목소리가 들려왔다. "제니 하니버, 더 이상 접근을 금지한다. 그렇지 않으면 사격 개시하겠다!"
 톰에게 좋은 생각이 떠올랐다.
 헤스터에게 설명할 시간이 없었다. 설명을 한다 해도 헤스터가 동의할 것 같지도 않았다. 밸런타인이 사용했던 방법이기 때문이다. 진짜 모험이 뭔지를 알기 전 견습생 시절 열성적으로 읽었던 밸런타인의 저서 『실용 역사학자의 모험』에 나오는 에피소드의 한 장면처럼 톰은 제니의 꽁무니로 가스를 뿜어내면서 도시가 있는 곳까지 갑자기 고도를 낮췄다. 그리고 충돌할 것처럼 도시를 향해 전속력으로 비행해 갔다. 무전기의 목소리가 놀란 비명으로 바뀌었다. 톰이 중간 갑판 가장자리에 있는 녹슨 공장들 위로 비행선을 낮게 몰고 가다가 두 개의 거대한 지지 기둥 사이를 지나 상층 갑판의 그림자 밑으로 들어가자 헤스터와 페니로얄도 비명을 질렀다. 폭스 스피리츠 비행선들 중 두 대는 더 이상 따라오지 않고 뒤에 남았지만 앞장서서 쫓아오던 리더는 도시의 심장부를 향해 날아가는 톰을 대담하게 추적했다.

　노바야-니츠니는 처음 와 보는 도시였다. 하지만 제대로 된 관광을 할 여유는 없었다. 지나가면서 보니 런던과 비슷하게 각 갑판의 중심부에서 길들이 방사형으로 퍼져 나가고 있었다. 제니는 그 길들 중에서 하나를 따라 가로등 높이로 계속 비행했다. 2층 창문에서 사람들이 믿을 수 없다는 표정으로 쳐다봤고 거리를 걷던 사람들은 서둘러 몸을 피했다. 갑판의 중앙부 쪽으로는 위쪽 갑판을 지탱하는 지지 기둥과 엘리베이터 통로가 복잡하게 얽혀 있었다. 몸집이 작은 제니는 장애물 스키 경주를 하는 선수처럼 그 사이를 아슬아슬하게 빠져나갔다. 기낭이 여기저기 긁히고 방향타의 페인트

5. 폭스 스피리츠

가 떨어져 나갔다. 뒤를 쫓아오던 폭스 스피리츠는 그러나 제니만큼 운이 좋지 않았다. 톰도 헤스터도 정확히 어떻게 된 건지 보지 못했지만 제니의 시끄러운 엔진 소리를 뚫고 뭔가 산산이 부서지는 소리가 들렸다. 잠망경으로 폭스 스피리츠의 잔해가 도시 갑판으로 떨어져 내리는 게 보였고 곤돌라는 술에 취한 것처럼 머리 위 트램 궤도에 걸려 흔들리고 있었다.

갑자기 눈부신 햇살이 쏟아졌다. 도시의 다른 쪽 끝으로 빠져나온 것이다. 살아서 나온 것이다. 심지어 두려움에 몸이 굳었던 페니로얄까지 환호했고 행복한 안도감으로 셋은 순간 한마음이 되었다. 그러나 그린 스톰은 그렇게 쉽게 포기하지 않았다. 남은 두 대의 폭스 스피리츠가 도시 뒤쪽에서 나오는 배기가스 구름 사이를 뚫고 제니가 나오기를 기다리고 있었던 것이다.

로켓이 우현 엔진에 명중했고 그 충격으로 비행 갑판의 창문들이 박살나면서 헤스터는 바닥으로 나가떨어졌다. 겨우 비틀거리며 일어서 보니 톰은 머리와 옷에 하나 가득 유리 조각을 뒤집어쓴 채 여전히 조종간에 매달려 있었다. 페니로얄은 지도가 펼쳐진 탁자 위에 쓰러져 있었다. 동으로 만든 소화기가 떨어지면서 그의 머리를 쳤는지 대머리에 난 상처에서 피가 흘렀다. 헤스터는 그를 창문 밑에 달린 의자에 끌어다 앉혔다. 아직 숨은 쉬고 있었지만 눈동자가 위로 말려 올라가서 흰자위밖에 보이지 않았다. 마치 자기 머릿속에서 벌어지고 있는 뭔가 재미난 일을 구경하고 있는 것 같아 보였다.

로켓이 몇 대 더 제니에 명중했다. 프로펠러 한쪽이 떨어져서 잘못 던진 부메랑처럼 아래로 펼쳐진 눈밭을 향해 빙글거리며 추락했다. 톰이 조종간을 잡고 안간힘을 썼지만 제니 하니버는 더 이상 그의 뜻대로 움직여 주지 않았다. 방향타가 완전히 고장 났거나 아니면 조종 레버와 방향타를 잇는 전선이 어디선가 끊어진 것 같았다. 그때 산에서 세차게 불어닥친 돌풍이 제니를 폭스 스피리츠들 쪽으로 밀어붙였다. 그러자 더 가까이에 있던 비행선이 충돌을 피하기 위해 갑자기 방향을 틀다가 동료 비행선에 가서 부딪혔다.

 20야드도 떨어지지 않은 곳에서 두 비행선이 폭발하자 제니의 비행 갑판은 섬광에 휩싸였다. 다시 사물들을 볼 수 있게 되었을 즈음에는 폭스 스피리츠들의 잔해가 하늘 전체를 메우고 있었다. 그중 큰 파편들이 산에 떨어져 굴러 내려가면서 내는 소리가 멀리서 들려왔다. 몇 마일 뒤에서는 남쪽으로 이동하는 노바야-니츠니의 엔진과 끼익거리는 바퀴 소리가 들렸다. 헤스터는 자신의 심장 박동 소리를 들었다. 크고 빠르게 뛰고 있었다. 그제서야 그녀는 제니의 엔진이 멈췄다는 것을 깨달았다. 조종간을 당기고 밀면서 점점 당황해 가는 톰의 표정을 보니 다시 엔진을 되살릴 가망은 거의 없어 보였다. 깨진 유리창으로 살을 에는 듯한 바람이 들이쳤고 바람과 함께 눈송이와 차갑고 깨끗한 얼음 냄새가 들어왔다.

 헤스터는 그린 스톰의 비행사들을 위해 짧게 기도했다. 그들의 영혼이 여기 머무르면서 더 문제를 일으키지 않고 서둘러 암흑의 나

5. 폭스 스피리츠

라로 내려가기를 기원했다. 그런 다음 그녀는 여기저기 통증이 느껴지는 것을 무시하고 톰의 곁에 가서 섰다. 그는 이제 무슨 짓을 해도 소용없다고 생각했는지 조종간을 내버려두고 헤스터를 껴안았다. 둘은 앞에 펼쳐지는 풍경을 바라보면서 서로를 안은 채 서 있었다. 제니는 커다란 화산의 중턱을 지나고 있었다. 그 너머에는 더 이상 산이 없었고 지평선까지 하얀 평야가 끝없이 펼쳐져 있었다. 이제 그들의 운명은 바람에 달려 있었다. 바람은 제니를 싣고 얼음 황무지로 향했다.

6
얼음밭 상공에서

"도리가 없어." 톰이 말했다. "착륙하지 않고는 엔진을 고칠 수 없는데 저 아래로 내려갔다가는…."

 더 이상 말할 필요도 없었다. 드라켄 패스에서 그 일을 당한 지 3일이 지났다. 다 부서진 채 바람에 날려 정처 없이 떠가는 제니의 밑으로는 얼어붙은 달만큼이나 황량한 풍경이 이어지고 있었다. 오래된 얼음만 엉겨 있는 땅 위로 여기저기 산이 솟아 있었지만 그 산들마저 아무런 생명체도 살지 않는 혹독한 환경의 눈 덮인 황무지이기는 마찬가지였다. 아직 이른 오후밖에 되지 않았지만 따스한 기운이라고는 전혀 없는 불그스레한 원반 모양의 태양은 벌써 석양 사이로 기울고 있었다.

 톰의 어깨에 팔을 두른 헤스터는 그가 두꺼운 안감이 덧대어진 비행사용 코트를 입었는데도 불구하고 부들부들 떨고 있는 것을 느꼈다. 정말이지 믿기지 않을 정도로 추운 곳이었다. 냉기가 마치 살아 있는 짐승처럼 몸에 달라붙어 땀구멍 속으로 파고들면서 별로 남지도 않은 몸 안의 온기를 밀어내려 안간힘을 쓰는 것처럼 느껴졌다. 헤스터는 냉기가 벌써 뼛속까지 스며들었다고 생각했다. 밸런타인의 칼에 맞아 두개골에 움푹 들어간 자국이 난 곳을 추위가 갉아 대고 있었다. 하지만 우현 엔진을 고쳐 보기 위해 한 시간 내내 밖에 나가 쌓인 얼음을 깨고 수리하느라 애를 쓰고 들어온 불쌍한 톰보다는 아직 자기가 더 따뜻했다.

헤스터는 톰을 비행선 뒤쪽에 있는 침실로 데려가 침대에 앉히고 담요와 여벌 코트를 모두 덮어 준 다음 자신에게 남아 있는 작은 온기라도 전해 주려고 그 옆에 꼭 붙어 앉았다.

"페니로얄 교수는 어떠셔?" 톰이 물었다.

헤스터는 그냥 신음 소리만 냈다. 판단하기가 힘들었다. 아직 의식을 회복하지 못한 페니로얄이 영영 정신을 차리지 못하는 건 아닐까 하는 생각이 들기 시작했기 때문이다. 그는 지금 비행선 취사장에 그녀가 임시로 만든 침대에 누워 있었다. 자기가 가지고 다니던 담요 위에 제니에 실려 있던 담요 몇 장을 겹쳐 덮어 주면서도 헤스터는 그 담요들이 자신과 톰에게도 필요한 것이었기 때문에 마음이 흔쾌하지는 않았다. "정말 희망이 없구나 싶어 비행선 밖으로 버려야겠다고 생각할 때마다 몸을 뒤척이고 신음 소리를 내서 그렇게 못 하겠더라고."

헤스터는 꾸벅꾸벅 졸기 시작했다. 잠에 빠져드는 것은 가장 쉽고도 달콤한 일이었다. 꿈속의 선실에는 신비롭고 이상한 빛이 가득했다. 마치 메두사에서 나오는 빛처럼 펄럭이면서 모양이 계속 변하는 그런 빛이었다. 그날 밤이 떠오른 헤스터는 톰에게 더 가까이 파고들어서 자기 입술을 그의 입술에 가져다 댔다. 눈을 떴을 때도 꿈에 봤던 빛들이 방을 채운 채 톰의 아름다운 얼굴 위에 물결치고 있었다.

"오로라야." 톰이 속삭였다.

헤스터가 소스라치며 일어섰다. "누구? 어디?"

"북극의 빛 말이야." 톰이 웃으면서 설명했다. 그가 가리키는 창밖을 보니 얼음 벌판 위 밤하늘에 아른아른한 빛이 초록에서 빨강으로, 또 금빛으로 변하다가 갑자기 모두 함께 보이기도 했다. 어떨 때는 완전히 사라진 듯하다가 어떨 때는 오색 깃발처럼 선명하게 휘날리기도 했다.

"꼭 보고 싶었어." 톰이 말했다. "충마이 스포르스가 쓴 『눈유목민과의 한때』를 읽고 난 후 항상 그랬어. 그런데 이렇게 보게 될 줄이야. 꼭 누군가 우리 둘을 위해서 마련해 놓은 것 같지?"

"축하해." 헤스터는 그렇게 말하면서 자기 얼굴을 톰의 턱 밑 부드러운 곡선에 파묻었다. 그렇게 하면 오로라를 보지 않아도 되었기 때문이다. 아름다운 것은 사실이지만 너무나도 거대하고 비인간적인 아름다움이 그닥 마음에 들지 않은데다, 이제 곧 저 빛이 자기 장례식 연등이 될 거라는 생각을 하지 않을 수 없었다. 얼마 가지

6. 얼음밭 상공에서

않아 제니의 기낭과 삭구 장치에 쌓인 얼음 무게 때문에 땅으로 추락할 것이고, 어둡고 추운 그곳에서 헤스터와 톰은 다시 깨어날 수 없는 잠으로 빠져들게 될 것이다.

헤스터는 별로 무섭지 않았다. 잠에 겨운 톰의 팔에 안겨 졸면서 온기가 몸 밖으로 서서히 빠져나가는 게 그리 나쁘지 않았다. 서로의 품에 안겨 숨을 거둔 연인들은 어둠의 나라로 함께 내려가고 거기서도 죽음의 여신이 가장 높이 쳐 주는 영혼들이라는 것은 누구나 아는 일이었다.

단 한 가지 문제는 소변이 마려운 것이었다. 처음에는 그냥 무시하고 마음을 가라앉힌 상태에서 어둠의 여신의 손길을 조용히 기다리려고 했지만 그럴수록 방광의 압박은 더 심해졌다. 소변을 보는 것 같은 하찮은 일을 하다가 죽고 싶지 않았지만 그렇다고 바지에다 실례를 하고 싶지도 않았다. 어둠의 나라에 젖은 바지를 입고 가는 것처럼 로맨틱하지 못한 일도 없을 것 같았다.

그녀는 투덜거리며 담요 밑에서 빠져나와 갑판에까지 생기기 시작한 얼음 위를 조심스럽게 기어갔다. 비행 갑판 뒤쪽의 화장실은 로켓을 맞아 박살이 났지만 변기가 놓여 있던 자리에 편리하게도 구멍이 나 있었다. 헤스터는 구멍 위에 쪼그리고 앉아 가능한 한 빨리 볼일을 보기 시작했다. 살을 에는 찬 바람에 숨이 멎을 듯했다.

톰에게 바로 돌아가려 했고, 나중에 그때를 회상할 때면 항상 왜 그렇게 하지 않았을까 후회하곤 했지만, 그 순간 그녀는 무엇 때문인지 몰라도 조용한 비행 갑판 쪽으로 발길을 돌렸다. 비행 갑판 안은 희미하게 불이 들어와 있는 계기판 위에 서리가 앉아 은은한 빛이 돌았고 참 예뻤다. 헤스터는 하늘의 여신과 비행사들의 신이 모셔져 있는 작은 사당 앞에 무릎을 꿇고 앉았다. 대부분의 비행사들은 비행 갑판에 모신 사당에 자기 조상들의 사진을 붙여 놓았다. 하지만 톰과 헤스터는 둘 다 죽은 부모들의 사진을 갖고 있지 않았기 때문에 제니를 수리할 때 찾아낸 트렁크에서 나온 안나 팽의 사진으로 사당을 장식했다. 헤스터는 안나 팽에게 짧게 기도를 올리며 그녀가 어둠의 나라에서도 자신들의 친구가 되어 주기를 기원했다.

그녀가 창문 밖 얼음밭 너머에 불빛들이 모여 있는 것을 본 건 톰에게 돌아가려고 막 일어났을 때였다. 처음에는 톰이 그렇게 반가워했던 그 하늘의 빛이 얼음에 반사된 것인 줄 알았다. 하지만 그 빛들은 색깔이 변하거나 사라지지 않고 그냥 차가운 공기 중에서 반짝거리고 있었다. 헤스터는 깨진 창문 가까이로 다가갔다. 찬 바람 때문에 눈에서 눈물이 났지만 잠시 후 그 불빛 주변으로 어두운 건물들의 형체와 안개인지 연기인지 모를 희미한 자국을 알아볼 수 있었다. 그것은 바람이 부는 방향, 그러니까 북쪽으로 약 10마일 떨어진 곳에 있는 작은 얼음 도시였다.

이상하게도 실망감이 드는 것을 애써 억누르며 헤스터는 톰을 깨우러 갔다. 그는 몇 번이나 볼을 두드린 후에야 신음 소리를 내며 몸을 움직였다. "왜 그러는데?"

"어떤 신인지는 몰라도 우리를 예뻐하는 신이 있나 봐." 헤스터가 대답했다. "이젠 살았어."

톰이 비행 갑판에 가 보니 그 사이에 도시는 훨씬 가까워져 있었다. 운 좋게도 바람의 방향 때문에 제니는 그 도시 쪽으로 거의 똑바로 날아가고 있었다. 갑판 두 개짜리의 그 작은 도시는 널찍한 무쇠 날을 사용해서 얼음을 지치며 이동 중이었다. 망원경으로 살펴보니 아래쪽을 향해 곡선 모양으로 굽은 턱이 보였다. 지금은 눈을 치우는 제설기로 사용하느라 닫힌 상태였다. 도시 뒤편에는 갈고리 같은 것이 달린 대형 바퀴가 도시를 앞으로 밀면서 돌아가고 있었다. 높고 하얀 집들이 위쪽 갑판에 반원 모양으로 늘어서 있고 뒤쪽으로는 궁전처럼 보이는 건물들이 모여 있는 우아한 도시였다. 그러나 여기저기 녹이 슬고 불이 켜지지 않은 창문도 많이 보여서 어딘지 모르게 우울함이 깊이 스며 있는 듯한 느낌이 들었다.

"왜 우리가 여태 신호음을 잡아 내지 못했을까?" 무전기 다이얼을 더듬거리며 헤스터가 말했다.

"어쩌면 신호음을 내보내지 않는 도시일 수도 있지." 톰이 대답했다.

헤스터는 낮은 주파대역에서 높은 것까지 오르락내리락하며 그 도시에서 나오는 유도 신호음을 잡으려고 애썼지만 허사였다. 그녀는 침묵 속에서 홀로 외롭게 북쪽을 향해 미끄러져 가고 있는 이 도시에서 어쩐지 이상하고 불길한 느낌을 받았다. 그러나 그녀가 개

방 채널을 통해 호출을 하자 아주 친절한 항구 관리소 직원이 아무 일도 없다는 듯 앵글리시로 대답했고, 30분 후 그 직원의 조카가 제니 하니버를 견인해 가기 위해 그라큘러스라는 이름의 초록색 예인선을 타고 나타났다.

두 비행선은 거의 버려진 듯 조용한 위층 갑판 앞쪽에 자리 잡은 항구에 착륙했다. 텅 비어 있는 항구에 항구 관리소장과 그의 아내가 마중을 나왔다. 도토리 같은 밤갈색 피부의 통통하고 친절한 두 사람은 파카 차림에 모피 모자를 쓰고 나와 제니를 꽃처럼 열리는 돔 지붕이 있는 격납고로 인도한 후, 페니로얄을 들것에 실어 항구 관리소 뒤편에 있는 자신들의 집으로 실어 갔다. 따뜻한 부엌에는 커피, 베이컨, 뜨거운 페이스트리 등이 차려져 있었다. 주인들이 옆에 서서 미소 띤 얼굴로 지켜보는 가운데 톰과 헤스터는 음식들을 정신없이 먹기 시작했다. "환영합니다, 여행객들이여! 앵커리지에 오신 것을 환영, 환영, 또 환영합니다."

PREDATOR'S GOLD
7
유령 도시

오늘은 수요일이다. 수요일은 프레야가 얼음의 신들의 계시를 받기 위해 기도할 수 있도록 운전사가 그녀를 성전에 모시고 가는 날이다. 도시 뒤쪽에 약간 더 올려 지은 플랫폼 위에 위치한 신전은 같은 플랫폼에 있는 그녀의 궁전에서 채 10미터도 떨어져 있지 않았다. 그래서 기사를 불러 관용차에 탄 후, 그 짧은 거리를 이동하고, 다시 차에서 내리는 것이 그냥 걸어가는 것보다 훨씬 더 번거로운 일이었지만 그와 상관없이 프레야는 항상 그렇게 했다. 마그라빈이 거리를 걷는 것은 적절한 행동이 아니었기 때문이다.

그녀는 냉장고 같은 성전 안 어두침침한 촛불 아래 무릎을 꿇고 앉아 얼음의 신과 여신의 아름다운 얼음 조각들을 올려다보면서 자신이 어떻게 해야 할지 말해 주거나, 아니면 지금까지 한 일들이 옳은 판단이었다는 신호라도 보내 달라고 부탁했다. 그러나 여느 때와 마찬가지로 아무런 대답이 없었다. 기적의 빛이나 머릿속에서 속삭이는 목소리, 혹은 바닥에 내린 서리 모양에서 읽을 수 있는 메시지 같은 것은 전혀 없었다. 다만 꾸준히 돌아가는 엔진 때문에 무릎 밑에서 갑판이 가늘게 진동하고 희미한 겨울 햇빛이 창문에서 멈칫거릴 뿐이었다. 잡념들이 자꾸 기도를 방해하고 있었다. 궁전에서 사라진 물건들이라든지 하는 짜증 나는 일들이 계속 머리에 떠올랐다. 그 생각을 하면 화가 나고 조금 두렵기도 했다. 자기 방에 누군가 몰래 들어와 물건들을 들고 나갈 수 있다는 것 말이다. 도둑이 누군지 가르쳐 달라고 얼음의 신들께 기도해 봤지만 물론 그런 걸 가르쳐 줄 리 없었다.

마지막으로 프레야는 어마마마와 아바마마를 위해 기도하며 암흑의 나라에 가서 어떻게 지내고 계실까 궁금하다는 생각을 했다. 프레야는 부모님이 돌아가신 뒤에야 자신은 다른 사람들이 부모를 아는 것만큼 자기 부모님에 대해 알지 못한다는 것을 깨달았다. 항상 프레야를 돌보는 유모나 시녀들이 있었고 어마마마와 아바마마는 저녁식사 혹은 공식 행사 때나 얼굴을 볼 수 있었다. 게다가 부모를 항상 '전하'라고 불러야 했다. 부모님과 가까이 있을 수 있는 건 여름날 오후 어쩌다 한번씩 왕궁의 얼음 뗏목을 타고 소풍을 갈 때뿐이었다. 마그라빈 부부와 프레야 그리고 하인과 신하들 약 70명 정도만 가는 간단한 가족 나들이였다. 그러다 전염병이 돌자 그나마 부모님 얼굴을 보는 것조차 허락되지 않았다. 부모님이 돌아가시자 하인들이 뗏목에 부모님 시체를 눕히고 불을 붙인 다음 얼음 위로

7. 유령 도시

밀어 내보냈다. 프레야는 창가에 서서 멀어져 가는 얼음 뗏목에서 나오는 연기를 바라보며 부모님이 아예 처음부터 없었던 것 같다고 느꼈다.

성전에서 나와 보니 운전사가 발끝으로 얼음 위에 그림을 그리기도 하고 서성거리기도 하면서 기다리고 있었다. "집으로 가요, 스뮤." 스뮤가 그녀를 위해 관용차의 뚜껑을 열어 주려고 얼음 위를 조심스럽게 걸어가는 사이 프레야는 도시의 앞쪽을 바라보면서 위쪽 갑판에 불 켜진 창문이 요즘 얼마나 드문지 생각했다. 언젠가 엔진 지역의 노동자들에게 원한다면 더럽고 작은 그들의 아파트에서 이곳 위쪽 갑판의 빈 빌라들로 이사해도 좋다는 포고를 내린 적이 있었다. 하지만 그렇게 이사한 사람은 거의 없었다. 어쩌면 그들은 더럽고 작은 아파트에 사는 것을 좋아하는지도 몰랐다. 누구에게나 익숙한 것들이 주는 안락함이 가장 절실한 것인지도 몰랐다. 프레야 자신처럼.

그때 저 앞쪽, 흰색과 회색으로 뿌옇기만 한 비행선 항구에 빨간 빛 하나가 반짝이는 것이 눈에 띄었다.

"스뮤, 저게 뭐지? 설마 비행선이 도착한 건 아니겠지?"

운전사가 허리를 굽히며 말했다. "어젯밤에 비행선 하나가 들어왔습니다, 전하. 제니 하니버라는 이름의 무역선입니다. 항구 관리 소장 아키우크에 따르면 비행 해적인지 뭔지한테 로켓 공격을 받아서 많이 부서진 상태라고 합니다."

프레야는 좀 더 자세히 보려고 비행선 쪽을 뚫어져라 쳐다봤다. 바람에 날리는 가루눈 때문에 선명하게 보기가 힘들었다. 이방인들이 앵커리지의 갑판을 걸어 다니고 있다니 얼마나 오랜만에 벌어지는 낯선 일인가!

"왜 나한테 미리 말해 주지 않았죠?" 프레야가 물었다.

"보통 일개 무역상 정도가 도착한 것까지 마그라빈님께 보고 드리지는 않습니다, 전하."

"비행선에 누가 타고 있죠? 관심을 가질 만한 사람들인가요?"

"두 명의 젊은 비행사들입니다, 전하. 그리고 승객으로 더 나이 든 사람 한 명이 있었습니다."

"흠…." 프레야는 금방 흥미를 잃었다. 잠깐 마음이 들떠 이 방문객들을 궁전으로 초대할 상상을 했었다. 하지만 대 앵커리지의 마그라빈이 떠돌이 비행사들과 자기 비행선 하나 살 돈이 없어 남의 비행선에 운임을 내고 다니는 사람 따위와 앉아 잡담이나 나눌 수는 없는 노릇이었다.

"아키우크가 그 두 비행사 이름이 내츠워디와 쇼라고 했습니다, 전하." 스뮤는 그렇게 말을 이으면서 프레야가 전용차에 타는 것을 도왔다. "내츠워디, 쇼 그리고 페니로얄입지요."

"페니로얄? 설마 님로드 페니로얄 교수?"

"맞습니다, 전하."

"그러면 내가… 그러면 내가…." 프레야는 안절부절못하며 쓰고

7. 유령 도시

있던 모자를 고쳐 썼다. 모두 죽어 버린 다음에 프레야가 교과서처럼 따라 온 앵커리지의 전통에는 '기적이 일어났을 때 어떻게 행동해야 하는지'는 물론 나와 있지 않았다. "스뮤!" 그녀가 속삭였다. "스뮤, 페니로얄 교수를 환영해야만 해! 항구 쪽으로 가서 참의원실로, 아니 대 알현실로 모셔 와요. 나를 집에 내려준 다음 바로, 아니 지금 당장 가요. 난 걸어가겠어요."

그리고 그녀는 성전으로 다시 들어가 얼음의 신들에게 자신이 그토록 기다려 왔던 계시를 보내 준 것에 대해 감사의 기도를 올렸다.

❆ ❆ ❆

헤스터도 앵커리지에 관해서는 들은 적이 있었다. 앵커리지는 규모가 작은데도 불구하고 얼음 도시들 중 가장 유명한 축에 속했다. 옛 아메리카까지 기원을 거슬러 올라갈 수 있을 정도로 족보가 있는 도시였기 때문이다. 60분 전쟁이 터지기 직전 피난민 일부가 원래 앵커리지에서 도망쳐 나와 폭풍으로 폐허가 된 북쪽 섬에 새로운 정착촌을 세웠다. 그곳에 정착해 전염병과 지진, 그리고 빙하기와 맞서 살아남은 사람들은 결국 8세기 전 견인 도시 건설 붐이 그곳까지 미치자 이동 혹은 다른 견인 도시에게 잡아먹히기 둘 중 하나를 선택해야 할 기로에 놓였다. 결국 견인 도시 위에 고향을 다시 세운 주민들은 얼음 위를 헤매는 끝없는 여정을 시작했다.

앵커리지는 다른 도시를 잡아먹는 사냥꾼 도시가 아니었다. 도시 앞면에 달린 작은 턱은 얼음 위에서 발견한 물건들이나 자원을 들어 올리거나 보일러에 들어갈 담수를 끌어올리는 데 사용하기 위해 설치된 것이었다. 앵커리지 시민들은 얼음 황무지 변두리에서 다른 비사냥 도시들과 만나 작고 우아한 다리를 연결해 무역을 하거나 고물 수집상들과 고고학자들이 모여 얼음밭에서 발견한 물건들을 교환할 수 있는 장터를 제공해서 먹고살았다.

그런 앵커리지가 무역 경로에서 수마일이나 떨어진 이곳에서 겨울이 코앞에 닥친 지금 북쪽을 향해 가고 있는 이유가 대체 뭔지 궁금하지 않을 수 없었다. 제니 하니버의 정박을 도울 때도 이런 의문이 헤스터의 머리에 맴돌고 있었고, 항구 관리소장의 집에서 달고 긴 잠을 자고 난 후 눈을 떴을 때에도 같은 생각이 그녀의 머리에서 떠나지 않고 남아 있었다. 비행선 항구를 내려다보는 곳에 반달 모양으로 늘어서 있는 하얀 빌라들이 대낮인데도 어두침침하기만 한 빛을 받고 있었다. 대부분의 집에 흘러내리는 녹물 자국이 보였고 곳곳에서 깨진 창문들이 해골의 눈처럼 텅 빈 어둠을 뿜어내고 있었다. 항구 자체도 여기저기 허물어져서 사라지기 일보직전으로 보였다. 모진 바람이 텅 빈 격납고 안으로 쓰레기와 눈을 몰아붙였고 앙상한 개 한 마리가 오래된 스카이트레인 연결쇠 더미에 다리를 들고 실례를 하고 있었다.

"애석해, 음… 너무 애석해." 항구 관리소장 부인인 아키우크 여

7. 유령 도시

사가 헤스터와 톰이 게 눈 감추듯 아침을 먹어 치우자 음식을 더 만들면서 중얼거렸다. "우리 도시를 옛날에 와서 봤더라면 좋았을 텐데. 그때는 참 대단했어. 얼마나 영화로웠는지. 붐비기는 또 얼마나 붐볐고. 뭐냐, 내가 어릴 적만 해도 비행선들이 스무 척씩 줄을 서서 정박할 자리를 기다리곤 했지. 쾌속 비행선이랑 소형 오픈 비행선, 경주용 범선들이 오로라 레가타 경주에 참가하려고 몰려들었어. 그럴 때면 옛 영화 스타들의 이름을 딴 '오드리 헵번'이니 '궁리'니 하는 멋진 유람선들도 와서 머물다 가곤 했고…."

"무슨 일이 있었나요?" 톰이 물었다.

"세상이 변한 거지, 뭐." 아키우크 여사가 슬픈 얼굴로 말했다. "사냥감이 귀해지니까 그전에는 우리를 두 번 쳐다보지도 않던 아크에인절 같은 거대 사냥꾼 도시들이 어딜 가나 우릴 잡아먹으려 달려들게 됐지."

아키우크 소장이 손님들 컵에 뜨거운 커피를 따라 주며 고개를 끄덕였다. "그리고 올해는 전염병이 돌았다오. 북극 근처에 떨어져 있던 지구 궤도 위성 탑재 무기 유물을 발견한 눈유목민 고물상들이 도시에 찾아왔는데 나중에 알고 보니 그게 60분 전쟁 시절에 개발됐던 끔찍한 인공 바이러스에 감염된 거였나 봐. 아, 겁먹지 말아요. 처음에는 굉장히 치명적이지만 금방 해가 없는 바이러스로 변하게 디자인되어 있었어. 하지만 처음에는 마른 숲에 산불 퍼지듯 퍼져서 수백 명이 죽고 말았지. 심지어 마그라빈 전하와 부군마저 돌아가시고…. 전염병이 사라지고 격리 기간이 끝나자 많은 사람들이 비행선을 타고 다른 도시로 떠나 버렸어. 여기서는 더 이상 미래를 기대할 수 없다고 생각했겠지. 이젠 도시 전체에 50명도 채 안 남았을걸."

"50명도 안 돼요? 하지만 그 인원으로 어떻게 이런 큰 도시를 유지할 수 있죠?"

"유지가 안 되지." 아키우크 소장이 대답했다. "계속해서는. 하지만 우리 엔진 전문가 미스터 스캐비어스가 엄청나게 재주 있는 분이라, 자동화도 많이 시키고 올드-테크도 쓰고, 여러 가지 수를 써서 당분간은 유지가 되게 해 놓으셨지."

"당분간이요?" 헤스터가 의심스러운 말투로 물었다. "지금 어디로 가고 있는 거죠?"

소장의 미소가 금세 사라졌다. "미스 헤스터, 그건 말해 줄 수 없어요. 지금 당장 아크에인절이나 다른 사냥꾼 도시들로 날아가 우리 도시에 대한 정보를 팔아먹지 않을 거란 보장이 없으니까. 하이아이스에서 미리 잠복하고 기다리는 사냥꾼 도시를 만날 일 있나? 자, 자. 물개 버거나 마저 먹고 불쌍한 제니 하니버를 수리하는 데 필요한 부속들이 있는지 찾으러 가자고."

헤스터와 톰은 음식을 먹고 아키우크 소장을 따라 고래 등 모양의 거대한 창고 안으로 들어갔다. 어둑어둑한 창고 안에는 중고 엔진과 곤돌라용 판자, 폐기 처분된 비행선들에서 뜯어 놓은 부속들이

7. 유령 도시

거인의 갈비뼈처럼 보이는 알루미늄 기낭 버팀목들과 한데 섞여 빼곡히 쌓여 있었다. 천장에는 각종 크기의 프로펠러들이 매달려서 도시의 진동에 따라 천천히 흔들리고 있었다.

"내 사촌이 가지고 있던 건데…." 아키우크 소장이 전기 랜턴을 비추면서 말했다. "전염병에 죽고 말았으니 이제 내 거라고 해야겠지. 걱정하지 마. 이래 봬도 내가 고칠 수 없는 비행선은 지금까지 본 적이 없어. 게다가 요즘에는 할 일이 없어서 근질거리던 참이었거든."

일행이 여기저기 녹이 심하게 슨 창고 안을 걸어가고 있는데 작은 물체 하나가 덜컥거리는 소리를 내면서 물건들이 쌓여 있는 쇠 선반들 사이로 서둘러 사라지는 듯했다. 항상 긴장을 늦추지 않는 헤스터는 그쪽으로 고개를 휙 돌려 외눈으로 그림자들을 노려봤다. 아무것도 움직이지 않았다. '이렇게 오래된 창고 안에서는 작은 물체들이 떨어지는 게 다반사로 있는 일이겠지?' 충격 흡수 장치가 제대로 되어 있지 않았을 게 분명한 이런 건물이라면 앵커리지가 눈밭을 뚫고 이동하는 동안 모든 것이 끊임없이 흔들리고 헐거워졌을 게 분명했다. 하지만 헤스터는 누군가 자기를 보고 있다는 느낌을 떨쳐 버릴 수 없었다.

"쥬네-카로 엔진이었지, 맞지?" 아키우크 소장이 묻고 있었다. 그는 톰에게 호감을 보였다. 사실 어디를 가나 사람들은 항상 톰을 좋아했다. 톰은 쓰레기 더미 사이를 바삐 누비며 곰팡이가 슨 커다란 장부를 확인하면서 소장을 돕기 위해 애쓰고 있었다. "적당한 게 분명히 있을 거야. 가스 셀들은 내가 보기엔 예전에 티벳에서 만든 모델인 것 같고. 똑같은 걸 찾을 수 없으면 장-첸 호크모스에서 빼놓은 RJ150으로 바꿔 주지. 그래, 문제 없어. 3주 이내에 제니 하니버를 다시 하늘에 띄울 수 있도록 해 줄게."

❋ ❋ ❋

창고 아래쪽 어둠 속에서 세 쌍의 눈동자가 거친 화면을 통해 보이는 톰과 헤스터 그리고 항구 관리소장의 모습을 응시하고 있었다. 지하에서 자라는 버섯처럼 새하얀 세 쌍의 귀는 겨우 알아들을 수 있을까 말까 한 윗 세상의 소리에 온 신경을 곤두세웠다.

❋ ❋ ❋

소장 부인은 다시 관리소장의 집으로 돌아온 톰과 헤스터를 따뜻한 덧신, 눈신, 겹으로 된 속옷, 기름 먹인 털실로 짠 스웨터, 장갑, 목도리, 파카 등으로 중무장시켰다. 둘은 또 가죽에 양털 안감을 대고 부레 풀로 만든 접안경과 호흡을 위한 필터가 달린 방한 마스크도 착용했다. 소장 부인은 이 물건들이 어디서 왔는지 굳이 말하지 않았지만 헤스터는 그것들이 아키우크 부부의 죽은 아이들 것이었

7. 유령 도시

을 거라고 추측했다. 그녀는 소장이 말한 대로 전염병 병균들이 이제는 완전히 소멸되었기를 바랐다. 하지만 방한 마스크는 정말 불평할 수 없을 정도로 좋았다.

둘이 부엌으로 돌아오자 페니로얄이 난로 옆에 앉아 있었다. 발은 김이 모락모락 나는 양동이에 담그고 머리에는 붕대를 감고 있었다. 얼굴빛이 약간 창백했지만 그것 말고는 완전히 옛날의 페니로얄로 돌아가서 아키우크 여사가 만든 수프를 소리 내 마시며 명랑하게 인사를 했다. "톰, 헤스터! 무사한 걸 보니 기쁘군! 정말 대단한 모험이었지! 다음 책에 쓸 만한 이야기들이 아마도…."

그때 벽에 붙어 있던 놋쇠 전화기가 따르릉 하고 울렸다. 소장 부인이 서둘러 수화기를 귀에 대고 교환소에서 일하는 친구 우미악 부인이 하는 말을 주의 깊게 들었다. 그녀의 얼굴에 점점 빛나는 미소가 퍼지더니 수화기를 놓고 손님들을 향해 돌아섰을 때는 너무 흥분해서 말을 잇기 힘들 정도가 되었다.

"굉장한 뉴스예요! 마그라빈님이 여러분을 몸소 만나시겠대요! 몸소 말이에요! 겨울 궁전으로 여러분을 태우고 갈 마그라빈 전용 기사가 지금 오고 있어요! 이런 영광이! 내 누추한 부엌에서 마그라빈님의 대 알현실로 직접 가다니! 생각만 해도…."

PREDATOR'S GOLD

8

겨울 궁전

"마그라빈이라니?" 헤스터가 매서운 추위 속으로 나서면서 톰에게 작지만 날카로운 목소리로 물었다. "빵에다 발라 먹는 거야, 뭐야?"*

"여시장을 부르는 말 같긴 한데…." 톰이 말했다.

페니로얄이 끼어들었다. "마그라빈은 여성 마그라브를 부르는 말이지. 북쪽 지방에서 활동하는 작은 도시들 중 많은 수가 이런 식의 세습 지배 가문을 갖고 있어서 부모에서 자식으로 작위가 계승되곤

---

* 이 글을 읽는 영국 독자들은 헤스터가 마그라빈(margravine)과 비슷한 이름을 한 마마이트 (marmite)라는 빵에 발라 먹는 짭짤한 스프레드를 연상하면서 하는 이야기라는 걸 금방 알아차릴 것이다. 고귀한 마그라빈을 마마이트처럼 소박한 음식의 대명사와 비교하는 장면이 코믹해 보인다. 주로 중산층 이하 노동자 계급에서 많이들 먹는 이 마마이트는 맛이 독특해서 이 제품을 파는 회사에서도 아예 마케팅 전략을 '마마이트는 중간이 없다.-절대 애호 아니면 절대 증오, 그 두 길뿐이다.' 로 세웠을 정도이다. 마그라빈과 마마이트는 발음이 비슷할 뿐 아니라 마그라빈에게 절대 충성을 바치는 아키우크 부인과 같은 사람도 있지만 헤스터가 보일 그 정반대의 반응, 즉 절대 증오를 가진 사람도 있다는 걸 미리 짐작하게 해 주는 암시로 사용되기도 했다.

8. 겨울 궁전

하지. 마그라브, 포트리브, 그라프 등등 이름은 여러 가지지만 결국은 다 왕이라는 뜻이야. 아이젠슈타트의 우르바누스, 아크에인절의 디렉토르…. 이쪽 동네에서는 전통을 좋아하는 것 같아."

"그냥 여시장이라고 부르고 말지, 뭘 그렇게 복잡하게 부르고 난리야." 헤스터가 투덜거렸다.

항구 입구에서 관용차가 기다리고 있었다. 런던에서 많이 봤던 전기차랑 비슷한 종류였지만 이렇게 아름다운 모델은 본 적이 없는 것 같았다. 밝은 빨강 바탕에 화려한 장식체로 R 자가 새겨져 있었고, 하나밖에 없는 뒷바퀴는 보통보다 크고 징 같은 것이 박혀서 눈에 미끄러지지 않도록 되어 있었다. 두 개의 앞바퀴를 감싼 진흙받이 위에 설치된 커다란 전기 랜턴에서 나오는 빛에 비친 눈송이들이 미친 듯 춤추는 것처럼 보였다.

일행이 가까이 오자 기사가 글라스틱 덮개를 열었다. 견장까지 달린 빨간 제복을 입은 기사가 꼿꼿이 서서 경례를 하는데, 키가 헤스터의 허리 정도 왔다. 처음에는 아이인가 보다 생각했지만 다시 보니 자기보다 훨씬 나이 든 어른 남자였다. 그냥 몸만 작을 뿐이었다. 헤스터는 황급히 다른 쪽으로 고개를 돌렸다. 사람들이 자신에게 보내는 그 호기심과 동정 어린 표정, 마음에 상처를 남기는 눈빛으로 자신 역시 그 사람을 바라보고 있었다는 것을 깨달았기 때문이다.

"스뮤입니다. 마그라빈 전하께서 여러분을 겨울 궁전으로 모셔

오라는 명을 내리셨습니다."

　일행은 차 뒷좌석에 끼어 탔다. 가운데 앉은 페니로얄이 작은 체구에 비해 자리를 많이 차지했다. 글라스틱 덮개를 단 스뮤가 차를 출발시켰다. 소장과 부인이 집안에서 창문을 통해 밖을 내다보고 있는 것을 아는 톰은 차의 뒷 창문으로 손을 흔들어 보이려고 뒤를 돌아봤지만 차바퀴에서 이는 눈보라와 어두운 겨울 해 때문에 이미 아무것도 보이지 않았다. 차는 널찍한 도로를 따라 달려가고 있었다. 거리 양쪽으로는 지붕이 있는 아케이드들이 늘어서 있었고, 가게와 레스토랑, 그리고 멋진 빌라들이 이어졌지만 모두 죽은 듯 불이 꺼져 있었다. "이 길은 라스무센 프로스펙트입니다." 스뮤가 안내했다. "매우 우아한 거리지요. 상층 갑판 중간을 관통해서 도시 맨 앞과 뒤를 연결합니다."

　톰은 창문 밖을 내다봤다. 너무나 아름답고 외로운 모습을 한 이 도시에 매료되면서도 한편으로 그 텅 빈 공간들 때문에 불안했다. 앵커리지는 이 황량한 북극의 한가운데를 가로질러 도대체 어디로 향하고 있는 것일까? 그는 따뜻한 옷 안에서 자기도 모르게 몸서리를 쳤다. 비밀의 목적지를 향해 질주하고 있는 도시에 잘못 올라타서 겪었던 좋지 않은 경험이 기억났기 때문이다. 맛이 간 시장 때문에 카자크해에 가라앉아 버린 턴브리지 휠스….

　"도착했습니다." 그때 스뮤가 갑자기 선언하듯 말했다. "겨울 궁전입니다. 지난 800년 동안 라스무센가가 거주해 온 곳이지요."

8. 겨울 궁전

도시의 후미에 가까워진 차는 긴 오르막길을 오르느라 전기 모터에 무리가 가는지 털털거렸다. 언덕 맨 위쪽에 겨울 궁전이 서 있었다. 전날 저녁 공중에서 잠시 본 건물이었다. 소용돌이 모양으로 지어진 건물의 새하얀 쇠 첨탑과 발코니들을 얼음과 서리가 장식하고 있었다. 건물의 위쪽 층들은 아무도 쓰지 않고 비워 둔 것처럼 보였지만 아래층 창문들에는 듬성듬성 불이 켜져 있었다. 둥근 정문 밖에는 청동으로 만든 삼발이 받침대 위에서 가스 불이 춤을 추고 있었다.

차는 서리가 내린 드라이브웨이 위에 멈춰 섰다. 스뮤는 승객들이 내리는 동안 차의 뚜껑을 받치고 서 있다가 얼른 궁전의 계단을 뛰어 올라 미닫이로 된 문을 열었다. 일행은 열 보존실이라고 하는 작은 방으로 들어섰다. 스뮤가 바깥에서 들어와 문을 닫은 후 손님들과 함께 들어온 차가운 공기가 천장과 벽에 달린 난로 덕에 몇 초만에 덥혀지자 안쪽 문이 자동으로 열렸다. 일행은 스뮤를 따라 대형 태피스트리들이 벽을 장식하고 있는 복도를 걸어갔다. 복도 끝에 커다란 두 짝짜리 문이 있었다. 값을 매길 수 없을 정도로 귀중한 올드-테크 합금을 씌운 문이었다. 스뮤는 문에 가볍게 노크한 후 일행에게 "여기서 기다리십시오."라고 속삭이더니 옆으로 난 작은 복도로 사라졌다. 건물 전체가 도시의 움직임에 따라 흔들렸고 어디선가 곰팡이 냄새가 났다.

"맘에 안 들어." 헤스터가 샹들리에와 난방용 덕트들을 덮은 두꺼운 거미줄들을 보면서 말했다. "왜 우리를 여기로 부른 거야? 함정일 수도 있어."

"말도 안 되는 소리, 미스 쇼!" 페니로얄이 겁먹은 표정을 애써 감추며 말했다. "함정이라니, 마그라빈이 왜 우리 같은 사람들을 잡으려고 함정을 파겠어? 그런 저급한 일이나 할 위치가 아니에요. 잊었어? 여자 시장이나 마찬가지로 높은 직책이야."

헤스터는 어깨를 으쓱했다. "지금까지 시장이라고는 두 명 만나 봤을 뿐인데 둘 다 무지하게 저급한 일만 하던걸? 솔직히 말해서 둘 다 완전히 미쳤었고."

그때 갑자기 문이 덜컹 하더니 긁히는 소리가 조금 나면서 양쪽으로 열렸다. 문 안쪽에는 스뮤가 서 있었다. 그러나 그는 이제 푸른색의 긴 가운과 육각 모자로 치장을 하고 자기 키의 두 배쯤 되어 보이는 권표*를 들고 있었다. 그는 마치 일행을 처음 만나는 것처럼 엄숙하게 환영의 인사를 한 다음 쇠로 된 바닥을 권표로 세 번 두드리고 "님로드 페니로얄 교수와 일행입니다."라고 선언한 다음 옆으로 물러서서 일행을 입장시켰다.

아치형 천장에 줄줄이 매달린 아르곤 램프의 둥그런 빛이 거대한 방에 놓인 빛의 징검다리처럼 보였다. 징검다리 끝에는 화려한 왕좌가 단 위에 놓여 있었고 누군가 거기 기대앉아 있었다. 헤스터는

---

* 권위를 상징하는 긴 지팡이.

8. 겨울 궁전

 톰의 손을 더듬어 잡고 페니로얄을 따라 나란히 그림자-빛-그림자-빛을 통과해서 단 앞에까지 걸어갔다. 눈을 들어 보니 마그라빈이 일행을 내려다보고 있었다.
 이유는 모르겠지만 헤스터와 톰은 마그라빈이 더 나이 든 사람일 거라고 상상했다. 이 정적만 감도는 녹슨 집의 모든 것이 긴 세월과 쇠퇴, 그리고 원래의 목적은 오래전에 잊혀져 버린 낡은 전통을 암시하고 있었기 때문일 것이다. 그러나 오만한 표정으로 일행을 내려다보고 있는 소녀는 오히려 자기들보다 더 어려 보였다. 절대 열여섯 살이 넘어 보이지 않는 그녀는 체구가 상당히 크고 예쁘장한 얼굴에 정교한 장식이 달린 푸른색 드레스와 여우털이 달린 망토를 입고 있었다. 어딘지 모르게 아키우크 부부가 지닌 이누이트족의 얼굴 특징이 조금 있었지만 피부가 훨씬 하얗고 머리는 금발이었다. '가을 낙엽 색깔이군.' 헤스터는 그렇게 생각하며 자기 얼굴을 가렸다. 마그라빈의 미모 앞에서 자신은 더 작고 가치 없고 불필요한 존재처럼 느껴졌다. 자기도 모르게 그녀는 마그라빈의 단점을 찾기 시작했다. '너무 뚱뚱해. 그리고 목 좀 잘 씻지. 좀들이 저 예쁜 드레스에서 포식을 했군. 게다가 단추는 모두 잘못 채워지고….'
 헤스터 옆에서 톰도 혼자 생각에 빠져 있었다. '아직 어린데 도시 하나를 온통 책임져야 하다니…. 그래서 저렇게 슬퍼 보이는구나!'
 "마그라빈님!" 페니로얄이 허리를 깊게 숙이면서 인사했다. "소인과 소인의 어린 친구들에게 전하와 앵커리지 시민들이 보여 준 친절에 대해 감히 감사의 말씀을 드리옵나이다…."

"나를 부를 때는 전하라고 불러야 해요. 아니면 얼음 평원의 빛과 같은 존재라고 하든지." 소녀가 말했다.

어색한 침묵이 흘렀다. 엔진의 열을 재활용해서 궁전을 덥히기 위해 천장에 설치한 두꺼운 난방용 덕트 어디에선가 작게 긁는 소리와 삐걱거리는 소리가 들려왔다. 소녀는 손님들을 한참 동안 빤히 쳐다보다가 마침내 입을 열었다. "당신이 진짜 님로드 페니로얄이라면 책에 나온 사진보다 어떻게 이렇게나 더 뚱뚱하고 머리가 많이 벗겨졌죠?"

그녀는 옆에 있는 탁자에서 책 한 권을 집어 들고 뒤표지를 가리켰다. 거기에는 페니로얄의 잘생기고 늘씬한 막내 동생 정도 되어 보이는 남자의 그림이 인쇄되어 있었다.

"아아, 그건 뭐 예술가들이 창의성을 좀 발휘한 것입지요." 페니로얄이 더듬거리며 말했다. "바보 같은 화가가 말이죠, 저 생긴 대로 그대로 그리라고 그렇게 말했건만…. 든든한 배랑 널찍한 이마, 그런 거 감출 필요 없다고 했는데도…. 하지만 아시다시피 예술가라는 사람들은 뭐든지 좀 더 이상적으로 표현하고 싶어 하기도 하고 모델의 내면 세계를 그리고 싶어 하기도 하고…. 뭐 그렇지요."

마그라빈이 미소를 지었다.(웃으니 더 예뻤다. 헤스터는 그녀를 상당히 많이 싫어하기로 마음을 정했다.) "그냥 당신이 페니로얄 교수가 확실한지 확인하고 싶었을 뿐이에요. 초상화에 대해서는 이해해요. 전염

8. 겨울 궁전

"병이 돌기 전에는 나도 접시랑 우표, 동전 같은 곳에 들어갈 초상화 때문에 모델을 많이 서야 했어요. 내 얼굴을 제대로 그리는 화가는 거의 없었어요."

그러다가 그녀는 갑자기 말을 멈췄다. 마치 마그라빈은 흥분한 십 대처럼 손님들 앞에서 떠벌리는 짓 같은 건 해선 안 된다는 사실을 머릿속에 사는 유모가 속삭이기라도 한 것처럼. "앉는 것을 허락하오." 이번에는 훨씬 형식을 갖춘 말투로 그렇게 말하더니 손뼉을 쳤다. 왕좌 뒤의 문이 열리더니 스뮤가 작은 의자들을 들고 서둘러 나왔다. 이번에는 또 다른 옷을 입고 있었다. 딱딱한 사각형 모자와 깃을 세운 튜닉, 바로 하인 유니폼이었다. 순간 톰은 정말로 똑같이 생긴 사람이 셋 있는 건 아닐까 생각했다. 그러나 조금만 자세히 봐도 그 세 사람은 모두 스뮤라는 것이 확실했다. 그는 옷을 빨리 갈아입느라 아직 숨을 헐떡이고 있었고 호주머니에는 시종장의 가발이 살짝 삐져나와 있었다.

"서둘러요." 마그라빈이 말했다.

"죄송합니다, 전하." 스뮤는 의자 세 개를 왕좌를 바라보도록 놓고 또 사라져 버렸다. 잠시 후 그는 음식이 담긴 보온 수레를 밀고 다시 들어왔다. 찻주전자와 아몬드 비스킷 한 접시가 놓여 있었다. 스뮤와 함께 키가 크고 엄숙하게 생긴 나이 든 사람이 들어왔다. 검은 옷차림을 한 그는 손님들 쪽으로 고개를 한 번 끄덕인 뒤 왕좌 옆에 가서 섰고, 스뮤는 조그만 블라스트 글라스로 만든 컵들에 차를 따라 돌렸다.

"그러니까 제 책들을 접해 보셨다는 말씀이신가요. 얼음 평원의 빛과 같은 존재시여?" 페니로얄이 억지웃음을 지으며 말했다.

마그라빈의 엄숙한 표정이 사라지면서 쉽게 흥분하는 십 대의 얼굴이 다시 한번 고개를 들었다. "네, 맞아요! 난 역사랑 모험을 좋아하죠. 전에는 항상 그런 책들을 읽곤 했어요. 내가 마그라빈이 되기 전에는. 고전은 다 읽었죠. 밸런타인, 스포포스, 타마튼 폴리오트 등의 작품들 말이에요. 하지만 나는 페니로얄 교수의 책이 제일 좋아요. 사실 그 책들에서 아이디어를 얻어…."

"조심하십시오, 마그라빈 전하." 옆에 서 있던 사람이 말했다. 그의 목소리는 잘 굴러가는 고급 엔진처럼 낮게 울렸다.

"하지만…. 어쨌든! 그래서 얼음의 신들이 교수를 이곳에 보내 주신 것 아니겠어요? 계시예요. 분명히. 내 결정을 신들도 맞다고 생각하고, 우리가 찾는 곳에 도착할 수 있을 거라는 계시. 교수가 우리를 도와주면 실패할 수가 없잖아요?"

"완전히 돌았어." 헤스터가 작은 소리로 톰에게 속삭였다.

"전하, 무슨 말씀이신지…." 페니로얄이 말했다. "이번에 부상을 입은 후 아직 머리가 제대로 돌아가지 않아서 그런 거겠지만 무슨 말씀이신지 잘 이해가 안 됩니다."

"간단해요." 마그라빈이 말했다.

"전하!" 옆에 있던 남자가 다시 한번 경고하듯 말했다.

8. 겨울 궁전

"그렇게 뒷방 노인네처럼 조바심치지 말아요, 미스터 스캐비어스!" 마그라빈이 쏘아붙였다. "상대가 페니로얄 교수잖아요. 믿어도 돼요."

"페니로얄 교수는 물론 믿을 수 있지요, 전하." 스캐비어스가 말했다. "하지만 교수의 젊은 친구들 때문에 걱정하는 겁니다. 우리가 택한 경로를 알게 되면 비행선이 고쳐지는 대로 도망가서 그 정보를 아크에인절 같은 도시에 팔아 치울 위험이 있기 때문입니다. 디렉토르 마스가드가 제 엔진을 탐내 온 건 널리 알려진 사실 아닙니까."

"우린 절대 그런 짓 하지 않아요!" 헤스터가 잡지 않았으면 앞으로 뛰쳐나가 그 노인의 멱살이라도 잡을 태세로 톰이 소리쳤다.

"제 승무원의 행동은 제가 보장할 수 있습니다." 페니로얄이 거들었다. "여기 있는 내츠워디는 저와 마찬가지로 역사학자입니다. 런던 박물관에서 훈련을 받았지요."

마그라빈이 처음으로 고개를 돌려 톰을 자세히 살폈다. 어찌나 존경 어린 눈으로 그를 쳐다보던지 톰은 얼굴을 붉히며 눈길을 아래로 떨어뜨렸다. "그렇다면 환영합니다, 미스터 내츠워디." 마그라빈이 부드러운 목소리로 말했다. "내츠워디도 앵커리지에 머물면서 우리를 도와줄 수 있으면 좋겠군요."

"무엇을 도와달라는 말이죠?" 헤스터가 단도직입적으로 물었다.

"물론 아메리카로 가는 것 말이지요." 마그라빈이 대답했다. 그러고는 손에 들고 있던 책을 들어 일행에게 표지를 보여 줬다. 못 알아볼 정도로 잘생기고 근육질 몸매를 한 페니로얄이 곰과 싸우고 있고 옆에선 짐승 털로 만든 비키니 차림의 여자가 응원을 하는 그림이었다. 바로 『아름다운 아메리카』 초판이었다.

"내가 제일 좋아하는 책이에요." 마그라빈이 설명했다. "아마 얼음의 신들이 내 머리에 아메리카로 가는 아이디어가 떠오르게 도와준 것도 바로 이 책과 관계가 있지 않나 싶어요. 앵커리지는 얼음 벌판을 가로질러 페니로얄 교수가 발견했던 푸른 아메리카로 가고 있어요. 그곳에 도착하면 얼음 썰매를 바퀴로 바꾸고 나무들을 베어서 땔감으로 쓰고, 거기 사는 야만인들과 교역을 하면서 도시진화론의 혜택을 계몽할 생각이에요."

"하지만, 하지만, 하지만…." 페니로얄이 마치 롤러코스터라도 탄 것처럼 의자 손잡이를 움켜쥐며 더듬거렸다. "하지만… 제 말은… 캐나다 빙판 지역, 그러니까 그린란드 서쪽 빙판 지역을 지난다는 말씀이십니까? 그곳은 지금까지 어떤 도시도 엄두를 내지 못한…."

"알고 있어요, 교수님." 마그라빈이 동의했다. "길고도 힘든 여정일 겁니다. 교수님이 아메리카를 떠나 두 발로 걸어 얼음 황무지까지 올 때 겪었던 것만큼 힘들겠죠. 하지만 신들이 앵커리지와 함께하고 있습니다. 틀림없어요, 그렇지 않으면 교수님을 우리에게 보내 주지 않으셨겠죠. 교수님을 명예 수석 네비게이터로 임명합니다. 교수님이 도와주신다면 앵커리지가 새로운 사냥터에 안전하게 도착할 수 있을 거예요."

　마그라빈의 대담한 개척 정신에 매료된 톰은 페니로얄에게 고개를 돌리며 기쁜 목소리로 말했다. "정말 운이 좋네요, 교수님! 아메리카로 다시 돌아갈 수 있게 되셨으니까요."

　페니로얄의 목에서는 숨이 넘어가는 듯한 소리가 났고 눈은 금방이라도 튀어나올 것처럼 보였다. "제가… 수석 네비게이터…라고요? 과분한… 과분한 직책…." 그가 정신을 잃고 쓰러지는 순간 손에 들고 있던 블라스트 글라스 컵이 떨어지면서 쇠 바닥에 부딪혀 산산조각이 났다. 그 컵은 라스무센가에서 대대로 내려오는 가보 중의 하나였기 때문에 스뮤는 무척 못마땅한 표정을 지었지만 프레야는 전혀 개의치 않았다. "페니로얄 교수는 아직 지난 모험에서 완전히 회복을 못 하신 것 같군. 침대로 모셔요! 영빈관을 환기시키고 깨끗이 청소해서 교수와 일행을 모시도록 하세요. 간호를 잘 해서 한시라도 빨리 건강을 되찾도록 해 드려야 해요. 스뮤, 그 하찮은 컵 가지고 너무 걱정 말아요. 교수가 우리를 아메리카로 인도하기만 하면 그까짓 블라스트 글라스 같은 거야 얼마든지 캐낼 수 있을 거예요."

PREDATOR'S GOLD

9

시설에 오신 것을 환영합니다

그곳에서 먼 남쪽, 얼음 벌판의 가장자리 너머 차가운 바다 가운데에 섬 하나가 솟아 있었다. 검은색의 뾰족한 바위로 이루어진 그 섬은 황량하나마 그곳을 집으로 삼아야 하는 갈매기 무리들의 배설물로 가득했다. 새들이 까욱까욱거리며 서로 실랑이를 하다가 파도 속으로 자맥질해서 물고기를 잡아먹고 떼 지어 섬 가운데 있는 산 정상을 날아다니며 내는 소리는 몇 마일 밖에서까지 들을 수 있었다. 새들은 산 위에 가까스로 붙어 있는 것 같은 나지막한 건물들의 지붕이나 고목에서 자라는 목이버섯같이 깎아지른 절벽 위에 위태롭게 설치된 쇠 다리들의 녹슨 손잡이에 앉아서 쉬기도 했다. 첫인상으로 봐서는 이 섬에 사람이 살 것 같지 않았지만 그래도 사는 사람들이 있었다. 바위를 폭파시킨 곳에 비행선 격납고들이 들어앉아 있었고 좁은 절벽 틈에는 거미 알처럼 동그란 연료 탱크들이 군집해 있었다. 이곳이 바로 레드 로키와 그의 전설적인 비

9. 시설에 오신 것을 환영합니다

행 해적단이 만든 그들의 보금자리 '로그스 루스트'*였다.

　로키의 시대는 지나간 지 오래지만 건물 벽 곳곳에 아직도 남아 있는 로켓탄의 흔적은 그가 결코 호락호락하게 은퇴하지 않았음을 보여 줬다. 고요한 어느 날 밤, 그린 스톰의 공격대는 이 섬을 기습, 해적들을 모두 죽이고 기지를 점령한 뒤 배고픈 견인 도시들이 절대 마수를 뻗칠 수 없는 기지를 마련했다.

　해가 지고 있었다. 빨강과 보라, 그리고 칙칙한 주황이 섞인 노을 때문에 섬 전체는 보통 때보다 더 으스스해 보였다. 바람을 거스르며 섬으로 다가가고 있는 물체는 '착시 현상'이라는 이름을 가진 낡은 비행선이었다. 섬에 설치된 기관총 발사대는 투구를 쓴 사람의 머리처럼 사방을 두리번거리다가 이윽고 착시 현상을 겨냥한 상태로 멈춰 섰다. 착시 현상이 주격납고에 다가가자 안내 및 경계 임무를 맡은 폭스 스피리츠 소속 비행선 몇 대가 주변을 맴돌았다. 마치 양치기 개들이 고집 센 양을 얼러 우리에 데려가는 모습을 연상시키는 광경이었다.

　"완전히 쓰레기 처리장 같군!" 위저리 블링코의 아내들 중 한 명이 곤돌라 유리창으로 내다보며 불평했다.

　"그 비행선을 고발하면 행운과 돈이 쏟아질 거라고 했잖아요." 또

---

* Rogues Roost. '건달들의 잠자리' 정도로 해석되는 이름. 닭장의 횃대를 연상시키는 이 이름은 깎아지른 듯한 절벽에 아슬아슬하게 자리한 이 기지의 지형을 잘 나타내 준다.

다른 아내가 거들었다. "이렇게 촌구석이나 헤맬 거면서 뗏목 휴양 도시에서 일광욕할 거라는 약속은 왜 했누…. 칫!"

"새 옷도 사고 노예들도 거느리게 해 준다 하고는…."

"모두 조용히 하지 못해!" 지상 요원들이 색색깔의 깃발을 들고 비행선을 격납고로 안내하는 것을 따라 조종 레버들을 움직이느라 정신이 없던 블링코가 소리쳤다. "정신 차려! 여기가 바로 그린 스톰의 본거지란 말이야. 여기 초대를 받는 것만 해도 영광이지. 내 정보를 얼마나 중요하게 생각하는지 알 수 있는 증거라고." 그러나 블링코도 로그스 루스트로 호출당한 것에 대해 마누라들 못지않게 당황한 것이 사실이었다. 탄호이저 산맥에서 제니 하니버를 목격했다는 사실을 그린 스톰에게 제보하면 감사의 표시와 함께 얼마간의 상금을 받을 수 있을 거라 기대했었다. 에어헤이븐을 떠나자마자 폭스 스피리츠 비행 함대에게 포위되어 이 먼 곳까지 반 강제로 끌려오게 될 줄은 정말 상상도 못 했다.

"정말이지, 참!" 아내들은 서로 옆구리를 찔러 가면서 불만스러운 눈짓을 주고받았다.

"우리 남편께서 그린 스톰을 생각하는 만큼 그린 스톰이 우리 남편을 중요하게 생각하지 않는 것 같으니 참 비극이지 뭐야."

"정보를 중요하게 생각한다고, 내 참!"

"여기까지 쫓아오느라 영업 못 하는 건 또 어떻고!"

"우리 엄마가 저 사람하고 결혼하는 걸 얼마나 반대하셨는데…."

9. 시설에 오신 것을 환영합니다

"우리 엄마도 마찬가지였어."
"우리 엄마도!"
"자기도 이게 헛수고라는 걸 다 알고 있는 게 분명해. 얼굴 좀 봐. 걱정이 돼서 곧 죽을 것 같아 보이잖아?"

❈ ❈ ❈

혼잡하고 시끄러운 격납고에 도착한 후 착시 현상에서 걸어 나올 때까지만 해도 블링코의 얼굴에는 걱정의 빛이 역력했다. 하지만 중위 계급장을 단 예쁘장한 여장교가 서둘러 뛰어와 경례를 하자 얼굴 한가득 미소가 번졌다. 블링코는 항상 젊고 예쁜 여자에게 약했다. 아내가 다섯 명이나 생긴 것도 그 때문이었다. 다섯 아내 모두 날카롭고 고집스러운 성격에 서로 똘똘 뭉쳐 자기를 공격해 오기 일쑤였지만 그 예쁜 중위를 여섯 번째 아내로 맞으면 어떨까 하는 생각을 지울 수 없었다.

"미스터 블링코 맞으시죠?" 그녀가 물었다. "시설에 오신 것을 환영합니다."
"이곳은 로그스 루스트라고 부르는 걸로 알고 있는데, 아가씨?"
"사령관님은 시설이라는 호칭을 선호하십니다."
"아하!"
"그녀가 기다리고 계십니다."

"그녀라? 그린 스톰에 아가씨들이 이렇게 많은 줄은 몰랐군."

중위의 얼굴에서 미소가 사라졌다. "그린 스톰은 야만스러운 견인주의를 무찌르기 위한 전투에서 여성과 남성 모두 각자의 역할을 다해야 한다고 믿고 있습니다."

"물론이지, 물론이지." 블링코가 재빨리 대답했다. "전적으로 동감이에요." 그는 이런 화제가 달갑지 않았다. 전쟁은 장사에 백해무익했기 때문이다. 사실 반 견인 도시 연맹은 지난 몇 년 동안 상황이 좋지 않았다. 런던이 바트뭉크 곰파 바로 코앞까지 진격하고, 런던의 에이전트가 노던 비행 함대를 전소시킨 사건이 있었다. 그 때문에 아크에인절이 작년 겨울 슈피츠베르겐 정착 도시를 공격했을 때도 연맹은 지원군을 보낼 수 없었고, 결과적으로 북쪽 지방에서 마지막 남은 대규모 정착 도시가 사냥꾼 도시의 배 속으로 사라지고 말았다. 일부 젊은 장교들이 최고 참의회의 느려 터진 반응에 불만을 품고, 신속한 복수를 갈망하는 것도 무리가 아니었다. 제발 대규모 전쟁은 일어나지 말아야 할 텐데….

중위를 따라가면서 블링코는 이 소규모 기지의 전략을 짐작해 보았다. 중무장한 폭스 스피리츠 두 대가 이륙 준비를 끝낸 채 상시 대기 중이었고, 하얀 유니폼과 청동 헬멧을 쓴 군인들이 수없이 많았다. 그들은 모두 그린 스톰의 상징인 번개 무늬가 박힌 완장을 두르고 있었다. '철통 같은 경비로군.' 경비병들의 스팀 동력 기관총들을 재빨리 훑어보면서 블링코는 생각했다. 그러나 왜? 왜 이렇게

9. 시설에 오신 것을 환영합니다

아무도 오지 않는 오지에서 심하다 싶을 만큼 철저하게 보안을 유지하는 걸까? '깨지기 쉬움, 특급 비밀'이라는 딱지가 붙은 커다란 쇠 상자를 든 일단의 군인들이 줄을 맞춰 지나갔다. 유니폼 위로 투명한 비닐 가운을 입은 키가 작고 머리가 벗겨진 남자가 군인들에게 잔소리를 하고 있었다. "제발 조심 좀 해! 흔들지 말고! 무지하게 예민한 장치들이라고!" 블링코가 보고 있는 것을 깨달은 그가 이쪽을 쳐다봤다. 눈썹 사이에 빨간 바퀴 모양의 작은 문신이 그려져 있었다.

"이 기지에서 하는 일이 정확히 뭐요?" 블링코는 격납고를 나와 습기 찬 터널과 계단을 지나가면서 중위에게 물었다. 둘은 이제 바위를 뚫고 설치된 계단을 따라 위로 올라가고 있었다.

"기밀 사항입니다." 그녀가 대답했다.

"하지만 나한테는 말해 줄 수 있지 않을까?"

중위는 고개를 저었다. '무례하고 건방진데다 딱딱한 군대물에 흠뻑 젖은 여자로군.' 하고 블링코는 생각했다. '여섯 번째 부인으로 삼기는 글러 먹었어.' 그는 벽에 붙은 포스터들로 눈길을 돌렸다. 연맹의 비행선이 견인 도시들 위로 로켓 소나기를 퍼붓는 그림들이었다. 위쪽에는 '견인 도시를 전멸시키자!'라고 씌여 있었다. 포스터들 사이로 병영, 감옥, 기관총 발사대, 그리고 실험실 등을 가리키는 방향 표시들이 보였다. 그것도 좀 이상했다. 반 견인 도시 연맹은 항상 과학을 경멸하는 태도를 견지해 왔었다. 비행선이나 로

캣 발사 시설보다 더 복잡한 테크놀로지는 야만스러운 것이고 관심을 쏟지 않는 게 낫다는 것이 연맹의 의견이었다. 그린 스톰은 이 문제에 대해 연맹과 의견을 달리하는 것이 분명했다.

블링코는 슬슬 두려워지기 시작했다.

※ ※ ※

사령관의 사무실은 섬 맨 꼭대기에 있는 오래된 건물들 중의 한 곳에 있었다. 그곳은 한때 레드 로키의 숙소였던 방으로, 선정적인 벽화가 그려져 있던 벽을 사령관이 하얗게 칠을 해 쓰고 있었다. 그러나 페인트가 두껍게 발리지 않아 시간이 흐르면서 여기저기 희미하게 얼굴들이 다시 보이기 시작했다. 마치 해적의 유령들이 로그스 루스트를 새로 차지한 사람들을 못마땅하게 지켜보는 듯한 느낌이었다. 문 반대편 벽에는 커다랗고 둥그런 창문이 나 있었지만 바깥에는 별다른 풍경이 보이지 않았다.

"블링코 씨. 시설에 오신 것을 환영합니다."

사령관은 굉장히 젊었다. 블링코는 사령관이 예쁘기를 기대했지만 그녀는 짧게 친 검은 머리와 석탄같이 검은 얼굴에 여자다운 구석이라고는 눈 씻고 봐도 찾을 수 없는 엄격한 표정을 하고 있었다.

"에어헤이븐에서 제니 하니버를 목격한 에이전트가 맞습니까?" 그녀가 계속 폈다 쥐었다를 반복하고 있는 손이 마치 갈색 거미 같아

9. 시설에 오신 것을 환영합니다

보였다. 게다가 자기를 쏘아보는 커다란 갈색 눈빛은! 블링코는 여사령관이 약간 돈 것은 아닐까 의심했다.

"네, 사령관님!" 그는 떨리는 목소리로 대답했다.

"확실합니까? 틀림없겠죠? 그런 스톰한테서 돈을 뜯어내려고 지어낸 거짓말은 아니겠죠?"

"아니, 아닙니다!" 블링코는 서둘러 말했다. "맙소사, 절대 아니지요. 펭후아의 비행선이 틀림없었습니다!"

사령관은 몸을 돌려 창문 쪽으로 걸어가더니 소금기로 흐려진 창문 너머 빠른 속도로 어두워져 가는 바깥 풍경을 내다봤다. 잠시 후 그녀는 말을 이었다. "폭스 스피리츠 편대가 우리 비밀 기지 중의 하나에서 제니를 체포하기 위해 출격했지만 한 대도 돌아오지 않고 있습니다."

위저리 블링코는 뭐라고 대답해야 할지 몰라 그냥 "아이쿠, 저런!" 하고만 말했다.

그녀가 돌아섰지만 빛이 들어오는 창문을 뒤로 하고 서 있었기 때문에 블링코는 사령관의 표정을 읽을 수 없었다. "바트뭉크 곰파에서 제니 허니버를 훔친 두 명의 야만인 침투자는 얼핏 봐서는 아웃컨추리 출신 부랑아들처럼 보일지 모르지만 고도의 훈련을 받은 런던의 첩자예요. 사악한 전술로 우리 비행선을 속여 침몰시키고 북쪽으로 달아나 얼음 황무지로 향한 게 분명합니다."

"그게… 그러니까… 그랬겠군요, 사령관님." 위저리 블링코는 사령관의 시나리오가 얼마나 가능성이 희박한 것인가 생각하면서 그렇게 말했다.

사령관이 가까이 다가왔다. 키가 작고 체구도 아주 작은 그녀의 눈이 블링코의 눈동자를 태울 듯이 들여다봤다. "그린 스톰은 많은 수의 폭스 스피리츠를 보유하고 있습니다. 시간이 갈수록 우리 힘은 더 강해지고 있지요. 우리와 뜻을 같이하는 연맹 사령관들의 수가 점점 늘고 있습니다. 모두 우리 기지를 강화하기 위해 군인과 비행선을 파견할 용의가 있는 사람들입니다. 바로 그 때문에 당신이 필요합니다, 미스터 블링코. 제니 하니버와 제니를 조종하고 있는 야만인들을 당신이 찾아야만 합니다."

"그건… 음… 그게… 그렇지요." 블링코가 말했다.

"보수는 충분히 치르겠습니다."

"충분히라면… 너무 돈만 밝히는 사람처럼 그러기는 싫지만… 먹여살려야 할 마누라가 다섯이나 되는 터라…."

"제니를 여기로 데리고 오면 10,000을 주겠소."

"마, 만!"

"그린 스톰은 우리 편에게는 후합니다." 사령관이 재차 확인했다. "그러나 우리를 배반하는 사람들에게는 그만큼 혹독하지요. 이 계약에 관해 그리고 우리 시설에서 본 것들에 관해 다른 사람에게 한 마디라도 발설했다가는 세상 끝까지 도망가도 결국 우리 손에 죽게 될 겁니다. 그것도 상당히 고통스러운 방법으로. 알겠습니까?"

"에에에!" 손에 든 모자를 빙빙 돌리면서 블링코는 겨우 모기만 한 소리밖에 내지 못했다. "음…. 이유를 물어봐도 될는지요? 그러니까, 왜 그 비행선이 그렇게 중요한 겁니까? 뭐, 그러니까 연맹 쪽에서 보면 애착이 가는 물건이라는 건 알겠는데…. 뭐 상징적으로 말이죠. 하지만 그렇게 많은 돈을 걸고 찾을 것까지야…"

"제니는 그만 한 가치가 있습니다." 처음으로 사령관이 미소를 지었다. 보일 듯 말 듯 차갑게, 억지로 짓는 듯한 미소였다. 마치 장례식에 참석한 먼 친척에게 고맙다는 인사를 하는 사람이 지을 만한 표정이었다. "제니 하니버와 제니를 훔친 야만인들이 우리 시설에서 진행하는 작업에 없어서는 안 될 열쇠를 쥐고 있습니다. 이만큼 알았으면 충분해요. 제니를 찾아서 이곳으로 데려오도록 해요, 미스터 블링코."

PREDATOR'S GOLD

10
분더캄머

앵커리지에는 살아남은 의사가 하나도 없었다. 페니로얄을 간호할 만한 사람들 중 그래도 제일 경험 많은 사람은 언젠가 응급 처치법 강의를 받은 적이 있는 방향조정위원회의 윈돌린 파이였다. 겨울 궁전 깊숙이 자리한 영빈관의 호화스러운 침대 맡에 앉아 윈돌린 파이는 페니로얄의 손목을 자신의 가느다란 손가락으로 잡고 손목시계를 내려다보면서 그의 맥박을 쟀다.

"단순히 기절한 것 같습니다." 그녀가 선언했다. "너무 지쳤거나 고생스러운 모험을 한 뒤 뒤늦게 쇼크를 경험한 것 아닐까요? 불쌍하게도."

"그러면 우리는 왜 쓰러지지 않은 거죠?" 헤스터가 물었다. "우리도 엄청난 모험을 하고 다녔지만 여름날 노처녀들처럼 아무 때나 픽픽 쓰러지지 않잖아요."

자기 자신도 노처녀 신세를 면하지 못한 미스 파이는 엄한 표정으로 헤스터를 한번 노려봐 주고는 말했다. "교수님을 쉬시게 해야겠어요. 하루 종일 간호를 받으며 절대 안정을 취하셔야 해요. 여러분 모두 나가 주세요."

헤스터, 톰, 그리고 스뮤가 복도로 나가자 윈돌린 파이는 기다렸다는 듯 바로 문을 닫았다. "아마도 그냥 너무 흥분해서 그러신 것 같아. 몇 년 동안 2차 아메리카 원정에 돈을 대 줄 사람을 찾아다녔는데 갑자기 마그라빈이 도시 전체를 끌고 그곳으로 간다고 하니 놀라지 않았겠어?" 톰이 추측했다.

헤스터가 크게 웃었다. "그건 불가능한 일이야. 아무래도 돈 것 같아."

"미스 쇼!" 스뮤가 놀라서 소리쳤다. "어떻게 그런 단어를 입에 올릴 수 있습니까? 마그라빈 전하는 우리의 군주이자 지상에서 얼음 신을 대신하는 분입니다. 그분의 조상 돌리 라스무센은 고대 앵커리지에 남은 생존자를 아메리카에서 안전한 바깥 세상으로 인도한 장본인입니다. 라스무센가의 자손이 우리를 다시 아메리카로 인도하는 것은 어쩌면 당연한 일이지요."

"왜 마그라빈을 변호하려고 하는지 모르겠네요. 당신을 무슨 신발 밑에 붙은 먼지같이 취급하는 사람인데. 그리고 그렇게 옷을 계속 갈아입는다고 속을 사람이 있을 거라 생각하는 건 아니겠죠? 하인이라고는 당신 하나뿐이라는 거 다 알고 있어요."

"누굴 속이려는 것은 아닙니다." 스뮤는 품위를 잃지 않고 대답했다. "마그라빈은 여러 상황에 적절한 하인과 신하들의 보좌를 받아야 합니다. 기사, 요리사, 시종장, 제복 하인 등등 말이죠. 불행하게도 그런 역할을 하던 사람들이 모두 죽어 버렸기 때문에 제가 대신 나선 것입니다. 오랜 전통을 지켜 가기 위해 제 나름대로 최선을 다하는 거죠."

"그럼 그 전에는 뭐였죠? 기사? 시종장?"

"마그라빈의 난쟁이였습니다."

"난쟁이는 왜 필요하죠?"

"마그라빈의 궁정에는 언제나 난쟁이가 있었습니다. 마그라빈을 즐겁게 하기 위해서였죠."

"어떻게요?"

스뮤는 어깨를 들썩여 보였다. "다른 사람보다 키가 작은 걸로…"

"그게 재미있는 건가요?"

"전통의 일부입니다. 전염병이 돈 다음에는 전통을 더욱 고맙게 생각하게 되었습니다. 이곳이 숙소입니다."

그는 페니로얄의 방에서 복도를 조금 거슬러 올라간 곳에 있는 방 두 개의 문을 활짝 열어젖혔다. 각 방에는 기다란 창문과 커다란 침대, 두꺼운 난방용 덕트가 있었다. 각각 제니의 곤돌라 전체 크기만큼 컸다.

"정말 좋은 방이군요." 톰이 고마운 표정으로 말했다. "하지만 방

하나면 충분합니다."

"말도 안 되는 소리!" 스뮤가 첫 번째 방으로 들어가서 덕트에 달린 조절 장치를 만지며 말했다. "결혼하지 않은 젊은 남녀가 겨울 궁전에서 방 하나를 같이 쓴다는 것은 선례가 없는 일입니다. 무슨 일이 벌어질지 모르는데, 말도 안 되는 소리지요." 덕트 안에서 덜컥거리는 소리가 들리자 그는 잠깐 그쪽으로 정신을 팔았다가 톰과 헤스터 쪽을 보면서 눈을 찡긋해 보였다. "하지만 두 방 사이를 연결하는 문이 있기는 하지요. 한 사람이 다른 방으로 슬쩍 건너간다 해도 누가 알겠어요?"

❅ ❅ ❅

그러나 앵커리지에서 일어나는 일을 빠짐없이 아는 사람이 있었다. 스크린에서 흘러나오는 불빛만 있는 어두운 방 안에서 톰과 헤스터가 스뮤를 따라 두 번째 방으로 들어가는 모습을 어안렌즈를 통해 보고 있는 사람들이 있었다.

"저 여자 정말 못생겼네!"

"별로 기분 좋은 것 같지 않은데!"

"기분이 좋겠어? 얼굴이 저렇게 생겨가지고."

"그게 아니야. 저 여자 지금 샘이 나는 거야. 프레야가 저 여자의 남자 친구를 볼 때 표정 못 봤어?"

"여기는 별로 재미없다. 다른 데 보자."

화면이 바뀌었다. 아키우크 부부가 거실에 앉아 있는 모습, 스캐비어스가 외로운 집에 혼자 앉아 있는 모습, 엔진이 꾸준히 움직이고 있는 모습, 농업 구역… 등등.

❈ ❈ ❈

"아키우크 부부한테 전갈을 해야 하지 않을까요?" 두 번째 방의 덕트 조절 장치를 만진 후 문을 나서는 스뮤에게 톰이 물었다. "우리를 기다리고 있을지도 모르는데…."

"이미 소식을 보냈습니다." 스뮤가 대답했다. "이제 두 분은 라스무센가의 손님이십니다."

"미스터 스캐비어스가 별로 좋아하지 않겠군. 우리를 탐탁지 않아하는 것 같던데." 헤스터가 말했다.

"미스터 스캐비어스는 비관적인 성격을 가진 분입니다." 스뮤가 설명했다. "그분 잘못이 아니에요. 부인을 일찍 저세상으로 먼저 보내고 의지해 살던 외아들 악셀마저 전염병에 잃고 난 후 아직까지 충격에서 완전히 회복하지 못하고 있습니다. 하지만 마그라빈께서 손님을 초대하시는 것을 말릴 수 있는 권한은 없습니다. 두 분 모두 이곳 겨울 궁전의 반가운 손님입니다. 필요한 것이 있으시면 언제라도 벨을 눌러서 하인, 그러니까 저를 부르십시오. 저녁식사 시간

10. 분더캄머

은 일곱 시입니다만, 그보다 조금 일찍 내려오시기 바랍니다. 전하께서 여러분께 분더캄머*를 보여 주고 싶어 하십니다."

'뭘 보여 주고 싶어 한다고?' 헤스터는 속으로 생각했다. 그러나 톰 앞에서 항상 무식하고 멍청해 보이는 것에 진력이 난 그녀는 아무 소리도 않고 가만히 있기로 했다. 스뮤가 가고 난 후, 톰과 헤스터는 두 방을 연결하는 문을 열고 침대가 얼마나 푹신한지 보느라 그 위에 앉아 발을 굴러 봤다.

"아메리카라니!" 톰이 말했다. "생각 좀 해 봐. 정말 용감하지 않아? 그 프레야 라스무센이라는 애 말이야. 그린란드 서쪽으로 발을 디뎌 본 도시는 거의 없고, 게다가 죽은 대륙까지 갈 생각을 한 도시는 역사상 한 곳도 없었어."

"왠지 알아? '죽은' 곳이니까." 헤스터가 토라진 목소리로 말했다. "페니로얄이 책에 쓴 말만 믿고 도시 전체를 위험에 빠뜨리다니 말도 안 돼!"

"페니로얄 교수는 믿을 수 있어." 톰이 의리를 지키느라 그렇게 말했다. "게다가 아메리카에 푸른 숲이 있다는 말을 하는 사람이 교수님만은 아니잖아."

"그러니까 너도 늙은 비행사들 사이에 떠도는 말을 믿는 거야?"

"뭐, 그런 거지. 그리고 슈뇌리 울바우슨의 지도도 있잖아."

---

* Wunderkammer, 독일어로 '경이로운 방'이라는 뜻이다.

"전에 이야기해 준 그 지도 말이야? 편리하게도 누가 보기도 전에 사라져 버린?"

"그러니까 넌 교수님이 거짓말을 한다고 생각하는 거야?" 톰이 물었다.

헤스터는 고개를 저었다. 스스로도 자기가 어떻게 생각하는지 결론을 내릴 수 없었다. 다만 처녀림과 착한 원주민들에 관한 페니로얄의 이야기들을 받아들이기 힘들었다. 하지만 헤스터가 뭔데 교수를 의심할 수 있으랴? 페니로얄은 많은 책을 출판한 유명 탐험가인 데 반해 헤스터 자신은 책을 쓰기는커녕 읽어 본 적도 없었다. 톰과 프레야는 페니로얄을 전혀 의심하지 않고 믿었다. 그리고 그 둘은 헤스터보다 그런 일에 관해서는 훨씬 많이 아는 사람들이었다. 다만 제니 하니버 가까이에 로켓만 날아와도 벌벌 떨고 신음 소리를 내는 그 겁쟁이와 곰이랑 사투를 벌이고 아메리카의 야만인들과 친구가 된 그 용감한 탐험가가 같은 사람이라는 것을 받아들이기 어려울 뿐이었다.

"내일 가서 아키우크 소장님을 만나 볼게. 제니를 좀 더 빨리 수리할 수 있는지 물어봐야지." 헤스터가 말했다.

톰은 고개를 끄덕였다. 그러나 그는 헤스터와 눈을 마주치려 하지 않았다. "난 여기가 좋은데." 그가 말했다. "이 도시 말이야. 내 말은…. 이 도시는 뭔가 서글픈 느낌을 주기는 하지만 아름다워. 런던에서 좋았던 기억을 되살아나게 하는 구석이 있어. 게다가 런던같

10. 분더캄머

이 다른 도시들을 잡아먹고 그러지도 않잖아."

헤스터는 둘 사이에 틈이 생기는 광경을 상상했다. 얼음에 난 금처럼 지금 당장은 가늘고 눈에 보이지 않지만 시간이 흐르면서 점점 벌어질 수 있는 틈. "이 도시도 결국 견인 도시야, 톰. 교역 도시든, 사냥꾼 도시든 별로 다르지 않아. 위쪽 갑판은 무지하게 좋아 보일지 몰라도 아래로 내려가면 노예, 더러운 쓰레기, 고통, 그리고 부패밖에 없어. 빨리 떠나면 떠날수록 우리 둘 다에게 좋은 거야."

❈ ❈ ❈

스뮤는 여섯 시에 다시 돌아와서 톰과 헤스터를 나선형 모양의 긴 층계를 통해 프레야 라스무센이 기다리는 접견실로 안내했다.

마그라빈은 자기 머리를 좀 꾸며 볼까 시도했다가 도중에 그만둔 듯한 모습을 하고 앉아 있었다. 그녀는 너무 긴 앞머리 때문에 눈을 깜빡거리며 손님들에게 말했다. "불행히도 페니로얄 교수는 아직 충분히 회복하지 못하고 있습니다. 하지만 괜찮아질 거라 확신해요. 그냥 죽게 내버려두려면 애당초 얼음의 신들이 교수를 앵커리지로 보내지도 않았을 거예요, 그렇죠? 그렇게 되면 너무 불공평하니까. 하지만 톰은 내 분더캄머를 좋아할 게 틀림없어요. 런던 출신 역사학자니까."

"내 참. 도대체 분더캄머가 뭐죠?" 헤스터는 더 이상 이 버릇없는 십 대가 자기를 완전히 무시하는 것을 참지 못하고 물었다.

"내 개인 박물관이에요." 프레야가 대답했다. "내 수집품을 모아 둔 곳이지요. 경이로운 물건이 가득 차 있는." 그 순간 재채기가 나오자 그녀는 하녀가 와서 코를 닦아 주기를 잠시 기다리다가 하녀는 모두 죽었다는 것을 깨닫고는 소매에 코를 쓱 문질렀다. "난 역사가 정말 좋아요, 톰. 사람들이 땅에서 파내는 오래된 물건들…. 보통 사람들이 언젠가 일상생활에 사용했던 보통 물건들이 오랜 시간이 흐른 후에 특별해진다는 것 자체가 좋아요." 톰은 열심히 고개를 끄덕였다. 프레야는 자기랑 취미가 비슷한 사람을 만났다는 것을 깨닫고 웃었다. "어렸을 적에는 마그라빈이 되고 싶지 않았어요. 톰이나 페니로얄 교수 같은 역사학자가 되고 싶었죠. 그래서 내 박물관을 만들기 시작한 거예요. 와서 구경해요."

스뮤가 길을 안내했고 마그라빈은 복도를 몇 개 지나 좀약을 넣은 먼지 덮개에 싸인 샹들리에들이 매달린 커다란 무도회장을 거쳐 유리벽으로 만들어진 회랑에 도착할 때까지 계속 명랑한 목소리로 수다를 떨었다. 바깥쪽은 어두웠지만 창을 통해 번져 나간 불빛에 춤추며 내려오는 눈송이들과 얼어붙은 분수대가 보였다. 헤스터는 호주머니에 넣은 손으로 주먹을 만들어 쥐고 톰의 뒤를 소리 없이 따르고 있었다. '그러니까 저 여자애는 그냥 이쁘기만 한 게 아니라 톰이 읽은 책은 다 읽고, 역사에 대해서도 많이 알고 있다 이거지. 그러고도 신들이 공평하다고 말할 정도로 뻔뻔스럽고…. 톰이랑 너

10. 분더캄머

무나 똑같잖아. 저런 애랑 내가 어떻게 경쟁이나 할 수 있겠어?'

일행은 원형 로비에 도착했다. 맞은편에 있는 문은 두 명의 스토커가 지키고 있었다. 그들의 각진 몸집을 보고 문지기들의 정체를 깨달은 톰은 뒤로 움찔 물러서면서 공포에 질려 하마터면 소리를 지를 뻔했다. 고대인들이 만들었던 저 무장 전투 기계들 중의 하나에게 대 사냥터 절반을 가로질러 가며 쫓겨 다녔던 경험이 있었기 때문이다. 그때 스뮤가 아르곤 램프를 켜자 톰은 그 스토커들이 유물에 불과하다는 것을 깨달았다. 프레야 라스무센의 분더캄머 입구를 장식하기 위해 얼음에서 파낸 녹슨 쇳덩어리에 불과했다. 톰은 헤스터도 놀랐는지 궁금해서 쳐다봤지만 그녀는 다른 쪽을 보고 있었다. 마침 스뮤가 박물관의 문을 열었고 마그라빈이 일행을 안으로 인도했다.

프레야를 따라 먼지가 두텁게 앉아 있는 어두컴컴한 박물관 실내로 들어가면서 톰은 집에 다시 돌아온 것 같은 이상한 느낌을 받았다. 그에게 익숙한 런던 박물관처럼 유물들을 조심스럽게 정돈해 놓지 않아서 커다란 고물상 같은 느낌이 드는 곳이었지만 값진 보물들을 모아 놓은 곳임에는 틀림없었다. 60분 전쟁이 끝난 후, 얼음 황무지에는 적어도 두 개의 문명이 일어났다 사라져 갔다. 프레야는 두 문명의 중요한 유물들을 소장하고 있었다. 또 앵커리지가 정착촌이었을 때 어떤 모습이었을지를 상상해서 만든 모형과 청금속 문명기의 화병만을 모아 둔 선반도 있었고, 하이 아이스에서 관찰

되는 신비한 현상인 아이스 서클을 찍은 사진들도 있었다.

몽유병자처럼 유물들 사이를 헤매던 톰은 헤스터가 자기 뒤를 따라오는 것을 얼마나 싫어하는지 눈치채지 못했다. "봐!" 톰은 신나는 목소리로 뒤를 돌아다보면서 소리쳤다. "헤스터, 이것 좀 봐!"

헤스터는 톰이 가리키는 곳을 봤다. 그러나 아무리 봐도 그런 것을 이해할 만한 교육을 받을 기회가 없었던 그녀에게는 진열장의 유리 문에 비친 흉한 자기 얼굴만 눈에 더 띄었다. 그녀는 톰이 자신에게서 멀어져 가면서 낡은 돌 조각상을 보며 감탄사를 연발하는 것을 바라봤다. 그런 그의 모습이 너무 편하고 어울려 보였다. 헤스터는 심장이 부서지는 것 같았다.

프레야가 제일 아끼는 보물 중의 하나가 방 뒤쪽에 있는 액자에 담겨 걸려 있었다. 그것은 전 세계 아메리카 제국의 쓰레기 처리장 어느 곳에서나 발견되곤 하는 얇은 은색의 금속이었다. 종잇장처럼 얇든 그 금속을 고대인들은 '알루미늄 포일'이라고 불렀다. 프레야는 톰과 나란히 서서 함께 그 금속판을 쳐다봤다. 잔물결처럼 주름진 표면에 비친 두 사람의 얼굴을 바라보며 그녀가 말했다. "정말 풍요로웠던 것 같아요, 고대인들은."

"정말 대단해요." 톰이 속삭였다. 액자에 담겨 있는 물건이 너무나 오래되고 소중한 것이어서 성스럽게 느껴졌기 때문이다. 마치 역사의 여신의 손길이 직접 닿은 물건이기라도 한 듯…. "저런 물건을 그냥 버릴 수 있을 정도로 잘살던 사람들이 있었다는 것만 해도! 그 시절에는 제일 가난한 사람들마저도 시장처럼 살았던 것 같아요."

둘은 다음 전시물로 옮겨 갔다. 고대 쓰레기장에서 자주 나오는 이상한 금속 반지 모양의 물건들이었다. 어떤 것들은 아직도 눈물 방울 모양의 펜던트가 달려 있었고 거기에 '당기시오'라고 씌어 있었다.

"페니로얄 교수는 이 물건들이 버려진 것이라는 이론에 동의하지 않아요." 프레야가 말했다. "교수는 현대 고고학자들이 쓰레기 처리장이라고 부르는 곳들이 사실은 종교적 의식을 치르던 곳이라고 주장하죠. 고대인들이 소비의 신에게 소중한 물건을 제물로 바치던 장소 말이에요. 그 책 안 읽었어요? 『쓰레기라고? 쓰레기 같은 소리!』라는 책인데, 안 읽었으면 내 책을 빌려 봐도 되요."

"감사합니다." 톰이 말했다.

"감사합니다, 전하." 프레야가 고쳐 줬다. 그러나 그녀의 얼굴에 떠오른 너무나 상냥한 미소 때문에 톰은 전혀 기분 나쁘지 않았.

그녀가 진열장에 쌓인 먼지를 손가락으로 문지르면서 계속 말을 이었다. "물론 이 박물관에 진짜 필요한 건 큐레이터예요. 큐레이터가 있었는데 전염병으로 죽었죠. 아니면 그 후에 도시를 떠났나⋯. 기억이 잘 안 나네. 이제는 먼지만 쌓이고 물건들도 자꾸 없어지고⋯. 골동품 보석 몇 개하고 올드-테크 기계들이 벌써 없어졌어요. 누가 그런 걸 원하는지 모르겠고 여길 어떻게 들어왔는지도 모르겠지만. 일단 아메리카에 도착하고 나면 과거를 기억하는 것이 여느 때보다 훨씬 중요해질 거예요." 그녀는 톰을 다시 한번 쳐다보며 미소 지었다. "여기 머물러도 좋아요, 톰. 내 작은 박물관을 제대로 된 런던의 역사학자가 돌본다면 나도 안심할 수 있을 것 같아요. 박물관을 확장하고 대중들에게 공개하고…. 라스무센 센터라 부르고…."

톰은 박물관의 공기를 더 깊이 들이마셨다. 곰팡내가 섞인 먼지 냄새, 바닥 청소하는 약품 냄새, 좀 슬은 박제 동물들에서 나는 냄새가 한데 섞여 있는 공기였다. 역사학자 길드의 견습생이었던 시절에는 그런 냄새에서 탈출해 모험을 하는 것이 꿈이었다. 그러나 이제 자고 나면 모험을 하는 인생을 살게 되자 박물관에서 일하는 것이 이상하게도 달콤한 유혹으로 다가왔다. 그때 프레야 너머로 자기를 바라보고 있는 헤스터가 눈에 들어왔다. 마르고 고독한 모습으로 문 근처의 그림자에 반쯤 몸을 숨긴 채 한 손으로 오래된 붉은 스카프를 잡아 올려 얼굴을 가리고 있는 그녀가 보였다. 처음으로 톰은 헤스터에게 짜증이 났다. 조금만 더 예쁘고 사교성이 있었어도 좋으련만!

"죄송합니다." 톰이 말했다. "헤스터는 여기 머물고 싶어 하지 않을 겁니다. 하늘을 날아다닐 때 제일 행복해하니까요."

프레야는 헤스터를 노려봤다. 자기가 하는 제안을 상대가 덥석 받아들이지 않는 상황에 그녀는 익숙하지 않았다. 이 잘생기고 젊은 역사학자가 점점 좋아지기 시작했던 터였다. 심지어 앵커리지에는 적령기의 남자가 하나도 남아 있지 않은 것을 감안해서 얼음의 신들이 톰을 자기에게 보낸 건 아닐까 하는 생각까지 했었다. 그러나 왜, 정말 왜! 얼음의 신들이 헤스터 쇼까지 함께 보냈는지 이해할 수 없었다. 그 애는 그냥 못생긴 정도가 아니었다. 끔찍하게 생긴데다 마치 마술에 걸린 왕자님을 지키는 악마의 심부름꾼처럼 자기와 이 잘생긴 젊은이 사이에 버티고 서서 비켜 주질 않는 것이었다.

"흠, 그건 그렇고." 프레야는 톰의 거절이 별로 대수롭지 않은 일인 것처럼 대답했다. "아키우크가 비행선을 고치려면 몇 주일 걸릴 테니 생각할 시간은 충분하겠군요." 그리고 프레야는 조용히 속으로 생각했다. '그 정도면 저 끔찍한 여자 친구랑 헤어지기에도 충분한 시간이고….'

11
잠들지 못한 영혼들

그날 밤 톰은 박물관들이 나오는 꿈을 꾸면서 잘 잤다. 그러나 그의 옆에 누운 헤스터는 거의 한숨도 자지 못했다. 침대가 너무 커서 서로 다른 방에서 자는 것이나 다를 바 없었다. 헤스터는 제니 하니버의 좁은 침대에서 톰과 꼭 붙어 자는 것이 제일 좋았다. 얼굴을 그의 머리에 파묻고 자기 무릎을 톰의 무릎 뒤편에 대면 두 사람의 몸이 마치 퍼즐 조각처럼 잘 맞았다. 이 커다랗고 폭신한 침대에서 톰은 잠에 취해 저쪽으로 굴러가 버리고 헤스터의 품에는 땀 냄새 나는 침대 시트만 남아 있었다. 방은 너무 덥고 건조해서 축농증이 도지는 것 같았고, 천장에 매달린 덕트에서는 계속 벽 속에 갇힌 쥐가 내는 것처럼 덜컹거리는 소리가 나서 기분이 나빴다.

참다못해 헤스터는 코트와 부츠를 챙겨 궁전문을 나서 살을 저미는 찬 바람이 부는 새벽 세 시의 텅 빈 거리로 나섰다. 나선형 계단이 열 보존실을 거쳐 앵커리지의 엔진 구역으로 향해 있었다. 윗갑

11. 잠들지 못한 영혼들

판을 지탱하는 거대한 기둥들 사이로 둥그런 보일러들과 연료 탱크들이 버섯처럼 다닥다닥 붙어 있고 북소리 같은 소음이 끊이지 않는 곳이었다. 헤스터는 도시의 뒤쪽으로 방향을 잡으면서 생각했다. '자, 우리 눈의 여왕께서는 노동자들을 어떻게 대접하는지 좀 볼까?' 그녀는 톰이 앵커리지에 갖고 있는 호감을 한순간에 털어버릴 만한 충격적인 장면을 발견할 기대에 가득 찼다. 아침식사 시간에 하층 갑판에서 본 것을 이야기해 톰의 입맛을 버려 줄 생각이었다.

그녀는 거대한 톱니바퀴들이 돌아가고 있는 중간에 놓인 쇠로 된 다리를 건너면서 그곳이 거대한 시계의 내부 같다고 생각했다. 커다란 분절 덕트들을 따라 아래쪽으로 내려가 보니 피스톤들이 오르락내리락하고 있었다. 그것들에 동력을 대는 것은 지금까지 한번도 본 적이 없는 올드-테크 엔진을 여러 개 붙여서 만든 신형 엔진이었는데, 표면을 금속판으로 강화한 둥그런 모양의 그 엔진들은 끊임없이 웅웅거리고 미세하게 진동하면서 가끔씩 보라색 불빛을 뿜어내고 있었다. 구역 전체가 연장통을 들고 이곳저곳을 바삐 돌아다니거나 팔이 여러 개 달린 거대한 기계들을 운전하고 다니는 사람들로 붐볐다. 그러나 헤스터가 기대했던 족쇄를 찬 노예들이나 그들에게 호령하는 감독관들은 아무 데도 보이지 않았다. 기둥에 걸린 포스터에서 프레야 라스무센의 알미운 얼굴이 무미건조하게 내려다보고 있었고 노동자들은 그 아래를 지나갈 때마다 고개를 숙여 존경을 표했다.

'톰의 말이 맞았는지도 몰라.' 엔진실의 가장자리를 아무도 보지 못하게 조용히 배회하면서 헤스터는 생각했다. 어쩌면 앵커리지는 겉에서 보는 것과 똑같이 교양 있고 평화로운 곳인지도, 톰은 이곳에서 행복하게 살 수 있을지도 몰랐다. 운이 좋으면 도시 전체가 아메리카까지 무사히 여행을 마칠 수 있을지도. 그리고 톰은 이곳에서 프레야 라스무센의 박물관지기로 살면서 야만인들에게 그들의 옛 조상들이 건설했던 문명에 대해 가르칠 수 있을지도 몰랐다. 제니는 개인용 비행선으로 두고 쉬는 날이면 버려진 사막을 가로질러 올드-테크를 발굴하러 다니는 데 사용할 수도 있을 것이다.

'하지만 톰은 널 필요로 하지 않을 텐데? 안 그래?' 그녀의 머릿속에서 쓸쓸한 목소리가 물었다. '톰 없이 넌 어떻게 살래?'

헤스터는 톰 없이 혼자 사는 자신을 그려 보려 했지만 잘 되지 않았다. 그와의 관계가 영원히 지속되지는 않을 거라는 걸 항상 알고 있었다. 그러나 이제 그 끝이 보이기 시작하자 그녀는 '아직 안 돼! 조금만 더! 이 행복을 1년만…. 아니 2년만 더 누리면 안 되는 건가!'라고 외치고 싶었다.

헤스터는 자꾸 눈앞을 흐리는 눈물을 훔쳐 내고 도시의 뒤쪽 방향으로 계속 걸어갔다. 앵커리지의 거대한 열 재활용 공장이 끝나는 곳 쪽에서 차가운 바깥 공기가 들어오고 있는 게 느껴졌다. 이상한 모양의 엔진들이 내는 북소리 비슷한 소음 대신 이제는 고음의 피리소리 같은 것이 점점 커져 갔다. 몇 분 더 같은 방향으로 걸어가다 보니 도시 전체를 가로질러 설치된 포장 통로가 나왔다. 쇠 그릴로 만든 판을 연결한 보호 스크린 뒤로 앵커리지의 거대한 구동 바퀴가 돌아가는 것이 보였고 그 너머로 오로라가 빛을 발하고 있었다.

헤스터는 통로를 건너가 차가운 그릴에 얼굴을 대고 구멍 사이로 바깥을 내다봤다. 바퀴는 닳아서 거울처럼 반짝반짝 윤이 났다. 바퀴에 촘촘히 박힌 박차들이 바퀴에 비친 헤스터의 얼굴을 넘고 또 넘어 돌면서 얼음을 지치며 앵커리지를 앞으로 밀어붙이고 있었다. 얼음 녹은 물이 안개비처럼 차갑게 튀고 있었고 스크린에 얼음 조각들 부딪히는 소리가 요란했다. 어떤 조각들은 상당히 컸다. 헤스터가 서 있는 곳에서 몇 피트 떨어진 곳의 그릴은 이미 헐거워져 있어서 얼음 조각에 맞을 때마다 그 부분의 그릴판 전체가 점점 더 안쪽으로 휘어져 들어왔고 그렇게 해서 생긴 틈 사이로 얼음 조각과 눈이 불어닥치고 있었다.

저 틈으로 빠져나가는 건 식은 죽 먹기 아닌가! 땅에 떨어지는 순간 저 거대한 바퀴가 내 몸 위를 지나갈 것이고, 그러면 얼음 위에 작고 붉은 자국만 남긴 채 모든 것이 금방 쉽게 잊혀져 버릴 텐데…. 톰이 점점 멀어져 가는 것을 지켜보는 것보다 그렇게 모든 것을 끝내 버리는 편이 더 낫지 않을까? 다시 혼자가 되느니 죽는 편이 낫지 않을까?

그녀는 펄럭거리고 있는 그릴판의 모서리를 향해 손을 뻗쳤다. 그러나 그 순간 누군가의 손이 그녀의 팔을 잡으면서 귀에 대고 소리쳤다. "악셀?"

헤스터는 재빨리 몸을 돌리면서 칼을 뺄 자세를 취했다. 그 손은 쇠렌 스캐비어스의 것이었다. 헤스터가 몸을 돌리는 순간 얼핏 본 그의 눈은 아직 흘러내리지 않고 맺혀 있는 눈물과 희망으로 반짝이고 있었다. 그러나 헤스터의 얼굴을 알아본 그는 깊은 절망감이 서린 표정으로 다시 돌아갔다. "미스 쇼." 그가 낮은 소리로 말했다. "어두워서 잘못 보고…."

헤스터는 뒷걸음질하면서 얼굴을 가렸다. 스캐비어스가 얼마나 오랫동안 자기를 지켜보고 있었던 것일까. "여기서 뭐 하는 거죠?" 그녀가 물었다. "뭘 원하는 거예요?"

민망해진 스캐비어스는 화를 내는 것으로 위기를 모면해 보려는 듯 이렇게 대꾸했다. "나도 똑같은 걸 물어볼 참이었소, 여비행사! 내 엔진 구역을 정탐하러 온 것이오? 아주 자세히 살펴봤겠지."

"난 당신의 엔진 따위에는 관심 없어요." 헤스터가 말했다.

"관심 없다고?" 스캐비어스는 다시 팔을 뻗어 헤스터의 손목을 꽉 쥐었다. "믿기 어려운걸? 우리 가문에서 20대째 내려오면서 다듬고 다듬은 스캐비어스 구체 엔진에 관심이 없다고? 세상에서 가장 효율적인 엔진이야. 분명 이 길로 도망쳐 아크에인절이나 래그나롤 같은 곳에 가서 우리를 잡아먹으면 얼마나 배가 부를지 고해바치고 싶어서 안달이 났을 텐데?"

11. 잠들지 못한 영혼들

"바보 같은 소린 하지도 말아요." 헤스터가 내뱉듯 말했다. "난 사냥꾼의 현상금 같은 건 손도 안 대!" 그때 한 가지 생각이 그녀의 머리를 스쳐 지나갔다. 등 뒤의 철판을 두드리는 단단하고 차가운 얼음 조각 같은 생각. "그건 그렇고, 악셀이 누구죠? 아들 이름이죠? 스뮤가 말하던 그 아들? 죽은 애? 내가 그 애의 혼령이나 되는 줄 알았어요?"

스캐비어스는 헤스터의 손목을 놨다. 그의 노여움은 물을 뿌린 불처럼 금방 사그라졌고, 눈길은 헤스터 뒤의 바퀴와 하늘의 오로라 사이를 정처 없이 떠돌았다. 헤스터를 다시 보지 않으려고 눈길을 돌리고 있는 것 같았다. "그 애의 영혼이 돌아왔어."

헤스터는 짧고 흉한 소리로 웃음을 터뜨렸지만 금방 멈췄다. 늙은 스캐비어스의 말에 진심이 어려 있었기 때문이다. 그는 헤스터의 얼굴을 한번 재빨리 훑어보더니 다른 쪽으로 눈길을 옮겼다. 희미하게 깜빡거리는 오로라의 빛에 비친 그의 얼굴이 갑자기 부드럽게 변했다. "눈유목민들은 죽은 자의 영혼이 오로라에 깃들어 있다고 믿는답니다, 미스 쇼. 오로라가 가장 밝게 빛나는 날 밤이면 하이아이스에 죽은 자의 영혼이 돌아와 걸어 다닌다는 전설이 있지요."

헤스터는 아무 말 없이 그냥 어깨에 힘을 빼고 몸을 수그렸다. 스캐비어스의 광기와 슬픔이 불편했다. 그녀는 어색하게 말했다. "암흑의 나라에서는 그 누구도 돌아올 수 없어요, 미스터 스캐비어스."

"하지만 돌아와요, 미스 쇼." 스캐비어스가 진지하게 말했다. "우리가 아메리카를 향해 길을 떠난 후부터 영혼들이 걸어 다니는 걸 목격한 사람들이 많아요. 뭔가 움직이기도 하고, 문이 잠긴 방 안에서 물건들이 없어지기도 하고. 전염병이 돈 후 버려지고 폐쇄된 구역에서 발소리랑 말소리를 들은 사람들도 있고, 내가 여기 오는 것도 그 때문인걸. 일하다 짬이 날 때마다, 그리고 오로라의 빛이 밝을 때마다 여기 오는데, 벌써 그 녀석을 두 번이나 봤다오. 금발의 소년이 어두운 곳에서 나를 쳐다보다가 내가 눈치채자마자 사라져 버렸지. 앵커리지에서 살아남은 소년 중에 금발은 한 명도 없어요. 악셀이 분명해. 난 알아."

그는 오로라로 환해진 하늘을 잠시 바라보다가 몸을 돌려 자리를 떠났다. 헤스터는 복도 끝에 있는 코너를 돌아 스캐비어스가 사라질 때까지 그를 쳐다보고 서 있었다. 그쪽을 계속 쳐다보면서 그녀는 생각했다. '스캐비어스는 진짜 앵커리지가 아메리카까지 갈 수 있다고 믿는 걸까? 간다 하더라도 그게 그 사람한테 중요한 일일까? 아니면 하이 아이스에서 자기를 기다리고 있을 아들의 영혼을 만나기 위해 마그라빈의 엉뚱한 계획에 동의한 걸까?'

헤스터는 몸을 떨었다. 그때까지는 주변이 얼마나 추운지 깨닫지 못했었다. 스캐비어스는 가 버렸지만 그녀는 아직도 누군가 자기를 지켜보고 있다는 느낌을 떨쳐 버릴 수 없었다. 뒷목의 털이 곤두서면서 따끔거리기 시작했다. 뒤를 흘낏 돌아본 헤스터는 그 순간 어둠 속으로 사라진 창백한 얼굴이 자기 눈으로 본 것인지, 아니면 상

11. 잠들지 못한 영혼들

상한 것인지 혼돈스러웠다. 너무나 순간적이어서 창백한 금발의 잔영만 눈에 남았기 때문이다.

  암흑의 나라에서는 아무도 돌아오지 않는다. 헤스터도 그 사실을 알고 있었지만 그렇다고 지금까지 들은 귀신 이야기들이 떠오르지 않는 것은 아니었다. 그녀는 몸을 돌려 뛰고 또 뛰었다. 이곳저곳 갑자기 위협적으로 느껴지는 기계들의 그림자 사이를 있는 힘껏 달려 헤스터는 사람들이 더 많은 쪽으로 향했다.

  그녀의 뒤쪽으로 파이프와 덕트들이 엉켜 있는 복도에서 정체 모를 금속성 물체가 황급히 움직이다가 어딘가에 부딪혀 떨어진 후 멈춰 섰다.

PREDATOR'S GOLD

12
불청객

미스터 스캐비어스가 유령들에 관해 한 이야기는 맞는 구석도 있고 틀린 구석도 있었다. 앵커리지에 뭔가가 출몰하기는 했지만 그것은 죽은 자들의 영혼이 아니었다.

뭔가가 출몰하는 현상은 거의 한 달 전에 시작됐지만 그 현상이 시작된 장소는 앵커리지가 아니라 그림스비라는 무척 묘하고 비밀스러운 도시였다. 모든 것이 소리 하나, 그것도 아주 작은 소리 하나로 시작됐다. 속이 텅 빈 곳을 때린 듯 '탁' 하는 소리, 마치 고무풍선을 손톱으로 탁 치는 듯한 소리였다. 그런 다음 잡음이 섞인 무전기 소리, 마이크를 집어 들면서 생기는 잡음 소리가 들린 후 카울의 방 천장의 귀가 말을 하기 시작했다.

"야, 일어낫! 정신 차려. 엉클이다. 할 일이 있다, 카울. 할 일이."

꿈나라를 헤매던 카울은 이것이 꿈이 아니라 현실이라는 것을 깨닫고 깜짝 놀라 잠에서 깼다. 침대에서 구르다시피 내려온 그는 아

12. 불청객

직 잠에 취한 상태로 일어섰다. 그의 방은 옷장보다 약간 컸다. 선반 정도 너비의 침대와 벽에 난 엄청나게 큰 곰팡이 자국을 빼면 방 안엔 천장에 달린 카메라와 마이크를 둘러싼 전선 더미 말고 아무것도 없었다. 엉클의 '눈'과 '귀'. 아이들은 카메라와 마이크를 그렇게 불렀다. 엉클의 '입'이라는 별명을 가진 장비는 없었지만 어쨌든 엉클은 카울에게 말을 하고 있었다.

"일어났냐?"

"네, 엉클!" 카울은 발음이 뭉개지지 않도록 신경 쓰면서 대답했다. 그는 어제 절도 훈련소에서 힘들게 일했다. 아무에게도 들키지 않고 교묘하게 물건을 훔치는 기술을 가르치기 위해 엉클이 디자인한 절도 훈련소. 그곳의 미로 같은 복도와 계단들을 카울보다 어린 아이들 여럿이 통과하는 것을 잡아내는 임무를 맡았기 때문이었다. 피곤해 죽을 지경이 돼서 잠이 들었기 때문에 고작 몇 분 잔 것 같았지만 실제로는 몇 시간 잔 것이 틀림없었다. 그는 머릿속에 남아서 자신을 유혹하는 잠을 털어 내기 위해 고개를 세차게 흔들었다.

"일어났어요, 엉클!"

"좋아."

카메라가 카울이 있는 곳으로 내려왔다. 여러 개의 마디로 이어진 쇠로 만들어서 마치 빛나는 뱀처럼 생긴 카메라는 최면이라도 걸 듯이 카울을 뚫어져라 쳐다봤다. 그는 구 시청 건물 높은 층에 있는 엉클의 숙소에 설치된 감시 스크린에 자신의 얼굴이 크게 떠오를 거라는 걸 알고 있었다. 반사적으로 침대에서 담요를 낚아채 벌거벗은 몸을 가리면서 그는 "왜 그러시는데요, 엉클?" 하고 물었다.

"도시 하나 처리해야겠다." 카메라에서 나는 목소리가 대답했다. "앵커리지야. 작지만 짭짤한 얼음 도시지. 요새 좀 경기가 안 좋긴 하지만. 북쪽으로 가고 있어. 거머리선 스크류 웜을 가지고 가서 싹 쓸어 와."

카울은 잡아먹을 듯 자기를 뚫어져라 쳐다보고 있는 카메라 앞에 담요만 두른 채 서서 할 수 있는 말 중 그래도 제일 말이 되는 소리를 하려고 머리를 굴리고 있었다.

"야, 이 자식!" 엉클이 화를 버럭 냈다. "일하기 싫어? 거머리선을 직접 몰 준비가 안 됐나 보지?"

"아, 물론! 하고 싶지요. 할 수 있어요." 카울은 열성적으로 소리쳤다. "그게… 저… 스크류 웜은 퉤스 거라고 알고 있어서…. 퉤스나 다른 나이 든 애들 중 한 명이 가야 하는 거 아닌가요?"

"내 명령에 토 달지 마. 엉클이 제일 잘 알아. 퉤스는 내가 남쪽에 다른 일 시킬 게 있거든. 그 일 때문에 일손이 좀 딸려. 보통 때 같으면 너 같은 애송이한테 도둑질 출장은 안 시키지만, 넌 할 수 있어. 게다가 앵커리지는 그냥 보내 버리기엔 너무 아까운 도시거든."

"알겠습니다, 엉클." 카울은 그 수수께끼 같은 '남쪽 일'에 대해 들어서 알고 있었다. 무슨 일인지는 모르지만 경험 있고 나이 든 아이들과 성능 좋은 거머리선들이 점점 더 많이 그쪽으로 보내지고

12. 불청객

있었다. 소문에 따르면 엉클이 사상 최고로 대담한 작전을 꾸미고 있다고 하는데 그게 뭔지 정확히 아는 사람은 아무도 없었다. 뭐가 됐든 카울은 상관없었다. 직접 거머리선을 조종할 수만 있다면 뤠스가 없어서였든 아니든 그 이유는 전혀 상관없었다!

  이제 열네 살인 카울은 지금까지 십수 번 거머리선을 타고 일을 나가기는 했지만 직접 운전을 하려면 적어도 두 계절은 더 지나야 할 거라고 생각했었다. 거머리선은 보통 나이가 더 많은 소년들이 조종했다. 그 애들이 사는 위층의 집들은 카울이 사는 이 작은 닭장 같은 곳과는 상대가 되지 않게 호화로웠다. 카울이 거처하는 절도 훈련소 위쪽의 습기 찬 방의 경우 녹슨 나사못 사이로 바닷물이 새어 들어오고 낡은 쇠판들은 밤새 구슬픈 곡조를 읊어 대곤 했다. 간혹 아무 경고도 없이 방 전체가 갑자기 무너져 안에서 자고 있던 아이가 죽는 일도 있었다. 이번 임무를 성공적으로 마치고 엉클이 좋아하는 물건들을 가져오기만 하면 이 구질구질한 방과 영원히 이별할 수 있을지도 모르는 일이었다!

  "스큐어를 데려가고, 새로 들어온 가글도 데려가."

  "가글이요?" 카울은 자기도 모르게 내뱉은 말에 섞인 실망의 빛을 뒤늦게나마 감춰 보려 했지만 이미 늦었다는 걸 깨달았다. 가글은 동년배 중에서 제일 바보였다. 항상 안절부절 못하고 칠칠치 못해서 나이 든 아이들한테 괴롭힘을 당하기 일쑤였다. 절도 훈련소에서도 잡히지 않고 두 번째 레벨 이상을 가 본 적이 없었다. 가글을 잡아내는 사람은 주로 카울이었다. 그래도 카울은 가글이 다른 트레이너들한테 당하기 전에 얼른 밖으로 끌어내 주기라도 했다. 스큐어같이 패스하지 못한 훈련생들을 두들겨 패는 데 취미가 있는 애들한테 잡혔다가는 그날은 끝이었다. 카울이 창백한 얼굴로 훌쩍거리는 가글을 달래면서 신입생 기숙사로 데리고 간 게 벌써 몇 번인지 셀 수도 없었다. 그런데 엉클은 그런 애를 실전에 데리고 가라고 명령한 것이다!

"가글은 칠칠치 못하기는 해도 영리해." 엉클이 말했다.(엉클은 상대가 아무 말을 하지 않아도 무슨 생각을 하는지 다 알고 있었다.) "기계 다루는 데 능숙하고, 카메라 조작도 아주 잘해. 자료실에서 일을 시켜 봐서 알아. 사실 자료실에 계속 붙잡아 둘 생각도 있는데 그 전에 네가 데리고 나가서 로스트 보이들이 실제 어떻게 사는지 보여 줘야겠어. 뤠스나 터틀 같은 애들보나 네가 훨씬 가글을 잘 참아 내니까 너한테 맡기는 거야."

"네, 엉클." 카울이 말했다. "엉클이 항상 제일 잘 아시니까요."

"물론이지. 낮 근무 시간이 시작되는 대로 스크류 웜을 가지고 나가도록 해. 예쁜 물건 많이 가져와야 해, 카울. 그리고 재미난 이야기도 많이 가져오고."

"네, 엉클!"

"그리고 카울…."

"네, 엉클?"

12. 불청객

"잡히지 말아라."

❈ ❈ ❈

그런 연유로 카울은 한 달 후 그림스비에서 수백 마일 떨어진 이 앵커리지라는 도시의 한 복도에서 헤스터의 발걸음 소리가 멀어지기를 기다리며 숨을 죽이고 웅크리고 있게 된 것이다. 여기 도착한 이후 그는 점점 더 대담하게 이런 식의 위험을 감수하고 있었다. 능숙한 도둑은 절대 자기 모습을 드러내지 않는 법이다. 그러나 카울은 그 어린 여비행사가 자기를 본 게 분명하다고 생각했다. 게다가 스캐비어스는 또…. 그는 엉클이 이 사실을 알면 어떻게 될까 생각하고 몸을 떨었다.

주변에 아무도 없다는 확신이 들자 그는 숨어 있던 곳에서 나와 재빨리 스크류 웜까지 가는 비밀 통로로 향했다. 그의 거머리선은 앵커리지의 기름에 절은 배 밑에 붙어 있었다. 구동 바퀴에서 멀지 않은 지점이었다. 스크류 웜은 폐기 직전의 오래된 거머리선이었지만 카울은 자기 배와 거기 실린 화물들에 대한 긍지가 대단했다. 지난 한 달 동안 카울과 동료들이 앵커리지의 버려진 작업실과 호화 빌라들에서 훔쳐다 놓은 물건들로 배의 화물칸은 거의 터질 지경이었다. 그는 오늘 훔친 물건들을 다른 물건들이 쌓여 있는 곳에 던진 후, 산더미처럼 쌓여 무너질 듯한 더미들을 헤치고 배의 앞쪽 방으로 갔다. 기계음이 낮게 윙윙거리고 파란 스크린들이 계속 깜빡거리는 조종실에서 스크류 웜의 다른 두 승무원들이 카울을 기다리고 있었다. 물론 그 둘은 모든 것을 봤다. 카울이 엔진 구역에서 헤스터를 소리 없이 따라가는 동안 두 소년은 그녀를 비밀 카메라로 따라가고 있었다. 가글과 스큐어는 헤스터와 스캐비어스가 나눈 대화 때문에 아직도 낄낄거리고 있었다.

"우우우우! 유령이다!" 스큐어가 웃으며 말했다.

"카울, 카울." 가글이 흥분한 목소리로 소리쳤다. "그 스캐비어스 할아범은 네가 유령이라고 생각하나 봐. 죽은 아들이 아버지한테 인사하려고 돌아왔다잖아!"

"알아. 나도 들었어." 그는 스큐어를 밀어젖히고 앞쪽으로 가서 삐걱거리는 가죽 의자에 앉았다. 싸늘하고 깨끗한 위쪽 도시에 다녀온 후라서 그런지 갑자기 지저분하고 후덥지근한 스크류 웜에 짜증이 났다. 그는 아직도 바보같이 웃으면서 스캐비어스를 조롱하는 데 자기도 동참하길 기다리는 두 동료를 흘낏 쳐다봤다. 그 둘마저도 자신이 지금 보고 온 사람들과 비교하면 작고 생기 없이 느껴졌다.

스큐어는 카울과 동갑이었지만 덩치도 더 크고, 힘도 더 세고, 자신감이 넘치는 소년이었다. 어떨 때는 왜 엉클이 자기 대신 스큐어에게 이번 원정의 책임을 맡기지 않았을까 궁금하기도 했다. 그리고 가끔 스큐어가 하는 농담에서 스큐어도 자기랑 똑같은 생각을 하고 있다는 것이 느껴질 때가 있었다. 올해 열 살인 가글은 생애

12. 불청객

처음으로 절도 원정단에 끼었다는 자부심에 부푼 나머지 두 사람이 벌이는 신경전을 전혀 눈치채지 못했다. 그는 카울이 걱정했던 대로 눈치 없고 서툴러서 아무 짝에도 쓸모가 없었다. 물건을 훔치는 데도 소질이라고는 눈곱만큼도 없는데다, 자기들끼리 '드라이'(Dry)라고 부르는 육지인들이 가까이 올라치면 무서워서 벌벌 떨었다. 어쩌다 한번 작업을 할 때 가글을 데리고 가면 그는 항상 두 손을 벌벌 떨다 바지를 다 적신 채 돌아오곤 했다. 카울이 말리지 않았다면 언제나 다른 사람의 약점을 최대한으로 이용하는 재주가 있는 스큐어에게 인정사정없이 놀림을 당했을 것이다. 카울은 아직도 자신의 첫 번째 원정을 기억하고 있었다. 지슈타트 그단스크라는 도시를 털면서 불친절한 선배 둘하고 어디 도망갈 곳도 없는 거머리선에서 고생을 했었다. 제아무리 날고 기는 도둑이라도 초보 시절은 있는 법이었다.

　스큐어는 아직도 빙글거리고 있었다. "점점 실수가 잦아지고 있어, 카울! 사람들 눈에 띄다니, 그 늙은이가 정신이 나가서 다행이지. 유령이라니, 내 참! 돌아가서 다른 사람들한테 얘기해 주면 난리가 나겠지, 하하! 유령 카울! 우우우우!"

　"하나도 안 웃겨, 스큐!" 카울이 쏘아붙였다. 미스터 스캐비어스의 말을 들은 후부터 그는 왠지 신경이 날카롭고 이상한 기분이 들었다. 이유는 알 수 없었다. 그는 선실의 거울에 자기 모습을 비춰 봤다. 스캐비어스 사무실을 뒤질 때 봤던 악셀의 초상화와 자기 모습은 별로 비슷한 구석이 없었다. 스캐비어스의 아들은 자기보다 훨씬 나이 들고, 키도 크고 잘생긴 푸른 눈의 청년이었다. 카울은 해골처럼 바싹 말라서 도둑질하기 좋은 체격에 검은 눈을 갖고 있었다. 한 가지 공통점은 둘 다 헝클어진 듯한 창백한 금발 머리를 가졌다는 것이었다. 상심한 노인이 어둠이나 안개 속에서 금발 머리를 얼핏 보면 자기 편한 대로 생각하게 마련이었다.

그는 스큐어가 자신에게 말을 하고 있다는 것을, 그것도 상당히 오랫동안 말을 하고 있었다는 것을 깨닫고 깜짝 놀랐다. "(…) 그리고 너도 엉클이 뭐라고 하시는지 잘 알지? 도둑질의 제1법칙, 잡히지 않는 것."

"난 안 잡혀, 스큐어. 항상 조심하거든."

"사람들한테 보인 건 어떡하고?"

"누구나 어쩌다 운이 안 좋을 때도 있는 법이야. 지난번 아크에인절에 원정 갔던 버글러 빌의 스패저도 드라이한테 들켜서 결국 칼로 찔러 해치웠잖아."

"그건 달라. 넌 드라이들을 보면서 시간을 너무 오래 보내는 경향이 있어. 스크린으로 보는 건 괜찮지만 넌 그놈들을 진짜로 보고 싶어서 위에 오래 머물러 있잖아."

"맞아." 가글이 스큐어의 비위를 맞추느라 맞장구를 쳤다. "나도 봤어."

"입 닥쳐." 스큐어는 자기보다 작은 가글을 발로 차면서 말했다.

12. 불청객

"보고 있으면 재미있어." 카울이 말했다.

"그놈들은 드라이들이야!" 스큐어가 못 참겠다는 듯 말했다. "너도 엉클이 드라이들에 대해 뭐라고 하는지 잘 알잖아. 그놈들은 소 떼들하고 비슷해. 머리가 우리들처럼 빠르게 움직이질 않는다고. 그래서 우리가 그놈들 물건을 가져오는 게 맞는 거라고."

"나도 알아!" 카울이 말했다. 스큐어와 마찬가지로 자신도 절도 훈련소 신입이었을 때 그런 이야기들을 머리에 박히도록 반복해서 들었다. '우리는 로스트 보이들이다. 우리는 세상에서 제일가는 도둑들이다. 못으로 박아 놓지 않은 것은 모두 우리 것이다.' 카울도 스큐어의 말이 맞다는 것은 알고 있었다. 하지만 가끔씩 자신은 로스트 보이가 될 운명이 아닌 것 아닐까 하는 생각이 들 때도 있었다. 사람들에게서 물건을 훔치는 것보다 그들을 보고 있는 것이 더 좋았다.

그는 의자에서 벌떡 일어나 카메라 스위치들 위에 달린 선반에서 제일 최근에 만든 보고서를 잡아챘다. 프레야 라스무센의 최고급 공식 편지지 열세 장에 그의 커다랗고 서투른 글씨가 가득했다. 그는 선미 쪽으로 가면서 그 종이들을 스큐어 코앞에 흔들어 댔다. "보고서를 본부에 보내야 해. 엉클은 일주일에 한 번씩 보고서를 안 보내면 화내시거든."

"너 때문에 우리가 잡히기라도 하면 보고서 따위 안 보내서 화내는 것하고는 상대도 안 되게 폭발하고 말걸." 스큐어가 웅얼거렸다.

스크류 웜의 전서어실은 침실로 쓰는 선실들 바로 밑에 있었기 때문에 땀 냄새와 더러운 양말 냄새가 섞인 쾌쾌한 냄새가 배어 있었다. 메시지를 전하는 전서어*를 보관하는 열 개의 틀 중 벌써 세 개가 비어 있었다. 카울은 네 번째 전서어를 보낼 준비를 하면서 마음이 허전해지는 것을 느꼈다. 마지막 전서어를 보낼 날이 6주밖에 남지 않았고, 그때가 되면 앵커리지에서 스크류 웜을 떼어 내 본부로 향해야 하기 때문이다. 프레야와 앵커리지 사람들이 그리울 것이다. 하지만 그렇게 어리석은 생각을 하다니. 그 사람들은 바보 같은 드라이들인데. 단지 바보 같은, 스크린에서 왔다갔다하는 그림에 불과한데….

전서어는 늘씬한 은색 어뢰처럼 생겼다. 세로로 세우면 카울보다 더 컸다. 항상 그랬듯이 전서어의 연료 탱크를 점검하고 코 근처의 방수실에 둥그렇게 말린 보고서를 집어넣으면서 카울은 작은 경외감을 느꼈다. 북쪽 지방 곳곳에서 거머리선 선장들은 모두 카울처럼 엉클에게 전서어를 보냈다. 그러면 엉클은 모든 곳에서 벌어지는 일을 전부 다 파악해서 점점 더 대담한 절도 계획을 세우곤 했다. 그 생각을 하니 자기가 드라이들을 좋아하는 것이 더 죄스럽게 느껴졌다. 로스트 보이가 된 것은 정말 행운이다. 엉클을 위해서 일한다는 것은 정말 행운이다. 엉클이 항상 제일 잘 아신다.

---

* messsage fish, 편지를 전하는 비둘기를 일컫는 '전서구' 대신 편지를 전하는 물고기라 해서 전서어라고 표현함.

12. 불청객

❂ ❂ ❂

 몇 분 후, 전서어는 스크류 웜의 배에서 빠져나와 아무도 눈치채지 못하게 앵커리지의 거대한 그림자 밑 얼음으로 떨어졌다. 앵커리지가 북쪽으로 계속 전진하는 사이 전서어는 얼음을 파고들어 가기 시작했다. 두꺼운 얼음을 참을성 있게 계속 파고들어 간 끝에 결국 얼음 밑을 흐르는 검푸른 물속에 도착하자 전서어에 설치된 올드-테크 컴퓨터 두뇌가 작동을 시작했다. 아주 영리한 두뇌는 아니었지만 집에 갈 줄은 아는 녀석이었다. 어뢰처럼 생긴 몸에서 땅딸막한 지느러미와 작은 프로펠러가 나오더니 남쪽을 향해 헤엄치기 시작했다.

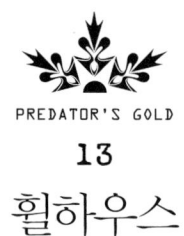

13
휠하우스

헤스터는 자기가 한 이상한 경험에 대해 톰에게 이야기하지 않았다. 괜히 유령에 대해 지껄였다가 자기를 바보라고 생각할까 봐 두려웠기 때문이다. 어두운 곳에서 자기를 바라보고 있던 그것은 헛것을 본 것일 뿐이고, 미스터 스캐비어스는… 미스터 스캐비어스는 미친 것이다. 사실 앵커리지 전체가 미쳤다. 프레야와 페니로얄을 믿고 얼음 황무지 너머에 푸르른 새 사냥터가 있을 것이라고 믿는 사람은 다 미친 것이다. 톰도 그 미친 사람들 중 하나였다. 현실을 제대로 보라고 말다툼을 해 봤자 소용이 없었다. 그냥 그를 이 미친 도시에서 안전하게 구출해 도망가는 데 정신을 집중하는 편이 나았다.

며칠이 지나고 몇 주가 지났다. 그동안 앵커리지는 그린란드를 둘러싼 산악지대를 피해 얼어붙은 바다 위의 얼음 평야를 지나 줄곧 북쪽으로 향하고 있었다. 헤스터는 대부분의 시간을 비행선 항구에

13. 휠하우스

서 지내며 미스터 아키우크가 제니 하니버를 수리하는 것을 지켜봤다. 기계에 대해 전혀 몰랐기 때문에 아키우크 소장에게 그다지 큰 도움을 줄 수는 없었지만 연장을 건네주거나 작업실에 가서 필요한 물건들을 가져온다든가, 보온병에서 보랏빛이 도는 뜨거운 코코아를 따라 준다든가 하는 잔심부름을 했다. 헤스터는 그냥 거기 자신이 있는 것만으로도 제니가 자신을 싣고 이 유령이 나오는 도시에서 떠날 날을 앞당길 수 있을 것만 같았다.

가끔은 톰도 격납고에 같이 오곤 했지만 대부분은 다른 곳에서 시간을 보냈다. "아키우크 소장님이 우리 둘 다 거기 와 있는 것을 별로 좋아하지 않을 거야. 방해가 될 테니까." 톰은 그렇게 말했다. 그러나 둘 다 진짜 이유를 알고 있었다. 톰은 앵커리지의 새 생활을 너무나 즐기고 있었다. 지금까지는 견인 도시 위에서의 생활을 얼마나 그리워했는지 미처 몰랐다. '이게 다 엔진 때문이야.' 톰은 자기 자신에게 그렇게 일렀다. 희미하고 편안한 그 엔진의 진동이 건물들을 살아 움직이도록 하는 곳, 어디론가 움직여 가고 있다는 그 느낌, 아침마다 일어나서 침실 창문으로 새로운 풍경을 보는 그 감동. 비록 그 풍경이 어둠과 얼음의 연속이라 할지라도.

그리고 자기 자신도 인정하고 싶어 하지 않는 부분이기는 하지만, 어쩌면 이 느낌이 프레야와도 약간은 관계가 있는 것 같았다. 톰은 분더캄머나 궁전 도서관에서 프레야와 자주 마주쳤다. 항상 스뮤나 미스 파이가 뒤에서 대기하고 있었기 때문에 상당히 공식적인 느낌을 주는 만남들이기는 했지만 톰은 마그라빈을 조금씩 알아 가는 느낌이었다. 그녀에 대해 호기심이 생겼다. 프레야는 헤스터와 너무나 달랐고, 런던의 외로운 견습생 시절 백일몽을 꿀 때 상상하던 그런 소녀들과 너무나 비슷했다. 말하자면 예쁘고 세련되어 보였던 것이다. 물론 잘난 척하는 구석이 있고 의례와 에티켓에 얽매여 있기는 했지만 어떻게 자랐는지, 그리고 어떤 경험들을 했는지를 생각하면 그도 이해할 수 있었다. 시간이 갈수록 톰은 프레야가 더욱 좋아졌다.

❊ ❊ ❊

페니로얄 교수는 완전히 회복한 후 수석 네비게이터 공관으로 이사했다. 휠하우스*라고 부르는 그 건물은 키가 큰 칼날 모양의 타워로 겨울 궁전의 경내, 사원 근처에 자리 잡고 있었다. 맨 꼭대기 층에는 앵커리지의 제어 브리지가 설치되어 있었고 그 아래층에 호화스럽게 꾸며진 주거 공간이 있었다. 페니로얄은 물론 새 환경에 순식간에 적응했다. 그는 항상 자기 자신을 대단한 사람으로 생각하는 경향이 있었는데, 마침내 자기 말고 다른 사람들도 그렇게 생각하는 도시에 살아 보니 기분이 참 좋았다. 물론 썰매 도시의 방향

---

* wheelhouse, 소형 배의 조타실을 가리키는 단어이기도 하다.

13. 휠하우스

을 설정하는 방법은 전혀 몰랐으므로 앵커리지를 실제로 움직이는 일은 아직 윈돌린 파이가 도맡아서 했다. 페니로얄은 미스 파이와 매일 아침 한 시간씩 만나 얼음 황무지 서쪽이 자세히는 아니지만 그나마 조금이라도 나온 몇 개 안 남은 지도를 열심히 쳐다보면서 시간을 보냈다. 나머지 시간은 사우나에서 피로를 풀거나, 멋진 응접실에 앉아 폼을 잡고 쉬거나, 라스무센 프로스펙트 거리와 울티마 아케이드의 버려진 부티크들을 돌아다니면서 그의 새 지위에 맞는 비싼 옷들을 골라 입는 데 보냈다.

"앵커리지는 정말 하늘이 보내 주신 선물이야, 톰." 그는 밤처럼 어두운 북극의 어느 날 오후에 휠하우스를 찾아온 톰에게 이렇게 말했다. 그는 여러 개의 반지를 낀 번쩍이는 손으로 커다란 응접실을 가리켰다. 정교하게 직조된 카펫, 비싼 그림들, 동으로 된 삼발이 받침대 위에서 타오르고 있는 불, 그리고 지붕들 너머로 지나가는 얼음 황무지의 풍경이 내다보이는 커다란 창문…. 바깥에는 거센 바람이 불어닥쳐 도시 전체를 눈 속에 파묻고 있었지만 수석 네비게이터의 숙소는 따뜻하고 평화로웠다.

"자네 비행선은 어떻게 되어 가고 있나?" 페니로얄이 물었다.

"천천히 진행되고 있죠, 뭐." 톰이 대답했다. 사실 비행선 항구 쪽에 가 본 지 벌써 며칠이 지났고 제니 하니버의 수리 작업이 어떻게 진행되고 있는지도 전혀 몰랐다. 별로 생각하고 싶지 않은 화제였다. 수리가 다 끝나면 헤스터는 떠나고 싶어 할 것이고, 자신도 이 멋진 도시와 프레야에게 작별을 고해야 할 것이기 때문이었다. '그래도 저렇게 관심을 가져 주다니 고맙군.' 하고 톰은 생각했다.

"아메리카로 가는 것은 어떻게 돼 가고 있나요, 교수님? 별 차질은 없고요?"

"물론이지!" 페니로얄은 소파에 앉아 입고 있던 실리콘-실크 누비 재킷의 깃을 다듬으면서 큰 소리로 대답했다. 그는 자기 잔에 와인을 더 따르고 톰에게도 권했다. "수석 네비게이터의 와인 창고에 무지하게 좋은 와인들이 많아. 될 수 있는 대로 많이 마셔 둬야 우리가… 그… 우리가…"

"제일 좋은 와인은 뒀다가 아메리카에 도착했을 때 축배를 드는 데 사용하셔야겠네요." 톰은 페니로얄의 발치에 있는 작은 의자에 앉으면서 존경스럽다는 어조로 말했다. "경로는 정하셨나요?"

"음…. 그렇다고 할 수도 있고 아니라고 할 수도 있지." 페니로얄이 아무렇지도 않다는 듯 그렇게 말하면서 와인 잔을 휘두르는 바람에 소파를 덮고 있던 모피 담요에 와인이 엎질러졌다. "예스와 노 둘 다야, 톰. 그린란드 서쪽에 도착하면 그다음은 평탄대로야. 윈돌린과 스캐비어스가 원래 굉장히 복잡한 경로를 잡아 놨더라고. 작은 섬들을 많이 돌아가는 경로였는데, 사실 그 섬들이 아직 그 자리에 있는지조차 모르거든. 그런 다음 아메리카 대륙의 서해안을 따라 내려가는 계획이었지. 다행히 내가 그보다 훨씬 더 간단한 길을 가르쳐 줬지." 그는 벽에 걸린 지도를 가리켰다. "배핀 섬을 가로질

13. 휠하우스

러 허드슨 만으로 향하는 거야. 바다도 두꺼운 얼음으로 덮여 있는데다 그렇게 가면 북아메리카 대륙 중심으로 바로 들어가게 되어 있지. 그 루트가 바로 내가 북아메리카에서 빠져나와 집으로 왔을 때 택한 길이었어. 저렇게 가면 금방 아메리카 대륙에 도착할 거야. 그러면 톱니로 된 얼음용 구동 바퀴는 위로 올리고 캐터필러 바퀴만 써서 녹지까지 아무 문제없이 다다를 수 있지."

"저도 끝까지 함께 갈 수 있다면 얼마나 좋을까요." 톰이 한숨을 쉬며 말했다.

"아니지, 아니야, 톰." 페니로얄이 약간 날카로운 목소리로 외쳤다. "자네는 새의 길을 비행하는 것이 제일 잘 어울려. 비행선이 수리되는 대로 자네랑 그, 뭐냐, 그 사랑스러운 자네 친구는 구름 위로 돌아가는 것이 순리지. 그건 그렇고, 우리 마그라빈 전하께서 내 책 몇 권을 자네한테 빌려 줬다고 들었는데?"

톰은 프레야 이야기가 나오자 얼굴을 붉혔다.

"어떻게 생각하나, 응?" 페니로얄은 톰의 잔에 와인을 더 부어 주면서 물었다. "좋은 책들이야, 그렇지?"

톰은 뭐라고 말해야 할지 몰라 망설였다. 페니로얄의 책들이 흥미진진한 것은 사실이었다. 문제는 런던 역사학자 길드의 엄격한 트레이닝을 받은 톰의 시각으로 볼 때 이 대체 역사학자의 역사관이 너무 '대체적'일 때가 많다는 점이었다. 『아름다운 아메리카』만 해도 죽은 대륙의 먼지바람 사이로 고대 고층 건물의 뼈대를 봤다는 언급이 나오지만 다른 어떤 탐험가도 그런 광경을 목격한 적이 없었다. 그런 철골 구조물은 어차피 비바람에 삭고 녹슬어 오래전에 다 사라져 버렸을 것이기 때문이다. 그 장면을 목격할 당시 페니로얄이 환각 상태에 빠졌던 것일까? 또 『쓰레기라고? 쓰레기 같은 소리!』에서도 페니로얄은 고대 유물 발굴지에서 나오는 작은 장난감 기차들과 모형 자동차들이 장난감이 아니라고 주장했다. 그는 "의심할 여지 없이 이 기계들은 고대인들이 유전자 조작으로 만들어 낸 아주 작은 크기의 인간들이 몰았던 것들이다. 이런 크기의 인간들을 만들어 낸 이유는 알려지지 않았다."라고 썼다.

페니로얄이 위대한 탐험가라는 데는 톰도 이의가 없었다. 단지 타자를 치는 기계 앞에만 앉으면 그의 상상력이 고삐 풀린 망아지가 된다는 것이 문제였다.

"톰?" 페니로얄이 물었다. "부끄러워할 필요 없어요. 좋은 작가는 건실적인 비팡을 항상 환영하는 법이야. 아니 선결적인 피병…."

"페니로얄 교수님!" 벽에 달린 청동 스피킹 튜브에서 윈돌린 파이의 목소리가 울려 나왔다. "빨리 와 주세요, 빨리요! 전망대에서 전방에 뭔가 보인다는 보고가 들어왔어요!"

톰은 사냥꾼 도시가 잠복한 채 기다리는 장면을 상상하고 긴장으로 몸이 굳어졌다. 그러나 페니로얄은 그냥 어깨만 으쓱했다. "저 바보 같은 여자가 나한테 어떻게 하라는 거지?"

"이제 교수님이 수석 네비게이터잖아요. 이런 상황에는 제어 브

13. 휠하우스

리지에 가서 직접 진두지휘를 하셔야 하는 거 아닐까요?"

"멍에 아니 명예 게비네이터 위원장이야, 팀." 페니로얄의 말소리를 들은 톰은 그제야 그가 취했다는 것을 깨달았다.

톰은 있는 힘을 다해 페니로얄을 부축한 후 작은 개인용 엘리베이터 쪽으로 갔다. 엘리베이터는 두 사람을 휠하우스의 꼭대기로 싣고 올라가서 사방이 유리로 된 방 앞에 멈췄다. 미스 파이가 초조한 얼굴로 엔진 구역과 통신을 하는 기계 옆에 서 있었고, 몇 안 되는 대원들은 네비게이션 탁자에 지도들을 펼쳐 놓고 있었다. 건장한 조타수 한 명이 커다란 조종간 앞에서 지시를 기다리며 서 있었다.

페니로얄은 제일 가까운 의자에 털썩 주저앉아 버렸지만 톰은 유리벽으로 다가가서 전방을 볼 수 있도록 유리를 닦는 와이퍼가 지나가기를 기다렸다. 거센 눈보라가 몰아쳐서 아주 가까운 건물 말고는 보이지 않았다. "아무것도 안 보이…." 그렇게 말하려는데 순간적으로 북쪽 방향에서 빛이 반짝이는 것이 보였다.

앵커리지 전방에 맹수 같은 사냥꾼 도시가 나타난 것이다.

PREDATOR'S GOLD

14

사냥꾼 도시

프레야는 만찬 초대 리스트를 손보고 있는 중이었다. 보통 어려운 작업이 아니었다. 전통에 따르면 신분이 아주 높은 사람만 마그라빈과의 식사가 허용되는데 이제 앵커리지에 남은 사람들 중 거기 해당되는 사람은 미스터 스캐비어스뿐이었기 때문이다. 물론 미스터 스캐비어스와 날마다 식사를 같이 하면서 즐겁다 생각할 수 있는 사람은 아무도 없었다. 페니로얄 교수가 등장한 덕에 상황이 엄청나게 좋아졌지만(도시의 수석 네비게이터와 식사하는 것은 허용됐다) 교수의 흥미진진한 이야기에도 한계가 있었고, 그가 술을 과하게 마시는 경향이 있다는 것도 무시할 수 없는 단점이었다.

그녀가 정말 원하는 건(비록 서재 책상에 앉아서 절대 그 점을 인정하지 않으려 애를 쓰고 있는 중이지만) 톰을 초대하는 것이었다. 그냥 톰만. 다른 사람 아무도 없이. 그가 촛불 아래서 프레야를 지긋이 바라보며 그녀가 얼마나 아름다운지 이야기할 수 있도록 말이다. 톰도 자

14. 사냥꾼 도시

기랑 같은 생각을 하고 있는 게 틀림없었다. 문제는 톰이 평민 비행사 신분에 불과하다는 것이었다. 설사 모든 전통을 무시하고 톰을 초대한다 하더라도 분명히 그 끔찍한 여자 친구를 같이 데려올 게 뻔한데 그건 정말이지 프레야가 원하는 저녁 시간과는 너무나 거리가 멀었다.

그녀는 한숨을 내쉬면서 의자에 기댔다. 선대 마그라빈들의 초상화들이 친절한 눈길로 그녀를 내려다보고 있었다. 프레야는 이런 상황에서 저 마그라빈들은 어떻게 행동했을까 궁금했다. 그러나 물론 이런 상황은 이전에 한 번도 없었다. 이전에는 앵커리지의 오랜 전통만 따르면 모든 것이 단순하고 쉬웠다. 무엇을 하면 되고 무엇을 하면 안 되는지 명명백백했고, 마그라빈의 인생은 정교한 시계처럼 한 치의 오차도 없이 예정대로 흘러가도록 되어 있었다. '운도 지지리 없지. 그 시계가 고장 나자마자 내가 마그라빈이 되다니. 그 많은 규칙이랑 전통이 아무 쓸모없게 되자마자 내가 마그라빈이 되다니… 휴우….'

그러나 전통이라는 갑옷을 벗고 나면 온갖 종류의 새로운 문제가 생겨날 거라는 걸 프레야도 잘 알고 있었다. 전염병이 휩쓸고 간 후 앵커리지에 남은 자들은 마그라빈을 숭배하기 때문에 그런 결정을 한 사람들이었다. 프레야가 마그라빈답게 행동하지 않으면 그들이 그녀의 계획을 계속 따라 줄까?

그녀는 다시 만찬 초대 리스트로 주의를 돌리고는 왼쪽 맨 아래

여백에 낙서를 하기 시작했다. 작은 강아지를 막 완성한 순간 스뮤가 왈칵 문을 열고 들어왔다가 다시 서둘러 나갔다. 그러더니 전통대로 세 번 노크를 했다.

"들어와요, 시종장."

숨이 턱에 닿고 모자는 앞뒤를 바꿔 쓴 스뮤가 다시 들어왔다. "죄송합니다, 전하. 휠하우스에서 나쁜 소식이 들어왔습니다. 사냥꾼 도시입니다. 아주 가까운 전방에서 발견됐습니다."

❈ ❈ ❈

프레야가 제어 브리지에 도착했을 때는 날씨가 더 나빠져서 세찬 눈발 외엔 아무것도 보이지 않았다.

"어떻게 되어 가고 있죠?" 스뮤가 마그라빈의 도착을 알리기도 전에 프레야는 엘리베이터를 나서며 다그쳐 물었다.

윈돌린 파이가 겁먹은 표정으로 고개를 숙이며 말했다. "얼음 평원의 빛과 같은 존재시여, 울버린햄프턴*이 거의 틀림없습니다! 눈보라가 세차지기 직전에 삐쭉 솟은 쇠로 된 고층 건물 세 개를 봤습

---

* Wolverinehampton, 21세기 영국에는 '울버햄프턴'(Wolverhampton)이라는 도시가 있었다. 작가는 그 도시의 이름에 '인(ine)'이라는 음절 하나만 더 끼워 넣어 족제비과의 포유류 '울버린'이라는 단어를 만들었다. 연약한 앵커리지를 위협하는 사냥꾼 도시에 걸맞는 분위기를 연출한 작가의 기지가 엿보인다. '울버린'은 또 스칸디나비아 반도, 알래스카 등지에 서식하는 동물로 눈보라치는 북극에서 벌어지는 이 장면에 등장함직한 동물이기도 하다.

14. 사냥꾼 도시

니다. 그린란드를 지나는 고래잡이 도시들을 잡아먹으려고 숨어 있었던 것이 분명합니다."

"울버린햄프턴이 뭐지?" 프레야는 비싼 개인 교습 시간에 좀 더 정신을 차리지 않은 것을 후회하며 물었다.

"여기 있습니다, 전하…."

프레야는 톰이 그렇게 말하기 전까지는 그가 거기 있는지도 몰랐다. 그러나 톰을 보자 그녀는 몸 안에 작고 따뜻한 불씨가 켜진 것 같은 느낌을 받았다. 톰은 특정 페이지를 접어 놓은 책 한 권을 건네며 말했다. "『케이드의 견인 도시 백과』에서 찾아봤습니다."

그녀는 미소를 지으며 책을 받아 들었다. 그러나 톰이 접어 놓은 페이지를 열고 케이드 여사가 그려 놓은 그림과 설명을 보자 그녀의 미소는 금방 사라져 버렸다.

> 울버린햄프턴: 앵글리시를 사용하는 견인 도시로 768TE에 북쪽으로 이주한 후, 하이 아이스 지역에서 가장 악랄한 소규모 사냥꾼 도시라는 명성을 얻었다. 거대한 사냥용 턱을 소유한 울버린햄프턴은 엔진 구역의 노예들을 가혹하게 다루는 것으로 특히 정평이 나 있어서 모든 수단을 동원해서라도 피해야 하는 사냥꾼 도시로 분류된다.

프레야가 서 있던 발밑의 갑판이 크게 흔들렸다. 그녀는 책을 소리 나게 덮고 울버린햄프턴의 거대한 턱이 그녀의 도시를 집어삼키는 장면을 상상했다. 그러나 그 진동은 스캐비어스 구체 엔진이 꺼지면서 생긴 것이었다. 앵커리지는 점점 속도를 늦췄다. 갑작스러운 정적 속에서 프레야는 눈발이 유리벽을 때리는 소리를 들었다.

"무슨 일이죠?" 톰이 물었다. "엔진에 무슨 문제라도 있나요?"

"일시 정지를 하는 거예요." 윈돌린 파이가 대답했다. "눈보라 때문이죠."

"사냥꾼 도시가 바로 코앞에 있는데도요?"

"알아요, 톰! 타이밍이 정말 좋지 않은 건 사실이에요. 하지만 진짜 큰 폭풍우가 몰아닥치면 항상 멈춰 서 닻을 내리게 되어 있어요. 하이 아이스 지역에서는 바람이 시속 500마일까지 불 때도 있어서, 작은 도시들은 바람에 엎어지기도 한답니다. 69년 겨울에 불쌍한 스카릴링셰이븐이라는 도시가 풍뎅이처럼 뒤집혀 버린 적도 있어요."

"캣을 내리면 안 될까?" 프레야가 제안했다.

"캣이라고요? 고양이라면 난 알레르기가 있는데…." 페니로얄이 소리쳤다.

"전하께서는 캐터필러 바퀴를 말씀하시는 겁니다." 미스 파이가 설명했다. "캐터필러 바퀴를 내리면 견인력이 좀 더 강해지기는 하겠지만 이런 기후에서는 그것도 충분하지 않을 수 있습니다."

바람이 미스 파이의 말에 동감이라도 하듯 큰 소리를 내면서 불었

14. 사냥꾼 도시

고, 유리벽들이 끼익 소리를 내며 안쪽으로 휘어졌다.

"울버린튼햄인지 뭔지 하는 그 도시는 어떻게 되는 건가? 그것들은 안 멈춰도 되나?" 페니로얄이 여전히 의자에 거의 눕다시피 한 채로 물었다.

모든 사람의 눈이 윈돌린 파이에게 쏠렸다. 그녀는 고개를 흔들었다. "유감스럽게도 울버린햄프턴은 멈추지 않을 겁니다. 페니로얄 교수님. 우리보다 키가 작고 무겁기 때문이지요. 이런 정도의 눈보라에는 아무렇지도 않게 주행할 수 있을 겁니다."

"아이쿠!" 페니로얄이 신음 소리를 냈다. "그럼 확실히 잡아먹히고 말겠구먼! 눈보라가 세져서 시야를 가리기 전에 우리 위치를 확인했을 테고. 그냥 냄새만 따라와서 한입에 싹!"

만취하기는 했지만 톰이 보기에 그 방에서 말이 되는 소리를 하는 것은 페니로얄뿐인 것 같았다. "그냥 이렇게 앉아서 잡아먹히기를 기다리고 있을 수는 없어요." 톰도 페니로얄을 거들었다.

미스 파이는 미친 듯이 돌아가는 풍속계를 쳐다보며 "앵커리지는 한번도 이렇게 강한 바람이 불 때 이동을 해 본 적이 없는데…." 하고 말했다.

"그럼 이번이 처음이 되겠군요!" 톰이 소리쳤다. 그는 프레야를 향해 말했다. "미스터 스캐비어스와 상의해 보세요! 모든 불을 끄고, 경로를 변경한 다음 날씨가 허락하는 한 최고 속도로 이동하라고 명령하십시오. 잡아먹히는 것보다는 뒤집히는 쪽이 더 낫지 않아요?"

"전하께 그런 식으로 말하다니, 무엄하다." 스뮤가 외쳤지만 프레야는 톰이 자기 도시에 대해 그토록 애착을 보이는 것이 무척 기뻤다. 그러나 전통은 지켜야만 했으므로 그녀는 대답했다. "그렇게 할 수 있을지 잘 모르겠군요, 톰. 이제껏 그런 명령을 내린 마그라빈은 한 명도 없었어요."

"하지만 이제껏 아메리카로 도시를 이동시키겠다고 한 마그라빈도 없었죠." 톰이 지적했다.

톰 뒤에서 페니로얄이 있는 힘을 다해 일어섰다. 그러고는 스뮤를 비롯해 방에 있던 사람들이 어떻게 해 보기도 전에 톰을 밀어젖히더니 프레야에게 달려들어서는 그녀의 통통한 어깨를 붙잡고 그녀의 장신구들이 큰 소리를 낼 때까지 마그라빈을 마구 흔들어 댔다. "톰이 하자는 대로 해! 이 바보 같은 여왕인지 여왕벌인지야! 이러다가 우리 모두 울버티닝햄에 노예로 잡혀가겠어!"

"페니로얄 교수님!" 미스 파이가 비명을 질렀다.

"전하의 옥체에서 그 더러운 손 떼지 못해!" 스뮤가 뺀 칼이 페니로얄의 무릎을 겨냥했다.

프레야는 페니로얄의 손에서 몸을 뺐다. 놀라고, 엄청나게 화가 난 채 그녀는 얼굴에 튄 페니로얄의 침을 닦았다. 지금까지 그녀에게 그런 식으로 이야기한 사람은 아무도 없었다. 순간적으로 그녀는 '전통을 깨고 평민을 높은 지위에 임명했더니 이런 일이 벌어지

14. 사냥꾼 도시

는구나!' 하고 생각했다. 다음 순간 그녀는 눈보라를 뚫고 그 커다란 턱을 완전히 벌린 모습으로, 내장 갑판의 용광로를 한껏 달군 채 앵커리지로 향하고 있는 울버린햄프턴을 기억해 냈다. 그녀는 네비게이터들을 향해 소리쳤다. "톰이 말한 대로 하세요. 그냥 그렇게 서서 쳐다만 보고 있지 말고! 미스터 스캐비어스에게 알리세요! 경로를 바꾸고! 전속력으로 전진!"

❀   ❀   ❀

눈이 두껍게 덮인 얼음에 박혀 있던 앵커리지의 닻이 다시 올라오고 스캐비어스 구체 엔진 내부의 신비로운 터빈들이 다시 살아 움직이기 시작했다. 도시의 가장자리에 거미 다리처럼 뻗은 유압식 장치에서 캐터필러 바퀴들이 나와 부동액과 증기를 구름처럼 일으키며 돌아가기 시작했다. 바퀴들은 징이 박힌 바퀴 면이 얼음에 박힐 때까지 내려왔다. 높은 타워들이 바람을 맞으면서 도시 전체가 흔들렸지만 앵커리지는 방향을 돌려 전진하기 시작했다. 얼음의 신들이 앵커리지를 보호할 뜻이 있다면 이 새로운 작전을 울버린햄프턴이 눈치채지 못하게 하겠지만, 그 사냥꾼 도시가 어디로 향하는지, 한 치 앞도 보이지 않는 눈보라 속에서 그 도시가 무엇을 하고 있는지는 그야말로 얼음의 신들 말고는 아무도 알 수 없었다. 완전히 무르익은 북극의 폭풍이 위층 갑판 버려진 집들의 셔터와 기왓장들을 종이처럼 찢어발겨 하늘 높이 날리는 가운데 앵커리지는 모든 조명을 끄고 한 치 앞도 안 보이는 어둠 속으로 눈을 감은 채 달려갔다.

❋ ❋ ❋

앵커리지가 경로를 바꿀 즈음 카울은 엔진 구역의 버려진 작업실에서 기계 부품들을 자루에 담고 있었다. 갑작스러운 움직임 때문에 그는 하마터면 넘어질 뻔했다. 그는 자루 안의 물건들이 흔들려 소리가 나지 않도록 꼭 움켜쥔 채 밖으로 나와, 이제는 익숙해진 거리를 지나 재빨리 엔진 구역의 중심부에 있는 스캐비어스 구체 엔진 근처로 갔다. 두 개의 빈 연료 운반차 사이에 웅크리고 앉은 카울은 직원들이 각자 위치로 뛰어가면서 서로 외치는 소리를 엿듣고 무슨 일이 벌어지고 있는지 서서히 파악했다. 그림자 속으로 더 깊이 몸을 웅크리면서 그는 어떻게 해야 할지 궁리하기 시작했다.

사실 그는 어떻게 해야 할지 알고 있었다. 엉클의 규칙은 명확했다. 숙주 도시가 사냥꾼 도시에 먹힐 위험이 있으면 거머리선은 즉시 숙주 도시에서 떨어져 나와 피신하도록 되어 있었다. 그것은 제일 중요한 '잡히지 말라.'는 원칙의 일부였다. 거머리선이 하나라도 잡히는 날에는 북쪽 지방의 도시들이 지난 몇 년 동안 어떻게 도둑질을 당해 왔는지 깨닫고 자연히 거기에 맞는 보안 대책을 마련할

14. 사냥꾼 도시

것이기 때문이었다. 그럴 경우 로스트 보이들의 삶은 그것으로 끝장이었다.

그럼에도 불구하고 카울은 스크류 웜이 있는 곳으로 바로 향하지 않았다. 앵커리지를 떠나기 싫었다. 아직은 아니었다. 이런 식으로 떠나기는 싫었다. 그는 이 도시가 자기 구역이라 그런 생각이 드는 거라고 스스로 자위했다. 아직 훔칠 물건이 많은데 바보 같은 사냥꾼 도시 하나가 좀 가까이 왔다고 해서 포기할 수는 없지 않은가. 처음으로 선장이 돼서 나온 원정인데 거머리선을 반만 채운 채 고개를 숙이고 돌아갈 수는 없지 않은가!

그러나 진짜 이유는 그게 아니었다. 겉으로는 주제넘게 감히 자기를 방해하는 울버린햄프턴에 대해 화가 나는 척했지만 마음속 깊은 곳에서는 카울도 알고 있었다.

카울에게는 비밀이 있었다. 너무나 어둡고 끔찍한 비밀이라 스큐어나 가글에게는 말할 생각도 하지 못했다. 그 무서운 진실이란 바로 자기가 물건을 훔쳐 내고 있는 사람들을 좋아하게 되었다는 사실이었다. 그게 잘못된 것이라는 건 카울도 알고 있었다. 그러나 어쩔 수 없었다. 그는 윈돌린 파이가 좋았다. 앵커리지를 아메리카로 몰고 갈 만큼 능력이 되지 못한다는 두려움 때문에 걱정하는 미스 파이를 이해했다. 미스터 스캐비어스도 걱정이 됐고, 스뮤랑 아키우크, 그리고 엔진 구역과 목축장, 해조류 농장에서 일하는 사람들의 용기에 감동을 받았다. 톰에게도 호감이 갔다. 친절한 그의 마음

씨와 그가 살아 온 경험들 때문이었다.(만일 엉클이 자기를 로스트 보이로 삼지 않았으면 자기도 톰과 비슷한 사람이 됐을 것 같다는 생각도 들었다.)

프레야는…. 그녀가 카울의 가슴속에 일으킨 여러 가지 복잡한 감정은 말로 다 표현할 수 없었다.

스캐비어스 구체 엔진에서 나는 소음이 한 옥타브 더 올라갔다. 도시 전체가 몸을 떨면서 비틀거렸고, 카울이 숨어 있는 곳 뒤쪽 어느 거리에선가 무거운 물체가 갑판으로 떨어져 구르는 소리가 났다. 그러나 그는 떠날 수 없었다. 이렇게 잘 알게 된 사람들을 그냥 버리고 갈 수는 없었다. 위험을 무릅쓰고라도 이번 추격이 끝날 때까지 기다릴 것이다. 자기 없이는 스큐어와 가글이 도시에서 거머리선을 떼어 내 떠날 수 없었다. 스크린으로 카울이 숨어 있는 것을 보고 있다 하더라도 그가 머릿속으로 무슨 생각을 하는지는 알 수 없을 것이다. 그는 이 모든 혼란을 뚫고 스크류 웜까지 들키지 않고 돌아올 자신이 없었다고 말하리라 마음먹었다. 괜찮을 것이다. 앵커리지는 살아남을 것이다. 카울은 미스 파이와 스캐비어스, 프레야가 충분히 해낼 수 있을 거라 믿기로 했다.

❊ ❊ ❊

톰은 런던의 제2갑판 관측 전망대에서 도시들이 사냥하는 광경을 자주 구경했었다. 런던이 작은 공업 타운이나 무겁고 느린 교역 타

14. 사냥꾼 도시

운들을 추격하는 것을 신이 나서 응원했었다. 그러나 여태껏 한번도 사냥감 입장이 되어 본 적은 없었다. 절대 다시 하고 싶지 않은 경험인 것은 확실했다. 그는 지도를 더 꺼내 와서 펼친 다음 되감기는 가장자리를 커피 잔으로 눌러 가면서 바삐 움직이는 윈돌린 파이와 다른 사람들처럼 자기도 뭔가 할 일이 있었으면 좋겠다고 생각했다. 추격이 시작된 이후 모두 커피만 계속 마셔 대면서 휠하우스에 모셔진 얼음의 신들의 사당 쪽으로 간혹 애원하는 눈길을 보내고 있었다.

"왜 모두들 저렇게 긴장하고 있는 거죠?" 톰은 자기만큼이나 할 일 없이 서 있는 프레야에게 물었다. "바람이 그렇게 센 것도 아닌데 말이에요. 이 정도 바람에 도시가 쓰러지거나 하지는 않을 것 같은데…."

프레야는 입술을 꼭 다문 채 고개만 끄덕였다. 그녀는 앵커리지의 작은 움직임들을 톰보다 더 잘 알고 있었다. 프레야는 도시 전체를 밑에서부터 들어 올려 뒤집어엎을 듯한 바람의 손길을 갑판 바닥을 통해 온몸으로 느끼고 있었다. 그녀의 도시를 위협하고 있는 것은 바람뿐이 아니었다. "하이 아이스 지역의 얼음은 대부분 안전해요. 두께가 천 피트 정도는 되고, 어떤 곳은 바다의 바닥까지 꽁꽁 얼어붙어 있으니까. 하지만 얼음이 얇은 곳들이 있고, 가끔 빙호들도 있지요. 얼음 사이사이에 호수처럼 발견되는 얼어붙지 않은 물 말이에요." 프레야가 말했다. "그리고 아이스 서클들도 상당히 위험해요. 빙호들보다는 작지만 바퀴가 빠지면 도시 전체가 전복되는 수도 있으니까. 오히려 빙호는 항상 존재하는 것들이라 미스 파이의 지도에 표시가 되어 있어서 피하기 쉽지만 아이스 서클은 예측할 수 없어서 더 위험해요."

톰은 분더캄머에서 본 지도들을 기억했다. "무엇 때문에 아이스 서클이 생기는 건가요?"

"그건 아무도 몰라요." 프레야가 대답했다. "얼음 밑의 해류라든가 지나가는 도시가 일으키는 진동이라든가 여러 가지 이유가 있겠죠. 도시가 지나간 뒤에 아이스 서클이 발견되는 수가 많아요. 사실 굉장히 이상한 현상이에요. 완벽한 원형에 가장자리가 매끈한 모양이라 어떻게 그런 것이 생기는지 설명이 잘 안 되죠. 눈유목민들은 유령들이 낚시 구멍으로 만든 거라고 하기도 해요." 프레야는 소리 내어 웃었다. 폭풍 사이로 턱을 벌리고 달려드는 사냥꾼 도시라는 끔찍한 현실 말고 하이 아이스 지역의 미스터리에 대해 이야기할 수 있는 것이 반가웠기 때문이다. "하이 아이스에는 별 이야기가 다 있어요. 유령 게 같은 것 말이에요. 거미 같기도 하고 바닷게 같기도 한 모양인데 빙산만큼이나 큰 것이 오로라 빛을 받으며 기어가는 걸 본 사람들이 있다는 거예요. 어릴 적에는 유령 게가 나오는 악몽을 꾸곤 했어요…."

프레야는 점점 톰이 있는 쪽으로 다가가서 결국 자기 팔이 톰의 소맷자락에 스칠 정도로 바짝 가까워졌다. 그런 자신이 대담하게

14. 사냥꾼 도시

생각됐다. 처음에는 전통을 거스르는 것이 두려웠지만 이렇게 폭풍우를 뚫고 전속력으로 질주를 한다는 것 자체가 앵커리지의 전통과 울버린햄프턴에 동시에 맞서는 결과가 되고 보니 이제는 두려운 정도를 넘어선 것 같았다. 사기충천, 바로 그것이었다. 프레야는 톰이 함께 있어 줘서 기뻤다. 이번 추격에서 살아남으면 또 한번 전통을 깨고 톰을 저녁 만찬에, 그것도 혼자만 초대해야겠다고 결심했다.

"톰…."

"저것 좀 봐!" 톰이 소리쳤다. "미스 파이! 저게 뭐죠?"

앵커리지의 지붕들 너머 어둠 속에서 갑자기 빛이 한 줄기 뻗쳐 올라오더니 발톱이 달린 거대한 바퀴들과 불이 환하게 켜진 건물들이 앵커리지가 새로 택한 경로를 90도 각도로 가로지르면서 서둘러 지나갔다. 톰이 본 것은 울버린햄프턴의 뒷부분이었다. 사냥꾼 도시의 전망대에서 앵커리지를 발견하자 무거운 바퀴들이 뒤로 돌아가기 시작했지만 무거운 턱 때문에 후진으로는 속도를 제대로 낼 수 없었고, 사납게 쏟아지는 짙은 눈보라가 사냥감을 금방 숨겨 버렸다.

"쿼크 신이시여, 감사합니다." 톰이 속삭이면서 안도감에 소리 내어 웃었다. 프레야가 그의 손가락을 꼭 쥐었다. 그때서야 톰은 사냥꾼 도시를 본 충격 때문에 자기도 모르게 자신과 프레야가 서로 손을 잡았다는 것을 깨달았다. 그녀의 통통하고 따뜻한 손이 자기 손 안에 있었다. 그는 당황해서 얼른 손을 놨다. 추격이 시작되면서 헤스터 생각을 한번도 하지 않았다는 것도 깨달았다.

미스 파이는 계속해서 코스를 바꾸면서 눈보라의 미로 속으로 도시를 몰아가고 있었다. 한 시간이 지나고, 다시 한 시간이 지나면서 휠하우스에는 서서히 안도감이 퍼져 나갔다. 울버린햄프턴은 밤새 앵커리지를 추격하는 데 연료를 낭비하지 않을 것이고 새벽녘에는 이미 앵커리지가 지나간 자취를 눈이 모두 덮어 버릴 것이 분명했다. 미스 파이는 동료 네비게이터들과 감격의 포옹을 하고, 그 다음에 조타수, 그리고 톰을 껴안았다. "우리가 해냈어요!" 그녀가 소리쳤다. "피하는 데 성공했어요!" 프레야도 활짝 웃고 있었다. 위험한 고비는 넘겼다는 것을 감지한 페니로얄은 구석에서 깊은 잠에 빠져 있었다.

톰은 미스 파이를 껴안으면서 웃었다. 살아 있는 것이 기뻤고, 이 선하고 친절한 사람들과 함께 이 멋진 도시에 있다는 것이 무척 기뻤다. 폭풍이 지나가는 대로 헤스터와 곧장 이야기를 해서 제니 하니버의 수리가 끝나도 바로 길을 떠날 필요가 없다고 설득하기로 마음 먹었다. 그는 지도를 펴 놓은 탁자 위에 손바닥을 가져다 대고 앵커리지 엔진의 고른 박동을 느꼈다. 고향으로 돌아온 것 같은 느낌이 들었다.

14. 사냥꾼 도시

❄ ❄ ❄

울버린햄프턴의 비행선 항구 뒤편 싸구려 호텔 방에서 위저리 블링코의 다섯 부인들은 모두 파랗게 질려 있었다. "아아아아!" 사라져 버린 사냥감을 찾아 성난 맹수처럼 헤매느라 타운 전체가 이리저리 크게 흔들리자 모두 메슥거리는 배를 움켜쥐고 신음 소리를 냈다.

"이렇게 끔찍한 타운은 처음이야!"

"도대체 이 호텔은 충격 완화 장치가 전혀 안 되어 있나 보지?"

"무슨 생각으로 서방님은 우리를 이런 도시로 데려온 거예요?"

"이따위 작은 타운에서 제니 하니버를 찾을 수 없다는 것쯤은 알았어야죠!"

"페니로얄 교수와 같이 떠나 버릴걸. 알다시피 교수가 나한테 폭 빠졌었잖아."

"엄마 말을 들을걸!"

"아크에인절로 돌아갈 수만 있다면!"

위저리 블링코는 마누라들의 불평을 듣지 않으려고 귀를 촛농으로 막고 있었지만, 멀미가 나고 두렵고 집이 그리운 것은 마누라들만이 아니었다. '빌어먹을 그린 스톰, 이렇게 가망 없는 임무를 맡기다니!' 얼음 황무지 지역을 눈유목민 거렁뱅이처럼 헤매고 다니면서 만나는 타운마다 착륙을 해 제니 하니버 소식을 묻고 다닌 지가 벌써 몇 주째인지 몰랐다. 제니 하니버가 그린 스톰 전투 비행선들을 해치운 후 북쪽으로 날아갔다는 말은 노바야-니츠니 사람들한테서 들었지만 그 후로는 아무도 제니를 본 사람이 없었다. '빌어먹을 제니 하니버! 안개처럼 사라져 버리기라도 했나, 원!'

블링코는 어렴풋이 울버린햄프턴이 집어삼키려고 쫓아가고 있는 도시에 대해 생각해 봤다. 앵커리지라…. 폭풍이 잠잠해질 즈음에 이륙하면 아마 따라잡을 수 있을 텐데…. 하지만 무슨 소용이 있을까? 그 젊은 비행사 둘이 아무리 재주가 비상해도 그 낡은 비행선을 가지고 이렇게 먼 서쪽까지 왔을 리는 없다. 게다가 부인들한테 시시한 썰매 도시에 다시 한번 착륙해야 한다고 말하느니 차라리 그린 스톰의 암살 요원들을 만나는 것이 낫겠다는 생각이 들기도 했다.

계획을 바꿔야 할 때가 된 것이다.

귀를 막았던 촛농을 빼는 순간 세 번째 부인이 처량하게 넋두리하는 소리가 들려왔다. "사냥감을 놓쳤으니 이 타운을 다스리는 불한당들이 화가 나서 미쳐 날뛸 게 뻔한데! 우릴 모두 죽이고 말 거야. 모두 블링코 때문이야!"

"말도 안 되는 소리!" 블링코가 크게 소리쳤다. 그는 자신이 가장이라는 것, 그리고 자신은 눈보라 속에서 전속력으로 사냥감을 추적하는 사나운 도시 따위에 겁먹지 않는다는 것을 보여 주기 위해 벌떡 일어섰다. "아무도 안 죽어! 폭풍이 가라앉는 대로 격납고에

14. 사냥꾼 도시

서 착시 현상을 찾아 아크에인절로 돌아갈 거야. 거기 사냥단에게 그동안 우리가 착륙했던 도시들에 대한 정보를 팔면 이번 여행 경비 정도는 충분히 보충하고도 남을 테고. 그린 스톰은···. 뭐, 온갖 비행선이 다 아크에인절 비행 무역거래소를 거쳐 가니까 괜찮아. 계속 수소문을 하다 보면 제니 하니버 목격자를 한 놈쯤은 만나게 되겠지."

15
헤스터 혼자서

눈보라가 계속되면서 날카로운 바람 소리는 점점 더 고음이 되어 갔다. 위쪽 갑판에서는 비어 있던 건물 몇 개가 바람에 완전히 무너졌고, 지붕과 창문이 파손된 건물들도 많았다. 미스터 스캐비어스의 직원 두 명은 헐거워진 갑판 판자를 고정시키려고 밖으로 나갔다가 판자와 함께 바람에 날려 어둠 속으로 사라져 버렸다. 목격자들은 둘 다 말을 제대로 듣지 않는 연을 날리는 사람들처럼 갑판 판자에 달린 줄을 잡은 채 갑판을 가로지른 바람에 순식간에 날려 갔다고 전했다.

헤스터는 아키우크 소장과 함께 제니의 격납고에서 작업을 하고 있다가 그곳으로 달려온 소장의 조카한테서 울버린햄프턴의 추격 소식을 들었다. 본능적으로 처음 떠오른 생각은 톰이 있는 겨울 궁전으로 뛰어가야겠다는 것이었다. 그러나 밖으로 나선 그녀는 누군가 잘 조준하고 던진 매트리스처럼 불어닥친 바람에 밀려 격납고

15. 헤스터 혼자서

벽에 세게 부딪혔다. 텅빈 도킹 부두를 휩쓸고 지나가는 눈보라를 보면서 헤스터는 아키우크 소장의 집까지만 무사히 가도 다행이라는 것을 깨달았다. 헤스터는 아키우크의 집 부엌에 앉아 해조류 스튜를 먹고, 자랑스러운 앵커리지가 이보다 훨씬 심했던 과거의 폭풍들을 견뎌 낸 이야기를 들으며 폭풍이 지나가기를 기다렸다.

헤스터는 자신을 안심시키려고 애쓰는 소장 부부가 무척 고마웠다. 그러나 어린아이가 아닌 이상 그들이 애써 웃고 있기는 하지만 속으로는 자기만큼이나 겁을 내고 있다는 것을 눈치채지 않을 수 없었다. 억지스럽게 폭풍의 중심을 향해 파고들어 가는 앵커리지의 예외적인 움직임 때문만은 아니었다. 모든 것을 삼켜 버리기 위해 턱을 벌린 채 기다리고 있는 사냥꾼 도시에 대한 불안감이 더 컸다. '지금은 안 돼!' 헤스터는 엄지손톱 가장자리를 피가 날 때까지 물어뜯으면서 마음속으로 그렇게 외치고 있었다. '지금 잡아먹힐 순 없어. 일주일만 더, 며칠만 더….'

제니는 이제 떠날 준비가 거의 다 된 상태였다. 방향타와 엔진 수리가 끝났고, 찢어진 기낭도 다시 모두 기웠고, 가스도 채운 상태였다. 이제 새로 페인트칠을 하고 곤돌라의 전기 장비에 몇 가지 잔손질만 하면 됐다. 이륙을 하기 전에 잡아먹힌다면 그건 보통 심한 아이러니가 아닐 수 없었다.

마침내 전화벨이 울렸다. 아키우크 부인이 달려가서 받더니 얼굴 가득 환한 웃음을 띠고 돌아왔다. "우미악 부인이었어요! 휠하우스에서 연락을 받았는데 울버린햄프턴을 따돌리는 데 성공했대요. 조금 더 달리다가 닻을 내리고 폭풍이 잠잠해질 때까지 기다린답니다. 얼핏 듣기에 페니로얄 교수님이 마그라빈 전하에게 폭풍이 불어도 계속 전진해야 한다고 조언을 했다는데요. 대단한 분이셔! 그분을 우리에게 보내 주신 얼음의 신들에게 감사 기도를 드려야겠어요. 그리고 헤스터, 남자 친구는 안전하다고 전해 달라더군. 겨울 궁전으로 돌아가서 기다린다고 했대요."

조금 후에 톰이 직접 전화를 해서 같은 내용을 이야기했다. 궁전에서부터 아키우크의 집까지 얽히고설킨 선을 타고 전해지는 톰의 목소리는 남의 목소리처럼 인공적으로 들렸다. 마치 다른 세상에서 들려오는 목소리 같았다. 톰과 헤스터는 별로 중요하지 않은 소식을 전하면서 어색한 대화를 나눴다. 그러다가 아키우크 부인이 들을까 두려워 송화구에 얼굴을 가까이 대고 헤스터가 말했다. "너랑 같이 있었으면 좋겠어."

"뭐라고? 뭐? 안 돼! 그냥 움직이지 말고 당분간 한자리에 머물러 있는 것이 좋아. 프레야가 그러는데 이런 눈보라가 치면 거리에서 얼어 죽는 사람들도 있대. 휠하우스에서 스뮤가 운전하는 차를 타고 오는데 차가 뒤집힐 뻔했어!"

"이젠 프레야구나, 그렇지?"

"뭐?"

"제니가 거의 다 수리됐어. 이번 주말쯤이면 떠날 수 있을 거야."

15. 헤스터 혼자서

"아, 잘됐네!" 그녀는 톰이 그렇게 말하기 직전에 약간 망설인 것을 놓치지 않았다. 톰 뒤로 들뜬 목소리들이 들렸다. 궁전에 사람들이 모여서 축하 파티라도 벌이는 것 같았다. "하지만 조금 더 여기 머무르는 것도 괜찮지 않을까?" 톰이 조심스럽게 말했다. "아메리카에 도착할 때까지 있고 싶은데… 거기 도착하면… 그때 봐서…."

헤스터는 빙긋 웃고, 코를 한번 훌쩍거린 다음 말을 하기 위해 입을 열었다. 그러나 그녀는 한동안 아무 말도 할 수 없었다. 한없이 순수하고 사랑스럽고, 그리고 이토록 앵커리지에 흠뻑 반해 있는 그에게 화를 내거나 다른 곳은 다 몰라도 죽은 대륙만큼은 절대 가기 싫다고 말할 수는 없었다.

"헤스터?" 톰이 말했다.

"톰, 사랑해."

"잘 안 들려."

"괜찮아. 곧 만나. 폭풍이 잦아드는 대로 갈게."

❈ ❈ ❈

그러나 폭풍은 잦아들 기세가 보이지 않았다. 앵커리지는 서쪽으로 몇 시간 더 서서히 이동했다. 울버린햄프턴에서 가능한 한 멀리 떨어지고 싶기도 했지만 동시에 가는 길이 점점 더 조심스럽기도 했다. 빙호나 얇은 얼음만 걱정이 아니었다. 이제 그린란드의 북동쪽 가장자리까지 왔기 때문에 산들이 얼음판 위로 삐죽삐죽 솟아나와 있어서 조심하지 않으면 도시의 바닥을 갈라 놓을 수도 있었다. 미스터 스캐비어스는 동력을 절반으로 줄였다가 거기서 다시 절반으로 또 줄였다. 서치라이트가 커튼을 젖히는 하얗고 긴 손가락처럼 앞으로 뻗어 나갔고, 현장 탐사팀이 모터 썰매를 타고 얼음 상태를 탐색하기 위해 파견됐다. 미스 파이는 위치를 확인할 수 있도록 별을 한순간만이라도 볼 수 있게 해 달라고 얼음의 신들에게 기도하면서 지도를 확인하고 또 확인했다. 그러나 미스 파이의 기도에도 불구하고 앵커리지는 결국 제자리에 멈춰 서지 않을 수 없었다.

빛이 전혀 없는 낮이 천천히 지나갔다. 헤스터는 아키우크의 집 난로 옆에 앉아 가족 사당에 모셔진 물건들을 바라봤다. 저세상으로 가 버린 그 집안의 아이들 사진과 라스무센가 사람들의 탄생, 결혼, 성년식 등을 기념하는 기념패 등이 모셔져 있었다. 기념패에 그려진 얼굴들은 모두 지금쯤 톰이랑 아늑한 시간을 보내고 있을 프레야와 많이 닮아 있었다. '둘이서 데운 와인을 마시며 역사랑 좋아하는 책에 관해 이야기하고 있겠지.'

헤스터의 눈에 눈물이 고였다. 그녀는 아키우크 부부가 걱정 어린 질문들을 시작하기 전에 자리를 피해 자기 숙소가 마련된 2층 작은 방으로 달려갔다. '이렇게 마음이 아픈데 왜 포기하지 못하지?' 그녀는 자기 자신에게 물었다. 끝내는 것은 쉬웠다. 폭풍이 지나가고 나면 톰을 찾아서 이렇게 말해 주면 되는 것이었다. '이제 끝이야.

15. 헤스터 혼자서

네가 좋아하는 눈의 여왕하고 여기 있고 싶으면 맘대로 해. 내가 눈이나 깜짝하나….'

그러나 헤스터는 그렇게 하지 않을 것이다. 그녀 일생에서 벌어진 유일한 좋은 일이 바로 톰이었다. 프레야와 톰은 달랐다. 둘 다 친절하고, 성격 좋고, 인물도 좋으니 사랑을 찾을 기회는 얼마든지 있을 것이다. "울버린햄프턴한테 먹혀 버렸으면 좋았을걸." 편치 않은 잠에 빠져들면서 그녀는 혼자 그렇게 중얼거렸다. 적어도 노예로 잡히면 톰이 자기를 다시 필요로 할 텐데….

헤스터가 다시 눈을 뜬 시각은 자정이 다 되어서였다. 폭풍은 이제 멈춘 상태였다.

헤스터는 장갑과 방한 마스크를 비롯한 옥외 장구를 모두 갖추고 아래층으로 내려갔다. 아키우크 부부 침실의 열린 문으로 희미하게 코 고는 소리가 흘러나오는 것을 들으며 그녀는 조심스럽게 움직였다. 헤스터는 부엌 쪽으로 난 열 보존실 문을 열고 추위 속으로 걸어 나갔다. 달이 마치 누군가 떨어뜨린 동전처럼 남쪽 지평선에 낮게 누워 있었다. 달빛이 밝아 위층 갑판의 건물들에 서리꽃이 피어 있는 것이 보였다. 공기 중의 물방울이 바람에 날리며 얼어붙어 정교한 조각품처럼 보였다. 전깃줄과 고가도로, 비행선 항구의 크레인에 매달린 고드름이 바람에 움직여 서로 부딪히면서 도시 전체를 으스스한 음악 소리로 가득 채웠다. 눈밭 속의 완벽한 정적을 깨뜨리는 유일한 소음이었다.

톰이 보고 싶었다. '이 차가운 아름다움을 그와 함께 즐길 수 있었으면. 아무도 없는 이 거리에 그와 단둘이 있었다면 지금 어떤 느낌이 드는지 이야기할 수 있을 텐데.' 헤스터는 뛰고 또 뛰었다. 건물에 가려진 곳조차 눈더미가 어깨 너머까지 쌓여 있어서 빌려 신은 방한화가 벗겨질 듯 질척거리고 미끄러웠지만 그녀는 멈추지 않고 계속 달렸다. 차가운 바람이 마스크를 뚫고 들어와 목구멍을 따갑게 찔러 댔다. 아래층 갑판으로 통하는 계단을 지날 때 엔진 구역에서 앵커리지의 구원을 축하하는 파티장의 웃음과 음악 소리가 흘러나오는 것이 들렸다. 추위 때문에 현기증을 느끼며 헤스터는 겨울 궁전으로 향하는 긴 오르막길을 올랐다.

궁전 문 앞에서 벨을 울리며 5분 정도 기다린 후에야 스뮤가 문을 열었다. "미안해요." 열 보존실의 안쪽 문을 바로 열어 찬바람을 복도까지 몰고 들어가며 헤스터가 말했다. "늦은 거 알아요. 어디로 가야 할지 아니까 혼자 갈게요." "방에 안 계십니다." 스뮤가 나이트가운의 앞깃을 여미고 열 보존실 문을 닫는 바퀴 모양의 손잡이를 서둘러 돌리면서 불만스럽게 말했다. "미스터 내츠워디는 분더캄머에 계시지요. 전하와 함께."

"이런 시간에요?"

스뮤가 뚱한 얼굴로 고개를 끄덕였다. "전하가 아무도 방해하지 말라는 명까지 내리셨어요."

"명을 내렸든 아니든 방해 좀 해야겠는데." 헤스터는 그렇게 내뱉

15. 헤스터 혼자서

으며 스뮤를 제치고 복도를 따라 뛰어갔다. 그렇게 뛰면서 그녀는 아무 일도 아닐 거라고 마음속으로 되씹었다. 톰과 그 라스무센이라는 여자애는 아마 그 끝도 없는 괴상한 고물 쓰레기들을 둘러보다가 시간이 이렇게 늦어진 줄도 모르고 있을 게 분명했다. 이렇게 뛰어가 봤자 톰은 지금쯤 그 여자애한테 43세기 도자기나 라피아 모자 시대의 상형문자에 관해 열심히 떠들어 대고 있을 게 분명했다…

분더캄머의 문틈으로 불빛이 쏟아져 나오고 있었다. 헤스터는 거의 다 도착하자 속도를 늦췄다. 아무 일도 없었다는 듯 그냥 명랑한 목소리로 "잘 있었어?" 하고 인사를 건네며 걸어 들어가는 것이 가장 자연스러운 일일 테지만, 헤스터는 명랑한 척하는 데 익숙하지 않았다. 원래 어둠 속에서 지켜보는 것이 더 편했다. 그녀는 스토커 뼈대 전시물 뒤 어두운 장소를 찾아 지켜보기로 했다. 톰과 프레야의 말소리가 들렸다. 그러나 무슨 이야기를 하는지는 잘 알 수 없었다. 톰이 웃었다. 헤스터의 심장이 열렸다가 꼭 닫혔다. 런던이 그렇게 된 후 얼마 동안 톰을 저렇게 웃게 할 수 있는 사람은 오직 헤스터뿐이었던 때가 있었다.

헤스터는 숨어 있던 곳에서 나와 분더캄머 안으로 조용히 들어갔다. 톰과 헤스터는 방의 다른 쪽에 있었다. 두 사람과 헤스터 사이에는 먼지가 쌓인 캐비닛 대여섯 개 정도가 놓여 있었다. 여러 겹의 두꺼운 유리 너머로 둘의 모습이 마치 울퉁불퉁한 거울에 비친 것처럼 어렴풋이 보였다. 둘은 굉장히 가까이 서 있었고 목소리가 점점 더 작아졌다. 헤스터는 무슨 말이라도 하려고 입을 열었다. 무슨 소리라도 내서 서로에게 너무 집중하고 있는 두 사람의 주의를 환기하고 싶었다. 그러나 그녀의 입에서는 아무 소리도 나오지 않았다. 헤스터는 거기 그대로 서서 프레야가 톰에게 팔을 내밀고, 다음 순간 둘이 서로 껴안고 입을 맞추는 광경을 지켜봤다. 아무 소리도 내지 못하고 그냥 서서 톰의 짙은 색 머리카락 사이로 보이는 프레야의 하얀 손가락과, 그녀의 어깨에 걸쳐진 톰의 손을 뚫어져라 쳐다보기만 했다.

밸런타인에게 복수하기 위해 헤매 다니던 이후로 이처럼 강하게 누군가를 죽이고 싶다는 생각이 든 적은 없었다. 온몸이 긴장됐다. '지금이라도 당장 벽에 걸린 옛날 무기를 빼 들고 저 두 사람을⋯ 저 두 사람을⋯ 톰을⋯ 톰을!' 자기 자신에게 아연실색한 헤스터는 몸을 돌려 쏜살같이 박물관에서 뛰쳐나갔다. 회랑에서 바깥으로 통하는 열 보존실까지 온 그녀는 매서운 바람이 부는 바깥으로 나섰다.

바람에 실려 와 높이 쌓인 눈더미에 몸을 던진 헤스터는 그 자리에 힘없이 누워 흐느꼈다. 두 사람의 키스보다 더 몸서리치게 싫은 것은 자기 마음속에 떠올랐던 사납고 거친 생각이었다. 어떻게 톰을 해칠 생각을 할 수 있단 말인가? 톰의 잘못이 아니었다! 그 애, 바로 그 애가 톰을 홀린 것이다. 톰은 그 땅딸막한 마그라빈을 만나

15. 헤스터 혼자서

기 전까지 다른 여자들에게는 눈길도 주지 않았다. 그것만큼은 분명했다. 헤스터는 프레야를 죽이는 상상을 했다. 하지만 그렇다고 뭐가 달라지겠는가? 그렇게 되면 톰은 자신을 진심으로 증오할 것이 분명했다. 게다가 문제는 프레야 하나가 아니었다. 이 도시 전체가 톰의 마음을 사로잡고 있었다. 이제 모든 것이 끝났다. 헤스터는 톰을 잃은 것이다. 추운 이곳에 그냥 이렇게 누워 죽어 버리면, 날이 밝은 후 톰이 얼어 버린 그녀의 시체를 찾을 테고, 그때는 미안한 마음을 갖겠지.

하지만 헤스터는 이렇게 쉽게 죽어 버리기에는 지금까지 살아남는 데 너무 시간을 많이 보냈다는 생각이 들었다. 잠시 후 그녀는 무릎과 팔로 몸을 받치고 엎드려서 잘 멈춰지지 않는 흐느낌의 끝자락을 멈추려고 안간힘을 썼다. 차가운 공기가 목을 파고들어 오고 입술과 귀 끝을 잘근잘근 깨물었다. 바로 그때 어떤 아이디어 하나가 그녀의 머릿속에서 붉은 뱀처럼 고개를 쳐들었다.

너무나도 끔찍한 생각이어서 한동안 헤스터 자신도 그것이 스스로 생각해 낸 아이디어라는 것을 믿을 수 없었다. 그녀는 유리창에 낀 서리를 문질러 닦고 희미하게 비친 자기 모습을 쳐다보면서 생각했다. 성공할 수 있을까? 감히 그런 일을 해낼 수 있을까? 그러나 그 계획을 시도해 보는 것 말고는 헤스터에게 다른 선택의 여지가 없었다. 유일한 희망이었던 것이다.

그녀는 후드를 내리고, 마스크를 올린 다음 달빛이 비치는 눈 덮인 도시를 지나 비행선 항구로 향했다.

❂ ❂ ❂

정말 묘한 날이었다. 자신은 창문을 깰 듯 세찬 눈보라에 갇혀 겨울 궁전에 남고 헤스터는 앵커리지 반대편에 갇혀 있었다. 낮 시간도 묘했지만 저녁 시간은 더 묘했다. 페니로얄의 책에 정신을 집중하려고 애를 쓰면서 도서관에 앉아 있는데 스뮤가 시종장 옷으로 성장을 하고 와서 마그라빈이 톰을 저녁 만찬에 초대했다고 알렸다.

스뮤의 표정을 보고 톰은 이런 초대가 큰 영광이라는 것을 알아차렸다. 새로 빨아서 다린 공식 의상을 가져온 스뮤는 톰이 그 옷을 입는 것을 도와주면서 "전 시종장이 입던 옷입니다. 사이즈가 비슷하군요."라고 말했다.

톰은 이런 공식 의상을 입어 본 적이 없었다. 옷을 다 입고 거울을 흘낏 보니 거기 잘생기고 세련된, 자기가 아는 톰과는 전혀 다른 사람이 서 있었다. 스뮤를 따라 마그라빈의 개인 만찬실로 가면서 톰은 가슴이 떨렸다. 셔터를 때리는 바람에서 이제 긴박감이 좀 사그라진 느낌이 드는 것을 보면 폭풍이 점점 잦아드는 것 같기도 했다. '저녁을 될 수 있는 대로 빨리 먹고 가서 헤스터를 찾아야지.'

그러나 빨리 저녁을 먹는 것은 불가능했다. 제복 하인 복장을 한 스뮤가 계속 음식을 내오는 중간중간 부엌에 들어가서 요리장 모자

15. 헤스터 혼자서

를 쓰고 또 새로운 음식을 만드는 짬짬이 와인 저장고로 가서 포도주 과수원 도시 보르도-모바일에서 들여온 빈티지 레드 와인을 가져왔다. 이런 정식 만찬은 톰이 서두른다고 빨리 끝나는 것이 아니었다. 게다가 몇 코스를 먹고 나서부터는 톰도 헤스터를 찾기 위해 아직도 추운 바람이 불어 대는 밖으로 나가고 싶지 않아 마음속에서 자꾸 핑계를 대고 있었다. 프레야는 정말 좋은 말동무였고, 그녀와 단둘이만 있는 것이 너무나 좋았다. 오늘 밤 프레야는 어쩐지 빛나 보였다. 마치 톰을 초대한 것만으로도 엄청나게 용감한 일을 했다는 자부심에 넘치는 듯했다. 그녀는 자기 가족과 앵커리지의 역사에 대해 전보다 훨씬 자연스럽게 이야기했다. 그녀의 먼 조상 돌리 라스무센이 여고생 정도밖에 되지 않은 나이로 60분 전쟁을 예고한 신의 계시를 받고 앵커리지가 송두리째 사라져 버리기 직전에 추종자들을 이끌고 도시에서 탈출한 이야기도 들었다.

이야기를 하는 프레야를 바라보던 톰은 그녀가 지금까지 본 것 중에서 머리 스타일에 제일 많이 신경썼고, 자기 옷 중에서 가장 화려하고 가장 좀이 덜 슨 옷을 골라 입었다는 것을 알아차렸다. '나를 위해 저렇게 신경쓴 걸까?' 그런 생각이 들자 톰은 기분이 좋으면서도 죄책감이 느껴졌다. 프레야에게서 눈을 돌린 톰은 디저트 접시를 치우고 커피를 따라 주는 스뮤의 못마땅한 눈길과 마주쳤다.

"더 필요하신 것은 없으십니까, 전하?"

프레야는 커피잔 너머로 톰을 바라보면서 말했다. "없어요. 수고

했어요, 스뮤. 이제 가서 쉬도록 해요. 나는 톰과 함께 분더캄머에 나 내려가 볼까 해요."

"전하, 제가 모시도록 하겠습니다."

프레야는 그를 날카롭게 쳐다보면서 "괜찮아요, 이제 물러가도록 하세요."라고 말했다.

스뮤가 못마땅해하는 것이 느껴졌다. 톰도 어색하고 거북스러운 느낌이 들었지만 어쩌면 그건 마그라빈의 와인 때문인지도 몰랐다. 그는 "다음에 갈 수도….." 하고 운을 뗐다.

"아니에요, 톰." 프레야는 그렇게 말하면서 손을 뻗어 손가락 끝으로 그의 손을 만졌다. "지금 가야 해요, 오늘 밤에. 이제 폭풍이 지나갔잖아요. 분더캄머는 달빛을 받으면 무척 아름다워요."

달빛을 받은 분더캄머는 아름다웠지만 프레야만큼 아름답지는 않았다. 그녀를 따라 박물관으로 향하면서 톰은 앵커리지 시민들이 왜 그녀를 사랑하고 따르는지 알 것 같았다. 헤스터가 조금만 더 프레야 같았다면! 요즘 들어 톰은 사람들에게 헤스터를 이해해 달라고 양해를 구하는 일이 잦아졌다. 그녀가 그렇게 된 것은 너무나 끔찍한 일들을 많이 겪었기 때문이라는 설명을 덧붙이면서. 그러나 프레야 역시 끔찍한 일들을 많이 겪었지만 그렇게 분노와 원한에 사무쳐 있지는 않지 않은가.

베일 같은 눈으로 덮인 유리창을 통해 달빛이 흘러들었다. 달빛에 비친 전시물들은 완전히 다른 물건들로 탈바꿈한 것처럼 보였다.

액자 안에 보관된 알루미늄 포일은 다른 세상으로 통하는 창문처럼 빛나고 있었다. 거기서 반사되는 희미한 사각형 빛 안으로 걸어 들어간 프레야가 자신을 쳐다봤을 때 톰은 그녀가 키스를 원하고 있다는 것을 알았다. 마치 두 사람의 얼굴 사이에 이상한 인력이 작용하는 것 같았다. 두 사람의 입술이 닿았을 때 프레야는 작고 가느다랗게 만족스러운 소리를 냈다. 그녀가 더 가까이 다가오자 톰의 팔이 자기도 모르게 그녀를 감쌌다. 그녀에게서 약간의 땀 냄새가 섞인 씻지 않은 냄새가 났다. 처음에는 좀 이상했지만 금방 달콤하게 느껴졌다. 톰의 손에 닿은 그녀의 드레스가 바삭거리는 소리를 냈고, 그녀의 입술에서는 계피맛이 났다.

그때 무엇인가가—문 쪽에서 난 희미한 소리, 그리고 열린 문 밖 복도에서 들어온 차가운 바람이었던가—그녀의 눈길을 돌리게 만들었고, 톰은 그러고 싶지 않았지만 억지로 그녀에게서 물러섰다.

"뭐였죠?" 프레야가 속삭였다. "인기척을 들은 것 같은데…."

그녀의 온기와 달콤한 향기에서 헤어날 이유를 찾은 것이 반가워 톰은 문 쪽으로 걸어갔다. "아무도 없어요. 난방용 덕트가 낸 소리였던 것 같아요. 항상 요란한 소리를 내곤 하니까…."

"맞아요, 정말 짜증 나. 하이 아이스에 오기 전에는 저런 소리가 나지 않았었는데…." 그녀는 다시 가까이 와서 손을 내밀었다. "톰…."

"가 봐야 합니다." 톰이 말했다. "너무 늦었어요. 죄송합니다. 그리고 감사합니다."

　숙소로 돌아가는 계단을 서둘러 올라가면서 톰은 입안에 남은 프레야의 따뜻한 계피맛을 무시하고 헤스터를 생각하려 애썼다. '불쌍한 헤스터! 전화로 이야기했을 때 무척 외로운 목소리였는데…. 헤스터에게 당장 가 봐야지. 잠깐만 누워서 생각을 정리한 다음 추위에 맞는 복장을 제대로 갖추고 항구 쪽으로 가 봐야지. 그런데 이 침대는 왜 이렇게 폭신하지?' 톰은 눈을 감았다. 방이 빙빙 돌기 시작했다. '와인을 너무 많이 마셨군. 프레야에게 키스한 건 모두 와인 때문이었어. 내가 사랑하는 사람은 헤스터지. 그런데 왜 프레야를 머릿속에서 지울 수 없는 걸까?' "바보!" 톰은 그렇게 소리 내어 말했다.

　머리 위에 있는 난방 덕트가 딸그락 소리를 냈다. 그 안에서 무엇인가가 톰의 말이 옳다고 고개를 끄덕이는 것 같았다. 그러나 톰은 눈치채지 못했다. 이미 깊은 잠에 빠져들었기 때문이다.

✹ ✹ ✹

　톰과 프레야의 키스를 엿본 것은 헤스터뿐이 아니었다. 스큐어와 가글이 작업을 하러 간 사이 거머리선의 선실에 하릴없이 앉아 여기저기 설치해 놓은 카메라에서 보내는 화면들을 바꿔 가며 보고 있던 카울은 두 사람이 껴안고 있는 것을 보고 깜짝 놀라서 자기도

15. 헤스터 혼자서

모르게 속삭였다. "톰, 이 바보야!"

 카울이 톰을 좋아하는 가장 큰 이유는 그의 친절한 마음 때문이었다. 그림스비는 다른 사람들에게 친절을 베푸는 것을 달가워하지 않았다. 나이 든 아이들이 어린아이들을 괴롭히는 것을 오히려 장려하는 분위기였고, 그렇게 괴롭힘을 당한 아이들은 커서 또 자기보다 어린 아이들을 똑같이 대했다. "인생을 미리 연습하는 거야." 엉클은 이렇게 말하곤 했다. "강한 놈만 살아남는 거야. 그게 바로 세상이지." 하지만 엉클은 톰 같은 사람을 한번도 만나 보지 못해서 그런 생각을 하는 것인지도 모른다. 다른 사람들에게 친절을 베풀고, 그 보답으로 상대방의 친절한 행동 외에 다른 아무것도 바라지 않는 그런 사람 말이다. 사실 헤스터 쇼랑 사귀는 것보다 더 친절한 행위가 어디 있겠는가? 그 못생기고 아무짝에도 쓸모없는 여자 아이가 자기도 누군가에게 사랑받을 수 있고, 필요한 존재라고 느끼게 해 준 것이야말로 가장 친절한 행동 아니겠는가? 카울이 보기에 톰은 그런 면에서 거의 성인과도 같았다. 톰이 프레야에게 키스하는 장면은 정말 참기 어려웠다. 그것은 헤스터를 배반하고, 자기 자신을 배반하고, 모든 것을 저버리는 행동이었다.

 그리고 어쩌면 카울 역시 조금 질투를 하는 것인지도 몰랐다.

 열린 문 근처에서 흐릿한 얼굴 같은 물체를 얼핏 보고 카울이 그곳에 초점을 맞춰 그것이 헤스터라는 것을 알아차리는 순간 그녀는 몸을 돌려 뛰어갔다. 다시 톰이 있던 쪽으로 카메라를 돌렸을 때는 이미 두 사람은 떨어져 서서 문 쪽을 쳐다보며 작고 어색한 목소리로 이야기를 하고 있었다. "가 봐야 합니다. 너무 늦었어요…."

"아, 헤스터!" 카울은 분더캄머에서 채널을 바꿔 다른 카메라들을 체크하면서 헤스터를 찾아봤다. 헤스터가 괴로워하는 것이 왜 이렇게 마음 아픈지 이유를 알 수 없었지만 하여튼 마음이 아팠다. 어쩌면 톰을 부러워하는 마음과 만약 헤스터가 바보 같은 짓을 하면 톰과 프레야가 함께 남게 될 거라는 생각이 동시에 작용한 것인지도 몰랐다. 이유가 무엇이든 간에 헤스터를 찾기 위해 채널을 옮기는 그의 손이 가늘게 떨려 왔다.

궁전의 다른 카메라들로는 헤스터를 찾을 수 없었다. 카울은 여분의 카메라를 지붕으로 보내 궁전의 정원과 그 근처 거리를 훑어봤다. 비틀거리며 달려간 헤스터의 발자국이 라스무센 프로스펙트의 하얀 페이지에 길고 알아볼 수 없는 문장을 남겨 둔 것이 보였다. 카울은 땀까지 약간 흘리면서 스크린 쪽으로 몸을 가까이 기울이고 카메라들을 움직여 비행선 항구를 살폈다. 도대체 어디에 있는 걸까?

16
야간 비행

아키우크 부부는 둘 다 잠들어 있었다. 헤스터는 자기 방으로 살금살금 올라가서 페니로얄이 에어헤이븐에서 줬던 돈을 매트리스 밑에서 꺼낸 다음 바로 제니가 있는 격납고로 갔다. 바람에 날려 문 앞에 쌓인 눈을 대강 치우고 무거운 격납고의 문을 연 헤스터는 작업용 램프를 켰다. 제니 하니버의 커다랗고 붉은 몸체가 실내를 압도했다. 반쯤 페인트칠이 된 엔진 덮개에 아직 사다리가 걸쳐져 있었고, 곤돌라에 난 구멍에 새 패널들이 대어져 있는 모습이 마치 아직 아물지 않은 상처에 새 피부를 덧대어 놓은 것처럼 보였다. 헤스터는 제니에 올라가서 히터들을 모두 켰다. 제니가 덥혀지는 사이 그녀는 다시 눈이 쌓인 바깥으로 나가 연료 탱크가 있는 쪽으로 갔다.

격납고의 어두운 돔 지붕 위에서 무엇인가가 빠르게 움직이며 쳇 소리를 냈다.

❈ ❈ ❈

헤스터가 어떻게 할 생각인지 추측하는 것은 어렵지 않았다. 카울은 자기 앞의 제어판을 주먹으로 치면서 신음 소리를 냈다. "헤스터! 안 돼! 술 취해서 한 짓이야! 진심이 아니었다고!" 그는 상황이 악화되는 것을 모두 보고 있으면서도 그것을 바꿀 힘은 전혀 없는 무력한 신이 된 느낌으로 의자 끝에 간신히 엉덩이만 걸친 채 그렇게 외치고 있었다.

하지만 바꿀 수 있을지도 몰랐다. 무슨 일이 벌어지고 있는지 톰이 안다면 바로 항구에 가서 헤스터를 설득하고 사과해 오해를 풀게 틀림없었다. 커플들이 화해하는 것을 전에도 본 적이 있었다. 카울은 이런 바보 같은 오해 때문에 둘의 관계가 영원히 끝날 필요는 없다고 확신했다. 톰이 알기만 한다면….

그러나 톰에게 알릴 수 있는 사람은 카울뿐이었다.

"바보 같은 짓 하지 마." 카울은 카메라 조종간에서 손을 떼며 화가 나서 스스로에게 쏘아붙였다. "드라이 커플 하나가 뭐 그렇게 대단해서? 아무것도 아니잖아! 스크류 웜을 위험하게 만들 만한 가치가 없는 것들이야. 엉클 말을 거역할 가치가 없는 것들이라고."

그는 다시 조종간으로 손을 가져갔다. 어쩔 수 없었다. 이제는 책임감이 느껴졌다.

카울은 궁전에 있는 톰의 숙소에 배치된 카메라를 켜고 다리를 움

16. 야간 비행

직여 숨어 있는 덕트 안에서 소리를 내게 해 봤다. 톰은 자기 인생이 산산조각나고 있는 것도 모르고 바보같이 입을 헤 벌린 채 잠만 자고 있었다.

'이제 그만둬, 카울. 그만큼 했으면 됐어. 일어나질 않잖아. 이제 끝이야. 네가 무슨 상관이야.' 카울은 계속 자기 자신에게 타일렀다.

그는 헤스터를 다시 한번 살펴본 후, 스큐어와 가글이 작업하고 있는 빌라로 난방용 덕트를 통해 카메라를 보냈다. 빌라 안의 모든 방을 다 살핀 끝에 부엌에서 은접시 세트를 자루에 담느라 바쁜 두 사람을 찾아냈다. 카메라 다리가 덕트 안쪽을 치는 소리를 냈다. 세 번 친 다음 쉬고, 다시 세 번. '즉시 귀환하라.' 스크린 속의 희미한 모습 둘이 암호를 알아차리고 깜짝 놀라 일어서는 것이 보였다. 서둘러 남은 물건들을 챙기고 거머리선으로 돌아오는 모습이 마치 광대 같아 보였다.

카울은 자신의 약한 마음을 저주하고, 이 이야기가 엉클 귀에 들어가면 어떻게 될지를 생각하느라 잠깐 망설였다. 다음 순간 그는 사다리를 타고 올라가 거머리선의 해치 문을 열고 침묵에 싸인 도시로 나갔다.

❊ ❊ ❊

헤스터는 연료 탱크들이 얼어붙어 있지 않을까 걱정했지만 그런 걱정은 지난 800년 동안 앵커리지 비행선 항구를 관리해 온 소장들이 북극의 추위에서 살아남는 방법을 완벽하게 파악했다는 사실을 모르고 한 것이었다. 연료에는 부동액이 섞여 있었고 주유 관리 시스템은 주 탱크 바로 옆 난방이 완비된 건물에 설치되어 있었다. 헤스터는 보관함에서 연료 호스를 꺼내 커다란 노즐을 어깨에 메고 눈밭을 가로질러 제니가 보관된 격납고로 끌고 갔다. 격납고에 도착한 그녀는 노즐을 비행선 아래쪽에 있는 밸브에 연결하고 관리 시스템이 있는 건물로 돌아가 주입 스위치를 올렸다. 호스가 살짝 흔들리면서 연료가 비행선으로 흘러 들어가기 시작했다. 연료가 주입되는 사이 그녀는 비행선에 올라가 다른 준비를 했다. 곤돌라의 조명은 아직 수리가 안 된 상태였지만 안에 걸어 둔 작업 램프 덕에 별 문제는 없었다. 제어판의 스위치를 차례로 올리자 각종 기기들이 잠에서 깨어나 소리를 내기 시작했고 계기판에서 흘러나오는 불빛으로 비행 갑판 전체가 은은한 빛에 휩싸였다.

❋ ❋ ❋

톰은 자기가 잠이 들었었다는 사실에 놀라며 깨어났다. 머리는 모래주머니라도 매단 것처럼 무거웠다. 방 안에 자기 말고 누군가가 있었다. 그 사람은 톰의 얼굴 위로 머리를 기울인 채 차가운 손으로 톰의 뺨을 만지고 있었다.

16. 야간 비행

"프레야?" 톰이 말했다.

마그라빈이 아니었다. 푸른빛이 도는 손전등 불빛이 켜지더니 낯설고 창백한 얼굴을 비췄다. 톰은 앵커리지에 사는 모든 사람들을 적어도 얼굴 정도는 안다고 생각했었다. 그러나 창백한 금발이 불꽃 모양으로 감싸고 있는 이 하얀 얼굴은 처음 보는 얼굴이었다. 목소리도 낯설었고 앵커리지 말투가 아닌 처음 들어 보는 억양이었다. "설명할 시간이 없어, 톰! 나를 따라와야 해. 헤스터가 비행선 항구에 있어. 너 없이 떠나려고 한단 말이야!"

"뭐라고?" 톰은 아직 완전히 헤어나지 못한 꿈의 찌꺼기를 떨어버리기라도 하려는 듯 머리를 세차게 흔들었다. 지금 이것도 꿈이기를 바라면서. 이 아이는 도대체 누구고, 지금 하는 소리는 또 무슨 소리일까? "헤스터가 왜?"

"너 때문이야, 이 바보야!" 그 소년이 소리를 질렀다. 그 애는 톰의 이불을 확 잡아채고 밖으로 나갈 때 입는 옷들을 던졌다. "네가 프레야 라스무센하고 입 맞추는 걸 봤으니 헤스터 맘이 어땠겠냐?"

"안 그랬어!" 톰은 경악한 표정으로 대답했다. "그게 아니라… 그리고 헤스터가 어떻게… 어쨌든 넌 또 어떻게 그걸 알…." 그러나 그 낯선 아이가 내뿜는 긴박감이 톰에게도 전염되기 시작했다. 그는 빌려 입은 정장 웃도리를 벗고 부츠와 마스크를 더듬더듬 착용한 다음 자신의 오래된 비행사용 코트를 입고 소년을 따라 방을 나와 그 전에는 있는지도 몰랐던 옆문을 통해 궁전 밖으로 나왔다. 밤

기운이 몸을 쥐어짤 듯 차가웠고 도시의 밤 풍경은 겨울 꿈나라 같았다. 서쪽으로는 얼음 위로 솟아오른 그린란드의 산들이 달빛 아래 너무도 선명하게 보여 손을 뻗으면 잡힐 것 같았다. 오로라가 지붕들 위에서 너울거리고 있었다. 톰은 서리 내린 아침에 전깃줄에서 나는 바작바작 소리와 웅웅 소리가 오로라에서도 들리는 것 같다고 생각했다.

낯선 소년은 톰을 데리고 라스무센 프로스펙트에서 빠지는 계단을 내려가 갑판 아래쪽에 붙어 있는 관리 보수용 통로를 따라가다가 또 다른 계단을 올라 비행선 항구로 나섰다. 다시 바깥으로 나온 톰은 자신이 들었던 소리가 오로라 소리가 아니었다는 것을 깨달았다. 바작바작하는 소리는 제니의 격납고 돔형 지붕이 열리면서 얼음이 떨어지는 소리였고, 웅웅거리는 소리는 제니의 엔진이 이륙 모드로 들어가는 소리였다.

"헤스터!" 쌓인 눈을 헤치고 급히 앞으로 나가면서 톰이 소리쳤다. 열린 격납고에서 제니의 야간 항해등이 켜지자 항구에 쌓인 눈더미들이 환하게 빛을 받았다. 톰은 비행선 몸체 어딘가에 기대어 있던 사다리가 넘어지면서 내는 큰 소리와 세 개의 도킹 고리가 열리면서 세 번 반복해 나는 철커덕 소리를 들었다. '불이 꺼진 비행 갑판에서 움직이고 있는 것이 헤스터일 리 없지, 그렇지?' 톰은 눈바다를 허우적거리며 건너 비행선 쪽으로 다가갔다. "헤스터! 헤스터!" 아직까지도 그녀가 자기 없이 혼자 떠나는 것을 믿지 못한 채

16. 야간 비행

톰이 소리쳤다. '그 바보 같은 키스에 대해 헤스터가 알 수 없는데, 그렇지? 여기 머물고 싶다고 이야기한 것 때문에 화가 난 걸 거야. 그냥 자기가 얼마나 화가 났는지 보여 주려고 저러는 걸 거야.' 톰은 쌓인 눈을 헤치고 발버둥을 치다시피 하면서 앞으로 나아갔다. 격납고까지 20미터 정도 남았을 때 제니 하니버는 공중으로 떠올라 남동쪽으로 방향을 돌리더니 빠른 속도로 지붕들 위를 지나 끝없이 펼쳐진 얼음 위로 날아가 버렸다.

"헤스터!" 톰은 갑자기 화가 치밀어 올라 다시 한번 그렇게 소리쳤다. 왜 보통 사람들처럼 자신이 어떤 느낌인지 말로 하지 못하고 저렇게 뛰쳐나가 버리는 걸까? 비행선은 점점 더 세게 불어닥치는 서풍을 받아 더욱 빠른 속도로 멀어져 가면서 톰에게 눈가루를 흩뿌렸다. 그가 수수께끼 같은 그 낯선 아이 쪽을 돌아봤을 때는 이미 소년은 사라져 버린 후였다. 그곳에는 아무도 없었고 미스터 아키우크만 비틀거리며 다가오면서 "톰, 무슨 일이야?"라고 외치고 있었다.

"헤스터예요!" 톰은 개미처럼 작은 소리로 대답하며 눈밭에 그냥 주저앉았다. 차갑기만 한 세상에서 유일한 온기처럼 느껴지는 제니의 후미등이 점점 작아지고 더 작아지다가 마침내 오로라 불빛과 하나가 되어 버리는 것을 보면서 톰은 마스크 안에 대어진 안감을 눈물로 흠뻑 적시고 있었다.

PREDATOR'S GOLD

17
헤스터가 떠난 후

톰은 갑판 아래 통로를 따라 돌아왔다. 참담하고 텅 빈, 그리고 배를 발로 차인 그런 느낌이었다. 제니 하니버가 떠난 지 벌써 몇 시간이 흘렀다. 아키우크 소장이 무전으로 헤스터와 교신해 보려 했지만 응답이 없었다. "무전기를 안 켜 놨을 수도 있지. 아니면 무전기가 고장 났는지도 몰라. 아직 기기들을 빠짐없이 점검하지는 못했거든. 기낭에 가스도 충분히 채워져 있지 않은데…. 새는 곳이 없는지만 보려고 꽉 채우지 않았거든. 아! 왜 그렇게 갑작스레 떠난 거지? 불쌍한 것…."

"모르겠어요." 그렇게 대답은 했지만 톰은 알고 있었다. 헤스터가 이곳을 얼마나 싫어했는지를 조금만 더 일찍 이해했더라면. 자기가 이 도시와 사랑에 빠지기 전에 헤스터 입장을 조금만 고려해 봤어도. 프레야와 키스만 하지 않았어도. 그러나 그런 죄책감은 항상 분노의 감정으로 변하고 말았다. '어찌 됐든 헤스터도 내 감정은 생각

17. 헤스터가 떠난 후

해 주지 않았잖아. 내가 원하는데 왜 여기 머무를 수 없는 거지? 이 기적인 헤스터. 자기가 도시 생활이 싫다고 나까지 영원히 집 없는 방랑 비행사로 살라는 거야?'

하지만 헤스터를 찾아야만 했다. 헤스터가 자신을 다시 받아들여 줄지 확신할 수 없었고, 또 그렇게 되기를 자신이 원하는지도 확신할 수 없었지만 이렇게 참담하고 혼란스럽고 비정상적으로 둘의 관계를 끝내고 싶지는 않았다.

톰이 위층 갑판으로 서둘러 나서는데 앵커리지의 엔진이 켜지는 소리가 들렸다. 그는 새벽에 지나왔던 길을 되짚어서 겨울 궁전 쪽으로 비틀비틀 걸어갔다. 지금은 프레야를 만나고 싶지 않았다. 분더캄머에서 프레야와 자기 사이에 일어났던 일들을 생각하면 타들어 가는 종잇장처럼 내장이 오그라드는 느낌이 들었다. 그러나 도시의 진행 방향을 바꿔 제니 허니버를 추격하라는 명령을 내릴 수 있는 사람은 그녀밖에 없었다.

휠하우스의 기다란 그림자를 지나가고 있을 때 갑자기 문이 벌컥 열리면서 실크 가운을 입은 둥그런 물체가 눈밭을 구르다시피 해 톰에게로 다가왔다. "팀! 팀! 그게 사실인가?" 휘둥그레진 페니로얄의 눈이 튀어나올 것처럼 보였다. 그는 통증이 느껴질 정도로 세게 톰의 어깨를 움켜쥐고 흔들면서 물었다. "자네 여자 친구가 떠나 버렸다고들 그러던데! 날아가 버렸다던데!"

톰은 고개를 끄덕였다. 수치스러웠다.

"하지만 제니 하니버가 없으면…."

톰은 어깨를 으쓱해 보였다. "저도 교수님과 함께 아메리카까지 가야 할지도 모르겠군요."

톰은 페니로얄을 제치고 궁전 쪽으로 뛰어갔다. 뒤에 남은 교수는 휠하우스로 다시 돌아가면서 "아메리카! 그렇지, 물론… 흠…. 아메리카!" 하고 중얼거렸다. 겨울 궁전에서는 프레야가 톰을 기다리고 있었다. 그녀는 가장 작은 접견실의 긴 의자에 단정히 앉아 있었다. 작다고 해 봤자 축구장만 한 크기에 거울이 사방에 달려 있어서 마치 수천 명의 프레야가 앉아 있고 수천 명의 톰이 헝클어진 옷차림으로 눈 녹은 물을 대리석 바닥에 떨어뜨리며 뛰어 들어가는 것처럼 보였다.

"전하." 톰이 말했다. "되돌아가야 합니다."

"되돌아가?" 프레야는 톰의 입에서 나올 만한 말들을 수만 가지 상상하고 있었지만 이 말은 아니었다. 헤스터가 떠났다는 소식에 너무 기뻐서 그녀는 자기가 톰을 위로하는 장면을 상상했었다. 어쩌면 이렇게 된 것이 잘된 일인지도 모르고, 그 괴상한 여자 친구랑 헤어지는 편이 톰의 장래를 위해 더 나은 일일 거라는 사실, 그리고 이렇게 톰이 앵커리지에, 자기 곁에 남게 된 것이 모두 얼음의 신들의 뜻이라는 것을 자기라면 톰에게 이해시킬 수 있을 것 같았다. 톰의 이해를 돕기 위해 제일 예쁜 드레스를 입고 첫 단추는 잠그지 않고 놔둬서 목 바로 아래 부드럽고 하얀 살이 약간 보이도록 배려까지 했

17. 헤스터가 떠난 후

다. 정말이지 몸이 떨리도록 대담해지고 어른스러워진 느낌이었다. 일어날 수 있는 일은 모두 미리 상상해 봤지만 이건 아니었다.

"어떻게 되돌아갈 수 있죠?" 프레야는 반쯤 웃으며 물었다. 톰의 말이 농담이었길 바라면서. "왜 되돌아가야 하죠?"

"하지만 헤스터가…."

"비행선을 따라잡을 수는 없어요, 톰! 그리고 따라잡을 수 있다 해도 누가 그걸 원하겠어요? 내 말은 울버린햄프턴이 어디선가 우리를 노리고 있는 이 마당에…." 그러나 톰은 자기를 보고 있지도 않았다. 그의 눈은 가득 차오른 눈물로 반짝이고 있었다. 프레야는 드레스의 첫 단추를 얼른 잠갔다. 수치심은 금방 짜증으로 변했다. "왜 내가 비행선을 타고 도망간 미친 사람을 위해 내 도시 전체를 위험에 빠뜨려야 하죠?"

"헤스터는 미친 게 아니에요."

"미친 것처럼 행동하잖아요."

"화가 났을 뿐이라고요."

"나도 화가 나요!" 프레야가 소리쳤다. "날 좀 특별하게 생각하는 거 아니었어요? 어제 있었던 일은 아무것도 아닌가요? 난 헤스터를 잊은 줄 알았어요. 그 여자애는 아무것도 아니에요. 방랑 비행자일 뿐이라고요. 그 애가 톰을 버려서 너무 기뻐요! 난 톰이 내, 내, 내 남자친구였으면 좋겠단 말이에요. 그게 얼마나 큰 영광인지 알기나 해요?"

톰은 프레야를 쳐다봤다. 아무 말도 생각나지 않았다. 그 순간 톰은 헤스터의 눈으로 프레야를 바라봤다. 통통하고 버릇없고 까다로운 성격에 온 세상이 자기를 위해 존재한다고 생각하는 그런 여자아이의 모습이었다. 톰도 프레야가 자기 부탁을 거절하는 것이 맞다는 건 알고 있었다. 그리고 앵커리지를 되돌린다는 건 거의 미친 짓이라는 것도 알고 있었다. 그러나 그녀의 말이 맞다는 걸 알면 알수록 그녀가 더 억지를 쓰는 것처럼 느껴졌다. 그는 알아들을 수 없는 소리로 몇 마디 중얼거리고 몸을 돌렸다.

"어디로 가는 거죠?" 프레야가 날카로운 목소리로 물었다. "누가 가도 된다고 했죠? 물러가도 된다는 허락 한 적 없어요!"

그러나 톰은 프레야의 허락을 기다리지 않았다. 방에서 뛰어나가는 그의 등 뒤로 문이 쾅 하고 닫혔다. 빈 방에 남은 프레야와 흔들리는 거울에 비친 수없이 많은 프레야의 모습들이 모두 함께 고개를 이리저리 돌리면서 멍한 얼굴로 '우리가 뭘 잘못한 거지?' 하고 서로에게 묻고 있었다.

❀ ❀ ❀

톰은 겨울 궁전의 기다란 복도를 뛰어가면서도 자기가 어디로 향하는지 아무 생각도 없었다. 방금 무슨 방을 지나쳤는지 그리고 머리 위 덕트와 환기 파이프에서 들리는 긁적거리는 소리가 뭔지도

17. 헤스터가 떠난 후

신경 쓰지 않았다. 런던에서 떨어진 뒤에는 항상 헤스터가 곁에 있었다. 돌봐 주고, 어떻게 할지 이야기해 주고, 그녀 특유의 그 수줍고 치열한 방법으로 톰을 사랑하고…. 그런데 이제 자기가 그녀를 쫓아내다시피 한 것이다. 게다가 그녀가 떠난 줄도 모르고 있다가 겨우 그 소년이….

제니 하니버가 떠난 후 처음으로 톰은 그 이상한 소년을 생각해 냈다. 그 소년은 누구였을까? 입은 옷으로 봐서는 엔진 구역에서 온 사람 같은데…. (톰은 그 애가 겹겹이 입은 어두운 색 옷들을 기억했다. 기름과 윤활유에 옷이 절어 있었고 쇠 단추에서는 검은 페인트가 벗겨지고 있었다.) 그 소년은 어떻게 헤스터가 떠나려 한다는 걸 알았을까? 헤스터가 그 소년에게 속을 털어놓은 걸까? 자기에겐 하지 않은 말을 그 애한테는 한 걸까? 헤스터가 다른 사람에게 비밀을 털어놓았을지도 모른다는 생각을 하자 톰은 묘한 질투심 같은 것을 느꼈다.

하지만 그 소년이 헤스터의 행선지까지 알고 있다면? 그 애를 찾아야만 했다. 찾아서 이야기를 해야만 했다. 톰은 궁전에서 나와 제일 가까운 계단을 찾아 스캐비어스 구체 엔진들에서 나오는 천둥 같은 소음과 안개를 뚫고 엔진 구역 소장의 사무실로 향했다.

※ ※ ※

숨이 턱에 차고 신경이 날카로워진 채 비행선 항구에서 돌아온 카울을 기다리고 있는 것은 스큐어와 가글이었다. 둘은 드라이들이 카울을 따라왔을 경우에 대비해 총과 칼로 완전무장을 하고 문 바로 안쪽에 서 있다가 카울이 오자 입을 막고 문 안으로 재빨리 낚아챘다. 그러고는 아무도 따라온 사람이 없다는 것을 확인하기 전까지 카울의 입을 막은 손을 떼 주지 않았다.

"도대체 무슨 생각을 하고 그런 거지?" 스큐어가 화가 나서 물었다. "도대체 무슨 짓을 한 거야? 혼자서 거머리선을 떠나는 건 금지되어 있다는 거 몰라? 게다가 드라이와 말을 하다니! 절도 훈련소에서 아무것도 배운 게 없나 보지?" 그는 묘하게 애원하는 듯한 목소리로 말을 이었다. 아마 자기 목소리를 흉내 내는 것 같다고 카울은 생각했다. "'톰! 빨리, 톰! 그 애가 널 버리고 떠나려 해!' 이 바보야!"

카울은 바닥에 앉아 훔쳐 온 옷가지를 쌓아 둔 곳에 등을 기댔다. 실패했다는 절망감이 빙하가 녹아 흘러내리는 물처럼 온몸을 훑고 지나갔다.

"넌 이제 끝장이야, 카울." 스큐어가 갑자기 미소를 지으며 말했다. "진짜 끝장이야. 이제부터 내가 대장이다. 엉클도 이해하실 거야. 네가 한 짓을 듣고 나면 처음부터 나를 대장으로 삼지 않은 걸 후회하시겠지. 오늘밤 전서어를 보내서 모든 걸 알리겠어. 드라이들을 좋아하다니. 그것도 이제 끝장이야. 밤중에 돌아다니는 것도, 드라이들 훔쳐보는 것도, 그리고 마그라빈을 생각하며 멍하니 앉아

17. 헤스터가 떠난 후

있는 것도 다 끝이야. 스크린에 마그라빈 얼굴이 비칠 때마다 네 눈이 멍해지는 걸 내가 못 본 줄 아냐?"

"하지만 스큐어…." 가글이 애원하듯 말했다.

"조용히 해!" 가글의 머리를 세게 내려치고는 몸을 그대로 돌려 가글을 보호하려고 일어서는 카울을 발로 차며 스큐어가 말했다. 자기 자신이 무척 자랑스러운 듯 얼굴에 홍조가 돌고 있었다. "너도 조용히 하는 게 좋을 거야. 이제부터 거머리선은 내 방식으로 운영한다."

❀ ❀ ❀

미스터 스캐비어스는 위층 갑판에 있는 집에서는 오랜 시간을 보내지 않았다. 불행한 기억들이 너무 많이 깃들어 있는 곳이었기 때문이다. 대신 남는 시간은 거의 사무실에서 보냈다. 엔진 구역 한가운데에 있는 갑판 지지대 두 기둥 사이의 좁은 공간이었다. 사무실에는 책상, 서류 파일장, 야전 침대, 휴대용 석유 화로, 작은 세면대, 달력, 그리고 에나멜 컵 하나 외에는 아무것도 없었다. 문에 박아 놓은 못에 걸려 있던 스캐비어스의 상복이 톰이 문을 열자 검은 날개처럼 펄럭거렸다. 옷의 주인은 마치 누군가 '우울'이라는 주제로 조각해 놓은 것 같은 모습으로 책상 뒤에 앉아 있었다. 용광로에서 간헐적으로 솟아오르는 불길이 창문에 달린 블라인드 사이로 비치면서 스캐비어스의 몸 전체에 줄무늬를 그렸다. 움직이는 것은 문을 열고 들어온 톰에게 가서 꽂힌 차가운 시선뿐이었다.

"미스터 스캐비어스!" 톰이 숨을 헐떡이며 말했다. "헤스터가 가 버렸어요! 제니를 몰고 떠나 버렸어요!"

스캐비어스가 고개를 끄덕였다. 그러나 그의 시선은 톰의 머리 뒤에 있는 벽에 고정되어 있었다. 마치 자기만 볼 수 있는 영화가 거기서 상영되고 있기라도 한 것처럼. "헤스터가 떠났다…. 그런데 왜 나한테 왔지?"

톰은 야전 침대에 털썩 주저앉았다. "어떤 애가 있었어요. 한번도 본 적 없는 소년이었어요. 엔진 구역에서 온 것 같은데 창백한 얼굴에 금발이었고 저보다 조금 더 어려 보였어요. 헤스터에 대해 모든 걸 알고 있는 것 같았고요."

처음으로 스캐비어스가 움직였다. 자리에서 벌떡 일어난 그는 톰에게 순식간에 다가왔다. 그의 얼굴에 이상한 표정이 떠올랐다. "자네도 그 애를 봤단 말이지?"

톰은 움찔했다. 스캐비어스가 갑자기 이렇게 열띤 감정을 보이는 것에 놀랐기 때문이다. "그 애라면 헤스터가 어디로 가려고 하는지 알고 있을 것 같아서요."

"자네가 말한 것처럼 생긴 사람은 이 도시에 없어. 적어도 살아 있는 사람들 중에는."

"하지만…. 헤스터하고는 이야기를 한 것 같던데요. 그 소년을 어디 가면 만날 수 있을지 알려 주시면…."

"자네가 악셀을 찾아갈 수는 없어. 악셀이 자네를 찾아올 거라네. 자기가 원할 때. 나도 그 애를 먼발치에서 두 번밖에 보지 못했어. 그 애가 자네한테 뭐라고 했나? 내 이야기는 하던가? 아버지한테 전해 달라는 메시지는 없었나?"

"아버지요? 아니요."

스캐비어스는 톰이 하는 말을 거의 듣지 않고 입고 있던 작업복 주머니에서 뭔가를 꺼냈다. 조그만 액자였다. 저런 휴대용 사당을 지니고 다니는 사람들을 톰은 이전에도 본 적이 있었다. 스캐비어스가 뚜껑을 열자 톰은 안에 든 사진을 슬쩍 훔쳐봤다. 몸집이 큰 젊은이였다. 스캐비어스의 젊은 시절이라고 해도 믿을 정도로 닮은 모습이었다. "저…." 톰이 말했다. "제가 본 소년이 아니에요. 그 애는 훨씬 어리고 말랐었는데…."

그 말에 스캐비어스는 잠깐 흔들리는 듯했지만 이내 다시 확신에 찬 표정을 되찾았다. "바보 같은 소리 하지도 말게, 톰. 죽은 자의 영혼은 원하는 모습을 마음대로 취할 수 있어. 내 아들 악셀도 한때는 자네만큼 늘씬했다네. 어리고 잘생기고 희망으로 가득했던 그 시절 모습으로 나타나는 게 당연하지."

톰은 유령을 믿지 않았다. 적어도 믿지 않는다고 생각했다. '암흑의 나라에서 돌아올 수 있는 사람은 아무도 없어.' 그건 헤스터가 항상 하는 말이었다. 스캐비어스의 사무실에서 걸어 나온 톰은 그 말을 몇 번 되뇌면서 갑자기 어둡고 음침하게 느껴지는 계단을 올라 위층 갑판으로 나왔다. 그 소년이 유령이었을 리 없었다. 그의 손길을 느꼈고, 냄새를 맡았고, 그의 몸에서 나오던 온기도 생생하게 기억났다. 격납고로 뛰어가면서 발자국도 남겼지 않은가. 그 발자국을 보면 유령이 아니라는 것이 확실했다.

그러나 톰이 비행선 항구까지 갔을 때는 바람이 다시 세져서 분말 같은 눈가루가 바닥에 쌓인 눈 위에 연기처럼 휘날리고 있었다. 격납고 근처의 발자국들은 벌써 너무 희미해져서 몇 사람이 만든 발자국인지조차 알아볼 수 없었다. 그 낯선 소년이 산 사람인지, 유령인지, 아니면 톰이 상상해 낸 인물인지도 알 수 없게 되었다.

18
사냥꾼의 현상금

헤스터는 바람이 고마웠다. 앵커리지에서 빨리 멀어지는 데 큰 도움이 되었기 때문이다. 그 바람은 변덕도 심해 어떨 때는 방향을 바꿔 북쪽으로 몰아치기도 하고, 세차게 불었다가 갑자기 거의 움직이지 않기도 했다. 제니가 경로에서 벗어나지 않게 하기 위해서는 계속해서 정신을 집중하지 않으면 안 됐다. 하지만 헤스터는 그것도 고마웠다. 덕분에 톰이나, 이제부터 자기가 벌이려고 하는 일에 대해 생각할 겨를이 별로 없었기 때문이다. 그 두 가지에 관한 생각을 너무 많이 하면 결국 용기를 잃고 방향을 돌려 앵커리지로 돌아갈 거라는 걸 헤스터 자신도 알고 있었다.

 그러나 조종석에 앉아 잠깐씩 졸 때면 톰은 지금 뭘 하고 있을까를 생각하지 않을 수 없었다. 자기가 떠나서 톰은 슬퍼하고 있을까? 자기가 떠난 줄 알고나 있을까? 프레야 라스무센이 톰을 위로하고 있을까? "상관없어." 헤스터는 스스로에게 그렇게 말했다. 얼마 지나지 않아 모든 것이 전처럼 되돌아가고 톰은 다시 자기 것이 될 것이었다.

둘째 날 헤스터는 울버린햄프턴을 봤다. 앵커리지를 잡는 데 실패한 후 그 도시는 남쪽으로 기수를 돌렸고, 이번에는 좀 더 운이 좋아 폭풍으로 길을 잃은 고래잡이 도시 몇 개를 발견한 것 같았다. 정확히 말하자면 울버린햄프턴보다 덩치는 더 큰 타운 세 개가 모여서 만든 고래잡이 밀집촌이었지만, 사냥꾼 도시는 재빨리 움직여 다니면서 구동 바퀴와 미끄럼 방지 장치 등을 큰 턱으로 물어뜯었다. 헤스터가 다가갔을 즈음 울버린햄프턴은 불구가 된 채 속수무책으로 멈춰 선 타운들을 천천히 포식하기 위해 첫 번째 타운 쪽으로 방향을 돌리고 있었다. 헤스터가 보기에도 앞으로 몇 주 동안은 이 타운들을 먹느라 바쁠 것 같았다. 다행이었다. 그래야 서쪽으로 쫓아가서 앵커리지를 위협하고 결과적으로 헤스터의 계획을 방해하지 않을 것이기 때문이었다.

그녀는 계속해서 날아갔다. 잠깐 동안의 낮 시간이 지나면 길고 어둡고 추운 밤이 계속되던 어느 날 마침내 끈질긴 헤스터의 노력에 답하기라도 하듯 한 도시의 유도 신호가 조금씩 끊기기는 하지만 무전기에 잡혔다. 그녀가 비행선의 방향을 조금 바꾸자 신호는 훨씬 선명하게 들렸고 몇 시간 후 사냥감을 소화하며 앉아 있는 아크에인절을 찾아내는 데 성공했다.

사냥꾼 도시의 거대하고 소란스럽고 폐쇄적인 비행선 항구를 보

18. 사냥꾼의 현상금

니 헤스터는 묘하게 앵커리지의 평화가 그리웠다. 그리고 걸핏하면 무례하게 구는 항구 직원들과 입국 심사관들을 대하면서 아키우크 소장 생각이 절실했다. 헤스터는 페니로얄이 준 금화의 절반을 연료와 부양 가스를 사는 데 쓰고 나머지 절반은 안나 팽이 제니의 갑판 밑에 설치한 비밀 서랍에 숨겼다. 그런 다음 이제 자기가 하려고 하는 짓에 대해 구역질과 죄책감을 느끼면서 그녀는 비행 무역거래소로 향했다. 연료 주입 구역 뒤에 있는 커다란 건물에 자리한 비행 무역거래소는 비행 무역상들이 그 도시의 상인들과 만나는 곳이었다. 헤스터가 피오트르 마스가드를 어디 가면 만날 수 있냐고 묻고 돌아다니기 시작하자 비행사들은 그녀를 못마땅한 듯 쳐다봤고, 한 여자는 심지어 헤스터 발 앞에 침까지 뱉었다. 그러다가 어떤 나이 들고 친절한 상인이 헤스터를 불쌍하게 생각했는지 그녀를 옆으로 조용히 불러냈다.

"아가씨, 아크에인절은 다른 도시들과 달라요." 그 사람이 헤스터를 엘리베이터 역으로 안내하며 설명했다. "여기는 부자들이 제일 위쪽 갑판에 살지 않고 제일 따뜻한 가운데 갑판에 살지. 그곳을 핵심 갑판이라고 불러요. 마스가드는 거기 맨션에 살지. 카엘 역에서 내린 다음에 다시 한번 길을 물어봐요."

그 상인은 헤스터가 운임을 내고 핵심 갑판으로 향하는 엘리베이터에 오르는 것을 주의 깊게 쳐다봤다. 그런 다음 긴 코트 자락을 들쳐 올리고 항구 다른 쪽에 있는 자기 가게로 서둘러 돌아갔다. 커다랗고 낡고 물건들로 가득한 그의 가게에는 '블링코 올드-테크, 골동품'이라는 간판이 붙어 있었다.

"마누라들, 어서 서둘러!" 그는 가게 뒤쪽에 마련된 좁다란 공간으로 들어가며 외쳤다. 소설을 읽거나 수를 놓고 있던 다섯 명의 블링코 부인들이 멍한 얼굴로 쳐다보자 그는 다급한 손짓을 하며 말했다. "그 애가 여기 왔어! 그 여자아이 말이야! 못생긴 그 애! 생각해 봐. 그동안 그렇게 헤매 다니면서 갖은 사람을 다 붙잡고 수소문했었는데 이렇게 제 발로 대담하게 비행 무역거래소에 걸어 들어오다니! 자, 빨리! 준비를 해야 해!"

블링코는 기쁜 듯 손바닥을 비비면서 헤스터와 제니 하니버를 잡아다 주면 그린 스톰이 주겠다고 약속한 상금을 어디다 쓸지 궁리하기 시작했다.

❀ ❀ ❀

핵심 갑판이라는 데는 참 난해한 곳이었다. 도시의 엔진 소리가 천둥처럼 울려 퍼지고, 자욱한 연기와 김 사이로 수백 개의 철제 다리, 철도, 엘리베이터 통로가 복잡하게 얽힌 거대한 동굴 같았다. 빌딩들은 벽에서 튀어나온 테라스나 기둥에 떠받쳐진 축대 같은 곳 위에 한데 모여 있거나 그 밑에 새집처럼 달라붙어 있었다. 쇠 목줄을 한 채 길을 쓰는 노예들도 보였고 어떤 노예들은 털옷을 입은 감

18. 사냥꾼의 현상금

독관들의 채찍을 맞으며 아무도 하고 싶어 하지 않는 일을 하기 위해 추운 야외 구역으로 걸어 나가고 있었다. 돈 많은 부인들이 어린 소년들을 개줄 같은 것에 묶어 데리고 다니기도 했다. 어떤 사람은 잘못해서 자기 옷깃에 스친 노예를 발로 차고 또 차고, 그리고 또 차고 있었다. 헤스터는 그 모든 것을 보지 않으려고 애썼다. 자기 문제가 아니었다. 아크에인절은 힘센 자가 하고 싶은 대로 하고 사는 곳이었다.

늑대 신 아이젠그림의 무쇠 동상이 마스가드 맨션의 정문을 지키고 있었다. 문 안쪽에서는 무쇠 삼발이 위에서 활활 타오르는 가스 불이 거대한 현관 전체에 흔들거리는 빛과 날카로운 그림자를 던지고 있었다.

보석이 박힌 노예 목줄을 한 연약한 몸집의 젊은 여자가 헤스터를 위아래로 훑어보면서 용건을 물었다. 헤스터는 문 앞을 지키던 사람에게 했던 것과 같은 대답을 반복했다. "아크에인절의 사냥단에 팔 정보가 있어서 왔습니다."

높다란 지붕 밑 어두운 곳에서 웅웅거리는 엔진 소리가 들리더니 마스가드가 가죽 소파를 타고 헤스터 있는 곳으로 내려왔다. 소파는 작은 가스백에 매달려 있었고 머리 받침 뒤에는 초미니 엔진이 장착되어 있었다. 부자들의 장난감으로 각광받고 있는 비행 의자였다. 마스가드는 헤스터 가까이까지 다가와서 그녀 바로 앞에 의자가 정지 상태로 떠 있도록 하고는 헤스터의 놀란 얼굴을 만족스러운 표정으로 쳐다봤다. 노예 소녀는 고양이처럼 그의 발에다 자기 머리를 비벼 댔다.

"흠, 만난 적이 있지. 에어헤이븐에서 봤던 그 얼굴에 상처 난 여자 맞지? 내 제안을 받아들이러 왔군."

"어디로 가면 사냥감을 찾을 수 있는지 말해 주러 왔소." 헤스터는 목소리가 떨리지 않도록 애쓰면서 말했다.

마스가드는 비행 의자를 좀 더 가까이 다가가도록 조종한 다음 한동안 아무 말도 하지 않고 그녀의 망쳐진 얼굴에 죄책감과 두려움이 떠오르는 것을 빤히 바라보고 있었다. 이런 쓰레기 같은 인간들에게 도움을 받지 않으면 아크에인절처럼 큰 도시는 이제 더 이상 살아남을 수 없었다. 마스가드는 그런 현실이 증오스러웠다.

"그래서?" 마침내 그가 물었다. "어느 타운을 배반하려고 하는 거지?"

"타운 정도가 아니지. 도시야. 앵커리지."

마스가드는 계속해서 따분한 표정을 지으려 애썼지만 헤스터는 그의 눈에 관심의 불꽃이 이는 것을 놓치지 않았다. 그녀는 그 불꽃을 활활 타오르는 불길로 만들기 위해 최선을 다했다. "앵커리지에 관해서는 들어 봤을 거야, 미스터 마스가드. 대단한 규모의 얼음 썰매 도시지. 호화로운 빌라와 얼음 황무지에서는 제일 큰 구동 바퀴, 스캐비어스 구체 엔진이라고 부르는 올드-테크 엔진들. 그린란드 위쪽을 돌아 서쪽으로 향하고 있소."

18. 사냥꾼의 현상금

"왜지?"

헤스터는 어깨를 한번 으쓱했다.(아메리카로 간다는 말은 하지 않는 게 좋을 것 같았다. 설명하기도 어렵고 어차피 믿을 사람도 없을 테니.) "누가 알겠어? 무슨 올드-테크 유물이 있다는 이야기를 듣고 그걸 발굴하러 가는 건지. 젊고 아름다운 마그라빈한테서 직접 그 이유를 알아내지 그래?"

마스가드가 빙긋 웃었다. "여기 이 줄리아나도 마그라브의 딸이었지. 위대한 아크에인절이 자기 아빠 타운을 집어삼키기 전까지는."

"프레야 라스무센까지 보태면 여자 노예단 인물이 정말 끝내주겠군." 헤스터가 말했다. 그녀는 또 다른 자아가 자기 몸 밖에서 자기 자신을 보고 있는 느낌이 들었다. 아무 감각도 없었다. 다만 자신이 얼마나 냉정해질 수 있는지를 보면서 희미한 자부심 같은 게 생겼다. "가는 길에 간식이 필요하면 울버린햄프턴의 위치도 알려 줄 수 있지. 최근에 사냥감을 잡아먹은 사냥꾼 타운인데 상당히 푸짐할 걸."

마스가드가 낚싯밥을 물었다. 며칠 전 위저리 블링코에게서 앵커리지와 울버린햄프턴에 대한 이야기를 듣기는 했지만 그 미꾸라지 같은 고물상 주인놈은 울버린햄프턴의 현재 경로에 대해서는 아는 게 없었다. 앵커리지에 관해서는 사실 얼음 썰매 도시가 이렇게 서쪽 먼 곳까지 와 있다는 걸 믿어야 할지 말아야 할지 판단이 서질 않았다. 그러나 이 비루먹은 비행 부랑자 소녀는 뭔가를 알고 있는 것 같아 보이는데다 블링코의 말도 있고 하니 참의원들을 설득해 도시의 방향을 바꿀 수 있을 것 같기도 했다. 그는 헤스터를 조금 더 기다리도록 만들었다. 자신이 얼마나 비참한 처지인지를 되새겨 주기 위한 수법이었다. 그런 다음 그는 비행 의자의 손잡이에 달린 서랍을 열고 두꺼운 양피지를 꺼내서 만년필로 서명했다. 노예 소녀가 건네준 양피지를 보니 고딕체로 인쇄된 문구 끝에 아크에인절의 수호신들인 아이젠그림과 대처*의 이름이 새겨진 인장이 찍혀 있었다.

"약속어음이다." 비행 의자의 엔진 속도를 높여 위로 올라가면서 마스가드가 말했다. "네 정보가 정확해서 우리가 앵커리지를 먹게 되면 와서 상금을 받아 가도록 해. 자세한 정보는 내 직원에게 전달하도록."

헤스터는 고개를 저었다. "현상금 때문에 이 짓을 하는 게 아니야."

"그럼 왜지?"

---

* Thatcher, 미래 견인 도시인들이 섬기는 신들의 이름 중에는 가끔 이 시대 사람들이 20-21세기 '고대인'들의 문화를 얼마나 잘못 이해하고 있는지 암시하는 것들이 있다. 견인 도시 연대기 1권 『모털 엔진』에서 미키 마우스 신이 나오는 것이 그 예다. 20세기 후반 영국을 풍미하면서 '약육강식형 신자유주의 경제 모델'을 밀어붙여 빈익빈 부익부 현상을 악화시킨 장본인인 보수당 총리를 견인 도시 시대의 가장 악랄한 약탈 도시의 수호신으로 만든 것은 저자의 역사의식과 기지를 엿볼 수 있는 대목이다.

18. 사냥꾼의 현상금

"앵커리지에 사람이 하나 있어. 톰 내츠워디라고…. 나랑 에어헤이븐에서 같이 있던 그 애 말이야. 앵커리지를 먹고 나면 그 애를 나에게 넘겨 줘. 하지만 미리 짜고 하는 짓인 걸 그 애가 알면 안 돼. 내가 자기를 구조해 준 걸로 알게 해야 해. 그 빌어먹을 도시에 있는 건 톰만 빼고 다 당신이 가져도 좋아. 하지만 톰은 내 거야. 내 현상금은 바로 그거라고."

마스가드는 진심으로 놀라서 그녀를 한동안 내려다봤다. 그러다가 그는 머리를 뒤로 젖히고 크게 웃기 시작했다. 그의 웃음소리가 방 안을 가득 채웠다.

❋ ❋ ❋

비행선 항구로 되돌아가기 위해 역에서 다음 엘리베이터가 오기를 기다리던 헤스터는 아크에인절이 다시 움직이기 시작하면서 갑판이 흔들리는 것을 느꼈다.

그녀는 마스가드가 다시 만들어 준 약속어음이 잘 들어 있는지 확인하기 위해 주머니를 다시 한번 두드려 봤다. '사냥꾼 도시의 내장 갑판에 있다가 내가 구출하러 오면 톰은 얼마나 기뻐할까!' 다시 단 둘이서 새의 길에 나서면 마그라빈에 빠졌던 톰의 마음을 돌리기란 식은 죽 먹기나 다름없었다!

자기가 한 짓은 모두 톰을 위해 한 일이었고, 이제는 어차피 돌이

킬 수도 없었다. 그녀는 제니 하니버에서 필요한 물건을 몇 개 챙긴 후 어딘가 방을 얻어 시간을 보내기로 했다.

 항구에 도착했을 때는 다시 밤이었다. 항구 입구에 켜진 착륙 유도등 주변으로 눈발이 날리는 게 보였다.

 부두 뒤편 선술집에서 귀에 거슬리는 웃음소리와 천박한 음악이 흘러나오고 있었다. 누군가 문을 열었다 닫을 때마다 소리는 훨씬 크게 들렸다. 희미한 램프 불빛이 정박 중인 거대 무역선들 밑으로 어두운 그림자를 만들고 있었다. 북구식 이름을 가진 비행선들이었다. 프람, 프루드, 스마우그…. 제니가 정박 중인 대여료가 싼 부두 쪽으로 걸어가면서 헤스터는 겁이 나기 시작했다. 아크에인절은 위험한 도시였고, 그녀는 어느새 혼자 다니는 습관을 잃어버렸기 때문이었다.

 "미스 쇼?" 헤스터의 안 보이는 눈 쪽에서 다가선 남자의 목소리가 그녀를 깜짝 놀라게 했다. 그녀는 본능적으로 칼에 손을 가져갔지만 목소리의 주인공이 아까 자기를 도와줬던 친절한 늙은 상인이라는 것을 알고 안심했다. "비행선까지 데려다 줄게요, 미스 쇼. 눈 유목민 무역상들이 도시에 왔는데 좀 거친 사람들이죠. 젊은 여자 혼자 다니기에 안전한 곳은 아니에요. 제니 하니버를 타고 온 것 맞죠?"

 "맞아요." 헤스터는 그렇게 대답하면서도 어떻게 자기 이름과 비행선 이름을 다 알고 있을까 의아했다. 아마 다른 사람들에게 물어

18. 사냥꾼의 현상금

봤거나 항구 관리소에서 새로 들어온 비행선 명단을 본 것이겠지.

"마스가드를 만났나요?" 헤스터의 새 친구가 물었다. "바로 그것 때문에 이렇게 갑자기 서쪽으로 움직이기 시작한 것 같은데, 맞죠? 타운을 하나 팔았나요?"

헤스터는 고개를 끄덕였다.

"나도 비슷한 일을 하지." 그렇게 말하면서 그 상인은 '착시 현상'이라는 무역선의 쇠기둥 쪽으로 헤스터를 세게 밀어붙였다. 헤스터는 숨이 멈출 듯한 통증과 배반감에 헉 소리를 내면서 도와달라고 소리를 지르기 위해 숨을 들이마셨다. 그 순간 목 옆을 벌이 쏘는 것 같은 느낌이 들었다. 상인이 숨을 거칠게 쉬면서 뒤로 물러섰다. 그가 서둘러 호주머니에 집어넣는 놋쇠 주사기가 저 멀리 선술집에서 흘러나오는 불빛을 받아 잠깐 번쩍였다.

헤스터는 목으로 손을 가져가려 했지만 약 기운이 빨리 도는지 팔다리를 마음대로 움직일 수 없었다. 소리를 질러 보려 했지만 희미한 헉 소리 말고는 아무 소리도 낼 수 없었다. 앞으로 한 걸음 딛다가 쓰러진 그녀의 눈앞 몇 인치 떨어지지 않은 곳에 상인의 신발이 보였다. "엄청나게 미안하구먼." 그가 웅얼거리는 소리가 아득하게 들렸다. 아키우크 소장 집 전화기에서 흘러나오는 톰의 목소리를 마지막으로 들었을 때도 이렇게 아득했다. "마누라를 다섯이나 먹여 살리려니 이렇게…. 게다가 모두 취향들은 고급이어서 만날 바가지만 긁는다오."

헤스터가 다시 헉 소리를 냈다. 입에서 침이 흘러나와 갑판에 번졌다.

"너무 걱정 말아요." 목소리가 계속 들려왔다. "아가씨하고 제니 하니버를 로그스 루스트로 데려가기만 할 거니까. 거기서 뭘 좀 물어봐야 할 게 있다고 들었어요. 그게 다야."

"하지만 톰은…." 헤스터는 신음 소리처럼 겨우 그렇게 말했다.

신발들이 더 보이기 시작했다. 유행의 첨단을 달리는 비싼 숙녀용 부츠들이었다. 머리 위쪽에서 새로운 목소리들도 들리기 시작했다.

"정말 이 여자가 맞아요, 블링코?"

"아휴, 정말 못생겼네."

"누가 이런 여자한테 현상금을 걸었을까?"

"로그스 루스트까지 저 애를 데려가기만 하면 현찰로 10,000이야!" 블링코가 뽐내며 말했다. "착시 현상을 저 애 비행선에 매달고 로그스 루스트까지 배달한 다음 타고 집에 돌아올 계획이야. 돈을 잔뜩 가지고 금방 돌아올 테니 그동안 가게나 잘 봐!"

"안 돼!" 헤스터는 그렇게 소리치고 싶었다. 지금 자기를 데려가 버리면 톰을 구해 줄 사람이 없었다. 톰도 앵커리지와 함께 잡아먹히고 말 테고 그러면 자기 계획은 수포로 돌아가 버리는 것이다. 그러나 주머니에 든 열쇠를 찾느라 사람들이 자기를 더듬는데도 소리를 내기는커녕 눈도 깜박일 수 없었다. 의식을 잃기까지는 오랜 시간이 걸렸다. 아이로니컬하게도 그 때문에 헤스터는 더욱 괴로웠

18. 사냥꾼의 현상금

다. 그 늙은 상인과 그의 부인들이 자기를 끌어다가 제니 하니버에 태우고 떠날 준비를 하는 동안, 모든 상황을 이해하면서도 아무것도 할 수 없었기 때문이다.

PART TWO

19
기억의 방

얼음처럼 차가운 물이 그녀를 깨웠다. 아니 얼음처럼 차가운 폭포수가 그녀를 깨웠다고 하는 것이 맞을지도 몰랐다. 강한 물살에 밀린 그녀의 몸이 돌바닥을 지나 하얀 타일 벽에 가서 부딪혔다. 헤스터는 숨을 몰아쉬면서 비명을 지르고 콜록거렸다. 물이 입을 가득 채웠다. 물 때문에 원래도 더러웠던 머리가 얼굴에 달라붙어 아무것도 보이지 않았다. 겨우 머리를 옆으로 넘기고 앞을 봤지만 어차피 볼 것도 별로 없었다. 차가운 느낌의 하얀 방에 아르곤 램프 하나만 켜져 있고, 하얀 유니폼을 입은 사람 몇이 그녀에게 호스를 겨냥한 채 서 있었다.

"이제 됐어!" 하는 여자 목소리가 들리자 폭포가 멈췄다. 유니폼을 입은 사람들은 아직도 물이 뚝뚝 떨어지는 호스를 벽에 달린 쇠손잡이에 걸기 위해 돌아섰다. 헤스터가 숨을 헐떡이고 욕을 하면서 바닥에 토해 낸 물은 방 가운데 있는 하수 구멍으로 흘러 들어갔다. 희미한 기억들이 반딧불처럼 하나씩 둘씩 머릿속에서 켜지기 시작했다. 아크에인절, 늙은 상인, 춥고 흔들리는 제니의 화물칸에서 정신을 차리니 몸이 묶여 있었던 것…. 몸을 버둥거리면서 소리를 지르려 했지만 그 노인이 다시 돌아와 미안해하면서 벌침 같은 것을 다시 목에 찔러 넣었던 것, 그리고 그다음에 찾아온 암흑…. 그 노인이 자기를 약물로 기절시키고 계속 깨어나지 못하게 약을 더 주사하면서 아크에인절을 떠나 여기로 데려온 것이 틀림없었다.

"톰!" 헤스터가 신음하듯 내뱉었다.

바닥에 고인 물을 헤치고 부츠 신은 발이 다가왔다. 헤스터는 그 늙은 상인일 거라 생각하고 인상을 찌푸리며 올려다봤다. 그러나 신발 주인은 흰 옷을 입은 젊은 여자였다. 가슴에 반 견인 도시 연맹의 중위 계급장을 차고 팔에는 초록색 번개가 수 놓인 견장을 차고 있었다.

"옷 입혀!" 그 중위가 소리치자 부하들이 헤스터의 젖은 머리채를 잡아 올려 그녀를 일으켜 세웠다. 그러고는 몸에 묻은 물을 닦지도 않은 채 그녀의 휘청거리는 팔다리를 상하의가 붙은 회색 작업복 같은 것에 욱여 넣었다. 저항은커녕 서 있기도 힘들었다. 사람들은 잠시 후 중위를 따라 맨발의 헤스터를 샤워실에서 밀고 나가 습기 찬 복도로 나섰다. 복도에 붙어 있는 포스터들에는 도시를 공격하고 있는 비행선들과 잘생긴 젊은 남녀가 하얀 유니폼을 입고 푸른 언덕 너머에서 떠오르는 해를 바라보고 있는 그림들이 그려져

19. 기억의 방

있었다. 지나가는 다른 군인들이 내는 군화 소리가 낮은 천장에 메아리쳤다. 대부분 헤스터보다 그리 나이가 많지 않아 보였지만 모두 옆에 칼과 번개 무늬 견장을 차고, 자신들이 옳다고 확신하는 사람들만이 가질 수 있는 빛나고 만족스러운 표정을 하고 있었다.

복도 끝의 쇠문을 열자 감방이 나왔다. 천장이 높고 좁다란 무덤 같은 그 방에는 아주 높은 곳에 작은 창이 하나 나 있었다. 바스러져 가는 콘크리트 천장 아래로 난방용 덕트들이 얽혀 지나가고 있었지만 정작 방 안에는 온기라고는 없었다. 꺼끌거리는 작업복 안에서 몸이 서서히 말라 가고 있기는 했지만 헤스터는 추위에 몸을 떨었다. 누군가 무거운 코트를 던졌다. 그녀는 그 코트가 자기 것이라는 걸 깨닫고 얼른 몸에 둘렀다. "나머지는 어디 있지?" 헤스터가 그렇게 물었지만 사람들은 그녀의 말을 잘 알아듣지 못했다. 이빨은 추위서 계속 맞부딪히는데다 늙은 상인이 계속해서 주입한 약물 때문에 원래도 발음을 정확하게 하기 힘든 그녀의 입에 감각마저 없어졌기 때문이었다. "내 나머지 옷들 말이야?"

"부츠." 중위가 부하한테서 건네받은 헤스터의 부츠를 던지며 말했다. "나머지는 모두 태웠다. 걱정 마, 야만인. 다시 쓸 일도 없을 테니."

문이 닫히고 밖에서 문 잠그는 소리가 들리더니 군화 소리가 멀어져 갔다. 헤스터는 저 아래 어딘가에서 해변에 부딪히는 파도 소리를 들었다. 추워서 몸을 웅크린 채 헤스터는 울기 시작했다. 자기 자신을 위해서도 아니고, 톰을 위해서도 아니었다. 불에 타 버린 그녀의 옷 때문에 눈물이 났다. 톰의 사진이 들어 있는 조끼와 페리파테티아폴리스에서 그가 자신을 위해 사 준 그 소중한 빨강 스카프…. 이제는 톰의 흔적조차 모두 잃어버린 것이다.

높이 난 작은 창문 밖 어둠이 천천히 빛바랜 회색으로 변했다. 문이 덜컹거리며 열리더니 한 남자가 들여다보며 말했다. "일어나, 야만인. 사령관님이 기다리신다."

❈ ❈ ❈

사령관은 커다랗고 깨끗한 방에서 기다리고 있었다. 하얀 칠이 된 벽에는 페인트 밑으로 희미하게 돌고래와 바다 요정 그림이 보였고, 거친 파도가 이는 바다 쪽으로 둥그런 창문이 나 있었다. 그녀는 큰 철제 책상 뒤에 앉아 갈색 손가락으로 초조하게 서류철을 두드리며 앉아 있다가 헤스터를 데리고 온 군인들이 경례를 한 후에야 일어섰다. "가 봐도 좋아요."

"하지만 사령관님…." 그중 한 명이 걱정스럽다는 듯이 말했다.

"말라빠진 야만인 한 명 정도는 상대할 수 있어요." 그녀는 모두 방에서 나가기를 기다렸다가 한순간도 헤스터에게서 눈을 떼지 않은 채 천천히 책상을 돌아 헤스터가 서 있는 쪽으로 다가섰다.

그 맹렬하고 짙은 눈길을 헤스터는 기억했다. 사령관은 바트뭉크

19. 기억의 방

곰파에서 만났던 안나 팽의 신봉자, 그 어리고 열렬했던 소녀 사티야였다. 헤스터는 그다지 놀라지 않았다. 앵커리지에 도착하고 나서부터는 모든 일이 꿈에서처럼 아무런 논리도 설명도 없이 벌어졌기 때문에 이제 그 마지막 장면에서 자기를 미워하는 이의 얼굴을 대면하는 것이 오히려 말이 된다고 느껴질 정도였다. 바트뭉크 곰파에서 만난 이후 2년 반이 지났다. 그러나 사티야는 그 세월보다 훨씬 더 나이를 먹은 것처럼 보였다. 황량하고 엄격한 표정이 얼굴에서 떠나지 않았고, 어두운 눈에는 읽기 힘든 뭔가가 어려 있었다. 마치 분노와 죄책감, 긍지와 공포가 그녀 속에서 한데 뒤섞여 완전히 새로운 것을 만들어 낸 것 같았다.

"시설에 온 것을 환영해요." 그녀가 냉정하게 말했다.

헤스터는 사티야를 노려보면서 말했다. "여기가 어디죠? 도대체 어디 있는 거야? 연맹은 북쪽에 기지가 남지 않은 걸로 아는데? 슈피츠베르겐이 끝난 후로는 말이에요."

사티야는 미소만 지었다. "연맹에 대해 다 안다고 생각하지 말아요, 미스 쇼. 최고 참의원이 극지방에서 연맹군을 철수했는지는 모르지만 패배를 그렇게 쉽게 받아들이지 않는 사람들도 많아요. 그린 스톰은 북쪽 지역에 기지를 몇 개 유지하고 있어요. 어차피 여기서 살아 나가지 못할 테니 이 시설이 로그스 루스트라는 이야기는 해 줄 수 있겠군. 그린란드 남쪽 끝에서 200마일 떨어진 곳이지요."

"멋진 곳이네. 여기는 날씨가 좋아서 햇볕 쬐려고 왔나 보죠?"

사티야가 헤스터의 뺨을 세게 쳤다. 헤스터는 정신이 아득해지고 숨이 막혔다. "바로 이 하늘을 누비며 안나 팽이 자랐어. 그녀의 부모님이 이 지역에서 무역을 하다가 아크에인절에 노예로 잡힌 거야."

"아, 감정적인 이유로구먼." 그렇게 내뱉은 헤스터는 잔뜩 긴장하고 두 번째 주먹이 날아오기를 기다렸다. 그러나 사티야는 뺨을 때리는 대신 창문 쪽으로 몸을 돌렸다.

"3주 전 드라켄 패스에서 우리 비행선 편대를 격추시켰지?"

"먼저 내 비행선을 공격했으니까 하는 수 없었지." 헤스터가 대답했다.

"제니 하니버는 네 비행선이 아니야!" 사티야가 날카롭게 말했다. "제니는… 제니는 안나 것이었어. 안나가 죽은 그날 밤 네가 훔친 거야. 너랑 네 야만인 애인 톰 내츠워디가. 그런데 그놈은 어디 있지? 널 버린 건 아니겠지?"

헤스터는 어깨를 으쓱했다.

"그건 그렇고 아크에인절에서는 혼자 뭘 하고 있었지?"

"사냥단한테 도시 몇 개 팔아먹었지."

"상상이 가는군. 배반하는 게 집안 내력이라는 건 알고 있으니까."

헤스터는 미간을 찌푸렸다. '사티야가 내 부모나 모욕하려고 여기까지 나를 끌고 온 건 아닐 텐데?' "내가 우리 엄마 닮았다는 뜻

19. 기억의 방

이라면 말이지, 우리 엄마가 메두사를 파낸 건 상당히 바보 같은 짓이었어. 인정해. 하지만 아무도 배반한 적은 없는 걸로 아는데?"

"알아." 사티야가 고개를 끄덕였다. "하지만 네 아버지는…."

"우리 아버지는 농부였어!" 사티야가 불쌍하게 죽은 아버지를 모욕하는 것에 갑자기 이상한 분노를 느끼며 헤스터가 외쳤다. 나쁜 일이라고는 한번도 한 적이 없는 아버지인데!

"거짓말 마!" 사티야가 말했다. "네 아버지는 테데우스 밸런타인이었어!"

밖에는 채로 거른 쌀가루처럼 고운 눈이 내리고 있었다. 창밖으로 몸 붙일 데라고는 전혀 없어 보이는 회색 겨울 바다 위를 떠내려가는 빙산이 보였다. 헤스터는 모기만 한 목소리로 "그건 사실이 아냐."라고 말했다.

사티야는 자기 책상에 놓인 서류철에서 종이 한 장을 꺼냈다. "연맹의 최고 참의원에 안나 팽이 제출한 보고서야. 널 바트뭉크 곰파에 데려온 그날 쓴 거지. 너에 관해 뭐라고 했는지 알아? 아, 여기 있군. 두 젊은이. 한 명은 런던 출신의 젊고 사랑스러운 역사학자 길드 견습생. 무해한 인물. 또 다른 한 명은 불쌍하게도 얼굴에 큰 상처를 입은 젊은 여성. 판도라 레이와 테데우스 밸런타인의 실종된 딸인 것이 거의 확실함."

헤스터가 말했다. "내 아버지는 오크 아일랜드의 데이비드 쇼야."

"네 어머니는 쇼와 결혼하기 전에 여러 남자들을 만났어." 사티야는 못마땅해하는 말투로 말했다. "밸런타인도 그 남자들 중의 하나였지. 넌 그 사람 딸이야. 확신 없이 이런 보고서를 쓸 안나가 아니야."

"내 아버지는 데이비드 쇼야." 헤스터가 울먹이며 말했다. 그러나 그 말이 진실이 아니라는 것은 그녀 자신도 잘 알고 있었다. 지난 2년 동안 내내 마음 깊은 곳에서는 알고 있었다. 죽어 가는 딸 캐서린을 안고 절규하던 밸런타인과 눈이 마주친 순간 그녀와 밸런타인 사이에 모종의 이해가 전기처럼 찌릿 하고 통했던 것이다. 그러나 헤스터는 희미하게나마 전해지던 혈육의 정을 가능한 한 빨리 그리고 깨끗이 마음에서 지워 버리려 애써 왔다. 밸런타인을 아빠로 받아들이고 싶지 않았기 때문이다. 그렇지만 가슴 깊은 곳에서는 모든 것을 이해하고 있었다. 그를 결국 자기 손으로 죽이지 못한 것도 사실 놀라운 일이 아니었다!

"안나가 너희들에 대해 잘못 판단하긴 했어, 그렇지?" 사티야가 몸을 돌려 창가로 갔다. 이제는 눈이 그치고 해가 살짝 나와 바다가 짙은 회색에서 조금 옅은 회색으로 변해 있었다. "넌 실종된 게 아니고, 톰은 무해한 인물이 아니었어. 둘 다 내내 밸런타인과 한통속이었던 거야. 안나의 친절한 마음을 이용해 바트뭉크 곰파 깊숙이 침투해서 밸런타인이 우리 비행 함대를 불태우도록 도왔잖아."

"아니야!" 헤스터가 소리쳤다.

"맞아. 네가 안나를 유도해서 밸런타인이 그녀를 쉽게 죽일 수 있

19. 기억의 방

는 곳으로 데려갔잖아. 그런 다음 안나의 비행선까지 훔치고."

헤스터는 고개를 저었다. "모두 다 사실이 아냐!"

"거짓말은 이제 그만해!" 그렇게 소리치며 몸을 돌리는 사티야의 눈에 눈물이 맺혀 있었다.

헤스터는 바트뭉크 곰파의 그 밤을 자세히 기억해 내려고 애썼다. 사방에서 솟아오르던 불길과 계속해서 뛰어다닌 기억이 대부분이었지만 사티야가 적절하게 행동하지 않았었다는 것만은 분명히 기억났다. 말은 그렇게 호전적으로 했지만 그녀는 안나가 밸런타인을 혼자 쫓아가도록 내버려뒀고, 결국 자신이 그렇게 우러러보던 안나는 밸런타인의 손에 죽임을 당했다. 그런 일이 한번 일어나면 자신을 용서하기가 얼마나 어려운지 헤스터는 잘 알고 있었다. 그런 경험을 한 사람은 영원히 그 기억을 마음속에서 지워 버리거나 절망감에서 영영 헤어나지 못한다.

아니면 모든 책임을 뒤집어씌울 만한 사람을 찾아내기도 한다. 밸런타인의 딸…. 얼마나 쉬운 희생양인가.

사티야가 말했다. "네가 한 짓의 대가를 치르게 될 거야. 하지만 그 전에 죄를 조금이나마 씻을 기회를 주겠어." 사티야는 책상 위에 놓여 있던 총을 집어 들고 다른 쪽에 있는 작은 문을 가리켰다. 헤스터는 그쪽으로 걸어갔다. 자기가 지금 어디로 가고 있는지, 그리고 사티야가 자기를 쏠 것인지는 전혀 중요하지 않았다. '밸런타인의 딸.' 그 생각만 계속 머릿속에서 맴돌았다. '밸런타인의 딸이 문을 열고 들어간다. 밸런타인의 딸이 쇠로 만든 계단을 내려간다. '밸런타인의 딸이…' 자신이 이런 성격을 가지게 된 것도 의외는 아니었다. 좋은 사람들로 가득한 도시 전체를 양심의 가책이라고는 전혀 없이 눈 하나 깜짝하지 않고 아크에인절에 팔아넘길 수 있었던 것도 놀라운 일이 아니었다. 자신은 밸런타인의 딸이었고, 아빠를 많이 닮았기 때문에 그런 것이었다.

계단에서부터 이어진 터널을 지나가니 이윽고 대기실 같은 방이 나왔다. 경비원 두 명이 게 껍질로 만든 헬멧에 달린 글라스틱 눈가리개를 통해 헤스터를 차갑게 노려봤다. 무거워 보이는 쇠문 옆에 서서 기다리고 있던 또 다른 한 명은 토끼처럼 충혈된 눈을 하고 온몸 여기저기를 실룩거리면서 손톱을 초조한 듯 물어뜯고 있었다. 벽에 걸린 아르곤 램프에 비쳐 그의 대머리가 번쩍거렸고, 두 눈썹 사이로 붉은 바퀴 문신이 보였다.

"저 사람 엔지니어잖아!" 헤스터가 말했다. "런던 엔지니어! 다 죽은 줄 알았는데…."

"살아남은 사람들이 몇 있어." 사티야가 말했다. "런던이 폭발한 다음 생존자들을 생포하는 임무를 내가 맡았었지. 대부분은 연맹 깊숙한 곳의 강제 노동 수용소로 보내졌지만, 닥터 팝조이를 심문하고 이자가 런던에서 했던 일이 우리에게도 도움이 될 것 같다는 생각을 하게 됐지."

"무슨 도움이 되는데? 연맹은 올드-테크를 혐오하는 줄 알았는

19. 기억의 방

데?"

"견인 도시를 무찌르기 위해서는 그들이 쓰는 악마의 무기를 이용해야 한다고 믿는 사람들이 연맹에도 있었지. 늘 소수이긴 했지만." 사티야가 말을 이었다. "너와 네 아버지가 바트뭉크 곰파 사태를 벌인 후부터는 그런 사람들의 목소리에 힘이 실렸고 젊은 장교들 사이에 비밀 모임이 결성됐지. 그게 바로 그린 스톰이야. 그린 스톰은 팝조이에 관한 이야기를 듣자마자 이용 가능성을 알아차리고 내가 이곳에 시설을 마련하는 데 합의를 해 줬지."

엔지니어는 누런 이를 드러내면서 초조한 미소를 지었다. "그러니까 이 사람이 바로 헤스터 쇼입니까? 도움이 될지도 모르겠군요. 마지막 사망 순간에 그 자리에 있었던 인물이니까. 기억 재생 환경의 촉매제로 적격이지요."

"어서 시작해요." 사티야가 날카롭게 말을 잘랐다. 헤스터는 사티야도 극도로 초조해하고 있다는 것을 눈치챘다.

팝조이가 문에 달린 여러 개의 레버를 조작하자 거대한 전자석 자물쇠가 비행선의 도킹 장치처럼 육중한 쇳소리를 내며 열렸다. 경비병들이 온몸을 긴장시킨 채 들고 있던 커다란 기관총의 안전장치를 열자 총구에서 김이 피어올랐다. 헤스터는 이 모든 보안이 사람들이 외부에서 들어오지 못하도록 하는 것이 아니라 내부에 있는 뭔가가 밖으로 나오지 못하도록 하는 데 목적이 있음을 깨달았다.

문이 열렸다.

나중에 헤스터는 그 기억의 방이 예전에 연료 탱크로 쓰였던 곳이라는 것을 알게 되었다. 로그스 루스트의 절벽에 난 동굴 곳곳에 설치된 수십 개의 철제 구형 탱크 중 하나였던 그 방은 그러나 처음 보면 말도 안 되게 크고 녹슨 쇠벽이 휘어져 올라가 머리 위로 돔 모양의 천장을 이루고 바닥은 중간이 꺼진 주발 모양의 이상한 방이었다. 벽에는 커다란 그림들이 잔뜩 붙어 있었다. 크게 확대되어 해상도가 낮아진 사람들의 얼굴 사진, 런던과 아크에인절, 마르세이유 사진, 흑단 액자에 들어 있는 바트뭉크 곰파의 실크 페인팅…. 하얗게 칠해진 벽 위로는 상태가 그리 좋지 않은 비디오가 끊임없이 영사되고 있었다. 머리를 양 갈래로 땋은 귀여운 어린 소녀가 초원을 뛰어가며 웃는 장면, 긴 파이프 담뱃대에서 깊이 들이마신 담배 연기를 카메라 쪽으로 내뿜고 있는 젊은 여자….

이유는 모르지만 헤스터는 갑자기 구역질이 날 정도의 공포감을 느꼈다.

구체의 방 가장자리로 철제 다리가 둘러져 있었고, 가운데에 설치된 플랫폼으로 좁은 다리가 하나 연결되어 있었다. 플랫폼에는 회색 두건 같은 것을 뒤집어쓴 승려처럼 보이는 사람이 서 있었다. 사티야와 팝조이가 다리를 건너가기 시작했지만 헤스터는 그 자리에 그냥 서 있었다. 그러자 경비 중의 한 명이 뒤로 와서 그녀를 거칠게 앞으로 밀었다. 사티야는 이미 플랫폼에 도착해 거기 있는 사람의 팔에 손을 대고 있었다. 소리 없이 흐느끼는 그녀의 얼굴에 흐르

19. 기억의 방

는 눈물이 희미한 불빛에 반짝였다. "선물을 가져왔어요." 그녀는 조용한 소리로 속삭였다. "방문객이에요. 분명 기억할 거예요!"

그 사람이 돌아서면서 회색 두건이 벗겨졌다. 헤스터는 그가 안나 팽이라는 것을, 아니 한때 안나 팽이었던 인물이라는 것을 깨달았다.

PREDATOR'S GOLD
20
신제품

닥터 팝조이는 새 주인을 위해 열심히 일했다. 그와 동료 엔지니어들은 스토커 기술을 연구하는 데 몇 년이라는 세월을 바쳤었다. 특히 헤스터를 입양했던 기계 인간이자 현상금 사냥꾼인 슈라이크의 도움을 많이 받았다. 심지어 자체적으로 스토커를 제작하는 데 성공하기까지 했었다. 헤스터도 메두사가 폭발하던 그날 밤 런던의 거리에서 부활군 한 떼를 만났었다. 그러나 아무 감정 없이 명령에 따라 움직이던 그 부활군과 지금 그녀의 눈앞에 서 있는 존재를 비교하는 것은 마치 폐기 직전의 화물용 열기구와 새로 막 출고된 세라피스 클라우드 요트 비행선을 비교하는 것과 마찬가지였다.

그것은 늘씬하고 뭐랄까 우아하다는 느낌마저 들었다. 미스 팽의 생전 키에 비해 많이 크지도 않았다. 진짜 기계 얼굴은 안나의 데스마스크 뒤에 숨겨져 있었고, 머리 부분에서 나온 덕트와 전선줄 같은 것은 머리 뒤로 단정하게 묶여 있었다. 자신을 빤히 쳐다보면서

20. 신제품

보일 듯 말 듯 머리와 손을 움찔거리는 것이 너무나 진짜 사람 같아서 헤스터는 순간적으로 팝조이가 정말 안나 팽을 되살리는 데 성공한 것이 아닌가 하는 생각마저 했다.

사티야가 말을 하기 시작했다. 그녀는 쇳소리가 섞인 날카로운 목소리로 빠르게 말을 이어 갔다. "아직 기억은 못 해. 하지만 언젠가는 기억을 되찾고 말 거야. 진짜 기억을 되찾을 때까지 이 방이 그녀의 기억을 대신해 주고 있어. 안나가 아는 사람과 아는 곳의 사진을 모두 모았지. 그녀가 싸웠던 도시들, 그녀의 연인들, 그리고 적들 모두. 언젠가는 모든 기억이 되살아날 거야. 부활한 지 몇 달밖에 지나지 않았으니까, 그리고…."

그러다가 그녀는 갑자기 말을 멈췄다. 마치 이렇게 희망을 가장하고 떠들면 떠들수록 자기가 저지른 끔찍한 일이 더 끔찍해 보인다는 것을 갑자기 깨달은 듯했다. 그녀의 목소리가 소곤거리는 메아리가 되어 낡은 연료 탱크 안을 떠돌았다. "그리고, 그리고, 그리고…."

"맙소사!" 헤스터가 말했다. "왜 그녀를 편안히 잠들게 두지 못한 거야!"

"왜냐하면 우리는 안나가 필요하니까!" 사티야가 소리쳤다. "연맹은 방향을 잃고 헤매고 있어! 새로운 지도자가 필요하다고! 안나는 가장 뛰어난 전사였어. 승리로 향한 길을 보여 줄 수 있는 사람은 안나밖에 없어!"

스토커가 정교하게 만들어진 손가락을 쥐었다 펴자 날씬한 칼날들이 각 손가락 끝에서 미끄러져 나왔다. 샤악, 샤악, 샤악.

"이건 안나가 아니야." 헤스터가 말했다. "암흑의 나라에서 돌아오는 사람은 아무도 없어. 바보 같은 엔지니어들이 안나의 시체를 일으켜 세워 걷게 할 수 있을진 몰라도 그건 안나가 아니야. 나도 옛날에 스토커를 하나 알았던 적이 있어. 스토커들은 죽기 전에 자기가 누구였는지도 기억 못 해. 같은 사람이 다시 살아 돌아온 게 아니라고! 살아 있던 그 사람은 죽은 거야. 죽은 사람의 시체에 올드-테크 기계를 갖다 붙이면 완전히 다른 새로운 사람이 되는 거야. 빈 집에 새 사람이 이사를 오는 것과 마찬가지지…."

팝조이가 낄낄거리며 웃기 시작했다.

"미스 쇼, 이 분야의 전문가이신 줄은 미처 몰랐습니다. 지금 이야기하는 건 옛날 슈라이크 같은데, 그 구형 스토커는 아주 열등한 모델이지요. 미스 팽의 뇌에 설치된 스토커 기계는 그 뇌 속의 기억 센터를 찾도록 미리 프로그래밍되어 있습니다. 미스 팽의 뇌 속에 묻혀 있는 기억들에 다시 불을 붙일 수 있을 걸로 확신합니다. 이 방도 바로 그 목적으로 만들어진 것이지요. 실험 대상이 죽기 전 경험했던 삶을 계속해서 되새겨 주기 위한 공간이라고나 할까. 문제는 기억 재생 과정을 유도할 촉매를 찾는 건데…. 특정 냄새나 물건, 혹은 얼굴…. 그래서 미스 쇼가 필요했던 거죠."

사티야는 헤스터를 새로운 스토커와 몇 인치 떨어지지 않은 곳까

20. 신제품

지 밀어 세웠다. "봐요! 헤스터 쇼가 왔어요! 밸런타인의 딸! 아웃컨추리에서 찾아내 바트뭉크 곰파까지 데려왔던 기억나요? 죽던 날, 바로 그 자리에 있었잖아요!"

스토커가 헤스터 가까이 얼굴을 숙였다. 청동 마스크 뒤 그림자 속에서 검붉게 죽어 버린 혀가 말라붙은 입술을 핥았다. 스토커의 목소리는 돌밖에 없는 계곡에 부는 밤바람처럼 건조했다. "나는 이 여자아이를 몰라."

"당신이 아는 아이에요, 안나!" 사티야가 인내심을 갖고 계속 달래듯 말했다. "분명히 아는 얼굴이에요! 제발 기억하려고 노력해 봐요!"

스토커는 자신을 둘러싼 구체 감옥의 벽과 천장, 그리고 바닥을 빼곡히 메우고 있는 수백 장의 사진과 그림들을 둘러봤다. 안나 팽의 부모, 그녀가 아크에인절의 재활용 작업장에서 노예로 일할 때 감독관이었던 스틸턴 카일, 그리고 밸런타인, 코라 선장, 판도라 레이의 사진도 모두 있었다. 그러나 헤스터의 찌그러진 얼굴을 찍은 사진은 어디에도 없었다. 스토커는 기계 눈의 초점을 다시 헤스터에게 맞췄다. 손끝에 나와 있던 긴 갈고리손톱들이 움찔했다. "나는 이 여자아이를 모른다. 나는 안나 팽이 아니다. 한 번밖에 태어나지 않은 인간, 네가 내 시간을 낭비하고 있다. 나는 이곳을 떠나고 싶다."

"물론이에요, 안나. 하지만 기억하려고 노력은 해 봐야 해요. 당신을 집으로 안내하기 전에 당신 자신을 되찾아야 하잖아요. 연맹의 땅에 사는 사람들 중 당신을 사랑하지 않은 사람이 없어요. 당신이 돌아왔다는 걸 알게 되면 모두 다시 일어서서 당신을 따를 거예요."

"음, 사령관님." 팝조이가 다리 쪽으로 물러서며 작은 소리로 말했다. "이제 물러가야 할 때가 된 것 같습니다…."

"나는 안나 팽이 아니다." 스토커가 말했다.

"사령관님, 정말로 이제는…."

"안나, 제발!"

헤스터는 본능적으로 사티야를 잡아 뒤로 끌어당겼다. 그녀의 목에서 불과 1센티미터도 떨어지지 않은 허공을 갈고리손톱의 칼날이 가르고 지나갔다. 경호원이 기관총을 겨누자 스토커가 잠시 머뭇거리는 틈을 타 일행은 서둘러 다리를 건넜다. 문을 나설 즈음 밖에 서 있던 경호원 한 명이 붉은 손잡이가 달린 육중한 레버를 잡아당겼다. 파닥파닥 전기가 방전되는 소음 사이로 빨간 경고등이 번뜩이기 시작했다. "나는 안나 팽이 아니다!" 다른 사람들을 따라 대기실로 나오던 헤스터는 스토커가 그렇게 외치는 것을 들었다. 경호원이 문을 닫기 직전 뒤를 힐끗 쳐다본 순간 번뜩이는 갈고리손톱을 움찔거리면서 자신을 노려보며 서 있는 스토커가 눈에 들어왔다.

"재미있군." 팝조이가 들고 있던 클립보드에 뭔가를 적어 넣으며 중얼거렸다. "재미있어. 갈고리손톱을 너무 일찍 장착한 건 아닌가 하는 생각이 들긴 하지만…."

"뭐가 잘못된 거죠?" 사티야가 물었다.

20. 신제품

"뭐라고 확신할 수는 없지만…." 팝조이가 솔직히 말했다. "아마 기본형 스토커 뇌에 제가 새로 개발해서 첨가한 기억 추적 장치가 원래 기능들과 서로 충돌을 일으키는 것 같습니다. 말하자면 새 장치가 전략적이고 공격적인 스토커의 기본 본능과 맞지를 않는 거죠."

"그러니까 미쳤다는 말이에요?" 헤스터가 물었다.

"정말이지, 미스 쇼! 미쳤다는 단어는 바람직하지 않은 표현이에요. 새 안나 팽은 우리와 조금 다른 정신을 가졌다고 합시다."

"불쌍한 안나." 사티야가 손가락으로 자기 목을 더듬으며 속삭였다.

"안나 걱정은 하지도 말아요." 헤스터가 말했다. "안나는 죽었으니까. 자기 자신이 불쌍한 거죠? 저 방 안에 갇혀 있는 건 미친 살인 기계일 뿐이고, 당신 부하들이 갖고 있는 덜떨어진 기관총 같은 걸로는 거기 오래 가둬 두지도 못할 거야. 플랫폼에서 뛰어내려 문까지 오면 어쩌려고?"

"다리에는 고압 전기가 흐르고 있습니다, 미스 쇼." 팝조이가 단호하게 잘라 말했다. "플랫폼을 받치고 있는 기둥과 문에도 마찬가지로 고압 전기가 흐르고 있죠. 아무리 스토커라도 고압 전선에 감전되는 건 좋아하지 않아요. 기관총도 강력한 저지 무기가 됩니다. 새 안나 팽은 아직 자신의 위력을 완전히 이해하지 못한 게 확실하기 때문에 총을 보면 아직 조심합니다. 그것만 해도 새 안나 팽이 이전에 인간이었을 때의 기억을 조금은 가지고 있다는 증거가 되죠."

사티야가 그를 흘낏 쳐다봤다. 그녀의 눈에 희망의 빛이 스쳐 지나갔다. "알았어요, 박사. 희망을 버리지 말기로 합시다. 나중에 헤스터를 다시 데려오도록 하죠."

돌아서는 사티야의 얼굴에는 미소가 떠올랐지만 헤스터는 팝조이의 안경 너머로 떠오른 당황하는 표정을 놓치지 않았다. 그는 죽은 안나 팽의 기억을 어떻게 되살려야 할지 전혀 모르는 게 분명했다. 아무리 사티야라 할지라도 죽은 옛 친구를 암흑의 나라에서 다시 데려오는 건 불가능하다는 걸 가까운 시일 내에 깨닫게 되겠지. 그걸 인정하고 나면 헤스터는 아무 짝에도 소용없게 될 것이다.

'여기서 죽게 되겠구나.' 군인 한 명을 따라 감방으로 돌아가 등 뒤로 문이 잠기는 소리를 들으며 헤스터는 그렇게 생각했다. '사티야 아니면 저 미친 살인 기계가 날 죽이고 말겠지. 톰을 두 번 다시 보지 못할 거야. 톰을 구출할 수도 없고…. 그는 나를 저주하면서 아크에인절의 노예 수용소에서 죽어 가겠지.'

비참해진 그녀는 몸을 벽에 기댔다가 점점 미끄러져 무릎을 꿇고 온몸을 작은 공처럼 웅크렸다. 로그스 루스트의 바위에 부딪히는 파도가 새 스토커의 목소리만큼이나 차가운 비명을 지르고 있었다. 감방 천장에서 습기에 썩은 페인트와 시멘트 조각이 떨어져 내리는 소리가 들렸다. 오래된 난방 덕트 안에서 희미하게 긁적거리는 소

20. 신제품

리가 앵커리지를 연상시켰다. 그녀는 미스터 스캐비어스와 사티야를 떠올리고는 사람들이 사랑하는 사람들을 놓치지 않기 위해 하는 절박하고 말도 안 되는 행동들에 대해 생각했다.

"아, 톰! 아, 아, 톰!" 자기가 아크에인절을 보낸 줄도 모르고 앵커리지에서 즐거운 나날을 보내고 있을 톰을 상상하면서 헤스터는 흐느껴 울었다.

21
거짓말과 거미들

일주일이 지났다. 그리고 또 한 주일, 또 한 주일. 앵커리지는 계속해서 서쪽으로 향하고 있었다. 그린란드의 북쪽 변경에 다다른 후에는 내내 현장 탐사용 썰매를 앞서 내보내 얼음이 충분히 단단한지를 측정해 왔다. 이곳까지 온 도시가 여태껏 하나도 없었기 때문에 미스 파이는 지도를 신뢰할 수 없다는 결론을 내렸다.

프레야 또한 아무도 가 보지 않은 미개척지에 나선 느낌이 들었다. 왜 이리도 불행한 느낌이 드는 걸까? 모든 것이 다 잘 되고 있는 것처럼 보였는데 어쩌다 이렇게 일이 꼬여 버린 걸까? 톰이 자신을 원하지 않는 이유를 이해할 수 없었다. 그녀는 드레스 룸의 거울에 덮인 먼지를 소매로 닦아 만든 작은 동그라미 속에 비친 자기 모습을 보면서 생각했다. '아직도 헤스터를 그리워하고 있는 건 아닐 텐데? 나보다 헤스터를 더 좋아할 수는 없는데?'

가끔 자기연민에 빠져 훌쩍거리면서 그녀는 톰의 마음을 되찾아

21. 거짓말과 거미들

올 계획을 자세히 세우곤 했다. 가끔은 화가 치밀어 올라 먼지 낀 복도를 따라 쿵쾅거리고 걸어가면서 톰과 언쟁할 때 해 줬으면 좋았을 듯한 말들을 혼자서 내뱉곤 했다. 반역죄로 톰을 참수형에 처하라는 명령을 내릴까 생각한 적도 한두 번 있었다. 하지만 앵커리지의 사형집행관(명예직으로 사형집행관이라는 형식상의 직함을 갖고 있었던 점잖은 노신사였다)은 이미 저세상으로 가 버린 지 오래였고, 스뮤는 도끼를 들어 올릴 만한 힘이 있을지도 의심스러웠다.

❀ ❀ ❀

톰은 겨울 궁전의 숙소에서 짐을 꾸려 나와 항구에서 그리 멀지 않은 라스무센 프로스펙트의 빈 건물에 있는 아파트에 숙소를 잡았다. 분더캄머나 마그라빈의 도서관에 정신을 뺏기지 않게 되니 이제 처량한 자기 신세를 한탄하고 헤스터를 어떻게 하면 되돌아오게 할 수 있을까, 아니 그녀가 도대체 어디로 가 버린 걸까를 궁리하는 데 하루 종일 몰두할 시간적인 여유가 생겼다.

앵커리지에서 떠날 수는 없었다. 그것만은 확실했다. 그라큘러스를 장거리 여행에 맞게 전환해 보자고 아키우크 씨를 졸라 보기도 했다. 그러나 그라큘러스는 항구에서 500-600미터 이상 떨어진 곳까지 비행해 본 적이 없는 작은 수리 보조선이었고, 톰이 원하는 것처럼 동쪽 멀리까지 날아가는 데 필요한 대형 연료 탱크를 장착하는 것도 불가능하다는 게 아키우크 씨의 설명이었다. "게다가…." 항구 관리소장 아키우크 씨는 덧붙였다. "연료 탱크를 달 수 있다 하더라도 그걸 뭘로 채울 건데? 이상하게도 게이지에는 연료가 가득 남아 있다고 나오는데 저장고 자체는 거의 텅 비어 있어. 미스터 리야."

사실 쥐도 새도 모르게 사라지는 건 연료뿐만이 아니었다. 스캐비어스의 유령 이론이 말도 안 된다고 생각한 톰은 헤스터를 아는 그 수수께끼 같은 소년에 대해 엔진 구역 사람들에게 물어보고 다녔다. 그 소년에 대해 아는 사람은 없었지만 아무도 없어야 할 곳에서 흘낏 사람 그림자를 봤다거나 근무가 끝나고 놓아 둔 연장이 다음 날 가 보니 온데간데없이 사라져 버렸다는 등의 이야기는 저마다 하나씩 꺼내 놓곤 했다. 사물함이나 잠긴 방 안에서 물건이 사라지고, 게이지에는 가득 찼다고 표시되어 있던 난방 사령부의 기름 탱크가 바닥이 났다.

"무슨 일이 벌어지고 있는 거죠?" 톰이 물었다. "누가 그런 걸 다 가져간다는 말씀이세요? 우리가 모르는 누군가가 앵커리지에 있는 걸까요? 전염병이 돈 후에 몰래 어디론가 숨어들어 남아 있다가 이렇게 물건들을 훔치는 걸까요?"

"젊은이, 상상력도 참!" 엔진 구역의 노동자들이 껄껄 웃으며 말했다. "누가 이런 도시에 몰래 남아 있겠나? 마그라빈 전하가 앵커리지를 아메리카로 몰고 가시는 걸 돕겠다는 생각이 없으면 이런 곳에 남아 있을 이유가 없지. 도시를 떠날 방법도 없고, 훔친 물건을 가져다 팔 곳도 없는데."

"그렇다면 누가…?"

"유령이지…." 모두들 하나같이 목에 걸고 있는 부적을 만지작거리고 고개를 저으며 그렇게 말했다. "하이 아이스 지역에서는 이런 일이 많아. 유령이 도시에 올라타서 장난을 치곤 하지. 누구나 잘 아는 사실이야."

톰은 수긍할 수 없었다. 엔진 구역이 뭔가 으스스한 느낌이 드는 것도 사실이고, 아무도 없는 한적한 길을 혼자 걸을 때면 누군가 자기를 보고 있다는 이상한 느낌이 들기도 했지만 유령이 기름과 연장, 그리고 비행선 연료, 거기에다가 마그라빈의 박물관 소장품까지 훔쳐서 무엇에 쓸지 전혀 상상할 수 없었기 때문이다.

❀ ❀ ❀

"저놈이 우리를 찾아내고 말 거야." 어느 날 저녁 엔진 구역 주변의 버려진 빌딩을 둘러보는 톰의 모습을 스크린으로 보고 있던 스큐어가 어두운 목소리로 말했다. "다 알고 있는 게 틀림없어."

"알고 있는 게 아니야." 카울이 지쳤다는 듯이 대답했다. "그냥 의심하고 있을 뿐이야. 그 이상도 그 이하도 아니야. 게다가 뭘 의심해야 하는지조차 몰라. 무슨 일인가 벌어지고 있다는 느낌을 갖고 있을 뿐이라고."

 스큐어가 놀란 표정으로 그를 쳐다보다가 웃음을 터뜨렸다. "저 녀석이 무슨 생각을 하는지 상당히 잘 아는군, 안 그래?"

 "내 말은 별로 걱정하지 않아도 된다는 뜻이야." 카울이 작은 소리로 내뱉었다.

 "내 말은 아마도 저 녀석을 처치해 버리는 게 나을 거라는 뜻이야. 사고처럼 보이게 할 수도 있어. 어떻게 생각해?"

 카울은 아무 말도 하지 않았다. 일부러 자신을 자극하고 있다는 걸 알고 있었기 때문이다. 톰이 여기저기 기웃거리면서 조사하기 시작한 후로는 도둑질을 할 때 좀 더 조심해야 했고, 그래서 시간이 지체되는 것은 사실이었다. 스큐어는 자기가 대장 노릇을 할 자격이 있다는 것을 증명하기 위해서라도 엉클에게 돌아갈 때 스크류 웜을 훔친 물건으로 가득 채워 갈 계획이었다. 그러나 자신과 카울이 거의 밤마다 위로 올라가는데도 톰의 의심을 살까 봐 너무 표시가 나는 것은 감히 손도 못 대고 있는 상황이었다. 항구의 연료 저장고에 꽂아 놓은 파이프도 제거해야만 했는데 얼마 가지 않아 그것 때문에 문제가 생길 것이 뻔했다. 전서어와 스크류 웜을 가동하는 데 훔친 비행 연료가 들어가기 때문이다.

 로스트 보이 카울은 스큐어의 말이 맞다는 것을 알고 있었다. 한적한 골목에서 톰의 갈비뼈 사이를 한번 칼로 찔러 주고 앵커리지 갑판 너머로 시체를 밀어내 버리면 정상적인 도둑질을 다시 시작할

21. 거짓말과 거미들

수 있었다. 그러나 또 다른 카울, 즉 친절한 마음을 가진 카울은 그것을 용납할 수 없었다. 그냥 자신을 여기 놔두고 스큐어가 혼자서 그림스비로 돌아가 버렸으면 하고 바랄 때도 있었다. 그러면 자기는 마음대로 톰과 프레야, 그리고 다른 사람들을 바라보면서 살 수 있을 텐데. 어떨 때는 자수를 해 버릴까 하는 생각도 했다. 앵커리지 사람들의 손에 자기를 맡겨 버리면 어떨까. 하지만 드라이들은 자비심이 전혀 없다는 말을 평생 듣고 살아 왔지 않은가. 절도 훈련소의 트레이너들, 동료들, 그리고 그림스비 식당 스피커에서 계속 울려 나오는 엉클의 목소리가 아직도 귀에 들리는 듯했다. 그 목소리들은 드라이들이 아무리 고상해 보이고 그들이 사는 도시가 아무리 편안해 보이고, 아무리 여자들이 예뻐도 잡힌 로스트 보이는 끔찍한 운명을 면치 못할 것이라고 말하고 있었다.

 카울은 그 말들을 더 이상 신뢰할 수 없었다. 그러나 막상 위로 올라가서 자기 생각이 맞는지 아닌지 확인해 볼 용기는 없었다. 어떻게 그럴 수 있겠는가? '안녕하세요? 저는 카울이라고 하는데요. 지금까지 앵커리지에서 계속 물건을 훔쳐 내 온…'

 선실의 뒤쪽에 있던 전신 기계에서 시끄러운 소리가 나면서 카울은 현실로 돌아왔다. 카울과 스큐어 둘 다 갑작스러운 그 소리 쪽으로 눈길을 돌렸고, 거친 스큐어가 대장 자리를 차지하면서 더 겁이 많아진 가글은 놀라 비명을 질렀다. 기계의 놋쇠 손잡이들이 위아래로 흔들리는 것이 마치 로봇 귀뚜라미가 버둥거리는 것처럼 보였다. 입처럼 보이는 곳에서는 모스 기호로 가득 찬 하얀 리본 같은 종이가 뿜어져 나오고 있었다. 앵커리지 아래쪽 깊은 바다에서 헤엄치고 있는 전서어가 그림스비에서 온 메시지를 전파로 보내고 있는 것이었다.

세 소년은 서로 쳐다봤다. 정말 드문 일이었다. 지금까지 거머리 선을 타고 여러 번 원정을 다녀 봤지만 엉클에게서 메시지가 온 것은 이번이 처음이었다. 너무 놀란 스큐어는 새로 차지한 자기 위치를 잠시 잊고 걱정스러운 표정으로 카울을 쳐다봤다.

"뭘까? 본부에 무슨 문제가 있는 걸까?"

"네가 대장이잖아." 카울이 대답했다. "얼른 체크해 보지."

스큐어는 선실을 가로질러 가면서 팬시리 가글을 한번 밀어붙이고 돌돌 말린 리본을 잡아챘다. 리본에 찍힌 구멍을 노려보던 그의 얼굴에서 미소가 사라졌다.

"뭐야, 스큐?" 가글이 걱정스러운 듯 물었다. "엉클한테서 온 거야?"

스큐어가 고개를 끄덕이며 얼굴을 들었다. 그러나 자기가 해독한 메시지를 믿을 수 없다는 듯 금방 다시 들고 있던 리본으로 눈을 돌렸다. "물론 엉클한테서 온 거지, 뭐겠어, 이 바보야. 우리 보고서를 읽었대. 지금 당장 그림스비로 돌아오라는 메시지야. 톰 내츠워디를 데리고."

21. 거짓말과 거미들

❄ ❄ ❄

"페니로얄 교수님!"

위대한 탐험가 페니로얄은 지난 몇 주일 동안 앵커리지 사람들 앞에 거의 모습을 드러내지 않았다. 방향조정위원회 회의에마저 나타나지 않고 자기 숙소에 처박혀 있었던 것이다. "감기에 걸려서…." 프레야가 스뮤를 보내 문을 두드리자 그는 수건을 입에 댄 듯한 소리로 문 안쪽에서 그렇게만 말했다. 그러나 그날 밤 엔진 구역에서 라스무센 프로스펙트로 나오는 계단을 올라오던 톰은 휘날리는 눈발 사이로 휘청거리며 걸어가고 있는 터번을 쓴 낯익은 페니로얄의 모습을 발견했다.

"페니로얄 교수님!" 톰은 그렇게 소리치면서 달려갔지만 휠하우스 앞에 거의 다다라서야 겨우 그를 따라잡을 수 있었다.

"아, 팀!" 페니로얄이 핏기 없는 얼굴에 희미한 미소를 지으며 돌아섰다. 뭉개진 발음에, 팔에는 근처 버려진 레스토랑에서 '빌려 온' 값싼 적포도주 병들이 가득 들려 있었다. "다시 보니 반갑구먼. 그 비행선은 아직 안 고쳐졌나?"

"비행선이라뇨?"

"작은 새가 와서 이야기해 줬는데 자네가 아키우크를 졸라 보조 비행선을 쓰게 해 달라고 했다던데? 크라퓰러스인지 뭔지 그걸 타고 이 쥐꺼운, 딸꾹, 도시에서 도망가 뮨명의 세상으로 돌아가려고…."

"그건 몇 주나 지난 일이에요, 교수님."

"응?"

"일이 뜻대로 되지 않았어요."

"흠, 안됐구먼."

비틀거리고 서 있는 페니로얄과 톰 사이에 어색한 침묵이 흘렀다. "교수님을 오랫동안 찾아다녔어요." 톰이 마침내 말문을 열었다. "여쭤 보고 싶은 게 있거든요. 탐험가이자 역사학자로서요."

"아!" 페니로얄이 갑자기 학자다운 목소리로 말했다. "아, 잠깐 내 숙소로 올라오지 그러나."

명예 수석 네비게이터 공관은 이전의 우아한 모습을 찾아볼 수 없을 정도로 변해 있었다. 산처럼 쌓인 종이 더미와 더러운 접시들이 비온 뒤 솟아난 버섯들처럼 바닥을 촘촘히 뒤덮고 있었고, 비싼 옷가지들이 허물 벗은 것처럼 널려 있는데다 소파 주변을 둘러싼 수많은 빈 병들은 마치 훔친 포도주의 파도에 밀려 해안에 쌓인 난파선 조각들처럼 보였다.

"어서 오게나, 어서." 페니로얄은 흐릿한 발음으로 그렇게 말하면서 한 손으로는 톰에게 의자에 앉으라는 시늉을 하고 다른 한 손으로는 폭풍이 휩쓸고 지나간 것처럼 보이는 책상 위를 더듬으며 병 따개를 찾았다. "그래, 궁금한 게 뭔가?"

톰은 고개를 저었다. 막상 입 밖에 꺼내려고 생각하니 말도 안 되는 것 같았다. "다른 게 아니라…." 그는 겨우 입을 뗐다. "여행을 하시는 동안 얼음 도시에 숨어드는 침입자에 관한 이야기를 들은 적이 있으신가 해서요…."

페니로얄은 들고 있던 병을 거의 놓칠 듯 놀란 기색이었다. "침입자라고? 아니! 왜? 설마 앵커리지에 누군가…."

"아니, 아니요. 확실하게 아는 건 아무것도 없고요. 혹시나 그런 게 아닐까 하는 생각이 들어서요. 누군가가 물건들을 훔치고 있는 건 사실인데 프레야를 보고 앵커리지에 남은 사람인 것 같지는 않아요. 뭐든지 원하는 건 다 가질 수 있는데 훔칠 이유가 없잖아요."

페니로얄은 들고 있던 포도주 마개를 열어 병에 입을 대고 길게 들이켰다. 그리고 나니 안정이 좀 되는지 그는 "어쩌면 기생충이 붙었는지도 모르지."라고 말했다.

"무슨 말씀이세요?"

"내 『뱀 신을 섬기는 피라미드 도시 기행』을 안 읽어 봤나? 숨넘어갈 듯 박진감 넘치는 누에보-마야 지역 탐험기 말일세." 페니로얄이 물었다. "그중에서 한 챕터는 전부 다 기생 도시에 관한 이야기인데? 챕터 제목이 '흡혈 도시들'이었을걸세."

"기생 도시에 관해서는 한번도 들어 본 적이 없는데요." 톰이 못 미덥다는 듯 말했다. "그러니까 일종의 고물 수집 타운 같은 거 말씀이세요?"

"아니, 아니야!" 페니로얄은 톰과 가까운 곳에 있던 의자에 주저

앉으며 말했다. 그가 숨 쉬면서 내뿜은 포도주 냄새가 톰의 얼굴을 덮쳤다. "도시를 먹는 방법이 한 가지만 있는 게 아니야. 이 흡혈 타운들은 말이지 아웃컨추리의 쓰레기 더미에 몸을 숨기고 있다가 도시가 지나가면 몰래 튀어나와 도시의 배 밑에 거대한 흡입 빨판을 사용해서 매달리지. 지나가던 도시는 자기 배에 뭐가 매달린지도 모르고 그냥 갈 길을 계속 가는 거야. 하지만 기생 도시에서 나온 사람들은 몰래 그 도시에 올라가 연료 탱크에서 연료랑 장비를 훔쳐 내고, 사람들을 하나씩 죽이고 예쁘고 젊은 여자들은 노예 시장에 데려가 화산의 신에 바칠 제물로 팔기도 하지. 결국 엔진은 모두 분해되고, 사람들은 모두 죽거나 포로로 사로잡힌 뒤 껍질만 남은 숙주 도시는 주저앉게 되고 살을 찌운 흡혈 기생 도시는 다른 희생자를 찾아 떠나는 거야."

톰은 한참을 생각해 보다가 마침내 입을 열었다. "하지만 그건 불가능해요. 어느 한심한 도시가 자기 배에 뭐가 매달린 걸 모르겠어요? 그 많은 사람들이 물건을 훔치고 다니는 걸 눈치채지 못한다는 것도 우습고…. 말도 안 돼요! 게다가… 흡입 빨판이라고요?"

페니로얄은 충격을 받은 듯했다. "그러니까 지금 그게 무슨 뜻인가, 톰?"

"제 말은 교수님이…. 교수님이 만들어 낸 이야기라는 거죠!『쓰레기라고? 쓰레기 같은 소리!』에서처럼 말이죠. 모두 만들어 낸 이야기예요. 아메리카에서 봤다는 그 오래된 건물들만 해도…. 쿼크

21. 거짓말과 거미들

맙소사!" 답답할 정도로 온도가 높은데도 불구하고 톰은 갑자기 한기를 느꼈다. "실제로 아메리카에 가시기는 한 건가요? 아니면 그것도 다 만들어 낸 이야기인가요?"

"물론 다녀왔지!" 페니로얄이 화난 목소리로 대답했다.

"믿을 수 없어요!" 원래 모습의 톰, 어른을 공경하고 모든 역사학자들을 존경하라는 교육을 받으며 자라난 원래의 톰은 그런 말을 하기는커녕 생각조차 못 했을 것이다. 그러나 헤스터 없이 지낸 지난 3주 동안 그는 자기 자신도 몰라볼 만큼 변해 있었다. 자리에서 일어나 땀에 젖은 페니로얄의 얼굴을 내려다보던 톰은 그가 거짓말을 하고 있다는 걸 깨달았다. "그냥 머릿속에서 꾸며 낸 거였죠, 그렇죠? 술집에서 만난 늙은 비행사들의 이야기랑 슈뇌리 울바우슨의 사라지는 지도에 관한 전설을 적당히 짜 맞춰서 만들어 낸 이야기였죠? 그 사라지는 지도인지 뭔지도 애초부터 있지도 않은 물건일지 모르지만!"

"어떻게 감히!" 페니로얄은 무거운 몸을 겨우 꼿꼿이 세우고 빈 포도주 병을 휘두르며 말했다. "감히 역사학자 견습생 출신 주제에 나를 모욕하다니! 지금까지 팔린 책만 수십만 권에, 수십 가지 다른 언어로 번역된 것을 잊었나? 나 말이지, 이래 봬도 상당히 존경받는 사람이란 말이야! '숨이 멎을 듯 스릴 있고, 흥미롭고, 믿어지는 줄거리'-『셔더스필드 가제트』, '감동스런 모험담'-『판체르슈타트 코블렌츠 애드버타이저』, '페니로얄의 책들은 실용 역사학의 지루

함을 덜어 주는 상쾌한 바람과 같다.'-『완타쥐 위클리 와플』…."

　상쾌한 바람이야말로 톰이 절실히 원하는 것이었다. 그는 아직도 허세를 부리느라 등을 꼿꼿이 세우고 있는 페니로얄을 밀치고 계단을 뛰어내려 거리로 나섰다. 페니로얄이 제니 하니버가 빨리 수리되기를 그렇게 기다렸던 것도, 헤스터가 제니를 타고 떠나 버렸을 때 그렇게 당황했던 것도 이제 이해가 됐다. 푸른 초원이 펼쳐진 아메리카는 모두 거짓말이었던 것이다! 프레야 라스무센이 그녀의 도시를 끌고 죽음의 대륙으로 가고 있다는 사실을 페니로얄은 처음부터 알고 있었던 것이다!

　그는 겨울 궁전으로 뛰어가기 시작했다. 그러나 얼마 지나지 않아 마음을 바꿨다. 이 문제를 프레야에게 직접 털어놓는 것이 상책은 아니라는 생각이 들어서였다. 그녀는 서쪽으로 향하는 이번 여정에 그야말로 모든 것을 걸고 있었다. 갑자기 나타나서 처음부터 페니로얄이 거짓말을 하고 있었다고 주장하면 프레야의 자존심을 건드리게 될 것이 뻔했다. 사실 십 대 소녀 마그라빈의 자존심은 그렇게 함부로 건드릴 수 있는 문제가 아니었다. 게다가 앵커리지의 기수를 돌려 헤스터를 쫓아가게 하기 위해 톰이 그런 거짓말을 한다는 오해를 살 가능성도 있었다.

　"미스터 스캐비어스!" 톰은 큰 소리로 혼잣말을 했다. 스캐비어스는 처음부터 페니로얄 교수의 말을 완전히 믿지 않았다. 스캐비어스라면 톰의 말을 들어 줄 것이다. 그는 계단 쪽으로 몸을 돌려

21. 거짓말과 거미들

최대한 빨리 달렸다. 휠하우스 앞을 지날 때 발코니에서 밖으로 몸을 뺀 채 소리치고 있는 페니로얄의 목소리가 들려왔다. "'뛰어난 재능을 가진 작가!'-『주간 휠테퍼』!"

어둡고 더운 엔진 구역은 앵커리지를 재앙의 입으로 몰고 가는 엔진의 박동 소리로 사방이 웅웅거리고 있었다. 톰은 마주친 사람들을 닥치는 대로 붙잡고 어딜 가야 스캐비어스를 찾을 수 있는지 물었다. 사람들은 목에 건 부적을 만지작거리면서 도시의 뒤쪽을 가리키며 말했다. "아들을 찾으러 갔을 거요. 매일 밤마다 그러거든."

톰은 계속 달려 마침내 조용하고 녹이 슨 거리로 들어섰다. 아무것도 움직이지 않았다. 아니, 거의 아무것도 움직이지 않았다. 톰은 천장에 매달린 아르곤 램프 밑을 지나가는 순간 통풍구 안쪽에서 뭔가가 움직이며 빛이 살짝 반사되는 것을 곁눈으로 보았다. 그는 그 자리에 멈춰 섰다. 숨이 차서 헐떡거리고 심장은 미친 듯이 뛰고 있었다. 팔뚝과 뒷목의 털이 모두 곤두섰다. 페니로얄의 거짓말 때문에 침입자들에 관해서는 완전히 잊고 있었다. 갑자기 그 침입자들의 정체에 대해 지금까지 상상해 왔던 것들이 모두 되살아났다. 다시 본 통풍구는 아무 죄도 없다는 듯 그냥 입을 벌리고 있었고 그 안에서는 아무것도 보이지 않았다. 그러나 조금 전까지만 해도 거기 뭔가가 있었던 게 분명했다. 톰의 눈에 띄자마자 재빨리 그림자 속으로 내뺀 무언가가 분명히 있었다. 톰은 그 존재가 아직도 어디선가 자신을 지켜보고 있다고 확신했다.

"아, 헤스터!" 그는 갑자기 두려운 생각이 들면서 자기도 모르게 그렇게 중얼거렸다. 헤스터가 함께 있기만 했어도…. 그녀라면 이 모든 문제를 해결해 나가도록 잘 도와줬을 것이다. 그러나 이제 혼자 남은 톰은 자기 힘으로 아무것도 해결할 수 있을 것 같지 않았다. 이런 상황에서 헤스터라면 어떻게 행동했을까 상상하며 그는 통풍구 쪽으로 눈을 주지 않고 억지로 한 발 한 발 내딛어 드디어 누군지는 몰라도 거기 숨어 있던 존재가 볼 수 없는 곳까지 왔다.

❈ ❈ ❈

"우리를 본 것 같아." 카울이 말했다.
"그럴 리 없어!" 스큐어가 비아냥거리며 말했다.
카울은 우울한 표정으로 어깨를 으쓱해 보였다. 두 사람은 저녁 내내 카메라로 톰을 추적하고 있었다. 엉클의 수수께끼 같은 명령을 수행하기 위해서는 그가 인적 없고 스크류 웜과 가까운 곳으로 올 때까지 기다려야 했다. 둘 다 이제까지 한번도 드라이를 이렇게 오랫동안, 이렇게 자세히 관찰해 본 적이 없었다. 아까 통풍구에 숨어 있던 카메라를 흘깃 돌렸을 때 보였던 톰의 얼굴이 까닭 없이 카울을 초조하게 만들었다. "생각해 봐, 스큐. 시간이 지나면서 여러 가지가 쌓일 수밖에 없잖아. 곳곳에서 들리는 소음들도 그렇고, 누군가 자기를 보고 있다는 느낌도 들 게 뻔하고…. 게다가 저 애는

21. 거짓말과 거미들

전부터 의심하고 있었잖아…."

"봤을 리 없어!" 스큐어는 단호하게 말했다. 엉클한테서 온 이상한 메시지 때문에 초조해진데다 톰을 카메라로 미행하는 일을 시작하면서부터는 셋 중에서 가글이 카메라를 제일 잘 다룬다는 것을 인정하고 그에게 책임을 넘길 수밖에 없었다. 그는 드라이들에 대한 우월감이라도 매달리고 싶었다. 세상에서 확실한 건 그것밖에 없는 것처럼 느껴졌다. "눈앞에 일이 벌어져도 그들은 못 봐. 우리처럼 관찰을 하지 않거든. 봐! 내가 뭐랬어? 그냥 지나쳐 갔잖아. 바보 같은 드라이들!"

❋ ❋ ❋

쥐는 아닌 것이 분명했다. 앵커리지에 살던 쥐들이 모두 죽은 것은 오래된 일이었다. 게다가 그 물건은 기계처럼 보였다. 그늘진 곳으로 숨어서 문제의 통풍구로 돌아가다가 톰은 마디가 있는 금속성 물체에 불빛이 반사되는 것을 보았다. 동그란 공 모양의 주먹만 한 물체에 수많은 다리가 달려 있었다. 그리고 카메라 렌즈가 보였다.

톰은 헤스터가 떠나던 날 밤 자신에게 왔던 수수께끼 같은 소년을 생각해 냈다. 그리고 그가 항구와 겨울 궁전에서 벌어진 일들을 모두 알고 있는 듯한 느낌을 받았던 것도 기억해 냈다. 저런 물건들이 몇 개나 도시의 통풍구와 난방 덕트들을 누비고 다녔던 걸까? 그리고 왜 저 카메라가 자기를 관찰하고 있는 걸까?

❀ ❀ ❀

"그 녀석 어디 있지, 가글? 얼른 찾아."
"다른 데로 간 것 같은데." 가글은 그렇게 말하면서 카메라의 줌 렌즈를 늘였다 줄였다 했다.
"조심해!" 카울이 가글의 어깨에 손을 얹으며 주의를 줬다. "톰이 아직도 저 근처에 있는 게 틀림없어."
"이젠 점쟁이 노릇까지 하시는군." 스큐어가 비아냥거렸다.

❀ ❀ ❀

톰은 세 번 크게 숨을 들이쉰 다음 통풍구를 향해 몸을 던졌다. 쇠로 된 그 물체는 버둥거리면서 어두운 통풍구 안으로 후퇴하려고 안간힘을 썼다. 두꺼운 야외용 장갑을 아직 벗지 않은 게 다행이라는 생각을 하면서 그는 버둥거리는 다리를 움켜쥐고 그 물체를 잡아당겼다.

21. 거짓말과 거미들

❂ ❂ ❂

"잡혔어!"
"불러들여! 불러들여!"

❂ ❂ ❂

쇠로 된 여덟 개의 다리. 자석으로 만든 발. 볼트가 많이 박힌 단단한 금속 몸체. 자신에게 초점을 맞추기 위해 윙윙 소리를 내면서 들어갔다 나왔다 하는 외눈박이 렌즈. 그 모습이 흡사 커다란 거미 같아서 톰은 자기도 모르게 그 물체를 떨어뜨리고 뒤로 물러섰다. 바닥에 떨어진 그 물건은 뒤집어진 채 속수무책으로 버둥거리고 있었다. 그러다가 갑자기 꽁무니에 달려 있던 끈이 팽팽해지더니 통풍구 쪽에서 누가 잡아당긴 것처럼 휙 뒤로 낚아채였다. 톰이 몸을 날려 물체를 잡으려고 했지만 너무 늦었다. 게 같기도 한 그 물건은 통풍구 안으로 쏙 들어간 후 사라지고 말았다. 뒤에 남은 톰은 그 물체가 텅텅거리면서 도시 깊숙이 사라지는 소리를 들으며 멍하니 그 자리에 엎어져 있었다.

몸을 털고 일어나는 톰의 심장이 엄청난 속도로 뛰고 있었다. 누가 저런 물건을 갖고 있는 걸까? 누가 앵커리지 사람들을 저런 식으로 정탐하고 있었을까? 페니로얄의 흡혈 기생 도시 이야기가 생각났다. 갑자기 그 이야기가 전혀 근거 없는 소리는 아니라는 생각도 들었다. 잠시 벽에 기대어 숨을 돌린 다음 그는 다시 달리기 시작했다. "미스터 스캐비어스!" 그렇게 외치는 톰의 목소리가 톰보다 앞서서 어둡고 으스스한 천장으로 울려 퍼졌다. "미스터 스캐비어스!"

❈ ❈ ❈

"또 놓쳤잖아! 아니 저기, 저기! 12번 카메라…." 가글이 이 카메라에서 저 카메라로 화면을 옮기며 허둥댔다. 그때 선실 스피커에서 잡음 섞인 톰의 목소리가 흘러나왔다. "미스터 스캐비어스! 유령이 아니었어요! 그 아이가 어디서 왔는지 알아냈어요!"
"선미 쪽 전망대로 향하고 있어."
"얼른 가서 잡아야 해!" 스큐어가 비명을 지르듯 말하며 사물함에서 총과 그물을 주섬주섬 챙겼다. "가만 두면 우리가 발각나고 말겠어! 엉클이 우릴 모두 죽이고 말 거야! 진짜, 진짜 죽이는 거 말이야! 맙소사! 이게 무슨 꼴이야! 우린 도둑이지 납치범들이 아니잖아! 엉클은 도대체 무슨 생각을 하고 있는 거야? 드라이를 납치하라는 지령은 지금까지 한번도 받아 본 적이 없는데…. 저렇게 다 큰 드라이 말이야…."
"엉클이 제일 잘 알아." 가글이 말했다.

21. 거짓말과 거미들

"야, 입 닥쳐!"

"내가 갈게." 카울이 말했다. 상황이 급박해지자 카울은 오히려 침착해졌다. 무슨 일을 해야 할지, 그리고 어떻게 그 일을 할 것인지도 뚜렷이 알 수 있었다.

"나 없이는 안 돼!" 스큐어가 소리쳤다. "저 위에 너 혼자 올려 보낼 수는 없지. 믿을 수 없는 놈, 넌 드라이들을 좋아하잖아."

"좋아." 카울은 이미 해치 문을 열고 나가고 있었다. "하지만 그 애를 다루는 건 나에게 맡겨. 그 애가 나를 이미 알고 있잖아, 기억하지?"

❈ ❈ ❈

"미스터 스캐비어스?"

톰은 선미 쪽에 있는 전망대로 뛰어나갔다. 나지막이 뜬 달이 앵커리지를 내려다보고 있었고, 구동 바퀴의 그림자가 갑판에 비쳐 바퀴의 움직임에 따라 달빛이 깜빡거렸다. 소년은 거기 서 있었다. 잿빛 유령처럼 소년의 모습도 깜빡거렸다.

"잘 있었나, 톰?" 그가 물었다. 약간 수줍고 긴장한 듯했지만 친밀감 있는 말투였다. 마치 이렇게 만나는 것이 이 세상에서 가장 자연스러운 일이라도 되는 것처럼.

톰은 놀라서 비명을 지를 뻔하다 겨우 참았다. "넌 누구지?" 뒷걸음질하면서 그렇게 물었다. "그 게처럼 생긴 물건들, 그런 것을 엄청나게 많이 가지고 있지? 온 도시를 기어 다니면서 모든 일을 다 봐 왔던 거야. 왜지? 도대체 정체가 뭐야?"

소년이 손을 뻗었다. 제발 도망가지 말아 달라고 사정하는 몸짓이었다. "내 이름은 카울이야."

톰의 입안이 바짝 타들어 갔다. 페니로얄의 바보 같은 이야기들이 조각조각 머릿속에 떠오르면서 경종을 울리고 있었다. '그들은 사람들을 살해하고 도시는 껍데기만 남게 된다. 빈 껍질, 모두 다 죽고…'

"걱정 마." 카울이 갑자기 씩 웃으며 말했다. 마치 톰이 무엇을 두려워하는지 이해하는 것 같았다. "우리는 단순한 도둑들이야. 이젠 돌아갈 거야. 하지만 네가 같이 가 줘야 해. 엉클이 그렇게 하라고 했거든."

여러 가지 일이 한꺼번에 일어났다. 몸을 돌려 뛰기 시작한 톰 위로 천장에 매달려 있던 배관 파이프 위 어디에선가 쇠그물이 날아와 그를 덮쳐 넘어뜨렸다. 동시에 그는 카울이 소리치는 것을 들었다. "스큐! 안 돼!" 또 다른 목소리가 들렸다. "악셀?" 고개를 들자 전망대 다른 한쪽 끝에 스캐비어스가 서 있는 것이 보였다. 아들의 유령이라고 굳게 믿고 있는 가냘픈 몸집의 금발 소년을 보고 얼어붙어 버린 듯했다. 다음 순간, 머리 위 어두운 곳에서 기침 소리와 함께 가스 피스톨 같은 소리가 나면서 푸른 빛이 지나가고 개의 울부짖음

21. 거짓말과 거미들

을 연상시키는 소리가 메아리쳤다. 스캐비어스가 비명을 지르며 몸을 옆으로 날려 숨을 곳을 찾는 사이 또 다른 소년 하나가 천장에서 뛰어내렸다. 카울보다 몸집이 크고 길고 짙은 머리칼이 얼굴을 덮고 있었다. 카울과 그 소년은 그물에서 빠져나오기 위해 몸부림치는 톰을 들쳐 메더니 조명이 어두운 골목길 쪽으로 달려갔다.

사방이 무척 어두웠고 바다는 엔진의 박동에 따라 북을 치는 것처럼 리듬에 맞춰 진동하고 있었다. 두꺼운 덕트들이 갑판에서 솟아나 천장의 그림자 속으로 사라지는 모습이 마치 쇠로 된 숲속을 연상시켰다. 뒤편 어디선가 희미한 달빛 사이로 화나고 상처받은 듯한 미스터 스캐비어스의 목소리가 들려왔다. "거기, 너희들! 돌아와! 거기 서!"

"미스터 스캐비어스!" 차가운 그물코 사이로 얼굴을 비비면서 톰이 소리쳤다. "도둑들이에요. 기생 인간들이요! 미스터…"

두 사람이 아무 경고도 없이 갑자기 톰을 바닥에 털썩 내려놓았다. 몸을 돌려 살펴보니 그들은 두 개의 덕트 사이에 쪼그리고 앉아 있었다. 카울이라고 한 소년이 기다란 손가락으로 갑판의 한 부분을 움켜쥐더니 서서히 들어 올렸다. 문을 여는 것이었다! 위장된 맨홀 뚜껑인 것 같았다.

"멈춰!" 스캐비어스가 소리쳤다. 가까이까지 쫓아온 스캐비어스의 그림자가 덕트들 사이로 어른거렸다. 카울의 동료가 다시 한번 가스 피스톨을 쏘자 총알을 맞은 덕트의 구멍에서 증기가 세차게 쏟아져 나오기 시작했다.

"톰! 도와줄 사람을 데려오마!"

"미스터 스캐비어스!" 톰이 소리쳤지만 스캐비어스는 이미 사라지고 난 후였다. 근처 골목에서 사람들을 부르는 그의 목소리가 들려왔다. 맨홀 뚜껑이 열리자 파란 불빛이 안개처럼 자욱한 증기 사이로 뻗어 올라갔다. 카울과 그의 일행이 톰을 들어 올려 구멍 쪽으로 던졌다. 승강구가 푸른 등이 켜진 선실로 이어진 것이 순간적으로 보였다. 그러나 다음 순간 톰은 석탄 자루처럼 무참하게 아래로 떨어져서 딱딱한 바닥에 세게 부딪혔다. 그를 납치한 소년 둘이 사다리를 내려오고 맨홀 뚜껑이 닫히는 소리가 들렸다.

22
스크류 웜

둥그런 천장을 한 작은 선실에는 포식한 고래의 배 속처럼 그간 훔쳐 온 물건들이 넘쳐흘렀다. 쇠그물 안에 푸른 전등이 켜져 있었고 습기와 곰팡이, 그리고 오래 씻지 않은 소년들의 냄새가 코를 찔렀다.

톰은 앉아 보려고 몸을 뒤척였다. 승강구를 통해 떨어지면서 손 하나가 그물에서 빠져나왔다. 그러나 나머지 몸을 그물에서 빼내기는커녕 손 한 쪽이 자유로워졌다는 것을 알아차리는 순간 카울이 팔을 뒤로 잡아챘다. 그리고 카울의 동료, 스큐어라고 부르는 그 소년이 톰의 앞에 쭈그리고 앉았다. 가스 피스톨은 총집에 다시 집어넣었지만 그 대신 손에 칼을 들고 있었다. 그가 톰의 목에 칼날을 대자 방 안에 켜진 불빛을 받아 톱니처럼 생긴 창백하고 짧은 칼날이 푸르게 빛났다.

"안 돼, 제발!" 톰은 신음 소리를 냈다. 이 낯선 소년들이 여기서 자기를 죽이고자 온갖 위험을 무릅쓰고 납치하지는 않았을 거라는 생각이 들긴 했지만 목에 닿은 칼날이 차가웠고, 스큐어의 회색 눈빛이 심상치 않았다.

"안 돼, 스큐어!" 카울이 말했다.

"그냥 알려 주기만 하는 거야." 스큐어가 칼을 천천히 거두면서 말했다. "엉뚱한 생각을 하면 무슨 일이 벌어질지 확실히 해 두려고 했을 뿐이야."

"스큐어 말이 맞아, 톰." 카울은 톰이 일어서는 것을 도와주면서 말했다. "탈출할 수는 없어. 그러니까 아예 시도도 하지 않는 게 좋아. 짐칸에 갇히게 되면 제일 불편한 건 본인이라는 것만 명심해." 그는 주머니에서 끈을 꺼내 톰의 손목을 한데 묶었다. "앵커리지에서 벗어날 때까지만 이러고 있어. 얌전히 있으면 그다음엔 풀어 줄 수도 있어."

"앵커리지에서 벗어난다고?" 톰은 카울이 매듭을 단단히 짓는 것을 내려다보면서 물었다. "어디로 가는 거지?"

"집으로." 카울이 답했다. "엉클이 널 보고 싶어 하셔."

"엉클이라니? 누구 엉클?"

카울 뒤의 칸막이에 난 둥그런 문이 휘익 소리를 내면서 카메라의 조리개처럼 열렸다. 그 너머에 있는 방은 수상해 보이는 기계들로 가득 차 있었고 그런 일을 하기에는 너무 어려 보이는 소년 하나가 앉아 있다가 소리쳤다. "스큐어, 지금 출발해야 해!"

22. 스크류 웜

카울이 톰을 보고 씩 웃더니 "스크류 웜에 탑승한 것을 환영해!"라고 말하고는 어린 소년이 앉아 있던 방으로 건너갔다. 그를 따라 가려던 톰을 스큐어의 억센 손이 막았다. 푸른 등을 켠 이 동물 우리 같은 곳은 톰이 애초에 생각했던 것처럼 앵커리지의 내장 갑판에 있는 작은 방이 아니었다. 그렇다고 페니로얄 교수가 말하던 기생 타운도 아니었다. 정신을 차리고 잘 둘러보니 톰이 잡혀 온 곳은 일종의 운송 수단 안에 있는 조종실인 것 같았다. 초승달 모양의 방에는 벽 가득 온갖 다이얼과 레버들이 달려 있었고 작고 둥근 창문 밖으로 어둠이 쏜살같이 지나가고 있었다. 제어판 위에 달린 여섯 개의 타원형 스크린에선 앵커리지 곳곳의 광경들이 희미하고 푸르스름하게 보였다. 스캐비어스 구체 엔진, 선미 쪽 전망대, 라스무센 프로스펙트, 겨울 궁전의 어느 복도. 다섯 번째 스크린에선 프레야가 평화롭게 자고 있는 모습이 보였다. 여섯 번째 스크린에선 스캐비어스가 비밀 맨홀 뚜껑이 있는 쪽으로 일단의 엔진 구역 노동자들을 데리고 뛰어오는 것이 보였다.

"금방 여기까지 오겠어!" 셋 중 가장 어린 소년이 두려움에 가득 차서 말했다.

"오케이 가글, 출발하자." 카울이 레버들이 줄지어 서 있는 쪽으로 손을 뻗었다. 눈에 보이는 다른 모든 것과 마찬가지로 그 레버들도 어딘지 집에서 만든 수제품 같은 느낌이 들었다. 카울이 잡아당기자 끼익 끽, 덜커덩 소리가 났지만 작동하는 데 문제는 없는 것 같았다. 스크린에 보이던 화면들이 하나씩 하나씩 차례로 꺼지면서 하얀 점만 남았다. 앵커리지의 난방 덕트와 배수관에 질긴 잡초 뿌리처럼 빼곡하게 뻗어 있던 카메라 케이블들이 빠르게 말아 올려지면서 나는 요란한 금속성 소음으로 선실이 가득 찼다. 톰은 앵커리지 사람들 모두가 갑자기 난방 덕트에서 나는 요란한 소리에 놀라 천장을 쳐다보고 있을 광경을 상상했다. 선실 위쪽에서 들리던 그 소리는 점점 커져서 귀가 마비될 정도로 커지더니 배 위에 설치되어 있는 상자 안으로 카메라들이 완전히 말려들어 가고 쇠로 된 상자 뚜껑들이 닫히면서 나는 육중하고 둔탁한 소리가 몇 번 들린 후 잠잠해졌다. 그 소음들의 메아리가 채 가시기 전에 쇠끼리 부딪히는 또 다른 종류의 소리가 희미하게 들려왔다. 스캐비어스가 데려온 노동자들이 비밀 맨홀 뚜껑을 발견하고 망치와 정으로 그곳을 두드리는 소리였다.

카울과 스큐어는 제어판 앞에 나란히 서서 빠르고 자신감 있게 빼곡히 들어찬 다이얼과 레버들을 움직이고 있었다. 항상 제니 하니버를 세심하게 돌봐 온 톰은 그 제어판의 상태를 보고 경악을 금치 못했다. 녹슬고, 흠집이 가득 난데다 윤활유를 제대로 사용하지 않아 만질 때마다 끼익끼익 소리를 내는 레버와 금이 간 다이얼들, 게다가 스위치를 올릴 때 합선이 되는지 푸른 스파크가 튀곤 했다. 그러나 선실 전체가 흔들리고 윙윙거리면서 계기판의 바늘들이 미친 듯이 움직이는 것을 보니 이 물건이 제대로 작동을 하는 것 같기는

22. 스크류 웜

했다. 스캐비어스 일행이 어떻게 해 보기도 전에 정체 모를 이 물건은 앵커리지에서 톰을 낚아채 도망가려 하고 있는 것이다.

"내려간다!" 스큐어가 환성에 가까운 소리를 질렀다.

지금까지와는 다른 소리가 났다. 제니 하니버가 정박 클램프를 풀고 출발하려 할 때 나는 소리와 많이 다르지 않은 소리였다. 다음 순간 한없이 아래로 떨어지는 불쾌한 느낌이 들었다. 스크류 웜이 앵커리지의 배 밑 숨어 있던 곳에서 분리해 아래로 떨어졌기 때문이었다. 톰은 속이 뒤집히는 것 같았다. 그는 뒤쪽 벽에 있는 손잡이를 움켜쥐고 몸을 기댔다. 이 물건은 비행선일까? 하지만 날고 있는 것이 아니라 마냥 아래로 떨어져 내려가기만 하는데…. 그러다가 앵커리지 아래 얼음 위에 떨어져 부딪히면서 쿵 하는 소리와 함께 커다란 충격이 느껴졌다. 창밖에서 거대한 철골 구조물과 미끄럼 방지 다리들이 회색빛 눈보라 사이로 빠르게 지나갔다. 그러나 다음 순간 앵커리지는 톰을 거기 둔 채 가 버리고 창밖으로는 달빛에 빛나는 눈 덮인 광야밖에 보이지 않았다.

가글이 자기 앞에 놓인 기구를 점검하더니 말했다. "동동북동 방향 6마일 전방에 얇은 얼음 지대 발견!"

❃ ❃ ❃

톰은 아직 스크류 웜이 어떻게 생겼고 얼마나 큰지 전혀 짐작도 못하고 있었지만 앵커리지의 상층 갑판에 나와 있던 사람들은 도시 바로 밑에서 튀어나와 구동 바퀴에 뭉개지는 것을 아슬아슬하게 피한 물체를 달빛 아래 선명하게 볼 수 있었다. 집채만 한 쇠 거미 같은 그 물체는 뚱뚱한 선체를 받치고 있는 여덟 개의 유압식 다리에 각각 발톱 같은 것이 박힌 원형 발이 달려 있었고, 옆구리에 달린 연통에서 까만 연기를 내뿜으며 앵커리지의 썰매 바퀴가 남긴 자국을 따라 동쪽으로 도망가고 있었다.

"기생선이군!" 스캐비어스가 으르렁거리며 구동 바퀴 위에 설치된 보수용 플랫폼으로 달려나가 멀리 사라져 가는 그 물체를 바라보았다. 그의 몸 안에서 분노가 끓어올라 아들이 숨을 거둔 뒤 감정을 붙들어 매 놓았던 자물쇠와 볼트들이 압력을 못 이겨 튕겨 나가고 있었다. '빈대 같은 더러운 기생선이 감히 내 도시에 붙다니! 기생선에서 나온 도둑놈이 나를 속여 우리 악셀이 돌아왔다고 믿게 만들다니!'

"저놈들을 잡자!" 일행에게 그가 소리쳤다. "앵커리지에서 도적질을 하고는 무사하지 못하다는 것을 보여 주자! 휠하우스에 뒤로 돌 준비를 하라고 일러! 우미악, 크니빅, 니브스, 날 따라와!"

❀ ❀ ❀

앵커리지는 오른쪽 방향타에 무게를 싣고 돌아서 오던 길을 되짚

22. 스크류 웜

어 가기 시작했다. 썰매 바퀴에서 뿜어져 올라오는 장막 같은 눈보라 때문에 한동안 아무도 앞을 내다보지 못했다. 그러다가 기생선이 1마일 전방에서 북동쪽으로 방향을 틀면서 가고 있는 것이 보였다. 추격을 위해 도시가 속도를 올리는 동안 스캐비어스의 부하들은 앞턱을 열고 쇠 이빨에 쌓인 얼음을 치웠다. 얼음밭을 훑는 서치라이트에 비친 기생선의 일그러진 그림자가 길게 앞으로 드리워졌다. 더 가까이, 더 가까이! 이제는 앵커리지의 턱이 거의 기생선의 후미에 닿을 정도로 가까워져서 그 물건에서 뿜어져 나오는 연기로 턱 안이 꽉 찰 정도였다. "한 번만 더!" 스캐비어스가 앵커리지의 내장 갑판에 서서 독려했다. "이번 한 번이면 놈들은 우리 손안에 들어온다!"

그러나 지도를 들여다보고 있던 윈돌린 파이는 현장 탐사팀이 빨간 십자 표시를 잔뜩 해 놓은 지역으로 도시가 전진하고 있다는 것을 깨달았다. 바다 위에 얼어붙은 얼음의 두께가 도시의 무게를 지탱할 수 없을 거라 판단되는 곳에 해 놓은 표시였다. 그녀는 엔진 구역으로 보내는 메시지를 '전면 중단'으로 전환했다. 엔진이 갑자기 멈추고 모든 닻이 내려가 얼음판에 파묻히면서 도시 전체가 그 자리에 멈춰 섰다. 그 충격으로 건물들의 지붕에서 기왓장이 떨어지고 어떤 빈 집의 녹슨 테라스가 무너져 갑판으로 떨어져 내렸다.

기생선은 계속 앞으로 내달려 언제 깨질지 모르는 얼음판으로 용감하게 발을 내딛고 있었다. 열린 턱 틈으로 그쪽을 내다보고 있던 스캐비어스는 그 기계가 속도를 서서히 늦추다가 이윽고 완전히 멈춰 서는 것을 보고 말했다. "흥! 우리한테 쫓겨서 얇은 얼음판까지 몰렸으니 더 이상 가지는 못하겠지! 우리한테 잡힌 거나 다름없어!" 그는 내장 갑판을 지나 현장 탐사팀이 썰매차들을 보관하는 곳으로 가면서 누군가가 들고 있던 늑대잡이용 라이플을 낚아챘다. 부하 중 한 명이 썰매차를 꺼내와 시동을 걸자 스캐비어스는 훌쩍 올라타고 미끄러지듯 열리는 철문을 빠져나가 앵커리지의 턱 밑을 돌아 궁지에 몰린 거미 같은 물체를 향해 돌진했다. 뒤에서는 십수 명의 부하들이 환호성을 지르며 응원을 하고 있었다.

❈ ❈ ❈

톰은 앵커리지가 쏘아 대는 강한 서치라이트 때문에 눈을 잔뜩 찌푸린 채 스크류 웜의 창밖을 내다봤다. 자기를 구조하려는 사람들이 지르는 소리가 희미하게 들려왔다. 늑대잡이용 라이플을 발사하는 소리, 썰매차의 엔진이 망치 같은 소리를 내며 얼음밭을 가로질러 오는 소리도 들렸다.

"나를 그냥 놓아주면 나도 너희들을 도와줄게." 톰은 납치범들에게 약속했다. "스캐비어스 씨는 나쁜 사람이 아니야. 자기 엔진 구역에서 너희들이 훔친 물건들만 제대로 돌려주면 잘 돌봐 주실 거야. 프레야도 너희들을 처벌하고 싶어 하지 않을 게 틀림없어."

22. 스크류 웜

 가장 어린 가글은 점점 가까워지는 썰매차와 톰 사이를 두려움에 찬 눈으로 번갈아 보면서 톰의 말에 수긍하는 것처럼 보였다. 그러나 스큐어는 "조용히 해."라고만 말했고, 카울의 창백한 손은 계속 제어판 위에서 바쁘게 춤추고 있었다. 스크류 웜이 다시 움직이더니 몸체를 낮춰 얼음에 직접 닿을 정도까지 내려갔다. 곧이어 아래쪽에서 둥글게 돌아가는 톱날이 나오고 얼음을 향해 뜨거운 물을 강하게 분무하기 시작했다. 주변은 세차게 솟아오르는 수증기로 금세 자욱해졌다. 버둥거리는 다리들의 도움을 받아 스크류 웜은 빙빙 돌면서 도망갈 구멍을 파기 시작했다. 원 모양이 완성되자 톱날이 몸체로 다시 들어가고 거머리선 전체가 얼음 뚜껑을 밀어젖히면서 그 아래 물속으로 가라앉았다.

※ ※ ※

 100미터 정도 떨어진 곳에서 스캐비어스는 그 광경을 모두 목격했다. 무릎으로 썰매차를 조종하면서 자유로워진 손으로 라이플을 겨눠 봤지만 총알은 장갑차처럼 무장한 기계의 몸체에서 튀어나가 길 잃은 벌처럼 눈밭 위로 비껴 갔다. 튀어나온 눈처럼 생긴 기생선의 창문들이 물속으로 가라앉더니 잔물결을 일으키는 바닷물 속으로 자석 흡입판과 게 모양 카메라들이 차례로 사라졌다. 마지막으로 긴 다리들이 하나하나 얼음 구멍 속으로 접혀 들어가더니 그 물체는 온데간데없이 종적을 감춰 버렸다.

스캐비어스는 썰매차를 멈추고 소총을 집어던졌다. 사냥감이 손가락 사이로 새 버린 것이다. 톰과 그 기생선 소년을 함께 데리고. 게다가 그 기생선이 어디로 향하고 있는지, 어떻게 쫓아가야 할지도 전혀 알 수 없었다. 불쌍한 톰! 항상 퉁명스럽게 대하기는 했지만 그 젊은 비행사에게 호감을 갖고 있었다. 불쌍한 톰, 그리고 불쌍한 악셀. 저세상으로 간 악셀은 진정 돌아올 수 없는 것이었다. 앵커리지의 거리를 누빈 것은 결국 그의 영혼이 아니었다. '아무도 암흑의 나라에서 돌아올 수 없어요, 미스터 스캐비어스.'

스캐비어스는 쓰고 있던 방한 마스크가 고마웠다. 뒤따라와서 썰매차를 자기 주변에 멈추고 뛰어가 기생선이 만든 얼음 구멍을 바라보며 서 있는 부하들이 자신의 뺨에 하염없이 흘러내리는 눈물을 보지 못할 것이기 때문이었다.

얼음 구멍은 아무리 들여다봐도 둥글게 드러난 검은 바닷물 말고는 아무것도 없었다. 잔물결이 구멍 주변에 부딪히며 나는 소리가 마치 누군가 비아냥거리며 박수를 치는 것처럼 들렸다.

❋ ❋ ❋

프레야는 도시가 갑작스럽게 멈추는 바람에 아무렇게나 던져두었던 샴푸 병들과 목욕용 향소금 병들이 선반에서 떨어지는 소리에

22. 스크류 웜

잠에서 깨어났다. 스뮤를 부르는 벨을 아무리 울려도 아무 기척이 없자 결국 그녀는 혼자서 겨울 궁전 밖으로 나섰다. 아마 돌리 라스무센 이후 이런 과감한 행동을 한 마그라빈은 그녀가 처음이었을 것이다.

휠하우스에 가 보니 모두 게 모습의 유령이니 기생선을 타고 온 소년이니 하면서 떠들고 있었다. 톰이 없어졌다는 걸 깨달은 것은 시간이 한참 흐른 후였다.

자신이 울고 있는 걸 윈돌린 파이를 비롯한 다른 사람들이 보게 할 수는 없었다. 그녀는 그곳에서 빠져나와 서둘러 계단을 내려갔다. 목이 긴 장갑과 방한용 마스크를 벗으며 미스터 스캐비어스가 올라오고 있었다. 상기된 얼굴을 한 그의 뒤로 눈 녹은 물이 뚝뚝 떨어져 있었다. 전염병이 돈 후 미스터 스캐비어스가 그렇게 생기 있어 보이기는 처음이었다. 마치 기생선을 발견한 것이 그의 가슴 속 무엇인가를 자유롭게 한 듯했다. 심지어 프레야를 보고 살짝 미소를 짓기까지 했다.

"대단한 기계였습니다, 전하! 얼음판에 직접 구멍을 뚫고 사라져 버렸어요. 당해 낼 재간이 없었지요! 하이 아이스 지역에 도는 기생 도시에 관한 전설을 듣기는 했지만 항상 하릴없는 옛 이야기로만 치부했었습니다. 좀 더 마음을 열고 살 걸 그랬다는 생각까지 들 정도입니다."

"톰을 잡아갔어요." 프레야가 작은 소리로 말했다.

"그렇습니다. 용감한 청년이었죠. 기생선에 대해 경고하려고 하는데 그놈들한테 잡혀 기계 안으로 끌려갔지요."

"톰에게 무슨 짓을 할까요?" 그녀가 속삭였다.

스캐비어스는 그녀를 잠시 바라보다가 고개를 젓고는 경의를 표하는 몸짓으로 모자를 벗어 손에 들었다. 그 흡혈/기생/거미/얼음 구멍 기계를 조정하는 사람들이 젊은 비행사를 데리고 가서 무엇을 할지 전혀 알 수 없었지만 결코 기분 좋은 일은 아닐 거라는 사실만은 확실했다.

"어떻게 할 수 없을까요?" 프레야가 애처롭게 물었다. "우리도 얼음을 파거나 깨면 안 될까요? 그 기생선인지 뭔지 하는 것이 다시 표면으로 떠오를 수도 있잖아요? 여기서 기다리면서 지켜봐야겠어요."

스캐비어스가 고개를 저었다. "멀리 가 버렸습니다, 전하. 앵커리지는 여기 머무를 수 없어요."

프레야는 마치 뺨을 얻어맞은 것처럼 숨을 헉 들이마셨다. 자신이 내리는 명령에 누군가 이의를 제기하는 일에 익숙하지 않아서였다. 그녀는 "하지만 톰은 우리 친구예요! 그냥 버려둘 수는 없어요!" 하고 말했다.

"전하, 톰은 한 명의 소년에 불과합니다. 전하는 도시 전체를 생각하셔야지요. 울버린햄프턴이 아직 우리를 추격하고 있는지도 모릅니다. 즉시 이동해야 합니다."

22. 스크류 웜

프레야는 고개를 저었다. 그러나 스캐비어스의 말이 옳다는 것도 알았다. 톰이 사정했을 때 헤스터 뒤를 쫓아가기 위해 도시의 방향을 돌리는 걸 거절했었다. 이제 와서 톰을 구하겠다고 도시 전체를 끌고 그의 뒤를 쫓을 수는 없었다. 그녀가 아무리 그것을 간절히 원한다 할지라도. 지난 몇 주 동안 톰에게 좀 더 친절하게만 대했어도! 그에게 마지막으로 건넸던 말이 그렇게 차갑고 톡 쏘는 투만 아니었더라도!

"가시지요, 전하." 스캐비어스가 부드럽게 말하면서 손을 내밀었다. 프레야는 놀라서 스캐비어스가 내민 손을 잠시 쳐다만 보다가 이윽고 그의 손을 잡았다. 둘은 함께 계단을 올랐다. 제어 브리지 안은 조용했다. 그녀가 들어서자 사람들이 몸을 돌려 그녀를 쳐다봤다. 사람들 사이에 흐르는 침묵을 통해 그녀는 방금 전까지 모두 자신에 관해 이야기하고 있었다는 것을 알아차렸다.

프레야는 코를 한번 훌쩍이고, 소매로 눈을 훔친 다음 말했다. "출발합시다, 미스 파이."

"방향을 어떻게 잡을까요, 전하?" 미스 파이가 부드럽게 물었다.

"서쪽으로." 프레야가 선언했다. "아메리카로!"

"오, 클리오 맙소사!" 눈에 띄지 않게 구석에 처박혀 있던 페니로얄이 훌쩍거리듯 말했다. "오, 포스킷!"

엔진이 다시 돌아가기 시작했다. 프레야는 휠하우스의 뼈대를 타고 전해지는 진동을 느꼈다. 그녀는 스캐비어스 옆을 지나 제어 브리지 뒤쪽 전망대로 가서 움직이기 시작하는 도시의 후미를 바라봤다. 보이는 것은 앵커리지의 썰매 바큇자국과 벌써 새로운 살얼음이 덮이기 시작한 동그란 원뿐이었다.

23
해저 2만 리

날짜가 흘러갔다. 그러나 정확히 며칠이 지났는지는 알 수 없었다. 스크류 웜의 선실에 켜진 흐릿한 푸른 등 때문에 시간이 비 오는 11월 어느 날 오후 3시 45분*쯤에 정지해 버린 느낌이었다.

  톰은 창고로 사용하는 선실 한구석, 앵커리지의 빈 집에서 훔쳐다 놓은 이불과 양탄자들 사이에 잠자리를 마련했다. 어떨 때는 자기가 겨울 궁전의 먼지 낀 복도를 누군가와 손 잡고 걸어가는 꿈을 꾸기도 했다. 그러나 깨어나면 손을 잡고 있던 그 사람이 헤스터였는지 프레야였는지 기억할 수 없었다. 그 둘을 다시는 볼 수 없게 됐다는 것이 정말 사실일까?

  그는 탈출하는 광경을 상상해 보았다. 바다 표면까지 떠올라 헤스

---

* 물론 하이 아이스 지역은 북극에 가까워서 11월 어느 날 오후 3시 45분이면 깜깜한 밤이다. 그러나 저자 필립 리브가 사는 영국은 위도 때문에 '11월 어느 날 오후 3시 45분'이라 하면 해가 반쯤 진 상태의 어스름한 빛에 비까지 오는 춥고 을씨년스러운 분위기를 연상시킨다.

터를 찾아 떠나는 자신의 모습을. 그러나 스크류 웜은 두꺼운 얼음 밑에 형성된 바닷속 협곡 같은 곳을 따라 움직이고 있었다. 맨몸으로 탈출하는 것은 불가능했다.

그는 어찌어찌해서 조종실까지 들어가 앵커리지에 무전을 쳐 페니로얄의 거짓말을 프레야에게 알리는 장면도 상상해 봤지만, 그 고물 기계들 중 어느 것이 무전기인지 설령 알아낸다 하더라도 자기를 납치한 세 소년이 기계 근처에 자기가 다가가는 걸 허락할 리 만무했다.

세 사람 모두 톰에 대해 경계를 늦추지 않고 있었다. 스큐어는 톰에게 적대감을 보이면서 쌀쌀맞게 대했다. 톰이 근처에 있으면 얼굴에 잔뜩 인상을 쓴 채 거들먹거리면서 거의 말을 하지 않았다. 톰은 그를 보며 자기가 런던에서 견습생으로 살던 시절 자기를 괴롭히던 멜리판트를 생각했다. 열 살, 많아 봤자 열한 살밖에 되지 않았을 것 같은 가글은 또 톰이 자기 쪽을 보고 있지 않다고 생각할 때면 동그란 눈을 크게 뜬 채 그를 멍하니 쳐다보곤 했다. 톰과 이야기를 할 마음이 있는 사람은 카울뿐이었다. 친절하지만 또 완전히 그렇게 행동하지 못하는 묘한 느낌이 드는 소년이었다. 그러나 카울마저도 톰에 대해 경계심을 버리지 않았고, 그가 하는 질문에 답하기를 꺼렸다.

"도착하면 모든 걸 이해하게 될 거야."가 카울이 하는 대답의 전부였다.

23. 해저 2만 리

"어디?"

"집. 우리 기지. 엉클이 사는 곳."

"하지만 네 엉클이라는 게 누군데?"

"내 엉클이 아니야. 그냥 우리 모두 엉클이라고 부르지. 로스트 보이들의 대장이야. 아무도 엉클의 진짜 이름이 뭔지, 어디서 왔는지 몰라. 브리트하빅인지 아크에인절인지에서 꽤 높은 사람이었는데 무슨 일로 쫓겨난 뒤 도둑질로 눈을 돌렸다는 소리를 들은 적이 있긴 하지만. 아무튼 천재야. 이 거머리선이랑 게 카메라를 모두 발명했으니까. 그리고 우리를 찾아서 절도 훈련소를 세우고 훈련을 시켜 준 사람도 다 엉클이야."

"너희를 찾아? 어디서?"

"나도 몰라. 여러 다른 도시에서겠지. 거머리선으로 애들을 훔쳐다가 로스트 보이로 훈련을 시켜. 엉클은 필요한 건 모두 훔쳐 내거든. 나는 너무 어렸을 때 납치를 당해서 그 전 일은 하나도 기억이 안 나. 사실 잡혀가기 전 일을 기억하는 애들은 아무도 없어."

"하지만… 그렇게 끔찍한 일이!"

"끔찍한 일이 아니야!" 카울이 웃었다. 둘 사이의 대화는 항상 카울이 웃음을 터뜨리는 것으로 끝나곤 했다. 자기가 항상 당연하고 자연스럽다 생각해 왔던 세상을 외부 사람에게 설명하는 것은 너무나 어려운 일이었다. 절도 훈련소에 잡혀가는 것은 명예로운 일이고, 따분한 드라이보다는 로스트 보이로 사는 쪽이 훨씬 좋다는 것을 톰에게 어떻게 이해시키면 좋을까?

"거기 도착하면 이해할 수 있을 거야." 카욜은 그렇게 약속했다. 그러고는(돌아가서 자기 행동을 엉클에게 설명해야 할 일이 걱정되었기 때문에) 화제를 바꿔서 "프레야는 실제로 어떠니?" 아니면 "페니로얄이 아메리카로 가는 길을 모른다는 게 사실이라고 생각하니?" 같은 질문들을 하곤 했다.

"페니로얄 교수도 길은 알 거야." 톰은 우울한 목소리로 대답했다. "완전히 바보가 아닌 다음에야 옛날 지도를 보고 아메리카로 가는 길을 못 찾을 사람은 없어. 문제는 그 여행 끝에 뭐가 기다리고 있는지에 대해 페니로얄이 거짓말을 한 것 같다는 거지. 나무가 우거진 푸른 초원은 페니로얄의 상상 속에서만 존재한단 말이야." 톰은 로스트 보이들에게 납치당하기 전에 프레야에게 자기 생각을 알렸더라면 얼마나 좋았을까 생각하면서 고개를 숙였다. 이제는 너무 멀리까지 가 버려서 방향을 돌려 돌아올 연료가 없을 것이다.

"모르는 일이야." 카욜은 그렇게 말하면서 손을 뻗어 톰의 팔을 만졌다가 재빨리 손을 치웠다. 마치 드라이를 만지면 데기라도 하는 것처럼. "기생 도시에 관한 것도 맞췄잖아. 어느 정도까지는."

❊ ❊ ❊

그러던 어느 날(아니면 어느 밤이었는지) 편치 않은 잠을 자던 톰은

23. 해저 2만 리

카울이 "톰! 집에 다 왔어!" 하고 외치는 소리에 깨어났다. 그는 훔친 물건들로 만든 잠자리에서 서둘러 일어나 밖을 보러 갔다. 그러나 조종실에 도착해 창밖을 보니 스크류 웜은 아직도 물 속 깊은 곳에서 나오지 않은 상태였다. 기계 중의 하나에서 규칙적인 전자음이 반복적으로 울리고 있었다. 제어판에서 바쁘게 손을 놀리던 스큐어는 잠시 고개를 들고 "엉클이 보내는 신호음이야!" 하고 외친 후 바로 자기가 하던 일로 돌아갔다.

거머리선이 경로를 변경하면서 롤러코스터를 탄 것 같은 느낌이 잠깐 들었다. 창문 밖으로 암흑이 점점 사라지면서 여명의 푸른 빛을 띠기 시작했다. 톰은 이제 거머리선이 더 이상 얼음 밑이 아니라 열린 바다 밑을 항해하고 있다는 것을 알았다. 머리 위 수백 미터 위치에 일고 있을 파도를 뚫고 햇빛이 쏟아져 들어오고 있었다. 마치 산을 뒤집어 놓은 것 같은 형상을 한 거대한 빙산의 아래쪽이 창밖에 보였다가 사라졌다. 그러다가 전방에 희미하지만 다른 형상들도 보이기 시작했다.

해초로 뒤덮인 철골 구조물, 조개 껍질이 다닥다닥 붙은 거대한 프로펠러 날개, 그리고 진흙과 각종 쓰레기로 뒤덮인 해저 바다에서 삐죽삐죽 솟아올라 줄지어 서 있는 녹슨 건물들. 계곡 위를 나는 비행선처럼 스크류 웜은 바다 밑에 가라앉은 거대한 뗏목 도시의 거리 위를 잠시 항해했다. "환영! 그림스비!" 상층 갑판을 향해 배를 조종하면서 스큐어가 외쳤다.

톰도 그림스비에 대해 들어 본 적이 있었다. 사실 그림스비에 대해 들어 보지 않은 사람은 없을 것이다. 북대서양의 사냥꾼 뗏목 도시 중에서도 가장 크고 사나운 곳으로 이름을 날리던 그림스비는 90년 전 철기 빙하 시대에 유빙에 부딪혀 가라앉았다. 톰은 경외감에 차서 거머리선 창문 밖으로 펼쳐지는 광경을 바라보았다. 불 꺼진 집들 사이로 물고기 한 떼가 지나가면서 빛을 받아 반짝였고, 사원과 커다란 사무실 건물들에는 해초가 무성하게 자라고 있었다. 그러다가 사방을 둘러싼 잿빛과 푸른색, 검은색들 사이로 따뜻한 금빛을 띠는 뭔가가 보였다. 가글은 환호를 올렸고, 스큐어는 활짝 웃으면서 스크류 웜의 운전 레버를 앞으로 밀어 도시의 최상층 갑판 위쪽으로 배를 몰고 갔다.

톰은 놀라서 숨이 막힐 뻔했다. 전방에 타운 홀로 보이는 건물의 창문에서 불빛이 흘러나오고 사람들이 그 안에서 움직이고 있는 것이 보였다. 난파해서 바닷속에 가라앉은 건물이 마치 겨울 밤 환하게 불을 켜 놓은 집처럼 따뜻하고 아늑해 보였다.

"저게 뭐지?" 톰이 혼잣말처럼 물었다. "내 말은, 어떻게…?"

"저게 우리 집이야." 자신에게 어떤 일이 닥칠까 걱정되서 그때까지 아무 말도 하지 않고 있던 카울이 대답했다. 이상한 도시들을 그렇게나 많이 본 톰이 그림스비를 보고 놀라자 자랑스러운 마음이 앞섰기 때문이다.

"엉클이 지었어!" 가글이 말했다.

23. 해저 2만 리

 스크류 웜은 물이 채워진 타운 홀의 아래층으로 미끄러지듯 들어가더니 군데군데서 앞의 문이 열린 다음 뒷문이 닫히기를 기다리는 것을 반복하면서 둥근 관처럼 생긴 터널을 따라 움직였다. 이 수문과 에어록 시스템 덕분에 건물의 나머지 부분에 물이 들어오지 않는 것이었지만 그걸 몰랐던 톰은 거머리선이 마침내 물 위로 올라가 높은 돔 지붕을 가진 풀에 정지하자 놀라면서도 안도의 한숨을 쉬었다.
 엔진 소음은 멈췄지만 도킹 레버들이 스크류 웜의 선체에 부착되어 거머리선을 완전히 물 밖으로 끌어내는 작업을 하는 동안 쇠끼리 부딪히는 소리들이 밖에서 들려왔다. 선실 천장의 해치 문이 한숨 소리를 내면서 열렸다. 카울은 사다리를 가져다가 설치하더니 톰에게 "너부터 나가." 하고 말했다. 사다리를 오른 톰은 거머리선의 넓은 등 위에 서서 암모니아 냄새가 진동하는 차가운 공기를 마시며 주위를 둘러봤다.
 거머리선은 커다란 방의 바닥에 난 둥그런 구멍을 통해 올라온 것이었다. 작은 소리도 메아리가 되어 울려 퍼지는 그 방은 한때 그림스비의 참의회 주 회의실이었던 것 같았다.(천장에는 도시진화론의 정령인 날개 달린 건장한 젊은 여자가 도시의 건립자들에게 풍요로운 미래를 가리키는 그림이 그려져 있었다.)
 넓은 바닥에는 비슷한 모양의 구멍이 수십 개 뚫려 있었고, 구멍마다 그 위에 복잡한 도킹 크레인이 장치되어 있었다. 그중 몇 개에는 거머리선들이 매달려 있었는데 톰은 그 배들의 상태를 보고 깜짝 놀랐다. 마치 손에 걸리는 물건이면 뭐든 닥치는 대로 가져다 붙여 만든 배들처럼 보였기 때문이다. 어떤 배들은 수리를 하고 있는 것 같았다. 그러나 수리 작업을 하고 있던 사람들은(모두 젊은 청년들 아니면 소년들이었는데 카울, 스큐어보다 더 나이 들어 보이는 사람들은 거의 없었다) 모두 하던 일을 멈추고 스크류 웜 주변으로 모여들어 톰을 뚫어져라 쳐다보고 있었다.

톰도 질세라 같이 노려봤다. 그나마 카울이 올라와 자기 옆에 있어 줘서 다행이었다. 제니 하니버를 타고 거친 도시도 많이 다녀 봤지만 이번처럼 적대적인 무리를 만나 본 적은 없었다. 톰과 비슷한 나이의 소년들, 억세고 세파에 다져진 듯한 젊은이들, 가글보다 더 어려 보이는 소년들까지 모두 증오와 두려움이 섞인 표정으로 그를 노려보고 있었다.

머리는 더부룩하고 수염이 날 정도로 나이가 든 사람들도 면도 같은 것에는 신경도 쓰지 않는 것 같았다. 옷은 너무 크거나 너무 작은 것들을 대충 꿰어 입고 있었다. 유니폼의 일부처럼 보이는 옷에서부터 숙녀용 숄, 모자, 다이빙복, 비행사 헬멧, 찻주전자 보온용 덮개, 그리고 심지어 부엌용 채반을 눌러 작업모로 쓰고 있는 아이도 있었다. 마치 헌옷 가게가 폭발하면서 낙진처럼 떨어진 옷이 몸에 걸쳐진 대로 그대로 입은 것 같아 보였다.

머리 위에서 콩을 볶는 것 같은 소리가 들리더니 높은 톤의 전자

23. 해저 2만 리

음이 귀를 찌르듯 울려 퍼졌다. 모두 위를 쳐다봤다. 도킹 크레인들 뒤에 달려 있는 나팔 모양의 스피커들에서 치직치직 소리가 나더니 어디서 나는지 혼동이 될 정도로 사방에서 동시에 한 목소리가 들리기 시작했다. "그 드라이를 내 방으로 당장 데려와. 내가 직접 이야기하겠다."

PREDATOR'S GOLD
24
엉클

그림스비는 톰이 상상했던 악당들의 해저 소굴과는 많이 달랐다. 무엇보다도 너무 추웠고, 곰팡이랑 양배추 삶은 냄새가 너무 심했다. 밖에서 볼 때는 마법의 성처럼 신비로웠던 건물들도 안에 들어와 보니 초라하고 답답한데다 몇 년 동안 훔쳐다 쌓아 둔 잡동사니들 때문에 더 비좁아 보였다. 복도마다 벽을 덮고 있는 훔쳐 온 태피스트리들은 곰팡이와 원래 그림들이 뒤섞여 이상한 분위기를 연출하고 있었다. 열린 문들로 슬쩍 들여다보이는 방과 작업실들의 선반과 캐비닛에 갖가지 물건들이 어지럽게 쌓여 있고 곰팡이에 뒤덮인 옷, 책, 서류, 보석, 장신구, 무기, 연장 등이 산더미 같아서 마치 퇴적암 절벽을 보는 느낌이었다. 가끔 비싼 옷집에서 온 듯한 거만한 표정의 마네킹, 고글 스크린, 플라이휠, 배터리, 전구, 그리고 도시들의 내장 갑판에서 뜯어 온 것이 분명한 기름투성이의 커다란 기계 부품들도 보였다.

24. 엉클

그리고 눈이 닿는 곳에는 모두 그 게 카메라가 있었다. 천장을 가득 메운 채 기어 다니는 것을 보고 눈을 돌리면 어두운 구석에서는 번쩍이는 그놈들의 다리가 보였다. 여기서는 숨을 필요가 없는 게 카메라들은 쌓아 놓은 그릇 위에 앉아 있기도 하고 책장 앞을 타고 내려오거나, 벽에 걸린 액자나 벽마다 거미줄처럼 드리워진 전선을 타고 위험한 곡예를 하기도 했다. 외눈박이 렌즈들이 엉클의 방으로 향하는 긴 계단을 따라가는 톰, 카울, 스큐어를 따라 번뜩거리며 돌아가는 소리가 들렸다. 그림스비에서 산다는 것은 영원히 엉클의 눈초리에서 벗어나지 못한다는 것을 의미하는 듯했다.

물론 엉클은 일행이 올 것을 예상하고 있었다. 세 사람이 방에 들어서자 그는 의자에서 일어나 다가왔다. 방 안은 수많은 감시용 스크린에서 나오는 빛으로 가득 차 있었다. 엉클은 체구가 작았다. 키가 작고 야위고, 해를 오래 받지 못하고 살아서인지 얼굴이 창백했다. 좁은 코에는 반달 모양의 안경이 올려져 있었고, 손가락 끝을 잘라 버린 장갑을 끼고 오각형 모자를 쓰고 있었다. 장식이 달린 상의는 어느 도시의 장군 것이었는지, 아니면 엘리베이터 보이의 것이었는지 짐작할 수가 없었고, 그 위에 입은 실크 가운은 너무 길어서 바닥에 끌리며 쌓인 먼지에 무늬를 그렸다. 바지는 담황색 중국 무명으로 만든 것 같았고, 그 밑에 토끼 모양의 슬리퍼를 신고 있었다. 숱이 적은 흰 머리는 어깨를 덮을 정도로 길었다. 수많은 도서관에서 아이들이 무작위로 훔쳐 온 책들 중 몇 권이 호주머니에서 비죽 튀어나와 있었고, 턱수염에는 음식 조각이 붙어 있었다.

"카울, 우리 카울!" 그가 중얼거리듯 말했다. "불쌍한 이 늙은이 말을 그렇게 바로 듣고 드라이를 데려와 줘서 고맙다. 물건에 손상 간 곳은 없지? 내 말은, 저 드라이가 어디 다친 데는 없지?"

앵커리지에서 자기가 한 행동들과 스큐어가 엉클에게 보냈을 보고서 내용이 걱정이 된 카울은 너무 두려워 아무 대답도 못 했다. 스큐어가 무뚝뚝하게 말했다. "죽지 않고 어디 아프거나 다친 데도 없고. 명령하신 대로 했습니다, 엉클."

"좋아, 좋아." 엉클이 가르랑거렸다. "스큐어, 우리 스큐어, 너도 상당히 바빴던 것 같은데."

스큐어가 고개를 끄덕였다. 그러나 미처 대답을 하기도 전에 그는 엉클이 내리친 손에 정통으로 맞았다. 너무 세게 맞은 나머지 그는 뒷걸음질하다가 넘어졌고, 놀라고 아파서 어린아이 같은 신음 소리를 냈다. 엉클은 몇 번 더 발길질까지 해 댔다. 슬리퍼에 달린 웃는 표정의 토끼 머리는 안에 쇠가 덧대어져 있었다. "도대체 네가 뭐야?" 그가 소리쳤다. "내 허락도 없이 네가 대장 노릇을 해? 내 말에 복종하지 않는 놈들은 어떻게 되는지 알지? 레모라에 탔던 그 소나르라는 놈도 너랑 비슷한 짓을 한 뒤에 어떤 처벌을 받았는지 기억나지?"

"네, 엉클." 스큐어가 훌쩍거리면서 말했다. "하지만 나만 잘못한 거 아니에요. 카울이 드라이하고 말을 했단 말이에요! 규칙이…."

24. 엉클

"그래, 카울이 규칙을 조금 어겼다 이거지." 엉클은 부드러운 어조로 말하면서도 스큐어를 한 번 더 걷어찼다. "나를 그렇게 융통성 없는 사람으로 봤나? 이래 봬도 내가 아이들이 나름대로 상황 판단해서 행동하는 걸 말릴 사람이 아니란 말이지. 그래, 우리 카울이 드라이하고 접촉을 하기는 했어. 하지만 그게 보통 드라이였냐고? 바로 우리 친구 톰이었단 말이야."

이렇게 말하며 서서히 톰에게 다가온 그는 끈적끈적한 손을 뻗어 톰의 턱을 들어 올리더니 불빛을 향해 얼굴을 돌렸다.

"난 돕지 않을 거예요." 톰이 말했다. "앵커리지를 공격하거나 어떻게 할 생각이라면 나한테 도움받을 생각은 아예 하지도 말아요."

엉클의 웃음소리는 작고 가늘었다. "앵커리지를 공격한다고? 난 그럴 계획이 전혀 없는데, 톰. 내 아이들은 도둑이지 군인이 아니야. 훔치고 관찰하는 전문이지. 관찰하고, 듣고, 그리고 잠입한 도시에서 무슨 일이 벌어지고 있는지, 무슨 소문들이 도는지 나한테 보고하게 돼 있어. 우리 애들이 계속 도둑질을 하는데 한 번도 발각되지 않은 것도 다 그 덕분이지. 엄청나게 들어오는 보고서들을 보고, 비교하고, 확인해서 큰 그림을 그리는 게 내 일이야. 이곳저곳에서 가끔씩 나오는 이름들에 주목하기도 하고 말이지. 헤스터 쇼라든지 톰 내츠워디라든지 하는 이름들 말이야."

"헤스터라고요?" 그렇게 말하면서 앞으로 나서는 톰을 카울이 틀어잡았다. "헤스터에 대해 들은 게 있나요?"

엉클의 의자 뒤 그늘진 곳에 서 있던 두 명의 호위병들이 톰의 갑작스러운 움직임에 놀라 칼을 빼 들었다. 엉클은 걱정 말라는 손짓을 했다. "카울이 보낸 보고서가 맞는 거네?" 그가 물었다. "자네가 헤스터 쇼 애인이 맞는 거지?" 그의 목소리 어디에선가 들척지근하고 불쾌한 기운이 느껴졌다. 톰은 얼굴을 붉히며 고개를 끄덕였다. 엉클은 그를 잠시 바라보다가 낄낄거리며 웃었다. "처음 내 주의를 끈 건 비행선이었어. 제니 하니버. 내가 잘 아는 이름이지. 안나 팽의 비행선이야, 그렇지?"

"안나는 우리 친구였어요." 톰이 말했다.

"친구?"

"하지만 이제 죽었어요."

"나도 알아."

"말하자면 우리가 제니 하니버를 물려받은 거죠."

"물려받았다고 했나?" 엉클은 비웃는 듯한 웃음을 지었다. "야! 그거 참 좋은 말이네, 톰! 물려받았다! 자네도 보다시피 나랑 우리 애들도 여기 물려받은 물건들이 엄청나게 많아. 자네를 10년 전에 데려올 걸 그랬어. 로스트 보이로 안성맞춤이었을 텐데." 그는 다시 한번 웃으면서 의자로 걸어가 앉았다.

톰은 카울과 스큐어를 쳐다봤다. 이제 겨우 일어선 스큐어의 얼굴에는 아직도 엉클의 손자국이 빨갛게 남아 있었다. '저 애들은 왜 엉클에게 저렇게 당하고도 참고 있을까?' 톰은 의아한 생각이 들었

24. 엉클

다. '모두 엉클보다 젊고 힘도 센데, 왜 엉클이 시키는 대로 모두 복종하는 걸까?' 그에 대한 대답은 바로 다음 순간 주변의 모든 벽에서 찾을 수 있었다. 훔쳐다가 벽을 가득 메워 설치해 놓은 각종 크기와 모양의 고글 스크린들에는 그림스비의 모든 삶이 고스란히 비치고 있었다. 또 스피커들에서는 그들의 대화가 작은 소리로 계속 흘러나오고 있었다. 그들의 일거수일투족, 모든 대화를 다 알고 있는 엉클에게 감히 누가 도전할 수 있겠는가?

"헤스터에 대해 이야기하고 있었죠." 톰은 공손한 태도를 취하려고 애쓰면서 화제를 다시 헤스터 쪽으로 돌렸다.

"문제는 정보지, 톰." 엉클은 톰을 무시하면서 말을 이어 갔다. 그의 안경에 비친 고글 화면의 영상들이 춤을 췄다. "정보가 모든 것의 열쇠야. 내 아이들이 보내오는 정보들을 퍼즐처럼 맞춰서 큰 그림을 만드는 거야. 북쪽에서 무슨 일이 일어나고 있는지를 나보다 더 잘 아는 사람은 아마 세상에 없을걸. 작은 것에도 신경을 써야 해. 작은 변화 같은 것 말이야. 변화는 위험하거든."

"헤스터는요?" 톰이 다시 물었다. "헤스터에 대해 아는 게 있나요?"

"예를 들어…." 엉클이 말했다. "섬이 하나 있어. 로그스 루스트라고. 여기서 별로 멀지 않아. 레드 로키랑 그 비행 해적단들의 소굴이었지. 괜찮은 녀석이었어. 레드 로키 말이야. 우리랑은 별 문제가 없었어. 나랑은 완전히 분야가 달랐으니까. 하지만 지금은 일당 중에서 한 놈도 남아 있질 않아. 쫓겨나고, 죽고…. 이제 로그스 루스트는 반 견인주의 동맹의 기지가 됐거든. 자기들을 그린 스톰이라고 부르는 일당들이지. 강경파들이야. 테러리스트, 문제아들. 그린 스톰에 대해 아는 게 있나, 톰 내츠워디?"

 그때까지도 헤스터에 대해 골똘히 생각하고 있던 톰은 갑작스러운 질문에 당황했다. 탄호이저 상공에서 추격을 당하던 당시 페니로얄이 그린 스톰에 대해 뭔가를 외쳤던 것이 생각났지만 그 후로 워낙 많은 일들이 일어나서 페니로얄의 말은 거의 한 마디도 기억나지 않았다. "별로 없어요."

 "하지만 그린 스톰은 자네에 대해 잘 알고 있어." 엉클은 의자에 앉은 채 몸을 앞으로 기울였다. "그러지 않았다면 왜 스파이를 붙여 자네 비행선을 감시하고, 자네 여자 친구를 손님으로 데려가 앉혀 놨겠나?"

 "헤스터가 그린 스톰과 같이 있다고요?" 톰은 비명을 지르듯 물었다. "확실합니까?"

 "나는 헛소리 안 해." 엉클은 벌떡 일어나 손바닥을 비비고 손마디를 꺾으며 톰 주변을 빙빙 돌기 시작했다. "손님이라는 단어가 좀 적절하지 않을 수는 있지. 그렇게 편안한 생활을 하고 있는 건 아니니까. 행복하지도 않고. 감옥에 혼자 갇혀 있으니. 가끔씩 불려 가서 무슨 꼴을 당하는지… 그 있잖아… 심문도 당하고, 고문도 당하고…."

24. 엉클

"하지만 어떻게 헤스터가 거기 간 거죠? 왜? 그린 스톰이 헤스터에게 뭐 얻을 게 있다고?" 톰은 어리둥절했다. 엉클이 사실을 이야기하고 있는 건지, 자기를 놀리는 건지 도무지 알 수 없었다. 오직 머리에 떠오르는 것은 감옥에 갇혀 고생하고 있을 헤스터의 모습뿐이었다. "여기 이러고 있을 수 없어." 톰이 말했다. "루스트인지 뭔지 하는 곳에 가서 헤스터를 도와야 해."

엉클의 얼굴에 다시 미소가 떠올랐다. "물론 그래야지. 그래서 내가 자넬 여기 데려온 거 아닌가? 자네하고 나는 말이야 원하는 게 같다는 말이지. 자네가 루스트에 가서 불쌍한 여자 친구를 구해 오는 걸 나랑 우리 애들이 도와줄게."

"왜죠?" 톰이 물었다. 톰은 사람들을 잘 믿는 경향이 있었다. 사실 너무 잘 믿어서 탈이라며 헤스터는 항상 주의를 주곤 했다. 그러나 그런 톰도 엉클을 곧이곧대로 믿을 만큼 순진하지는 않았다. "왜 저랑 헤스터를 도우려는 거죠? 뭘 바라는 거죠?"

"아아! 좋은 질문이야!" 엉클이 낄낄대며 손바닥을 마주 비볐다. 손마디가 꺾이면서 딱총이 연달아 터지는 소리가 났다. "자, 뭘 좀 먹으면서 이야기할까? 저녁식사는 지도 보관실에 마련되어 있지. 우리 카울도 같이 가자. 스큐어, 넌 꺼져 버려."

스큐어는 혼이 잔뜩 난 못된 강아지처럼 어깨를 축 늘어뜨리고 방을 나갔다. 나머지 일행은 엉클을 따라 스크린으로 가득 찬 그 방의 뒷문을 통해 나선형 계단을 지나 바닥에서 천장까지 나무 선반으로 가득찬 방으로 들어갔다. 원통형으로 감긴 지도들과 차곡차곡 접힌 지도들로 빈틈이 보이지 않는 그 방에선 우울하고 창백한 얼굴의 소년들―도둑질에 너무 재주가 없어서 거머리선에 다시는 타지 못하게 금지된 아이들―이 다음 도둑 원정을 준비하는 데 필요한 지도들을 찾고, 원정 간 거머리선이 돌아온 후 필요 없어진 지도들을 다시 제자리로 돌려놓느라 이리저리 움직이고 있었다. '불쌍한 가글도 결국 여기로 오겠구나.' 카울은 앵커리지에서 온 가글에 대한 보고서를 읽은 엉클이 다시는 가글을 원정에 내보내지 않을 거라고 생각했다. 엉클의 스파이 카메라 틈에 파묻혀 살거나 이 지도의 절벽에 끼어 살 가글의 인생을 생각하면서 카울은 잠시 우울해졌다.

엉클은 탁자의 가장 상석을 차지하고 앉아 자기 옆에 설치된 휴대용 고글 스크린을 켰다. 먹는 동안에도 감시를 게을리하지 않는 것 같았다. "앉아!" 탁자에 놓인 음식과 빈 의자를 가리키며 그가 소리쳤다. "먹어, 먹어!"

그림스비에는 로스트 보이들이 훔쳐 온 음식들 말고는 먹을 게 아무것도 없었다. 이 말은 곧 균형 잡힌 식습관이 중요하다든지 군것질은 나쁘다는 등의 잔소리를 할 사람이 아무도 없을 때 십 대 소년들이 고를 만한 음식밖에는 아무것도 없다는 뜻이기도 했다. 설탕 씌운 비스킷, 싸구려 초콜릿, 기름이 줄줄 흐르는 베이컨 샌드위치, 정체 모를 잼 같은 것이 발린 해조류 비스킷, 비행선 연료 같은 맛이 나는 싸구려 포도주 등. 몸에 나쁘지 않을 것 같은 유일한 음식

24. 엉클

은 탁자 한가운데에 놓인 삶은 시금치뿐이었다. "애들한테 항상 야채를 조금씩이라도 가져오라고 당부하곤 하지." 시금치를 접시에 덜어 주면서 엉클이 자랑스럽게 말했다. "괴혈병 예방하는 데 꼭 필요하거든." 톰의 접시에 철퍼덕 주저앉은 시금치가 구정물통 바닥에서 긁어 올린 찌꺼기처럼 보였다.

"왜 내가 자네를 돕는 건지 물었었지." 입에는 음식을 가득 물고, 곁눈질로 계속 고글 스크린을 봐 가면서 엉클이 말했다. "이봐, 톰. 문제는 이거야. 로그스 루스트 같은 데는 견인 도시들보다 스파이짓을 하기가 힘들거든. 몇 달 내내 도청을 해 봤는데도 그런 스톰이 무슨 짓을 하려는지 전혀 알 수가 없어. 보안이 장난이 아니야. 게 카메라 하나도 들여보내지를 못했으니, 우리 애들을 보내는 건 상상도 못 하지. 보내 봤자 잡힐 확률이 십중팔구거든. 그래서 자네를 대신 보내기로 했어. 자네는 헤스터를 구출할 수 있고, 나는 거기서 무슨 일이 벌어지고 있는지를 알 수 있고."

톰은 엉클을 뚫어져라 쳐다봤다. "하지만 여기 있는 소년들은 절도 훈련을 받은 아이들 아닙니까! 그 애들도 잠입을 못 할 곳이라면 저라고 뾰족한 수가 있겠어요?"

엉클이 웃음을 터뜨렸다. "자네가 잡혀도 별 문제는 아니지. 적어도 나에게는. 자네가 들어가는 과정만 봐도 거기 보안에 대해 많은 걸 알아낼 수 있거든. 자네를 그놈들이 심문한다 하더라도 내 비밀은 전혀 새어 나갈 게 없고. 자네는 그림스비가 어디 있는지조차 모르잖아. 거머리선이 몇 대가 있는지도 모르고. 자네가 우리 이야기를 조금 한다고 해도 믿어 줄 사람도 없을 거야. 여자 친구를 구하려고 사랑에 눈이 멀어 혼자서 일을 벌인 것처럼 보일 테지. 얼마나 로맨틱해?"

"내가 잡히기를 바라는 것처럼 들리는군요."

"바라지는 않지, 천만에!" 엉클이 손사래를 쳤다. "하지만 모든 가능성에 대비해야 하는 건 사실이야. 톰, 우리 아이들이 잘 도와주고, 운이 좀 따라 주면 성공적으로 들어가서 여자 친구를 구하고 탈출할 수 있을걸세. 그렇게만 되면 며칠 내로 이 탁자에 모두 둘러앉아 왜 그런 스톰이 그렇게 중무장을 하고 있는지, 그렇게 비밀스럽게 행동하는지 헤스터에게서 들을 수 있겠지."

그는 팝콘을 한 줌 입에 털어 넣고 고글 스크린으로 눈을 돌리더니 이리저리 채널을 옮겼다. 카울은 자기 앞에 놓인 접시를 우울한 표정으로 노려보고 있었다. 엉클의 제안은 충격적이었다. 엉클은 톰을 소모품으로, 그러니까 두 발 달린 게 카메라 정도로 생각하고 있는 것 아닌가.

"난 가지 않겠어요." 톰이 말했다.

"진심인가, 톰!" 엉클이 얼굴을 들며 말했다.

"내가 어떻게 그런 일을 할 수 있겠어요? 물론 헤스터를 돕고 싶지만 미친 짓이에요. 로그스 루스트는 요새처럼 빈틈없는 곳 같던데. 난 역사학자지 특공대원이 아니란 말이에요!"

24. 엉클

"하지만 가야지." 엉클이 말했다. "거기 잡혀 있는 게 헤스터잖아. 카울하고 스큐어가 자네에 관해 보낸 보고서들을 다 읽었어. 자네가 헤스터를 얼마나 사랑하는지, 그리고 자네 때문에 헤스터가 떠나 버린 뒤에 자네가 얼마나 괴로워했는지 다 알고 있어. 구해 낼 기회가 생겼는데 시도도 해 보지 않는다면 앞으로 마음이 어떨지 상상이나 해 봤나? 진짜 고문을 당하고 있을지도 몰라. 헤스터가 그놈들한테 무슨 짓을 당하고 있을지는 정말 상상하기도 싫어. 자네도 알겠지만, 그놈들은 안나 팽이 살해된 것을 헤스터 탓이라고 생각하고 있지 않나."

"그건 말도 안 돼요!"

"자네 말이 맞을지도 몰라. 어쩌면 지금 이 순간 헤스터도 그린 스톰 취조관들에게 똑같은 말을 하고 있을지도 모르지. 하지만 그 말이 먹혀들 거라고 생각하나? 설사 헤스터한테 아무 죄도 없다고 그놈들이 믿는다 해도 잘못 잡아가서 미안하다 사과하고 놔줄 성싶은가? 머리에 총 한 방 쏘고 절벽 밑으로 밀어 버리겠지. 머릿속에 그 장면을 그려 봐, 톰! 그렇지. 그 그림에 되도록이면 빨리 익숙해지는 게 좋을걸. 지금 구하려고 노력이라도 해 보지 않으면 평생 눈을 감을 때마다 그 장면이 떠오를 테니까."

톰은 의자에서 벌떡 일어나 탁자를 떠났다. 어딘가 창문이라도 있으면 자기 마음을 꿰뚫어 보는 듯한 엉클의 조롱 섞인 표정을 보지 않아도 될 텐데…. 그러나 지도 보관실에는 유리창이 하나도 없었다. 사실 유리창이 있었다 하더라도 차가운 바닷물과 난파한 도시의 지붕들밖에 볼 것이 없을 터였다.

 문 근처의 게시판 같은 곳에 커다란 지도가 걸려 있었다. 로그스 루스트와 그 근처에 있는 해저 산맥과 계곡 등을 포함한 해저 지형이 그려져 있었다. 톰은 헤스터가 어디쯤 있을까, 섬의 제일 높은 곳에 네모난 표시로 그려져 있는 건물들 중 어딘가에서 그녀가 무슨 일을 당하고 있는 건 아닐까 생각하면서 그 지도를 뚫어져라 쳐다봤다. 그는 눈을 감았다. 그러나 엉클이 장담했던 것처럼 눈꺼풀 뒤 어둠 속에서 헤스터가 기다리고 있었다.

 모든 것이 자기 책임이었다. 프레야에게 키스를 하지만 않았더라도, 헤스터가 그렇게 가 버리지 않았을 것이고, 그린 스톰에게 잡히지도 않았을 것이다. 프레야도 위험에 처해 있기는 마찬가지였다. 하지만 그녀는 멀리 떨어져 있고, 그녀나 앵커리지를 구하기 위해 자기가 할 수 있는 일은 없었다. 그러나 헤스터는 도울 수 있었다. 그녀를 도울 가능성은 실낱같은 확률이지만 있긴 있었다.

 톰은 있는 힘껏 마음을 다잡고, 목소리가 떨리거나 두려움에 젖은 것을 들키지 않도록 애쓰면서 엉클 쪽으로 돌아섰다. "좋아요. 가겠어요."

 "그러면 그렇지!" 엉클은 낄낄 웃으며 장갑 낀 손으로 손뼉을 쳤다. "그럴 줄 알았어! 내일 아침 일어나는 대로 카울이 스크류 웜으로 데려다 줄 걸세."

24. 엉클

 그 장면을 바라보고 있던 카울은 지금까지 경험해 보지 못한 정반대의 두 가지 감정이 해일처럼 밀려드는 것을 느꼈다. 톰을 걱정하는 감정은 사실 예상했던 것이었지만 프레야의 도시에서 자기가 한 짓들 때문에 엉클에게 심한 벌을 받으리라 생각했던 것이 기우로 밝혀지면서 느끼는 해방감이 이렇게 강할 줄은 몰랐다. 그 모든 일에도 불구하고 자기가 아직 스크류 웜의 선장이라는 것이 믿어지지 않았다. 그는 일어서서 톰에게 갔다. 톰은 의자 등에 기대 서서 금방 토할 것 같은 얼굴로 온몸을 떨면서 자기 손을 내려다보고 있었다. "괜찮아." 카울이 약속했다. "혼자가 아니잖아. 이제 로스트 보이들과 함께하는 거야. 우리와 같이 가서 헤스터를 데리고 다시 돌아오자. 다 잘될 거야."

 엉클은 고글 스크린의 채널을 한번 쭉 훑었다. 감시하지 않으면 애들이 무슨 짓을 할지 모르는 일이기 때문이다. 그런 다음 그는 톰과 카울의 잔을 포도주로 채워 주면서 활짝 웃었다. 자기가 펼쳐 놓은 반 토막짜리 진실과 새빨간 거짓말을 삼키게 하려면 술기운을 빌려야 할 것 같아서였다.

25
팝조이 박사의 실험실

헤스터의 시간은 천천히 흘러갔다. 감방 벽 높은 곳에 있는 작은 창문의 색깔이 검은색에서 회색으로 변하는 것을 제외하면 로그스 루스트의 밤과 낮은 별 차이가 없었다. 딱 한 번 보름달에서 약간 기운 달이 창문 너머로 보였다. 헤스터는 그 달을 보고 자기가 톰을 떠난 지 벌써 한 달이 넘었다는 것을 깨달았다.

그녀는 감시병이 문에 난 작은 구멍으로 밀어 넣어 주는 음식을 받아먹고, 양철 양동이에다 볼일을 봤다. 벽에 핀 곰팡이를 표시 삼아 앵커리지와 아크에인절의 경로를 기억나는 대로 머릿속에 그려서 그 거대한 사냥꾼 도시가 먹이를 언제쯤 덮칠지 계산해 보기도 했다. 그러나 대부분의 시간은 자기가 밸런타인의 딸이라는 사실을 생각하며 지냈다.

어떤 날은 기회가 왔을 때 자기 손으로 그를 죽이지 못한 것을 후회했고, 어떤 날은 그가 아직 살아 있었으면 하고 바라기도 했다.

25. 팝조이 박사의 실험실

그에게 물어보고 싶은 것들이 너무 많았다. 엄마를 사랑했었나요? 내가 누군지 알고 있었나요? 캐서린은 그렇게 사랑했으면서 또 다른 딸은 전혀 관심도 없었나요?

가끔 군인들이 문을 박차고 들어와 그녀를 사티야, 팝조이, 그리고 한때는 안나 팽이었지만 지금은 정체 모를 그 물건이 기다리고 있는 기억의 방으로 데려가곤 했다. 기억 재생 환경을 만들기 위해 벽에 붙여진 많은 사진들에 커다랗게 확대된 헤스터의 추한 얼굴도 추가되어 있었다. 사티야는 아직도 무관심하기만 한 그 스토커에게 안나 팽의 일생을 참을성 있게 이야기하는 동안 헤스터가 직접 그 자리에 있는 것이 도움이 된다고 생각하는 듯했다. 그녀가 헤스터에게 가지고 있던 분노는 이제 사라진 듯싶었다. 영양실조에 걸린 것같이 생긴 이 상처 난 소녀가 자신이 생각했던 무자비한 런던의 암살자와는 거리가 멀다는 것을 깨달은 것 같았다. 헤스터 역시 서서히 사티야를 이해하기 시작했다. 그리고 그녀가 왜 죽은 안나 팽을 다시 살려 내고 싶어 하는지도 이해가 되기 시작했다.

❀ ❀ ❀

사티야는 땅 위에서 태어났다. 인디아 남쪽, 견인 도시가 할퀴고 지나간 후 생긴 깊은 바큇자국의 벽에 동굴을 파고 겨우 커튼으로 입구를 가린 난민촌이 그녀의 고향이었다. 건기가 되면 치다나가람이나 구탁, 혹은 저거노트푸르 같은 견인 도시들을 피해 몇 달에 한 번씩 거처를 옮겨야만 했다. 비가 오면 신발도 신지 않은 맨발 밑으로 세상은 진흙이 되어 녹아내렸다. 모두 언젠가 때가 되면 고원 지대의 정착촌에 가서 살 거라고 말하곤 했지만 사티야는 나이가 들면서 그런 날은 영원히 오지 않을 거라는 것을 깨달았다. 그저 하루하루 목숨을 부지하는 데만도 모든 시간과 에너지가 소모됐기 때문이다.

그러던 어느 날 그 비행선이 왔다. 키 크고, 친절하고, 아름다운 여비행사가 모는 빨간 비행선이 팔라우 피낭으로 가던 길에 정비를 위해 사티야가 살던 곳 근처로 내려왔다. 난민촌 아이들은 그녀를 둘러싸고 그녀가 해 주는 반 견인 도시 동맹의 모험담을 눈을 반짝이며 들었다. 안나 팽은 다도해를 위협하던 뗏목 도시 전체를 침몰시킨 적도 있고, 파리와 시타모토레의 공군들과 싸워 이기기도 했으며, 배고픈 사냥꾼 도시들의 엔진실에 폭탄을 장착하기도 했다고 말했다.

모여든 아이들 맨 뒤에 수줍게 서 있던 사티야는 난생처음으로 자기가 일생을 구더기처럼 살지 않아도 된다는 것을 알았다. 저항해서 싸우는 방법이 있었던 것이다.

일주일 후, 연맹의 수도 티엔징으로 날아가던 미스 팽은 이상한 소리가 나서 둘러보다가 제니 하니버의 화물칸에 웅크리고 있는 사티야를 발견했다. 그녀를 동정한 미스 팽은 사티야가 조종사가 되기 위한 훈련을 받을 수 있도록 돈을 대 줬다. 열정적인 사티야는 곧 노던 함대의 중령이 되었다. 월급의 4분의 3을 아직 남쪽에 있는 그녀의 가족을 돕는 데 썼지만 사티야는 가족에 대한 생각은 많이 하지 않았다. 이제는 연맹이 그녀의 가족이고, 안나 팽이 그녀의 어머니이자 언니, 그리고 현명하고 친절한 친구였다.

 이 모든 친절을 사티야는 결국 어떻게 갚았는가? 그녀는 역사상 가장 위대한 전사가 영원히 휴식을 취할 수 있도록 연맹이 마련한 잔 샨의 얼음 동굴에 그린 스톰 요원들과 함께 잠입해 안나 팽의 얼어붙은 시체를 훔쳐 오는 것으로 그 은혜를 갚았다. 그리고 로그스 루스트로 와서 팝조이의 그 끔찍한 손에 안나 팽의 시체를 맡긴 것으로 신세를 갚은 것이다. 헤스터는 스토커의 기억을 되살려 보려고 안간힘을 쓰는 그녀에게 자기도 모르는 사이 연민을 느끼기 시작했다. "나는 안나 팽이 아니다." 그 물건은 메마른 목소리로 반복해서 말했다. 어떨 때는 화를 내기 시작했고, 그렇게 되면 모두 그 방에서 나와야만 했다. 한번은 며칠이 지나도록 스토커를 한 번도 만나지 않은 적도 있었다. 나중에 알고 보니 탈출을 시도하다가 감시병 한 명을 죽인 사건이 있었다고 했다.

 상태가 좋은 날은 모두 함께 기억의 방을 나와 철판이 둘러진 복도를 따라 화물적하소에 보관된 제니 하니버를 보러 가기도 했다. 좁은 곤돌라에 함께 탄 후 헤스터가 안나 팽과 했던 두 번의 짧은 여행을 기억나는 대로 재연하는 동안 사티야는 안나가 아크에인절에서 노예 생활을 하며 잔인한 주인 바로 코밑에서 부품을 하나씩 모아 몰래 비행선을 만든 이야기를 되풀이하곤 했다.

그러면 스토커는 차가운 초록색 눈으로 사티야를 바라보면서 이렇게 뇌까리곤 했다. "나는 안나 팽이 아니다. 우리는 시간 낭비를 하고 있다. 그린 스톰을 이끌기 위해 나를 만든 것이다. 여기서 이렇게 시간 낭비하라고 만든 것이 아니다. 여기서 나가 도시들을 파괴하고 싶다."

✼ ✼ ✼

어느 날 밤 사티야가 혼자 감방으로 찾아왔다. 무엇엔가 홀린 듯하면서 공허하고 두려움에 찬 그녀의 표정이 그날따라 더 심해 보였고, 눈 밑에는 보랏빛 그림자가 짙게 드리워져 있었다. 손톱은 너무 물어뜯어 손톱 밑 속살이 보일 지경이었다. 그녀를 맞이하기 위해 일어나 앉는 헤스터의 머리로 퍼뜩 '그녀는 자기가 만든 감옥에 갇혀 있구나.' 하는 생각이 스쳐 갔다.

"따라와." 그 말뿐이었다.

그녀는 헤스터를 데리고 밤이 깊은 터널을 지나 시험관만 즐비하게 늘어서서 차가운 빛을 내뿜고 있는 한 실험실로 들어갔다. 실험대 위에 구부정하게 몸을 구부리고 서 있는 팝조이의 대머리가 아르곤 램프 아래서 빛나고 있었다. 정교해 보이는 기계를 가지고 작

25. 팝조이 박사의 실험실

업에 골몰하고 있던 그는 사티야가 몇 번 그의 이름을 부른 후에야 신음 소리를 내더니 그런 다음에도 몇 번 더 손을 대서 마무리를 한 다음에야 작업대에서 몸을 뗐다.

"헤스터에게 모든 것을 보여 주고 싶어요, 박사." 사티야가 말했다.

팝조이는 충혈된 눈으로 헤스터에게 초점을 맞추기 위해 눈을 몇 번 껌벅였다. "잘하는 일인지 모르겠습니다. 말이 새 나가면…. 하긴 미스 쇼가 살아서 이곳을 빠져나갈 일은 없겠지만서도, 그렇죠? 적어도 보통 사람들이 생각하는 식으로 살아서는 이곳을 나갈 일이…." 방문객들에게 다가오라는 손짓을 하며 그는 킁킁거렸다. 아마도 웃음소리인 듯싶었다. 사티야를 따라 실험대 사이를 지나가던 헤스터는 팝조이가 작업하던 것이 스토커의 뇌라는 것을 알아차렸다.

"굉장한 기계지요, 그렇죠?" 팝조이가 자랑스럽게 말했다. "물론 시체가 있어야 제 역할을 하는 물건이지만. 여기 이렇게 있으면 비싼 장난감에 불과하죠. 하지만 시체에 설치한 후 화학물질을 조금 바르고 전기 좀 흘리면 짜잔!"

그는 유리 증류기들이 늘어선 선반, 근육 샘플이 담긴 유리병들, 반쯤 만들어진 스토커 등을 지나 잰 몸집으로 실험실을 누비고 다녔다. T자형 스탠드에 커다란 죽은 새가 앉아 빛이 나오는 초록빛 눈으로 방문객들을 바라보고 있었다. 팝조이가 손을 내밀자 그 새는 너덜거리는 날개를 뻗고 부리를 열었다. 그가 새를 쓰다듬으며 말했다. "보시다시피 저는 사람을 부활시키는 데 그치지 않습니다. 1세대 스토커 새들이 이미 시설 주변의 하늘을 날아다니며 감시 임무를 수행하고 있죠. 현재 다른 아이디어들을 개발 중입니다. 스토커 고양이, 그리고 폭발물을 장착한 후 뗏목 도시 밑으로 잠입시킬 수 있는 스토커 고래 등이 고안 단계에 있지요. 그와 동시에 저는 인간 부활 분야에서 큰 성과를 얻어 냈습니다."

헤스터는 사티야를 흘낏 쳐다봤다. 그러나 사티야는 헤스터와 눈 마주치는 것을 피하면서 팝조이를 따라 맞은편 문 쪽으로 걸어갔다. 그 문에도 기억의 방에 설치된 문처럼 자석 잠금 장치들이 달려 있었다. 팝조이의 기다란 손가락이 상아색 자판 위에서 춤을 추며 암호를 입력하자 잠금 장치가 덜커덩 휘익 하는 소리를 내며 열렸다. 문 너머에는 이상한 동상들이 비닐 커버를 쓴 채 서 있는 얼음 동굴이 있었다.

"옛 스토커 제작자들은 상상력이 부족했어요." 팝조이가 설명했다. 커다란 냉동실 안을 날랜 몸짓으로 돌아다니며 자기 작품들을 소개하는 팝조이의 입 주변에 김이 서렸다. "스토커가 인간의 뇌와 신경 체계를 필요로 한다고 해서 꼭 인간의 모습을 해야 한다는 뜻은 아니죠. 왜 팔다리를 두 개씩만 붙입니까? 눈은 왜 두 개만 있어야 하죠? 입은 필요 없어요. 먹을 필요도 없고, 또 이야기 상대로 스토커를 만드는 것도 아니고…."

25. 팝조이 박사의 실험실

 서리가 낀 비닐을 젖히니 그 밑에 팔이 스무 개가 달리고 다리 대신 트랙터 바퀴를 가진 무쇠 갑옷을 입은 반인반마가 서 있었다. 그 옆에는 배에 기관총 발사구가 나 있고 날카로운 발톱이 달린 다리를 가진 스파이더 스토커, 머리 뒤에까지 눈이 달린 스토커들이 버티고 서 있었다. 캐비닛 앞쪽 문 근처에 놓인 선반에는 아직 작업이 덜 끝난 미완성 스토커가 누워 있었다. 자세히 보니 불쌍한 위저리 블링코의 시체였다.

 헤스터는 손으로 입을 막았다. 숨이 턱 막히면서 비명이 나오려 했기 때문이다. "아크에인절에서 나한테 약물을 주사한 사람인데!"

 "우리한테 돈을 받고 일을 해 준 사람일 뿐이야." 사티야가 말했다. "너무 많은 걸 알고 있어서 널 데리고 온 날 처치했지."

 "부인들이 찾으러 오면 어쩌려고?"

 "블링코 같은 남편을 찾으러 헤매는 부인이 있겠어?" 사티야는 블링코를 쳐다보지도 않고 그렇게 말했다. 그녀의 눈은 다른 스토커들과 팝조이를 보고 있었다.

 "어찌 됐든!" 팝조이가 비닐 커버를 다시 씌우면서 명랑하게 말했다. "문을 열고 이렇게 오래 서 있는 건 좋지 않아요. 완성되기 전에 온도가 올라가면 부패할 가능성이 있거든요."

 헤스터는 꼼짝도 할 수 없었다. 사티야가 그녀를 실험실 쪽으로 끌어당기면서 말했다. "팝조이 박사, 고마워요. 흥미롭군요."

 "천만에요!" 팝조이가 까불거리는 몸짓으로 인사를 하며 말했다.

"언제라도 환영입니다. 그리고 머지않아 안나의 기억도 되살릴 수 있을 거라 확신합니다. 안녕히 가세요! 안녕히 가세요, 미스 쇼! 미스 쇼의 시체를 가지고 작업하게 될 날을 고대하고 있습니다."

둘은 실험실을 나와, 짧은 터널을 지나 문을 열고 절벽 면을 가로질러 설치된 녹슨 다리로 나왔다. 세상 꼭대기에서 불어오는 듯한 세찬 바람이 얼음 위를 훑고 지나갔다. 헤스터는 바람 방향을 잠시 생각한 뒤 다리 레일 너머로 몸을 기울이고 배 속에 든 것을 모두 토해 냈다.

"언젠가 여기서 내가 하는 일을 그린 스톰이 왜 지원하는지 물었었지?" 사티야가 말했다. "이제 알겠지. 그린 스톰은 안나한테는 관심 없어. 그저 팝조이가 스토커 부대를 만들 때까지 기다려 연맹 안에서 세력을 잡은 다음 견인 도시와 전쟁을 시작하는 것이 저들의 목표야."

헤스터는 손으로 입을 닦으면서 아래쪽을 내려다봤다. 바위틈으로 난 좁은 절벽 사이로 하얀 거품 같은 파도가 혀를 내밀다가 사라지곤 했다. "왜 나한테 그런 이야기를 하는 거지?"

"너에게는 알려 놓고 싶어졌어. 왜냐하면 폭탄이 떨어지기 시작하고 그린 스톰의 스토커들이 저 방에서 풀려났을 때 누군가는 그게 내 잘못이 아니라는 걸 알아줬으면 하니까. 난 안나를 살려 내고 싶었을 뿐이야. 오직 안나를 위해서였어."

"하지만 안나는 이 모든 일에 반대했을 거야. 전쟁을 원하지 않았을 테니까."

사티야는 비참한 표정으로 헤스터의 말에 수긍했다. "안나는 견인 도시들이 정착촌을 위협할 때만 공격해야 한다고 생각했었어. 도시 사람들이 모두 야만인이라는 말에도 절대 동의하지 않았으니까. 항상 그들이 길을 잘못 들었을 뿐이라고 생각했지. 난 안나가 다시 살아나면 우리에게 새로운 길을 보여 줄 수 있을 거라 믿었어. 옛 연맹보다는 좀 더 강하고 그린 스톰보다는 덜 공격적인 새로운 길을. 그린 스톰은 점점 더 힘이 강성해지고 있고 새 스토커들은 거의 준비가 끝난 상태인데 안나는 아직 완전히 깨어나지 못하고 있으니…."

헤스터는 자신의 얼굴에 냉소적인 미소가 떠오르는 것을 느끼고 사티야가 눈치채기 전에 얼른 고개를 돌렸다. 블링코를 눈 한번 깜짝하지 않고 살해한 여자가 이런 윤리적인 고뇌를 하는 것을 납득하기 힘들었지만 그녀는 거기서 실낱같은 기회를 포착했다. 사티야의 마음에 자라고 있는 회의감은 감옥 창문 철창의 느슨한 창살과 같았다. 계속 작업하면 탈출 구멍이 될 수 있는 약점이었다. 헤스터가 말했다. "연맹에 경고를 해야 해. 최고 참의원에 메시지를 보내 그린 스톰이 여기서 무슨 일을 벌이고 있는지 알려야 해."

"그럴 수 없어." 사티야가 말했다. "그린 스톰에게 발각되는 날에는 나를 죽이고 말 거야."

헤스터는 바람에 실려 와 입술에 묻은 소금기를 맛보면서 계속 바다를 바라보고 있었다. "포로가 도망쳤다고 하면 어떻게 될까? 그걸 가지고 널 탓하지는 못할 것 아니야? 여기서 무슨 일이 벌어지고 있는지 아는 포로가 탈옥해서 비행선을 훔쳐 도망갔다면 네가 책임질 일은 아니잖아."

사티야가 날카롭게 고개를 들어 그녀를 쳐다봤다. 헤스터는 갑작스럽게 나타난 탈출의 가능성에 몸을 떨었다. 이곳에서 벗어날 수 있다니! 아직 톰을 구할 가능성이 있다니! 사티야의 불행을 이용할 줄 아는 자신이 자랑스러웠다. 스스로가 아주 영리하고 무자비하다는 느낌이 들었다. 밸런타인의 딸이 할 만한 짓이었다.

"내가 탈출해서 제니 하니버로 이곳을 떠날 수 있게 해 줘." 헤스터가 말했다. "연맹이 관할하는 지역까지 가서 캡틴 코라 같은 믿을 만한 사람을 찾아 소식을 전할게. 캡틴 코라라면 전투선들을 몰고 와 팝조이가 만든 스토커들이 해를 끼치기 전에 바닷속으로 던져 버릴 수 있을 거야."

사티야의 눈이 빛났다. 마치 아프리카 출신의 잘생긴 코라 대위가 그의 트레이드 마크인 아케베 9000형 비행선의 곤돌라에서 금방이라도 뛰어내려 사티야 자신이 만들어 스스로를 옭아맨 함정에서 구해 주는 모습을 상상하는 듯했다. 그러나 다음 순간 그녀는 고개를 저었다.

"그럴 수 없어." 사티야가 말했다. "코라가 지금 상태의 안나를 보게 되면 이해하지 못할지도 몰라. 안나에 대한 작업이 방해받으면

"안 돼, 헤스터. 이제 거의 완성 단계에 있단 말이야. 그 마스크 안쪽에서 나를 바라보고 있는 안나의 존재가 느껴질 때도 있어…. 어찌됐든 내가 어떻게 널 놔줄 수 있겠어? 넌 안나가 죽는 데 일조한 사람인데."

"너도 그게 사실이 아니라는 걸 알고 있어." 헤스터가 말했다. "그렇지 않았다면 이미 날 죽였을 테니까."

두 줄기 눈물이 사티야의 얼굴을 타고 흘러내렸다. 눈물은 짙은 갈색 피부 위에서 은빛으로 반짝였다. "나도 모르겠어." 그녀가 말했다. "확신이 없어. 확신이 서지 않는 것들이 너무 많아." 갑자기 그녀는 헤스터를 껴안고 그녀의 어깨에 얼굴을 묻었다. "누군가 이야기할 사람이 있다는 게 이렇게 좋은 건 줄 몰랐어. 널 죽이지 않을 거야. 안나가 더 나아지면 자기를 죽인 사람이 너인지 아닌지 얘기해 줄 수 있을 거야. 안나가 나아질 때까지 여기 있어야 해."

26
큰 그림

만일 세상을 하늘 높은 곳에서 내려다볼 수 있다면—아직도 지구 궤도를 돌고 있는 고대 아메리카의 무장 위성을 떠나지 못하는 유령 혹은 신이 되어 세상을 내려다본다면—얼음 황무지는 얼핏 헤스터 감방의 벽처럼 아무것도 없는 백지 상태 같아 보일 것이고, 가여운 지구의 머리 꼭대기를 덮고 있는 백색은 푸른 눈에 퍼진 백내장처럼 보일 것이다. 그러나 조금 더 자세히 보면 그 공허한 백지 위에 부지런히 움직이고 있는 것들이 보인다. 그린란드 서쪽에 있는 작은 점? 그건 앵커리지이다. 규칙적인 모양으로 퍼져서 얼음 두께를 테스트하는 현장 탐사팀의 썰매들을 앞세우고 빙하가 덮인 산 사이를 지나 아무도 발을 들이지 않은 바다 위 얼음을 지치면서 앞으로 나아가고 있는 앵커리지는 조심스러워하면서도 속도를 많이 늦추지는 않고 있었다. 불쌍한 톰을 훔쳐 가 버린 기생선의 기억이 사람들의 뇌리에 아직 너무도 생생하게 남아 있었기 때문이다.

26. 큰 그림

얼음을 뚫고 언제 무엇이 튀어나올지 몰라 두려웠던 것이다. 이제는 엔진 구역을 지키는 파수병을 두고, 불청객이 방문할 것에 대비해 매일 아침 도시 전체를 도는 정찰대도 형성되었다.

사실 진짜 위험은 아래가 아니라 아주 먼 곳에서 접근 중인(더 크고 더 어두운) 점에서 올 수 있다는 것을 앵커리지 사람들은 아무도 모르고 있었다. 동쪽에서부터 점점 거리를 좁혀 오고 있는 그 점은 썰매를 올리고 캐터필러 바퀴를 내린 채 그린란드의 눈 덮인 언덕들을 헤치며 전진하고 있었다. 바로 아크에인절이었다. 내장 갑판에서는 그 순간에도 울버린햄프턴과 세 개의 다른 작은 고래잡이 타운들이 갈가리 찢기고 있었고, 핵심 갑판에 자리 잡고 상아색 패널로 장식한 디렉토르의 사무실에서는 피오트르 마스가드가 아버지에게 속도를 높여 달라 종용하고 있었다.

"하지만 속도를 내면 돈이 많이 들잖니." 디렉토르가 턱수염을 쓸면서 말했다. "울버린햄프턴도 잡아먹었는데 앵커리지까지 잡자고 이렇게 서쪽으로 마냥 달리는 게 수지가 맞는 일인지 모르겠다. 끝까지 못 찾을 수도 있고, 모든 게 속임수였을 수도 있고. 너한테 정보를 판 그 여자아이가 사라져 버렸다고 하던데."

피오트르는 어깨를 으쓱해 보였다. "사냥감을 잡기 전에 밀고자들이 도망가는 수가 종종 있습니다. 하지만 그 애는 다시 나타날 거라는 예감이 들어요. 현상금을 받으러 돌아올 겁니다." 그는 아버지의 책상을 주먹으로 세게 내리쳤다. "잡아야 해요, 아버지! 지금 꾀

죄죄한 고래잡이 도시를 논하고 있는 게 아니잖아요! 상대가 앵커리지란 말이에요! 라스무센의 겨울 궁전에 널려 있을 보화를 생각해 보세요. 거기다가 그 유명한 엔진들까지! 기록을 확인해 봤더니 얼음 위를 다니는 도시들이 보통 달고 다니는 엔진보다 스무 배나 효율이 높다고 나와 있었어요."

"다 맞는 말이야." 디렉토르가 시인했다. "스캐비어스가에서는 자기들이 만든 엔진에 관해 항상 비밀을 엄격하게 지켜 왔어. 사냥꾼 도시가 그런 엔진을 갖게 될까 봐 두려웠겠지."

"흥, 이제 그 엔진을 손에 넣은 사냥꾼 도시가 하나 탄생하게 됐군요!" 마스가드가 자랑스럽게 말했다. "우리가 그 주인공이에요! 상상해 보세요. 쇠렌 스캐비어스가 우리 엔진실에서 일하는 장면을. 우리 엔진을 모두 개조해서 연료는 절반만 쓰고 사냥감은 두 배 더 잡을 수 있을 거예요."

"알았다." 그의 아버지가 한숨을 쉬며 대답했다.

"후회하지 않으실 거예요, 아버지. 일주일만 더 가면 돼요. 그다음에는 사냥단을 데리고 나가서 앵커리지를 찾을 수 있습니다."

만일 우리가 종이 다발과 펜, 플라스틱 컵, 얼어붙은 우주인의 시체들과 함께 영원히 우주 공간을 헤매는 유령이었다면 오래된 우주 정거장의 기계들을 이용해서 바다 밑 그림스비에 있는 엉클의 방도 들여다볼 수 있을 것이다. 엉클은 방에서 가장 큰 스크린 앞에 앉아 카울이 조종을 하고 스큐어가 선원으로 배치된 스크류 웜이 톰 내

26. 큰 그림

츠위디를 로그스 루스트로 데려가기 위해 그림스비 항구에서 떠나는 장면을 보고 있었다.

"확대해, 확대!" 칠흑 같은 바닷속으로 사라져 가는 거머리선의 불빛이 아쉬운 듯 엉클이 소리쳤다. 옆에 앉아 카메라 조종간을 잡고 있던 가글이 즉시 스크류 웜의 모습을 확대했다. 엉클이 그의 헝클어진 머리를 쓰다듬었다. '말 잘 들으니 이뻐. 자료 정리랑 카메라 조종 같은 것에 써먹을 데가 많은 놈이니 여기 두는 게 한결 낫지, 흠.' 가끔 엉클은 가글처럼 겁 많고 의지가 박약한 아이들이 제일 좋다는 생각을 하곤 했다. 적어도 그런 녀석들은 문제를 일으키지는 않으니까. 조용하면서도 이상한 구석이 있는 카울 같은 놈들은 최근 들어 양심이라는 골치 아픈 증상을 보이고 있고, 거칠고 야망이 큰 스큐어 같은 놈들은 자기가 가르쳐 준 기술과 꾀를 이용해 엉클의 자리를 넘볼 가능성이 있기 때문에 감시를 하고 또 해야 했다.

"이제 더 이상 카메라로 잡을 수 없어요, 엉클." 가글이 말했다. "작전이 성공할까요? 저 드라이가 해낼 수 있을까요?"

"무슨 상관이야?" 엉클은 그렇게 말하면서 낄낄 웃었다. "어떻게 되든 우리는 손해 볼 게 하나도 없다는 말씀이지. 루스트에 무슨 일이 벌어지고 있는지 내가 잘 모르는 건 사실이지만, 뤠스가 보낸 보고서에 몇 개 건질 만한 정보가 있었어. 조각조각 산만한 보고서였지만 나 같은 천재는 그런 걸로도 큰 그림을 맞출 수 있지. 런던 출신 엔지니어… 샨 구오에서 도착한 얼음을 채운 관… 불쌍하게 죽은 친구 타령을 계속 해 대는 그 사티야라는 여자…. 그런 것쯤은 기본이지. 가글."

가글은 엉클의 말을 이해하지 못해 커다랗고 둥근 눈으로 그를 쳐다봤다. "그러니까… 톰은?"

"걱정 마, 걱정 마." 엉클은 가글의 머리를 다시 한번 쓰다듬으며 말했다. "그 드라이를 잠입시킨 건 그린 스톰의 주의를 다른 쪽으로 끌기 위한 거야."

"주의를 다른 쪽으로 끌다니요, 엉클?"

"아, 다 알게 될 거야, 때가 되면."

PREDATOR'S GOLD

27
계단

로스트 보이들은 로그스 루스트의 동쪽 면 검은 절벽이 40길 아래 바다를 향해 수직으로 꽂히는 곳에 도청 기지를 설치했다. 그곳에는 그린 스톰과의 전투에서 추락한 레드 로키의 비행선 한 대가 다 타 버린 채 가라앉아 바다 생물들의 피난처 역할을 하고 있었다. 로스트 보이들은 따개비로 덮인 비행선의 뼈대 안에 거머리선 세 대를 함께 정박시키고 뜨거운 냄비 안에서 서로 얽힌 게들처럼 긴 다리로 서로 선체를 맞잡아 임시 기지를 만들었다. 스크류 웜은 얽힌 거머리선들 사이로 조심스럽게 들어가서 선체 아래쪽에 있는 에어록을 중앙에 자리잡은 거머리선 '벼룩의 유령'의 해치 문과 연결시켰다.

"그러니까 이 녀석이 엉클이 새로 고용한 부하야?" 에어록을 지나 퀴퀴하고 고린내 나는 벼룩의 유령으로 들어서는 카울, 스큐어, 톰에게 키 큰 소년이 물었다. 지금까지 톰이 본 아이들 중 제일 나이 들어 보이는 그 소년은 묘하게 깔보는 듯한 미소를 띤 채 톰을 위아래로 훑어봤다. 마치 톰이 알아듣지 못할 농담이 생각났다는 듯한 표정이었다.

"헤스터 쇼가 톰의 여자 친구야. 로그스 루스트에 포로로 잡혀 있는 그 여자 말이야." 카울이 설명하기 시작했다.

"알아, 알아. 엉클의 전서어가 너희보다 훨씬 먼저 도착했거든. 이 잉꼬 커플 이야기는 다 들었어. 인도적 차원의 구급 작전이라는 것도."

그는 좁은 복도를 따라 걸어가기 시작했다. "이름은 뤠스. 제일 처음 소년들 중의 한 명이야." 톰, 스큐어와 함께 그 뒤를 따르면서 카울이 속삭였다.

"제일 처음이라니?" 톰이 물었다.

"엉클이 그림스비에 제일 처음 데려온 아이들 말이야. 뤠스는 이제 리더들 중의 하나야. 훔쳐 온 물건 중 절반은 자기가 가져도 된다고 엉클이 허락한 사람이야. 엉클의 오른팔이지."

엉클의 오른팔은 짐을 모두 치우고 정찰 장비를 설치한 화물칸으로 그들을 안내했다. 뤠스보다는 어리고 카울과 스큐어보다는 나이 들어 보이는 소년들 여럿이 따분하다는 표정으로 반쯤 누워 있거나 침침한 조명이 켜진 조정 패널 앞에 앉아 벽 하나를 가득 채운 둥근 스크린들을 바라보고 있었다. 좁은 방이 사람으로 꽉 찬 상태였다. 카울은 지금까지 임무 하나에 이렇게 많은 인원이 배치된 것을 본

27. 계단

적이 없었다. 엉클은 왜 이렇게 사람들을 많이 보낸 걸까? 정찰 임무만 수행하기에는 수가 너무 많았다. 게다가 켜지지 않은 스크린은 왜 저렇게 많은 걸까?

"작동 중인 게 카메라가 세 개뿐이잖아!" 카울이 말했다. "앵커리지에서만도 30개를 돌렸었는데!"

"이건 얼뜨기 도시 녀석들한테서 절도질이나 하는 것하고는 차원이 달라, 거머리선 촌놈!" 뤠스가 쏘아붙였다. "그린 스톰은 프로들이야. 중무장한 보초병들이 쫙 깔려 있다고. 게 카메라가 들어갈 수 있는 유일한 통로는 서쪽에 있는 안 쓰는 화장실로 통하는 하수관뿐이야. 거길 통해서 카메라 세 개를 들여보내 난방 덕트로 잠입시키는 데 성공했지. 하지만 드라이들이 소음을 듣고 정신을 차리기 시작한 뒤부터는 많이 움직이지도 못하고 카메라를 더 들여보내는 것도 중지한 상태야. 엉클이 최신 모델을 보내 주지 않았으면 그나마 그 세 대도 못 들여보냈을 거야. 원격 조종 장치가 달린 무선 카메라들이라 전선을 달고 다니지 않아도 돼. 특수 기능도 몇 개 더 있고."

그리고 그는 아까 그 묘한 미소를 다시 지었다. 카울은 카메라 조종 패널이 있는 기다란 책상을 힐끗 쳐다봤다. 마시고 놔둔 커피 컵들과 시간표, 그린 스톰 보초병들의 교대 패턴과 습관이 적힌 메모지들이 어지럽게 뒤섞여 있었다. 글라스틱 뚜껑이 덮인 대형 빨강 버튼들이 카울의 눈에 띄었다. "이것들은 뭐하는 것들이지?"

"넌 몰라도 돼." 뤠스가 말했다.

"저 위에서 무슨 일이 벌어지고 있는 것 같아?" 스큐어가 물었다.

뤠스는 이 채널에서 저 채널로 스크린을 옮겨 가면서 어깨를 으쓱했다. "모르지. 엉클이 제일 관심 있는 곳은 실험실하고 기억의 방이야. 둘 중 아무데도 들어가질 못했지. 주 격납고에서 하는 말들은 도청이 가능하긴 한데 무슨 뜻인지 항상 이해할 수 있는 것도 아니고. 저놈들은 앵글리시나 노르드어 같은 언어는 안 쓰고 에어스페란토 아니면 괴상한 동양어로 주절거리거든. 이 여자가 두목이야." (어두운 피부색의 얼굴이 화면을 채웠다. 사무실 천장 배기관의 쇠창살 너머로 보는 화면인데다 각도도 이상했지만 톰은 바트뭉크 곰파에서 자기한테 무례하게 굴었던 여자가 퍼뜩 생각났다.) "저 여자 좀 미친 것 같아. 죽은 친구에 대해 계속 이야기하는데 마치 그 친구가 아직 살아 있는 것처럼 말하는 거야. 엉클은 저 여자한테 무지하게 관심이 많지. 다음으로는 여기 이 매력적인 인물."

톰은 놀라서 소리를 지를 뻔했다. 뤠스가 가리키는 스크린에선 누군가가 깊은 우물 같은 방에 몸을 구부리고 앉아 있었다. 화면이 너무 어둡고 흐렸기 때문에 한동안 뚫어져라 쳐다보고 있으면 더 이상 사람처럼 보이지 않고 추상적인 도형처럼 보였지만 톰은 오랫동안 보고 있을 필요가 없었다.

"헤스터야!" 톰이 소리쳤다.

로스트 보이들은 서로 쿡쿡 찔러 대면서 낄낄거렸다. 헤스터의 얼

27. 계단

굴을 스크린에서 본 후로는 누군가 그녀를 좋아한다는 사실 자체가 코미디라고 생각했기 때문이다.

"헤스터한테 가야 해." 톰은 고글 스크린 안으로 손을 뻗어 그녀를 쓰다듬어 주고 자기가 여기 왔다는 것만이라도 알리고 싶은 마음이 간절했다.

"걱정 마, 곧 가게 해 줄 테니." 뤠스가 말했다. 그는 톰의 팔을 잡아끌어 칸막이벽에 난 문을 지나 작은 방으로 데리고 갔다. 벽에 총, 칼, 창 등이 줄줄이 걸려 있었다. "준비는 다 되어 있어. 엉클한테 지시도 받았고, 계획도 다 짜여 있어." 그는 작은 가스 피스톨과 쇠로 만든 이상하게 생긴 물건을 톰에게 건네주었다. "자물쇠 따는 기구야."

톰의 뒤쪽 작전 지휘실에서 모두 바쁘게 움직이기 시작하는 소리가 들렸다. 이제 아무도 따분해 보이지 않았다. 소년들은 서류와 클립보드 등을 들고 왔다 갔다 하기도 하고 헤드폰을 쓴 채 카메라 제어판의 스위치들을 올렸다 내렸다 하기도 했다. "설마 지금 당장 저 안으로 날 보내는 건 아니겠지?" 톰이 물었다. "벌써?" 그는 약간의 준비 기간이 있을 거라고 예상했다. 그동안 로스트 보이들이 파악한 로그스 루스트의 내부 구조 등을 설명해 주는 자리라도 있어야 할 것 같았다. 도착하자마자 작전을 개시하리라고는 생각지도 않았던 것이다.

그러나 뤠스는 다시 톰의 팔을 붙잡고 작전 지휘실을 거쳐 복잡하게 얽힌 복도를 통과해 갔다. "항상 현재 이 순간이 가장 좋은 순간이지."

❋ ❋ ❋

로그스 루스트의 서쪽 절벽에는 오래된 철제 계단이 지그재그 형으로 설치되어 있었고, 계단의 맨 아래에 있는 작은 부두는 바람막이가 될 만한 길게 뻗은 바위 옆에 자리 잡고 있었다. 해적들이 사용할 당시에는 물품 조달선이 정박했었지만 그린 스톰이 점령한 이후로는 아무도 사용한 적이 없었다. 쇠 부두는 벌써 녹이 슬고 파도에 씻겨 낡고 버려진 느낌이 역력했다.

스크류 웜은 해가 짙은 안개로 덮인 수평선 너머로 사라질 즈음 부두 그늘 아래로 떠올랐다. 바람은 이제 거의 없다 할 정도로 잠잠해졌지만 아직 세찬 파도가 거머리선을 흔들어 댔기 때문에 자석 갈퀴들을 부두에 연결하는 데 상당히 힘이 들었다.

톰은 젖은 창문을 통해 높은 절벽 위의 건물들을 바라보면서 토할 것 같은 기분을 느꼈다. 그림스비에서 출발한 후 내내 괜찮을 거라며 자기 자신을 진정시키고 있었다. 그러나 막상 부두 밑 넘실거리는 파도에 흔들리면서 로그스 루스트를 보니 헤스터를 구해 내기는커녕 이 그린 스톰의 요새에 들어가는 것조차 불가능해 보였다.

그는 카울이 함께 있었으면 하고 생각했다. 그러나 뤠스는 카울을

27. 계단

벼룩의 유령 호에 남겨 두고 자기가 직접 스크류 웜을 조종했다. "행운을 빈다!" 카울은 에어록에서 톰을 포옹하며 그렇게 말했었다. 이제 톰은 자기가 그 행운이라는 것을 얼마나 많이 필요로 하는지 깨닫기 시작했다.

"저 계단을 따라 100피트쯤 올라가면 문이 나와." 뤠스가 말했다. "보초는 없어. 바다에서 공격받을 거라고는 생각하지 않는 것 같아. 문이 잠겨 있을 거야. 하지만 우리 연장으로 안 되는 일은 없지. 내가 준 자물쇠 따는 기구 가지고 왔지?"

톰은 코트 주머니를 툭툭 쳐 보였다. 또 한 차례 큰 파도가 몰려왔는지 스크류 웜이 위로 한번 솟구쳤다가 가라앉았다. "자, 그럼…." 톰은 그렇게 말하면서도 지금이라도 다시 돌아가겠다고 하면 너무 늦은 걸까 생각했다.

"바로 여기서 기다리고 있을게." 그렇게 약속하는 뤠스의 얼굴에 다시 예전의 그 의심스러운 미소가 희미하게 떠올랐다. 그를 믿고 싶었지만 쉽지가 않았다.

톰은 오직 헤스터만을 생각하려 애쓰면서 문 쪽으로 서둘러 올라갔다. 자기를 기다리고 있는 요새 안의 수많은 군인들과 총들에 잠시라도 생각이 미치면 그 순간 용기를 잃어버릴 거라는 걸 알고 있었기 때문이다. 해치 문을 여는 순간 파도가 밀어닥쳐서 얼음처럼 차가운 물이 톰의 온몸을 적셨다. 바깥으로 나온 그는 거머리선의 기체 위에 서서 어둡고 차가운 바깥 공기를 마셨다. 바다의 소음이 그를 둘러쌌다. 또다시 몰려오는 파도를 맞으며 톰은 부두 받침대에 매달려 위로 올라갔다. 온몸이 젖어 벌써부터 몸이 떨려 오기 시작했다. 계단으로 달려가는 그의 발밑에서 부두가 소리 내며 흔들리는 것이 마치 줄에 묶인 맹수가 톰을 자기 등에서 떼어 내기 위해 뒤트는 몸집처럼 느껴졌다.

　빠른 속도로 계단을 오른 덕에 몸이 약간 더워졌다. 톰은 황혼 빛을 받으며 머리 위를 나는 새들의 움직임에 깜짝 놀랐다. '헤스터만 생각하자.' 그는 계속 자기 자신에게 일렀다. 그러나 그녀와 함께한 시간 중 가장 행복한 기억들마저도 점점 커져 가는 그의 두려움을 막기에는 역부족이었다. 해내야 하는 일이 있다는 것 말고는 생각 자체를 아예 하지 않겠다 마음먹었다. 그러나 생각이란 녀석은 계속 그의 의식 속으로 밀고 들어왔다. '이건 자살 임무다. 엉클은 나를 그냥 이용하고 있을 뿐이다.' 루스트 안에 스파이를 잠입시키는 게 엉클이 자기를 보낸 이유의 전부가 아니라는 것이 점점 선명해졌다. 그리고 도청 기지에 총이 그렇게 많이 배치된 걸 보고 놀라던 카울의 표정도 얼핏 기억났다. 함정에 빠졌다! 톰은 알지 못하는 규칙을 가진 게임의 희생양이 된 것이다. 그린 스톰에 항복하는 것이 낫지 않을까? 먼저 보초들을 불러 자수하면 어떨까? 사람들이 말하는 것처럼 그렇게 나쁜 자들이 아닐지도 몰랐다. 그리고 최소한 헤스터를 다시 볼 기회라도 생기는 것 아닌가….

　해가 기울어 가는 하늘에서 검은 물체가 떨어졌다. 그는 팔을 올

27. 계단

리고 얼굴을 돌리면서 눈을 꼭 감았다. 쇠를 깎는 듯한 울음소리와 함께 톰은 자기 머리를 쪼는 새의 부리를 느꼈다. 작은 망치로 내리치듯 날카롭고 강한 통증이 왔다. 그런 다음 날갯짓하는 소리가 나더니 주위가 조용해졌다.

그는 고개를 들고 주변을 살폈다. 새들의 이런 행동에 관한 이야기를 들어 본 적이 있었다. 둥지 가까이 오는 것은 뭐든 공격하는 바닷새들 이야기. 저 멀리 위에서 수천 마리가 검게 떼를 지어 날아다니고 있었다. 톰은 다른 새들도 비슷한 생각을 하기 전에 서둘러 계단을 오르기 시작했다.

한 층 정도 되는 계단을 올라간 후 그 새가 다시 돌아왔다. 그러더니 쉰 목소리로 길게 울며 측면에서 날아들었다. 이번에는 좀 더 자세히 관찰할 수 있었다. 누더기 외투처럼 넓고 더러운 날개, 벌어진 부리 위에서 초록색으로 빛나는 두 눈. 톰이 팔을 크게 휘둘러 주먹으로 새를 후려치자 녀석은 도망갔다. 다시 계단을 올라가다가 통증을 느낀 그는 손에 세 가닥의 긴 상처가 나 있고 거기서 피가 흐르는 것을 발견했다. 도대체 무슨 새길래…. 녀석의 발톱이 두꺼운 가죽 장갑을 종이 찢듯 찢어 버린 것이다!

머리 위 수천 마리가 내는 새소리를 뚫고 예의 비명 같은 새소리가 또다시 다가왔다. 머리 주변으로 날개가 펄럭이면서 새털이 얼굴과 머리로 어지럽게 떨어졌다.

화학약품 냄새가 난다 생각하면서 새를 보던 톰은 새의 초록색 눈이 햇빛이 잘못 반사돼 그리 보이는 게 아니라는 걸 알아차렸다. 그는 뤠스가 준 총을 꺼내 새를 내리쳤다. 뒤로 약간 물러서는가 싶더니 잠시 후 더 많은 발톱이 머리를 공격했다. 같은 놈 두 마리가 공격하고 있었다.

톰은 계단을 뛰어오르기 시작했다. 새들이—만일 그것들이 진짜 새들이라면—계속 주변을 돌며 꺄악거리면서 날개를 퍼덕이다가 그의 머리와 목을 번갈아 공격했다. 그러나 톰에게 이렇게 관심을 보이는 새는 두 마리밖에 없었다. 다른 새들은 모두 섬의 제일 높은 정상 주변을 날아다니면서 자기 일 보기에 바빴다. 두 마리뿐이었지만 그 두 마리조차 감당하기 힘들었다. 면도날 같은 발톱과 쇠로 만든 부리에서 빛이 번뜩였고, 날개는 폭풍에 날리는 깃발처럼 사납게 펄럭였다. "도와주세요!" 톰은 소용없다는 걸 알면서도 소리쳤다. "저리 가! 저리 가!" 그는 기다리고 있는 거머리선으로 돌아갈까도 생각했지만 뒤로 돌아선 톰의 얼굴을 새들이 공격하기 시작했고, 어차피 한 층 높이만 더 올라가면 있는 문이 거머리선보다 더 가까웠다.

얼음이 깔린 계단에 미끄러지고, 갈기갈기 찢어진 장갑을 낀 손을 들어 어떻게든 머리를 보호해 보려 하면서 그는 안간힘을 써 계단을 올랐다. 얼굴에 더운 피가 흐르는 것이 느껴졌다. 저물어 가는 마지막 햇빛의 도움으로 문이 있는 곳을 찾아낸 톰은 그쪽으로 몸을 던졌다. 그러나 계속 쪼고 할퀴는 부리와 발톱을 막아 내느라 자

27. 계단

물쇠 따는 기구를 사용할 여유가 없었다.

거의 자포자기한 상태에서 톰은 총을 들어 위를 향해 발사했다. 절벽에서 바위가 쪼개지는 듯한 소리가 들리더니 초록색 눈의 새 중 한 마리가 기다란 연기를 뿜으며 바다로 떨어졌다. 다른 한 마리는 잠깐 물러서는 듯하더니 다시 달려들었다. 톰은 얼굴을 가렸다. 그 바람에 총이 손에서 빠져나가 난간에 부딪힌 후 어둠 속으로 떨어져 버렸다.

하얀 칼날 같은 서치라이트 불빛이 절벽을 가르고 지나가다 어지러운 날개 그림자를 만들면서 톰의 얼굴에 와 꽂혔다. 그는 몸을 움츠려 문에 기댔다. 사이렌 하나가 울리기 시작했고, 금세 하나, 또 하나가 더해지더니 절벽에 부딪혀 기다란 메아리가 울렸다. "뤠스!" 톰은 소리쳤다. "카울! 도와줘!"

모든 계획이 이리도 빨리 틀어져 버리다니 믿어지지가 않았다.

❁ ❁ ❁

스크류 웜의 무전기에서 잡음이 많이 섞인 목소리가 흘러나왔다. "놈들에게 잡혔어."

뤠스는 차분하게 고개를 끄덕였다. 일이 이런 식으로 될 거라고 엉클이 이미 말한 그대로였다. "게 카메라를 대기시켜." 그가 무전기에 대고 말했다. "톰이 혼자라는 걸 저놈들이 알아차리는 데 몇 분 걸리지 않을 거야."

 뤠스는 버튼들을 누르고 스위치들을 켰다. 스크류 웜의 해치 문이 열리면서 낡고 오래된 화물용 열기구가 구멍으로 빠져나갔다. 어지럽게 얽힌 새 떼와 서치라이트를 뚫고 기구가 섬의 정상을 향해 올라가는 동안 스크류 웜은 부두를 붙들고 있던 자석 갈퀴들을 하나하나 떼어내 접은 후 돌덩이처럼 바닷속으로 가라앉아 버렸다.

❉ ❉ ❉

 쇠문이 열리면서 톰은 온몸에 노란 불빛을 받았다. 끔찍한 새들로부터 벗어나는 것이 반가워 자신을 잡아채는 보초의 손길이 오히려 반가웠다. 팔을 뒤로 꺾고, 버둥거리는 다리를 찍어 누른 후 누군가가 벨츠슈메르츠 기관총을 톰의 턱 밑에 가져다 댔다. "고맙습니다. 미안해요." 톰은 그 사람들이 자신을 안으로 밀어 넣고 문을 닫은 후 차가운 바닥에 내팽개치는 내내 계속 그런 말을 내뱉었다. 톰이 다시 짐짝처럼 들어 올려져 다른 곳으로 이동한 후 바닥에 던져지는 사이 계속 낮은 천장으로 사람들의 말소리가 메아리쳐 들렸다. 에어스페란토어인 것 같기는 한데 동양인들이 쓰는 억양에, 어느 지방 사투리인지 모를 사투리가 많이 섞여 있었다.

 "혼잔가?" 여자 목소리가 들렸다. 이상하게도 익숙한 목소리였다. "그런 것 같습니다, 사령관님. (아무개)가 계단에서 찾아냈습니다."

27. 계단

여자가 다시 말을 이었다. 무슨 말인지 정확히 듣지는 못했지만 톰이 어떻게 섬에 도착했는지를 묻는 것 같았다. 누군가 "기구로 왔습니다. 2인승 기구였는데 사격해서 떨어뜨렸습니다."라고 대답했다.

욕하는 듯한 소리가 들렸다. "파수탑에서는 왜 기구가 다가오는 걸 못 봤지?"

"당번 보초 말로는 기구가 갑자기 나타났다고 합니다."

"기구로 온 게 아닌데…." 톰은 혼란스러워 혼자 중얼거렸다.

"포로를 데려왔습니다, 사령관님."

"한번 보지…."

"미안합니다." 톰은 입에 흘러든 피를 삼키며 웅얼거리듯 말했다. 누군가 그의 얼굴에 손전등을 비췄다. 다시 앞이 어느 정도 보이기 시작하자 그는 사티야처럼 보이던 그 여자가 몸을 굽혀 자신을 쳐다보고 있음을 알아차렸다. 다만 그 사람이 사티야처럼 보이는 게 아니라 사티야 본인이었다는 것이 좀 놀라웠다.

"안녕하세요, 고맙습니다, 미안합니다." 그녀는 흐르는 피와 젖어 붙은 머리카락들 사이로 톰을 뚫어져라 쳐다보고 있었다. 그가 누구인지 알아차리기 시작하면서 그녀의 눈이 커졌다가, 살벌해졌다가, 가늘어졌다.

❈ ❈ ❈

몇 달 동안 별로 볼 것이 없던 로스트 보이들은 갑자기 볼 것이 너무 많아졌다. 모두 스크린 앞에 모여 드라이들한테 무슨 일이 벌어지고 있는지 파악하려고 안간힘을 썼다. 가까스로 스크린 바로 앞에까지 밀치고 들어간 카울은 하얀 유니폼을 입은 보초들에게 잡혀 들어가는 톰의 모습을 보았다. 또 다른 스크린에 비친 사령관 사무실은 책상 위에 반쯤 먹다 팽개친 저녁식사 쟁반을 제외하고는 텅 비어 있었다. 세 번째 스크린에는 커다란 격납고 안에서 각자 자기 비행선을 찾아 뛰어가고 있는 비행사들이 보였다. 그린 스톰은 톰이 온 것을 보고 언제라도 적의 총공격이 시작될지 모른다고 생각하는 듯했다. 나머지 스크린들은 그냥 어둡고 텅 빈 채 껌뻑거리고 있었다.

루스트 섬 바깥쪽으로 난 하수관 주변에 수십 개의 게 카메라를 대기시키고 있던 로스트 보이들은 톰이 잡히면서 아수라장이 된 틈을 타 그것들을 모두 안으로 들여보냈다. 부서진 변기를 통해 쏟아져 나온 작은 카메라들은 즉시 배기창으로 들어가 덕트와 관들을 통해 쇠창살 사이로 들어가서 보안 센서들을 무력화시키고 시설 전체로 흩어져 나갔다. 그들이 내는 소음은 귀를 찌를 듯한 비상 경보 사이렌에 묻혀 전혀 들리지 않았다.

그 외중에 카울은 도청 기지 전체가 흔들리는 것을 느꼈다. 스크

27. 계단

류 웜이 돌아와 정박한 것이다. 잠시 후 뤠스가 에어록을 통해 들어왔다. 그는 긴장감과 흥분이 뒤섞인 표정으로 그린 스톰의 반응 속도에 대한 질문들을 던졌다.

"상당히 빨라." 소년들 중 한 명이 대답했다.

"엉클이 날 보내지 않아서 다행이야."

"훈련받은 새 같은 게 계단 쪽을 지키고 있었어. 처음 경보를 울린 것도 그것들이었고."

"대비를 해야겠군."

카울은 뤠스가 신경질 난다는 표정으로 자기를 처다볼 때까지 그의 소매를 잡아당기고 또 잡아당겼다. "톰이 돌아올 때까지 기다리기로 했잖아!" 카울이 소리쳤다. "탈출하면 어쩌려고? 겨우 빠져나왔는데 스크류 웜이 없으면 허사잖아."

"네 친구는 이제 끝장이야. 드라이와 사랑에 빠진 놈 같으니라고!" 뤠스는 그렇게 말하면서 카울을 밀어붙였다. "걱정 마. 모든 게 엉클의 계획대로 진행되고 있으니까."

❋ ❋ ❋

자물통에 열쇠가 들어가는 소리가 들리더니 누군가 문을 박차서 열었다. 헤스터는 소스라치게 놀라 깨어났다. 주섬주섬 일어나는 헤스터를 한달음에 성큼 들어온 사티야가 다시 한번 쓰러뜨렸다.

그 뒤로 군인들이 물에 푹 젖은 누더기 한 뭉치를 끌고 들어왔다. 헤스터는 누더기의 정체가 누군지 알아보지 못했다. 심지어 사티야가 물에 젖은 그 사람의 머리를 들어 올려 멍들고 피범벅이 된 얼굴을 보여 줬을 때도 그랬다. 처음에 헤스터는 비행사들이 입는 긴 가죽 코트를 보고 톰도 저런 코트가 있었는데 하고 생각하다가, 문득 다시 봤다. 물론 자기 앞에 있는 사람이 톰일 리는 전혀 없지만 말이다.

"톰?" 헤스터가 속삭였다.

"놀라는 척하지 마." 사티야가 소리쳤다. "애가 올지 모르고 있었다는 말이야? 네가 여기 있는지 어떻게 알아낸 거야? 너희 둘 사이의 계획이 뭐야? 누굴 위해 일하고 있는 거야?"

"그런 사람 없어!" 헤스터가 말했다. "그런 계획 같은 거 없단 말이야." 그녀는 보초들이 자기 옆에 톰을 무릎 꿇려 앉히는 것을 보면서 소리쳤다. 톰이 자기를 구하러 온 것이다. 그의 모습이 너무 겁에 질리고, 너무 아파 보였다. 그러나 헤스터의 가슴을 가장 아프게 한 것은 톰이 그녀가 무슨 짓을 했는지 모른다는 사실이었다. 자신은 구해 줄 가치가 없는 인간이었다. "톰…." 헤스터는 흐느껴 울었다.

"널 믿었어!" 사티야가 외쳤다. "불쌍한 안나를 속인 것처럼 날 잘도 속여 넘겼지. 순진한 척하면서 나를 회의하도록 만들고. 그러는 사이에 이 야만인 공범이 이곳에 잠입하도록 돕고 있었다니. 무

27. 계단

슨 계획이었지? 어디선가 배가 기다리고 있나? 블링코도 너랑 한통속이었나? 팝조이를 납치해 더러운 견인 도시 어디론가 데려갈 계획이었겠지. 너희도 스토커를 가져 보려고."

"아니야, 아니야. 그건 오해라고…." 헤스터는 울면서 그렇게 말했지만, 자신이 무슨 말을 한다 해도 소용없다는 것을 알고 있었다. 이렇게 톰이 갑자기 나타난 것을 견인주의자들의 음모라 하지 않고 어떻게 설명할 수 있겠는가.

톰은 너무 춥고 충격을 받아 무슨 일이 벌어지고 있는지 다 이해할 수 없었다. 그러나 헤스터의 목소리가 들리는 듯해서 고개를 들어 보니 그녀가 자기 옆에 쭈그리고 앉아 있는 게 보였다. 그 사이 헤스터가 얼마나 못생겼는지 잊고 있었다.

그때 사티야가 톰의 머리를 잡아채더니 목이 드러나게 했다. 그녀의 칼이 칼집에서 나오는 소리가 뱀의 휘파람 소리처럼 들리더니, 천장에 있는 덕트에서 달그락거리는 소리가 들렸다. 헤스터가 "톰!" 하고 소리쳤다. 톰은 눈을 감았다.

❄ ❄ ❄

로스트 보이들의 스크린에 비친 사티야의 칼은 하얀 불꽃 같았다. 게 카메라의 무전기를 통해 그녀가 욕설을 퍼부으며 음모니 배반이니 하는 소리가 작게 들려왔다.

"이러고만 있을 거야?" 카울이 소리쳤다.

"쟤는 드라이일 뿐이야." 스큐어가 그렇게 경고했지만 그의 목소리 어디엔가 친절함이 묻어 있었다. "가만 있어."

"도와야 해! 톰을 죽이겠어!"

뤠스가 카울을 옆으로 밀어젖혔다. "저 녀석은 원래 죽게 되어 있었어. 이 바보야! 우리 기지며 장비를 모두 다 봤는데 엉클이 저놈을 그냥 살아서 가게 했을 것 같아? 자기 여자 친구를 구해서 나왔다 하더라도 심문한 다음에 죽이라는 명령이었어. 톰은 그냥 그린 스톰의 주의를 잠시 빼앗는 데 이용됐을 뿐이야."

"왜?" 카울이 통곡하며 말했다. "게 카메라 몇 대 더 집어넣으려고? 기억의 방에 뭐가 있는지 엉클이 보게 해 주려고? 그뿐이야?"

뤠스가 날린 주먹에 카울은 제어판으로 날아가 부딪혔다. "엉클이 기억의 방에 뭐가 있는지 알아낸 건 몇 달 전 일이야. 저것들이 그냥 카메라 기능만 있는 줄 알아? 폭탄이 달려 있단 말이야. 드라이들이 안심하도록 몇 시간 정도 기다린 다음 들여보낸 게 카메라들을 모두 폭발시키고 진입해서 진짜 도둑질을 할 계획이야."

카울은 다시 한번 스크린들을 쳐다봤다. 코에서 나온 피가 입으로 흘러들었다. 다른 소년들이 자기와 거리를 두고 있다는 사실을 알아차렸다. 마치 드라이에 대해 걱정하는 것이 감기처럼 전염이라도 될까 봐 걱정스럽다는 듯한 반응이었다.

몸을 일으키던 카울은 자기가 손을 짚은 곳 근처에 투명한 뚜껑이

27. 계단

덮인 빨간 버튼들이 많다는 것을 알아챘다. 그는 잠시 그것들을 바라봤다. 이런 버튼들은 지금까지 한번도 본 적이 없었지만 무슨 기능인지는 짐작할 수 있었다. "안 돼!" 누군가 소리쳤다. "아직 안 돼!"

다른 소년들이 덮치기 직전에 그는 뚜껑들을 열고 주먹으로 가능한 한 많은 수의 버튼을 내리쳤다.

스크린들이 모두 꺼졌다.

28
바람을 풀다

뭔가가 뒤에서 세게 쳤고 그는 앞으로 넘어지면서 차가운 바닥에 얼굴을 부딪혔다. 그는 이제 끝이야, 이제 죽었구나 하고 생각했다. 그러나 그는 아직 죽지 않은 것 같았다. 볼에 축축한 돌바닥이 느껴졌고, 몸을 돌려 보니 천장이 폭발해서 내려앉고 있었다. 떨어진 파편들과 먼지로 봐서는 큰 폭발임에 틀림없었다. 그 정도 폭발이면 큰 소리가 났을 법도 한데 아무 소리도 들리지 않았다. 그리고 천장에서 계속 큰 파편들이 떨어지고, 사람들이 소리치는 것처럼 입을 크게 벌리고 손전등을 비추면서 허둥대고 있었지만 여전히 아무 소리도 들리지 않고 조용하기만 했다. 하긴, 앵앵거리는 소리와 휘파람 부는 소리 같은 것이 머릿속에서 들리고 있긴 했다. 재채기를 했는데도 아무 소리도 들리지 않았다. 그때 작고 뜨거운 손가락이 그의 손을 잡아끄는 것을 느끼고 그쪽을 보자 헤스터가 있었다. 손전등 불빛에 비친 헤스터가 문 쪽을 가리키면서 뭐라고 입 모

28. 바람을 풀다

양을 만들고 있었다. 톰은 자기 위에 떨어진 물건에서 빠져나와 일어섰다. 정신을 차리고 보니 자기 위에 떨어진 물건은 바로 사티야의 몸이었다. 그는 잠시 그녀가 많이 다친 것이라면 도와주어야 하지 않을까 생각했지만 곧 헤스터의 손에 끌려 문 쪽으로 다가갔다. 둘은 무너져 내리면서 꼬인 채 속이 드러난 난방 덕트 밑에 깔린 사람들에 걸려 넘어질 뻔하면서 밖으로 나갔다. 적어도 그 사람들은 죽은 게 분명했다. 문밖으로 나선 톰이 잠시 뒤를 돌아보는 순간 누군가 총을 쐈다. 그는 불이 번쩍하는 것도 보고 총알이 귀를 스쳐 지나가는 것도 느꼈지만 여전히 소리는 들리지 않았다.

둘은 계단을 뛰어 내려갔다. 문을 여러 번 통과하고 세게 닫았지만 모두 아무 소리도 내지 않았다. 헤스터와 톰은 숨을 돌리기 위해 멈춰 서서 몸을 구부리고 기침을 해 대면서 무슨 일이 벌어진 건지 파악하려고 노력했다. 폭발, 난방 덕트….

"톰!" 헤스터가 바로 귀 옆에다 대고 소리쳤다. 그러나 그녀의 목소리는 멀리서 들려왔다. 마치 물 밑에서 소리치는 것처럼 희미하고 울렁거리는 소리였다.

"뭐?"

"배!" 그녀가 소리쳤다. "배 어디 있어? 어떻게 여기 온 거야?"

"잠수함으로 왔어." 그가 말했다. "하지만 지금쯤 가 버렸을 거야."

"뭐?" 헤스터도 자기만큼이나 귀가 멀어 있는 것이 틀림없었다.

"가 버렸을 거라고!"

"뭐?" 복도 저편에서 먼지와 연기 사이로 손전등 빛들이 보였다. "제니를 타고 빠져나가자!" 그녀가 소리치면서 톰을 밀치며 또 다른 계단으로 접어들었다. 그곳도 어둡고 연기로 가득 차 있었다. 톰은 감방 말고 다른 곳에서도 폭탄들이 터졌음을 짐작했다. 어떤 복도에는 아직 불이 깜빡이고 있었지만 대부분 전기가 나가 있었다. 겁먹고 당황한 군인들이 손전등을 비추면서 떼 지어 지나갔다. 그들이 올 것을 미리 알아차리고 푹 패인 문틀이나 옆으로 난 복도로 들어가 숨는 것은 어렵지 않았다. 톰의 청력이 천천히 돌아오면서 귓속에서 들리던 휘파람 소리는 끈질기게 울리는 경보 사이렌으로 바뀌었다. 사람들이 더 몰려오는 것을 보고 헤스터가 톰을 다시 옆 계단 쪽으로 밀어붙였다. 이번에는 비행사들이었다. "여기가 어딘지도 모르겠어." 비행사들이 지나가자 그녀가 중얼거렸다. "어두우니까 하나도 못 알아보겠어." 헤스터는 씩 웃으며 톰을 쳐다봤다. 그녀의 얼굴이 먼지에 덮여 떡가루를 뒤집어쓴 것처럼 보였다. "폭발은 어떻게 해낸 거야?"

❀ ❀ ❀

뤠스는 그렇게 어려운 결정을 해 본 적이 없었다. 그는 잠시 완전히 모든 것을 포기할 뻔했다. 바닷속 깊이 자리 잡은 벼룩의 영혼

28. 바람을 풀다

안에서 먹통이 된 스크린들을 보며 머릿속이 하얗게 질려 오는 것을 느꼈다. 엉클의 계획이 모두 엉망진창이 된 것이다! 지금까지 조심스럽게 쌓아 왔던 계획이 모두 무너지다니! 게 카메라들을 완전히 제자리에 배치시키기도 전에 폭발해 버리다니!

"어떻게 하지, 뤠스?" 소년 중의 하나가 물었다.

가능한 길은 두 가지밖에 없었다. 그냥 집으로 돌아가서 엉클의 무서운 벌을 받는 것. 아니면 쳐들어가는 것.

"쳐들어가자." 그렇게 결정하고 나서 다른 소년들이 총과 그물, 도구들을 가져오고, 손전등을 머리에 묶고, 카울을 끌고 가는 것을 보면서 그는 다시 힘이 솟구치는 것을 느꼈다. "스큐어, 베이트볼, 그리고 카메라 담당들, 너희들은 여기를 지키고, 나머지는 나를 따라와!"

이렇게 해서, 당황한 그린 스톰 대원들이 자기들끼리 서로 다투면서 게 카메라 때문에 시작된 화재를 진압하고 서치라이트로 하늘을 비춰 대며 상상의 적을 향해 로켓을 연달아 발사하는 사이에 잘빠진 거머리선 한 대가 도청 기지에서 빠져나와 부두를 향해 다가갔다. 거머리선에서 빠져나온 로스트 보이들은 톰이 한 시간 전에 올라갔던 계단을 재빨리 뛰어올랐다.

거의 꼭대기에 다다랐을 때 스토커 새가 그들을 발견했다. 소년 한 명이 가드레일을 넘어 비명을 지르면서 바다로 떨어졌다. 또 한 명이 절벽 위에서 쏜 총을 맞고 부상당하자 뤠스가 그를 죽였다. 아무도 살아 있는 상태로 남겨 두지 말라는 엉클의 명령이 있었기 때문이다. 드라이들이 취조하지 못하게 하기 위해서였다. 문을 통과한 그들은 엉성하게 그려진 지도를 따라 기억의 방으로 향했다. 몇몇을 군데군데 남겨 탈출구를 확보했다. 당황한 그린 스톰 군인들이 연기를 뚫고 저항했지만 로스트 보이들은 그들을 모두 죽여 버렸다. 이것 또한 엉클의 명령이었다. 목격자가 한 명도 있어서는 안 됐다.

기억의 방을 지키던 보초는 도망간 지 오래였다. 육중한 잠금 장치도 뤠스를 오래 지체시키지는 못했다. 전기가 나갔기 때문에 있는 힘을 다해 밀자 슬그머니 문이 열렸다. 로스트 보이들이 비춘 손전등 불빛에 방의 중앙에 설치되어 있는 섬 같은 플랫폼으로 연결된 다리가 보였다. 플랫폼에는 누군가가 우리에 갇힌 짐승처럼 서성거리고 있었다. 갑자기 번뜩이는 청동 마스크가 불빛을 향해 돌아섰다.

소년들이 놀라 물러섰다. 무엇을 훔쳐 와야 하는지 하나도 빠짐없이 말을 들은 것은 뤠스뿐이었다. 그러나 뤠스마저도 그것을 실제로 본 적은 없었다. 엉클은 그 물건을 직접 상대하지 말라고 경고했다. '기습 공격을 해야 해.' 그가 보낸 명령 서한에 그렇게 씌어 있었다. '위에서, 아니면 뒤쪽에서부터 공격하는 거야. 무슨 일이 벌어지는지 알아차리기 전에 먼저 그물과 갈퀴들을 걸고 시작하는 거야.' 하지만 이제는 시간이 없었다. 게다가 그럴 기회가 있었다 하

28. 바람을 풀다

더라도 뤠스는 그 작전이 성공했을지 의심스러워졌다. 상대는 너무도 강해 보였다. 평생 처음으로 엉클이 제일 잘 아는 것인지에 대해 회의가 들기 시작했다.

그는 최선을 다해 자신의 두려움을 감췄다. "바로 저거야." 그가 말했다. "저게 바로 엉클이 원하는 거야. 자, 가서 훔치자."

로스트 보이들은 총, 칼, 밧줄, 쇠사슬, 자석 갈퀴, 그리고 무거운 그물 등등 엉클이 준 무기를 추켜올리고 다리를 건너기 시작했다.

그러자 스토커도 손을 한번 쥐었다 펴 보이고는 그들을 만나러 나왔다.

❋ ❋ ❋

총성이 어지럽게 울려 퍼졌다. 그러나 천장의 낮은 복도를 타고 메아리치는 소리 때문에 정확히 어디서 나는지는 알 수 없었다. 톰과 헤스터는 헤스터가 어렴풋이 머릿속에 그리고 있는 기지 구조를 믿고 계속 달렸다. 시체들이 보이기 시작했다. 그린 스톰 군인 세 명이 무더기로 쓰러져 있었다. 그리고 위아래가 맞지 않는 어두운 색 옷을 입고 까만 털실 모자 밑에 더부룩한 금발 머리가 삐져나온 어린 소년 한 명. 톰은 순간 그것이 카울이 아닌가 싶어 간이 콩알만 해졌다. 그러나 시체는 카울보다 더 나이 들고 몸집이 큰 소년의 것이었다. "로스트 보이들이 들어왔어!"

"그게 누군데?" 헤스터가 물었다. 톰은 대답하지 않았다. 무슨 일이 벌어지고 있는지, 그리고 자신은 어떤 역할을 맡았던 것인지 추리해 보느라 바빴기 때문이다. 헤스터가 다시 묻기 전에 시끄러운 소리가 들려왔다. 어딘가 가까운 데서 나는 소리였다. 총성이었다. 처음에는 한꺼번에 많이 들리다가 점점 줄어들더니 이내 산발적이고 무질서하게 바뀌었고 가끔 비명 소리도 함께 들렸다. 그러다가 마지막으로 귀를 찌르는 듯한 비명이 들리더니 정적이 흘렀다.

사이렌마저 멈췄다.

"뭐였지?" 톰이 물었다.

"내가 어떻게 알아?" 헤스터는 죽은 로스트 보이의 손전등을 집어 들고 톰을 잡아끌면서 또 다른 계단으로 들어섰다. "여기서 빠져나가자…"

톰은 기쁜 마음으로 따랐다. 그녀의 손이 자기 손을 잡고 이끄는 그 느낌이 좋았다. 이 느낌을 그녀에게 이야기할까 말까 망설여졌다. 그리고 앵커리지에서 일어났던 일에 대해 지금 사과해야 하지 않을까도 생각했다. 그러나 무슨 말을 꺼낼 틈도 없이 둘은 계단 맨 밑까지 내려왔고, 헤스터는 숨을 가쁘게 몰아쉬면서 그 자리에 멈춰 서서 톰에게 조용히 있으라고 손짓을 했다.

둘은 일종의 대기실 같은 곳에 와 있었다. 둥그런 쇠문이 활짝 열려 있었다.

"아, 맙소사!" 헤스터가 조용한 목소리로 말했다. "왜?"

28. 바람을 풀다

"전기! 잠금 장치가 열린 거야. 전기 담장도 내려갔고! 탈출해 버렸어!"

"뭐가?"

그녀는 숨을 한번 크게 쉬고 문 쪽으로 살금살금 다가갔다. "어서! 격납고로 가는 길이 있어…."

그들은 문 안쪽으로 함께 들어갔다. 머리 바로 위쪽 높이에 자욱한 화약 연기가 마치 하얀 텐트 지붕처럼 걸려 있었다. 주위엔 어둠과 액체 떨어지는 소리만이 가득했다. 헤스터는 다리를 따라 손전등을 비췄다. 빛이 웅덩이처럼 고인 핏물과 핏자국을 지나갔다. 어지럽게 난 핏자국들은 광란의 춤판을 연상시켰다. 둥그런 지붕에서도 피가 떨어지고 있었다. 물건들이 다리 위에 널려 있었다. 그것들은 처음 봤을 때는 헌 옷 뭉치처럼 보였지만 더 자세히 보면 그 옷가지들과 섞여 있는 손과 얼굴들이 보였다. 톰은 도청 기지에서 봤던 얼굴들 몇몇을 알아봤다. 하지만 왜 여기까지 온 걸까? 그들에게 무슨 일이 벌어진 걸까? 그는 걷잡을 수 없이 몸을 떨기 시작했다.

"괜찮아." 헤스터가 중앙 플랫폼 쪽으로 손전등을 비추면서 말했다. 플랫폼은 텅 비어 있었다. 피로 물든 회색 가운 같은 것만 벗어 버린 허물처럼 떨어져 있었다. 스토커가 떠난 것이다. 미로처럼 얽힌 방들과 복도를 누비며 새로운 희생자들을 찾아 헤매고 있을 게 분명했다. 헤스터는 다시 톰의 손을 잡고 재빨리 가장자리 쪽 문으로 다가갔다. 스토커의 컨디션이 좋은 날 사티야와 함께 수없이 드나들던 문이었다. 문 너머에 있는 계단에서 공기가 유령의 목소리처럼 부드럽게 신음 소리를 내고 있었다. "이쪽으로 가면 제니가 있는 격납고로 통해." 헤스터는 뒤에 따라오는 톰에게 그렇게 말하면서 아래로 달려갔다.

계단이 끝난 곳에서 복도를 돌자 갑자기 격납고가 나왔다. 흔들리는 헤스터의 손전등 빛에 제니 하니버의 낡고 붉은 기낭이 보였다. 헤스터는 벽에서 제어판을 찾아 레버 하나를 잡아당겼다. 어두운 천장 어디에선가 도르래들이 끼익거리며 돌아가기 시작하자 녹슨 쇳가루들이 비 오듯 쏟아졌다. 바퀴들이 돌아가고 굵은 밧줄들이 팽팽해지면서 격납고 입구의 겹문이 열렸다. 밖에 있는 절벽 위로 튀어나가도록 지어진 이착륙 플랫폼이 보였다. 안개가 짙게 끼어 있었다. 섬 전체를 둘러싸고 있는 안개는 언덕과 계곡, 큰 파도를 마치 꿈에 나오는 풍경처럼 만들었고, 바다마저 흰 베일로 둘러싸 버렸다. 하지만 안개 위 하늘은 맑았다. 별들과 죽은 인공 위성들이 보내는 빛이 격납고 안으로 들어와 정박 중인 제니 하니버를 비췄다. 그리고 콘크리트 바닥에 한 줄로 길게 난 핏자국도 비췄다.

제니의 조타 장치가 던지는 그림자 밑에서 큰 키의 물체가 성큼 나와 문으로 돌아갈 길을 막아섰다. 어둠 속에서 두 개의 초록빛 눈이 반딧불처럼 반짝였다.

"퀴크 맙소사!" 톰이 작게 비명을 질렀다. "저거…. 저거, 설마? 정말?"

28. 바람을 풀다

"미스 팽이야." 헤스터가 대답했다. "하지만 완전히 미스 팽이라고 할 수도 없지."

스토커는 열린 겹문으로 들어온 빛이 비치는 곳으로 걸어갔다. 쇠로 만든 긴 팔다리와 갑옷을 입은 몸체, 그리고 청동 마스크를 쓴 얼굴에 빛이 비치면서 절박해진 로스트 보이들이 쏜 총탄이 만든 작은 홈집들이 보였다. 그들의 피가 아직도 스토커의 갈고리손톱에서 뚝뚝 떨어지고 있었다. 손과 팔꿈치 아래는 완전히 피에 젖어 마치 빨갛고 긴 장갑을 낀 것처럼 보였다.

스토커는 기억의 방에서 있었던 대량 학살극을 즐겼다. 그러나 마지막 로스트 보이가 죽고 나자 그다음에 무엇을 해야 할지 몰랐다. 화약 냄새와 복도에서 희미하게 들려오는 전투 소음이 스토커의 본능을 자극했다. 그러나 왠지 열린 문 쪽은 조심스러웠다. 지난번 그 문을 통해 나가려다가 충격을 받았던 전기 담장을 기억하고 있었기 때문이다. 숙고 끝에 그는 다른 쪽 문을 선택했다. 뭔가에 끌리는 느낌이 들었지만 그 이유는 이해하지 못한 채 그는 격납고로 나섰고 그곳에서 기다리고 있던 낡고 붉은 비행선을 만났다. 그가 어둠 속에서 제니 주변을 돌며 자기가 살아 있을 때 맨손으로 지었던 곤돌라의 나무판을 쇠손가락으로 쓰다듬고 있는데 헤스터와 톰이 뛰어 들어왔다. 갈고리손톱이 다시 튀어나왔고 몸속 깊은 곳에서 끓어오르는 살해 본능이 그의 전기 신경을 타고 온몸으로 퍼졌다.

톰은 이착륙 플랫폼 쪽으로 뛰어가려고 몸을 돌렸지만 피에 젖은 바닥에 미끄러진 헤스터와 부딪혀 주춤했다. 넘어져 있는 헤스터를 일으켜 주려고 손을 내미는 순간 스토커가 두 사람 바로 옆에 와 서 있다는 것을 깨달았다.

"미스 팽?" 톰은 그 이상하면서도 낯설지 않은 얼굴을 바라보며 속삭였다.

피가 흩뿌려진 콘크리트 바닥에 넘어져 있는 소녀를 보호하려고 몸을 구부리는 톰을 보며 스토커의 뇌 기계에 의미 없는 기억의 편린 하나가 퍼뜩 스쳐 지나가면서 어딘가 근질거리고 혼란스러운 느낌이 들었다. 그는 갈고리손톱을 움찔거리며 잠시 멈칫했다. 어디서 이 소년을 봤던가? 기억의 방에 붙어 있던 사진들 중에는 없었는데. 그러나 아는 소년이었다. 그의 얼굴이 눈밭에 누워 있는 자신을 내려다보고 있는 장면이 기억났다. 마스크 뒤에서 스토커의 죽은 입술이 움직였다.

"톰 니츠워디?"

"내츠워디." 톰이 말했다.

낯선 기억이 스토커의 머리 안에서 다시 한번 움직였다. 그가 왜 이렇게 낯익은지 모르지만 이 소년이 자기가 죽지 않기를 바라고 있었다는 것은 기억이 났다. 스토커는 한 걸음 물러났다. 그리고 또 한 걸음. 갈고리손톱들이 안으로 들어갔다.

"안나!"

갈라진 비명 소리가 동굴 같은 격납고 안에 메아리치자 셋은 모두

28. 바람을 풀다

문 쪽을 바라봤다. 한 손에 손전등을, 다른 손에 칼을 든 사티야가 거기 서 있었다. 얼굴과 머리에는 아직 횟가루를 뒤집어쓴 채였고, 덕트가 폭발하면서 튄 파편에 다쳐 머리에서 피가 흐르고 있었다. 그녀는 손전등을 내려놓고 자기가 사랑하는 스토커에게로 급히 다가갔다. "오, 안나! 사방을 찾아다녔어요! 여기 제니와 함께 있는 게 당연한데 그 생각은 미처…."

스토커는 움직이지 않고 얼굴만 돌려 톰을 다시 한번 내려다봤다. 스토커의 발치에 웅크리고 있는 헤스터와 톰을 발견한 사티야는 그 자리에 멈춰 섰다. "저놈들을 잡았군요! 안나! 잘했어요. 우리의 적이에요. 침입자들과 한통속이었어요! 게다가 당신을 살해한 놈들이잖아요! 당장 죽여야 해요!"

"그린 스톰의 적은 모두 죽어야 한다." 스토커도 동의했다.

"맞아요, 안나!" 사티야가 재촉했다. "지금 죽여야 해요. 다른 놈들을 죽인 것처럼 저놈들도 죽여요!"

스토커는 고개를 갸우뚱했다. 그의 눈에서 나오는 초록 불빛이 톰의 얼굴을 훑고 지나갔다.

"싫으면 내가 직접 하죠!" 사티야가 앞으로 나서면서 칼을 쳐들었다. 그 순간 스토커가 재빨리 몸을 움직였다. 톰은 공포에 질린 비명을 질렀고, 헤스터는 톰의 품으로 더 파고들었다. 손전등 불빛에 무쇠로 된 갈고리손톱이 번득였고, 사티야의 칼이 바닥에 나가떨어졌다. 그녀의 손이 아직 칼의 손잡이를 움켜쥐고 있었다.

"안 돼." 스토커가 말했다.

한순간 정적이 흘렀다. 사티야는 잘려진 자기 팔에서 믿기지 않을 정도로 쏟아져 나오는 피를 보며 서 있었다. "안나!" 그녀는 속삭이면서 털썩 주저앉은 다음 얼굴을 바닥에 부딪치며 쓰러졌다.

톰과 헤스터는 아무 말도 하지 않고, 숨도 쉬지 않고, 할 수 있는 한 가장 작고 조용한 자세로 앉아 그 장면을 바라보고 있었다. 마치 움직이지 않고 가만히 있으면 스토커가 자신들의 존재를 잊기라도 할 듯이. 그러나 스토커는 그들을 향해 돌아서면서 피가 뚝뚝 떨어지는 갈고리손톱을 치켜들었다. "떠나라." 그는 제니 하니버를 가리키며 속삭였다. "떠나라. 그리고 다시는 그린 스톰과 마주치지 마라."

톰은 헤스터를 부둥켜안고 쭈그려 앉은 채 너무 두려워 움직이지도 못했다. 그러나 헤스터는 스토커의 말을 곧이곧대로 받아들이기로 결심했는지 서서히 일어나서 톰을 끌고 비행선 쪽으로 뒷걸음질하기 시작했다. "빨리, 톰! 맙소사! 뭐라고 하는지 들었잖아!"

"감사합니다." 톰은 스토커 옆을 지나면서 예의 바르게 속삭이고는 제니의 승강 사다리를 올라갔다. 오랫동안 정박해 있어서인지 곤돌라 안에선 차갑고 낯선 냄새가 났다. 그러나 헤스터가 엔진을 켜자 익숙한 진동이 느껴지면서 모든 것이 살아나기 시작했다. 엔진 소리가 격납고를 가득 채웠다. 톰은 조종석에 앉아 밖에서 자기를 바라보고 서 있는 스토커를 보지 않으려 노력했다. 이륙 램프의

28. 바람을 풀다

적록색 빛이 스토커의 갑옷에 비치면서 묘한 분위기를 연출했다.

"정말 우리를 보내 줄 셈일까?" 톰이 물었다. 이빨이 서로 맞부딪히고 온몸이 너무 심하게 떨려 조종간을 제대로 잡지 못할 지경이었다. "왜? 왜 그녀가 우리는 다른 사람처럼 죽이지 않았을까?"

헤스터는 고개를 저으면서 기계들을 차례로 켜고 난방 장치도 켰다. 그녀는 머릿속에 슈라이크를 떠올리고 있었다. 그로 하여금 부서진 로봇들을 모으고 심하게 상처를 입고 죽어 가는 어린 여자아이를 구출하도록 만들었던 이상한 감정들을 생각했다. 그러나 헤스터는 "그녀라고 부르지 마. 이제 더 이상 사람이 아니라고. 그것이 무슨 생각을 하는지 어떻게 알아? 맘 변하기 전에 빨리 출발해!"라고만 말했다.

정박 클램프들이 풀리고 엔진들이 이륙 모드로 들어서자 제니는 약간 비틀거리면서 떠올라 격납고 벽에 풍향계 한쪽을 긁으면서 밤하늘로 나섰다. 스토커는 바깥쪽 이착륙 플랫폼으로 걸어 나와 비행선이 로그스 루스트를 완전히 떠나는 것을 바라보았다. 그린 스톰의 로켓 부대가 제니가 적인지 아군인지 구분하지 못해 망설이는 사이 톰과 헤스터는 안개 속으로 사라져 버렸다. 그 순간 스토커의 머릿속에서 다시 한번 반쯤 만들어진 기억 같은 것이 스쳐 지나갔다. 톰이라고 부르던 그 소년이 눈밭 위에 무릎을 꿇고 자기를 바라보며 "미스 팽! 너무 비겁해! 밸런타인은 미스 팽이 놀란 틈을 타서 찌른 거야!" 하고 외치는 장면이었다.

순간 스토커는 이상한 만족감을 느꼈다. 마치 마음의 빚을 갚은 것 같은.

✼ ✼ ✼

"어느 쪽?" 톰은 로그스 루스트가 안개 너머 1마일 이상 떨어져 있다고 생각될 때에야 비로소 겨우 말을 할 수 있을 정도로 마음이 가라앉았다.

"북서쪽." 헤스터가 말했다. "앵커리지. 거기로 다시 돌아가야 해. 끔찍한 일이 벌어졌어."

"페니로얄이지!" 톰이 추측했다. "나도 떠나기 직전에야 알아차렸어. 아무한테도 말할 틈이 없었어. 네 말이 맞았어. 네가 의심쩍은 사람이라고 할 때 말을 들었어야 했는데."

"페니로얄?" 헤스터는 톰이 자기가 모르는 언어를 사용하기라도 한 것처럼 그를 쳐다봤다. 그녀는 고개를 저었다. "아크에인절이 추격하고 있어."

"오, 쿼크 맙소사!" 톰이 속삭였다. "확실해? 하지만 아크에인절이 어떻게 앵커리지의 항로를 알아냈을까?"

헤스터는 그냥 조종간을 잡고 경로를 북북서로 잡았다. 그런 다음 그녀는 몸을 돌려 손을 등 뒤로 감춘 채 톰을 바라봤다. 조종 패널의 가장자리를 너무 꼭 잡아 손바닥이 아팠다. 그녀는 말했다. "네

28. 바람을 풀다

가 프레야와 키스하는 걸 봤어. 그래서 난… 난…." 그녀가 내뱉는 단어 사이사이에 얼음처럼 차가운 침묵이 흘렀다. 톰에게 진실을 고백하고 싶었다. 진심으로. 그러나 상처와 두려움으로 가득한 그의 얼굴을 보자 도저히 그렇게 할 수 없었다.

"헤스터, 미안해." 톰이 갑자기 내뱉었다.

"상관없어." 헤스터가 말했다. "내 말은…. 나도 미안해."

"어떻게 하지?"

"앵커리지 말이야?"

"앞에는 죽은 대륙이 있으니 계속 앞으로 나아갈 수도 없고, 뒤에는 아크에인절이 쫓아오고 있으니 뒤로 돌 수도 없어."

"나도 모르겠어." 헤스터가 말했다. "일단 거기 가서 보자. 그런 다음 대책을 생각해 보자."

"하지만 무슨 대책이…." 톰은 그렇게 묻기 시작했지만 말을 끝내지 못했다. 헤스터가 두 손으로 톰의 얼굴을 붙잡고 입을 맞추기 시작했기 때문이다.

❈ ❈ ❈

제니 하니버의 엔진 소리가 점점 희미해져 가다가 결국 스토커의 귀로도 들을 수 없을 정도로 멀어졌다. 톰과 헤스터를 죽이지 않도록 했던 기억도 빠른 속도로 사라지고 있었다. 마치 꿈을 꾼 것 같았다. 그는 눈을 야간 시력 모드로 바꾸고 격납고로 돌아갔다. 사티야의 절단된 손은 이미 차갑게 식었지만, 그녀의 몸은 아직 온기가 남아 있었다. 스토커는 사티야가 쓰러져 있는 곳으로 다가가서 머리채를 잡아 그녀를 일으키고는 그녀가 다시 깨어나 신음 소리를 낼 때까지 흔들어 댔다.

"비행선과 무기를 준비해. 시설을 떠난다."

사티야는 고통과 공포로 가득 찬 눈을 들어 스토커를 바라봤다. 자신이 스토커를 기억의 방에 가둔 채 사진들을 보여 주고 좋아하던 음악들을 틀어 주는 동안 스토커는 내내 이 순간만을 기다리고 있었던 걸까? 하긴 이게 바로 스토커를 만든 가장 큰 이유였다. 사티야 본인이 안나를 부활시켜 연맹을 이끌 스토커를 만들라고 팝조이한테 명령하지 않았던가? "알았어요, 안나!" 그녀는 흐느끼며 말했다. "물론이죠, 안나."

"난 안나가 아니다." 스토커가 말했다. "나는 스토커 팽이야. 그리고 이곳에 숨어 있는 게 이제 진력이 난다."

다른 인간들이 격납고 안으로 조심스럽게 들어오고 있었다. 수수께끼 같은 침입자들과의 전투 후 지휘자를 잃고 충격을 받은 군인들, 과학자들, 비행사들이었다. 닥터 팝조이도 그들과 함께 있었다. 스토커가 몸을 돌려 그들 쪽을 향하자 일행은 팝조이를 얼른 앞으로 내세웠다. 스토커 팽은 사티야를 부서진 인형처럼 끌고 팝조이가 서 있는 곳으로 다가갔다. 그의 땀구멍에서 나는 소금 냄새와 공

28. 바람을 풀다

포에 찬 그의 스타카토 같은 숨소리가 느껴질 정도로 가까이 다가선 스토커는 마침내 입을 열었다. "지금부터 내 명령에 모두 복종한다. 닥터, 지금 만들고 있는 실험 모델들을 앞당겨 완성한다. 우리는 샨 구오로 돌아갈 것이다. 가는 길에 그린 스톰의 다른 기지들에 들러 세력을 키운다. 우리에게 저항하는 반 견인 연맹 분자들은 모두 처단한다. 비행선 제작소, 훈련소, 무기 제조 공장 등을 모두 점령한다. 그런 다음 지구에서 견인 도시들을 영원히 사라지게 할 태풍을 몰아갈 것이다!"

PART THREE

PREDATOR'S GOLD
29
크레인

"이야기 하나 해 줄게." 목소리가 말했다. "편안히 매달려 있나? 그렇다면 시작하지."

 카울은 눈을 떴다. 아니 한 눈만 겨우 여는 시늉을 했다. 다른 쪽 눈은 멍이 들고 부어서 떠지지도 않았기 때문이다. 작전 실패라는 불명예를 안고 스크류 웜을 타고 돌아오는 길에 살아남은 페스의 부하들한테 얼마나 얻어맞았는지 모른다. 마침내 의식을 잃으면서 카울은 그것이 죽음인 줄 착각하고 그 순간을 반겼다. 그의 뇌리를 마지막으로 스친 것은 톰과 헤스터가 도망치도록 도운 자신이 자랑스럽다는 생각이었다. 의식이 돌아왔을 때는 그림스비에 도착해 있었다. 다시 주먹질과 발길질이 쏟아지기 시작했고, 얼마 가지 않아 그는 더 이상 자신의 행동이 자랑스럽다고 생각하지 않게 되었다. 드라이 한 쌍을 살리겠다고 자기 인생을 걸다니! 자기가 그런 어리석은 행동을 했다는 게 믿어지지 않았다.

엉클은 자기를 정말로 실망시킨 아이들을 위해 특별한 벌을 마련해 놓았다. 소년들은 카울을 거머리선 정박장으로 끌고 가 목에 밧줄을 두르고 줄의 한쪽 끝을 스크류 웜의 정박용 크레인 고리에 매달았다. 카울은 공중으로 매달려 올라가 서서히 목이 졸리는 형벌을 받아야만 했다. 하루 종일 높은 크레인에 매달린 채 숨을 헐떡거리는 카울 주변에 로스트 보이들이 둘러서서 야유를 하고 음식 찌꺼기와 쓰레기를 던져 댔다. 밤이 되어 모두 잠자리에 들고 나면 목소리가 들리기 시작했다. 그 소리가 너무나 희미하고 속삭이는 듯했기 때문에 처음에는 환청인 줄만 알았다. 그러나 차츰 그것이 자기 머릿속에서 들리는 소리가 아니라 엉클의 목소리라는 것을 깨달았다. 목소리는 카울의 머리 가까이에 설치된 스피커에서 들려왔다.

"아직도 깨어 있나, 카울? 아직 살아 있나? 기억하지? 소나는 그렇게 매달린 채 거의 일주일을 버텼지."

카울은 찢어지고 부은 입술 사이로 숨을 들이마셨다. 앞니가 있던 자리에 커다란 구멍이 나 있었다. 그의 머리 위에서 밧줄이 끼이익 소리를 내며 천천히 돌아갔다. 정박장 전체가 자기를 에워싸고 끊임없이 돌아가는 것 같았다. 어두운 색의 물, 가만히 매달려 있는 거머리선들, 그리고 천장에서 자기를 조용히 내려다보고 있는 그림 속의 인물들. 카울은 스피커에서 나오는 엉클의 축축하고 규칙적인 숨소리를 들었다.

"내가 젊은이였을 때 말이야(나도 한때 젊을 때가 있었지, 너처럼 말이

29. 크레인

야. 나는 이렇게 늙은 나이까지 살아남았다는 게 너하고 다르지만) 아크에인절이라는 도시에 살았었어. 스틸튼 카일, 그게 내 이름이었지. 카일가는 괜찮은 집안이었어. 가게, 호텔, 고물 처리장, 트랙터 바퀴 부품 공장…. 재산도 상당했지. 열여덟 살이 되자 난 집안에서 운영하는 고물 처리장을 맡게 됐어. 뭐 고물 처리장 사장이 내 천직이라고 생각하지는 않았지만…. 사실 난 시인이 되고 싶었어. 위대한 서사시를 남겨서 거 머시냐, 그 그리스 놈… 눈 멀고… 그 아무개처럼 이름만이라도 영원히 살아남을 그런 시를 쓰고 싶었다고. 어릴 적 꿈이 허사로 돌아가는 걸 보면 우습지. 하긴 너도 이젠 그런 거 다 알겠구나, 카울."

몸이 다시 한번 돌아가자 카울은 숨을 헐떡였다. 손은 뒤로 묶여 있고, 밧줄은 목으로 파고들고…. 언제인지 모르지만 그는 잠시 의식을 잃었다가 다시 정신을 차렸다. 뱀 같은 그 목소리는 아직도 집요하게 계속되고 있었다.

"고물 처리장은 노예들 없이는 돌아가지 않아. 거기서 일하는 노예들은 다 내 차지였지. 내 손에 목숨이 달려 있는 거야. 어느 날 노예 하나가 새로 들어왔어. 어린 소녀였지. 난 확 가고 말았어. 아름다웠지. 그 애 말이야. 시인은 그런 걸 놓치지 않아. 인디아 잉크를 연상시키는 칠흑 같은 머리가 폭포수처럼 흘러내리고, 램프 빛 같은 피부에 북극성 같은 눈은 까만데도 빛과 미스터리로 가득했지. 상상할 수 있겠나, 카울? 물론 네가 곧 물고기 밥이 될 처지니까 이런 이야기도 해 주는 거야. 내가 한때 사랑에 빠질 만큼 연약했다는 걸 다른 놈들한테 알릴 수는 없지. 로스트 보이한테 연약한 마음과 사랑 따위는 필요 없거든, 카울."

카울은 프레야 라스무센을 생각했다. 그녀가 지금쯤 어떻게 지내고 있을지, 그리고 아메리카로 향한 여정은 어떻게 되어 가고 있는지 궁금했다. 한순간 그녀가 너무도 가깝고 선명하게 보여서 그녀의 온기가 느껴질 것 같았다. 그러나 다음 순간 엉클의 속삭임이 그 꿈을 산산조각 내 버리고 말았다.

"안나였어, 그 노예 이름이. 안나 팽. 여운이 있는 이름이야. 시인한테는. 힘들고 위험한 일들은 빼 주고 좋은 음식에 좋은 옷을 줬지. 사랑했어. 그녀도 나한테 사랑한다고 말했고. 언젠가 그녀를 자유롭게 해 주고 결혼할 계획도 있었어. 우리 가족이 뭐라 한들 상관없었지. 그런데 말이야, 알고 보니 처음부터 안나는 날 바보 취급하고 있었어. 내가 사랑에 빠져 눈이 먼 사이 그녀는 내 고물 처리장을 뒤져서 낡은 기낭이니 엔진 포드니 하는 걸 훔쳐 냈더라고. 기술자들을 시켜 곤돌라에다가 그걸 단 거야. 내 명령이라고 거짓말해서. 내가 준 선물도 다 팔아서 연료와 이륙용 가스를 사는 데 썼고. 그러던 어느 날 팽하고 운율이 맞는 단어가 뭘까, 그리고 그녀의 귀 색깔을 어떻게 하면 정확히 묘사할 수 있을까 궁리하고 있는데 그녀가 도망갔다는 기별이 왔어. 그때까지 훔친 물건들로 비행선을 만들었다는 거야. 그걸로 아크에인절에서 내 인생은 끝났지. 우리

29. 크레인

"가족은 나와 인연을 끊었고, 디렉토르는 노예 도주를 도왔다는 이유로 나를 얼음 황무지로 추방해 버렸어. 빈손으로 얼음 바다에 버려진 거야. 빈손으로."

카울은 조금씩 숨을 들이마셨다. 그러나 아무리 애를 써도 폐를 다 채우게 숨을 들이킬 수는 없었다.

"하지만 난 더 강해졌어, 카울. 그러다가 그림스비에서 물건을 건져 올리던 눈유목민 고물 수집상들을 만났지. 그놈들을 하나씩 하나씩 차례로 처치한 다음 잠수함을 훔쳐서 여길 내려온 거야. 도둑질도 조금씩 하면서. 뭐 내가 빼앗긴 것을 조금 되찾는 것일 뿐이지만. 정보도 많이 모았지. 얼음 바다에 버려진 후에는 그 누구도 내가 모르는 비밀을 가질 수 없게 할 거라고 맹세했으니까. 그러니까 지금 나를 만든 건 어쩌면 안나 팽이라고 할 수도 있지. 그 마녀 같은 여자 말이야."

카울의 머릿속에 화려하게 소용돌이치다가 불꽃처럼 터지는 오색의 향연 속에서 계속 반복되는 그 이름이 차츰 자리를 잡았다. "팽." 그는 이름을 발음해 보려고 애썼다.

"바로 그거야." 엉클이 속삭였다. "로그스 루스트에서 무슨 일이 벌어지고 있는지 알아낸 건 한참 전 일이야. 그 많은 그림들에다, 제니 하니버를 찾으려고 그렇게 애쓰는 걸 보면 알 만하지. 안나 팽 박물관을 만드는 게 아니라면 그녀를 다시 살린 거라는 결론을 내릴 수밖에."

카울은 도청 기지와 작전을 개시한 후 유혈이 낭자했던 아비규환을 기억했다. 폭발하지 않은 카메라가 아직 몇 개 남아 있었기 때문에 루스트로 들어간 동료들의 행적을 파악하기 위해 이곳저곳을 카메라로 뒤지다가 스토커 팽의 모습과 전쟁을 이야기하는 그의 끔찍한 목소리를 잠시 포착했었다.

"그래서 로그스 루스트 작업에 그렇게 공을 들였던 거야. 생각해 봐! 그 옛날 나를 망하게 했던 장본인을 납치해서 데려올 수 있다니! 다시 처음으로 돌아가는 거야. 꼬리를 문 뱀의 형상이지. 인과응보! 그 스토커를 여기로 데려와서 다시 내 노예로 만들 계획이었어. 한시도 쉬지 않고 세상이 끝날 때까지 내 노예로 일하도록 말이야! 모든 게 완벽하게 맞아 돌아가고 있었어! 네가 미리 게 카메라들을 폭발시켜 뢰스 일행을 너무 빨리 들어가게 만들지만 않았어도, 모든 게 각본대로 됐을 거야. 그런데 네가 망쳤어, 카울! 네가 모든 걸 망쳤어."

"제발…." 카울은 안간힘을 써서 그 한 단어를 내뱉을 만큼의 공기를 모으고, 조심스럽게 입 모양을 만들어 말했다. "제발…."

"제발 뭐!" 엉클이 비아냥거렸다. "살려 달라고? 죽여 달라고? 안 되지. 네가 한 짓이 있는데. 뢰스 일을 책임질 누군가가 필요하지. 그래야 애들이 나를 가만히 둘 거란 말이야. 넌 거기서 죽을 때까지 매달려 있는 수밖에 없어. 냄새가 심해져 애들이 찔러 댈 수 없을 때까지 계속 매달아 둘 거야. 그런 다음 물에 던져 버리면 되지. 엉

29. 크레인

클이 항상 제일 잘 안다는 걸 모두 잊지 않도록 말이야."

긴 한숨 소리, 마이크를 손으로 만지는 소리, 그리고 스피커가 꺼지면서 나는 소리가 들리더니 계속 배경음으로 들리던 치직대는 소리까지 없어졌다. 밧줄이 다시 한번 끼익거리고 방이 천천히 맴돌았다. 그림스비의 벽과 유리창 밖에서는 바다가 끊임없이 안으로 들어올 길을 찾느라 문을 두드렸다. 카울은 암흑 속으로 까무룩 들어갔다 나왔다를 수없이 반복했다.

높은 곳에 자리 잡은 자기 방에서 엉클은 동시에 대여섯 개 정도의 스크린을 통해 죽어 가는 소년의 얼굴을 바라보고 있었다. 클로즈업, 중간 숏, 그리고 원거리 숏. 그는 하품을 참으면서 몸을 돌렸다. 제일 신임하는 소년들 몇몇 말고는 모르는 일이지만 천리안도 잠은 자야만 했다. "잘 감시해, 가글." 어린 조수 가글에게 그렇게 지시하고 엉클은 침실 쪽으로 난 계단을 걸어 올라갔다. 침대는 서류와 폴더, 파일, 책, 상자들로 뒤덮여 거의 표면이 보이지 않을 정도였다. 침대 덮개(마그라브 코츠한테서 훔쳐 온 금박 무늬 덮개) 밑으로 파고든 그는 바로 잠이 들었다.

항상 되풀이되는 꿈 속에서 엉클은 다시 집에서 막 쫓겨난 빈털터리, 실연당한 젊은이가 되어 있었다.

※ ※ ※

카울이 다시 정신을 차렸을 때는 아직 밤이었다. 목을 조르던 밧줄이 이제는 당기고 꼬이는 느낌까지 들었다. 헐떡이며 숨을 쉬기 위해 애쓰는 카울의 목에서 컥컥 소리가 났다. 그러자 누군가 위에서 "좀 가만히 있어 봐!" 하고 쏘아붙이는 소리가 들렸다.

그는 비교적 쓸 만한 한쪽 눈을 뜨고 올려다봤다. 머리 위 그림자 속에서 여러 가닥으로 꼬인 두꺼운 밧줄을 자르고 있는 칼이 번쩍 빛났다.

"어이!" 소리는 안 나왔지만 그렇게 소리치고 싶었다.

밧줄의 마지막 가닥이 끊어지자 어둠 속으로 떨어진 그는 스크류 웜의 몸체에 세게 부딪혔다. 천식 환자 같은 숨소리를 내면서 카울은 거기 엎드려 한참 동안 숨을 골랐다. 누군가 손목을 묶고 있던 밧줄을 끊더니 그를 뒤집어 눕혔다. 자기를 내려다보고 있는 가글의 얼굴이 보였다.

카울은 말을 하려고 했지만 숨 쉬느라 바쁜 몸에는 말에 낭비할 에너지가 남아 있지 않은 것 같았다.

"정신 차려. 얼른 도망가야 해." 가글이 속삭였다.

"도망? 엉클이 볼 텐데!" 카울이 쉰 목소리로 말했다.

가글이 고개를 저었다. "엉클은 자고 있어."

"엉클은 절대 안 자는데!"

29. 크레인

"그건 네 생각이고. 어쨌든, 널 감시하고 있는 게 카메라는 다 고장 났어. 내가 손 좀 봤지."

"그래도 발각되면…."

"발각 안 될 거야." 씩 웃는 가글의 이빨이 하얗게 빛났다. "고장 난 게 카메라 부품들을 스큐어 침대에 숨겼어. 엉클은 그 녀석이 한 줄 알 거야."

"스큐어가 날 얼마나 미워하는데. 엉클도 그걸 알아!"

"아니. 엉클한테 계속 스크류 웜에서 너희 둘이 정말 잘 지냈었다고 이야기했거든. 스큐어가 대장 노릇을 한 것도 네가 걱정이 돼서 한 일이었을 뿐이라고 했지. 널 위해서라면 뭐든지 할 거라고. 엉클은 너하고 스큐어가 단짝인 줄 알아."

"맙소사!" 카울은 다시 한번 쉰 목소리로 말했다. 이 신출내기가 이렇게 꾀가 많고 치밀하다는 게 놀랍고, 스큐어한테 벌어질 일이 끔찍해서였다.

"엉클이 널 죽이는 걸 보고 있을 수 없었어. 앵커리지에 갔을 때 나한테 잘 해 줬잖아. 넌 앵커리지에 가서 살아야 해, 카울. 스크류 웜을 몰고 앵커리지로 돌아가."

카울은 자기 목을 쓰다듬었다. 거머리선을 훔치는 것이야말로 로스트 보이가 저지르는 죄 중에서 가장 큰 죄라고 평생 귀에 못이 박히도록 들어 온 말이 다시 떠올랐다. 하지만 살아 있으니 좋았다. 그리고 숨을 쉴 때마다 살고 싶은 욕망이 더 커졌다.

"왜 하필 앵커리지야? 톰이랑 페니로얄이 하는 이야기를 들었잖아. 앵커리지는 지금 제 발로 죽으러 가고 있는데. 내가 간다고 해서 반겨줄 사람도 없고. 나 같은 도둑을 누가 좋아하겠어."

"널 반겨 줄 거야. 네가 얼마나 필요한 사람인지 깨닫고 나면 네가 도둑질한 것쯤이야 금방 잊을걸. 이거 가져가." 가글은 그의 손에 뭔가를 쥐어 줬다. 얇은 금속으로 된 긴 튜브였다. "이야기하고 있을 시간이 없어, 카울. 넌 여기 안 맞는 애야. 항상 그랬어. 거머리선을 타고 빨리 도망가."

"넌 같이 안 가?"

"나? 물론 아니지. 난 로스트 보이야. 여기 남아서 엉클한테 유용한 사람이 될 거야. 엉클은 이미 많이 늙었어, 카울. 눈도 잘 안 보이고 잘 듣지도 못 해. 카메라랑 자료실을 맡길 만큼 믿을 수 있는 사람이 필요해. 몇 년 지나면 엉클의 오른팔이 될 수 있어. 그리고 또 몇 년 지나면…. 누가 알아? 내가 그림스비 대장이 되어 있을지."

"그거 괜찮겠다. 네가 그림스비 대장이 되면 어린 애들 괴롭히는 건 그만하겠지." 그렇게 말하면서 웃음을 터뜨리자 온몸이 욱신거렸다.

"뭘 그만한다고?" 카울은 가글의 얼굴에 떠오른 낯선 미소가 마음에 들지 않았다. 어딘지 모르게 차갑고 날카로운 느낌이었다. "그럴 일은 없을 거야. 내가 제일 먼저 나서서 애들을 괴롭힐걸! 그 희

29. 크레인

망으로 지금까지 살아남았어, 카울. 스큐어랑 다른 녀석들이 절도 훈련소에서 날 못살게 굴 때마다 내 차례가 되면 어떻게 복수해 줄까 생각하면서 버텼단 말이야."

카울은 잠시 가글을 쳐다봤다. 이것도 꿈이기를 바라는 마음이 반쯤은 있었다. "어서 가." 가글이 다시 그렇게 말하면서 스크류 웜의 문을 열었다. 꿈이든 아니든 간에 이제는 가글하고 싸울 처지가 아니었다. 확신에 찬 그의 목소리를 들으니 카울은 오히려 자신이 다시 신출내기가 돼서 자신만만한 선배의 명령을 듣는 느낌이었다. 가글이 준 물건을 떨어뜨리자 가글은 그것을 다시 주워 건넸다. "어서 가. 돌아오지 마. 행운을 빌어!"

카울은 가글이 준 물건을 받아 들고 열린 문 쪽으로 힘없이 다가가 아래로 내려가는 사다리에 올라섰다. 옻칠이 된 이 쇠 튜브가 무슨 도움이 될까 궁금했다.

PREDATOR'S GOLD
30
앵커리지

일찍 잠이 깬 프레야는 한동안 어둠 속에서 그대로 누워 있었다. 울퉁불퉁한 빙판과 얼음 언덕들을 지나가느라 도시 전체가 흔들리고 덜컹거리는 것이 느껴졌다. 그린란드보다 훨씬 서쪽까지 온 앵커리지는 이제 아무도 가 보지 않은 얼음 벌판과 얼어붙은 섬들의 험한 등성이가 기다리고 있는 남쪽으로 기수를 돌렸다. 미스터 스캐비어스는 벌써 여러 차례 구동 바퀴를 올리고 캐터필러 바퀴를 사용해서 눈 덮인 암반 지형과 갈기갈기 찢긴 빙하를 넘어야만 했다. 그러나 이제부터 당분간은 수평선까지 펼쳐진 얼어붙은 바다 위를 이동할 예정이었다. 미스 파이는 그곳이 허드슨 베이라고 추측했다. 페니로얄 교수가 죽은 대륙의 심장부와 직접 통해 있다고 주장한 얼음 대평원 말이다. 그러나 앵커리지의 무게를 견딜 만큼 얼음이 단단할지는 의문이었다.

'페니로얄 교수가 확실히 말해 줄 수만 있어도.' 프레야는 이불을

30. 앵커리지

박차고 창문 쪽으로 다가가면서 생각했다. 하지만 페니로얄은 걸어서 이곳에 왔고, 책에 나온 묘사도 놀라울 정도로 애매했다. 미스 파이와 미스터 스캐비어스는 페니로얄에게서 좀 더 정확한 정보를 얻어 보려고 갖은 노력을 다 했지만, 그럴 때마다 페니로얄은 삐져 버리거나 무례한 행동을 했고, 결국은 방향조정위원회에 얼굴도 내비치지 않았다. 사실 헤스터가 제니 하니버를 타고 떠난 후부터 교수는 굉장히 이상하게 행동하기 시작했다.

창문 밖의 얼음을 보려고 커튼을 젖히자 얼굴에 찬 공기가 와 부딪혔다. 이렇게 멀리까지 왔다니 기분이 묘했다. 얼마 가지 않아 새로운 사냥터에 도착할 것이고, 창문 밖이 풀과 나무들의 초록빛으로 가득할 거라는 생각을 하니 기분이 더 묘해졌다. 그 생각을 하면 아직도 조금 겁이 났다. 일 년에 몇 달만 눈이 내리는 곳에서도 얼음의 신들이 세상을 지배할까? 아니면 앵커리지도 새로운 신을 찾아야만 할까?

그때 휠하우스의 문이 열리면서 바닥에 덮인 눈에 잠깐 동안 노란 빛이 생겼다 없어지는 것이 보였다. 누군가 건물 밖으로 나온 것을 보고 프레야는 유리창에 생긴 성에를 지운 후 얼굴을 창문 가까이 가져갔다. 틀림없었다. 따뜻한 외투와 커다란 모피 터번을 두른 뚱뚱한 몸집이 라스무센 프로스펙트를 따라 도둑처럼 조심스럽게 걸어가고 있었다.

페니로얄 교수가 최근 들어 이상한 행동을 많이 하는 것을 감안해도 이번엔 심상치가 않았다. 프레야는 재빨리 옷을 입었다. 요즘 매일 입는 털 안감이 대어진 간단한 옷을 걸쳐 입고 호주머니에 손전등을 넣은 채, 스뮤를 깨우지 않고 궁전 밖으로 혼자 살금살금 빠져나왔다. 페니로얄은 온데간데없었지만 그가 남긴 깊은 발자국이 길을 인도하듯 뻗어 있었다.

불과 몇 달 전만 해도 이렇게 궁전 경내를 혼자서 빠져나오는 건 상상도 할 수 없는 행동이었다. 그러나 그린란드를 돌아서 여기까지 긴 여정을 밟는 사이 프레야도 많이 변해 있었다. 처음에는 톰을 잃은 충격에 거의 옛날 생활 방식으로 돌아갈 뻔했다. 며칠 동안은 자기 방에 틀어박혀 아무도 만나지 않고 스캐비어스나 스뮤를 통해 명령을 내리는 생활을 했다. 그런데 겨울 궁전에만 처박혀 있는 그 생활이 금방 지겨워졌다. 바깥세상에서 무슨 일이 일어나는지 알고 싶어 좀이 쑤셨다. 그래서 밖으로 나와 앵커리지 시민들의 생활에 온몸으로 뛰어들었다. 상층 갑판의 휴게실에 앉아 점심을 먹는 비번 노동자들과 수다를 떨면서 지나가는 풍경을 지켜보기도 하고, 윈돌린 파이에게서 어떻게 스스로 씻고 양치질을 하는지도 배웠다. 머리를 짧게 자르고 스캐비어스가 기생선이 붙지 않았는지 확인하느라 매일 아침 썰매 지지대로 내려보내는 순찰대의 일원이 되기도 했다. 엔진 구역에서 짐차 운전도 해 보고, 심지어 앵커리지보다 앞서서 얼음 상태를 점검하는 현장 탐사팀에 끼어 놀라고 수줍어하는 팀원들과 함께 얼음으로 직접 나서기까지 했다. 오랫동안 내려오는

30. 앵커리지

전통이라는 것을 내던지고 나니 그렇게 편할 수가 없었다. 몸에 맞지 않는 헌 옷을 벗어 버린 느낌이었다.

그리고 이제 급기야는 라스무센 프로스펙트의 그늘에 몸을 숨기고 자기가 직접 임명한 수석 네비게이터를 미행하는 일까지 하게 된 것이다!

얼음에 묻혀 창백한 흑백 사진처럼 보이는 건물들 사이를 지나 비행선 항구로 들어가는 페니로얄의 요란한 터번 색깔이 눈을 찔렀다.

프레야는 이 그림자에서 저 그림자로 내달리며 뒤를 쫓다가 항구 문 바로 안쪽에 있는 세관 창구 그림자에 몸을 던졌다. 자기가 내쉬는 뜨거운 입김에 둘러싸인 채 주위를 돌아보면서 그녀는 한동안 눈 덮인 격납고와 도킹 부두 사이로 페니로얄이 사라져 버렸다고 생각했다. 그러나 잠시 후 항구 저편 가로등 밑에서 그의 화려한 터번이 움직이다가 아키우크의 창고로 들어가는 것이 보였다.

프레야는 눈에 찍힌 페니로얄의 술 취한 듯한 발자국을 따라 항구를 가로질렀다. 창고 문은 열려 있었다. 그녀는 그 자리에 서서 긴장된 마음으로 어둠 속을 들여다봤다. 어둠을 틈타 유령놀음과 노략질을 벌였던 기생선 소년들이 기억났기 때문이다. 그러나 이것은 위험한 상황이 아니었다. 지금 창고 깊은 곳에서 떠다니고 있는 손전등 불빛은 사악한 얼음 해적들의 것이 아니라 괴팍한 탐험가의 것일 뿐이었기 때문이다.

먼지 속에서 페니로얄이 중얼거리는 소리가 들렸다. 누구에게 하는 이야기일까? 혼잣말일까? 그가 수석 네비게이터의 포도주 창고를 완전히 탕진한 다음에는 울티마 아케이드의 빈 레스토랑들에서 술을 훔친다는 이야기를 윈돌린 파이에게서 들은 기억이 났다. 어쩌면 술주정일지도 모른다. 프레야는 산더미처럼 쌓인 오래된 엔진 부품들을 지나 그에게 가까이 다가갔다.

"여기는 페니로얄, 아무나 응답하라!" 작지만 절박한 목소리로 그가 말하고 있었다. "여기는 페니로얄, 아무나 응답하라! 제발! 응답하라!"

어떻게 작동하게 만들었는지는 모르지만 그는 오래된 무전기의 다이얼에서 나오는 초록색 빛을 받고 앉아 있었다. 귀에는 헤드폰을 쓰고 있었고 마이크를 잡은 손이 약간 떨리는 것이 보였다. "거기 누구 없어요? 제발! 보수는 달라는 대로 줄 테니! 이 바보들만 있는 도시에서 나좀 구해 줘요!"

"페니로얄 교수님?" 프레야가 큰 소리로 말했다.

"으아악! 클리오! 포스킷! 내 빤스!" 교수가 비명을 질렀다. 그가 펄쩍 뛰자 헤드폰 줄이 당겨지면서 오래된 무전기 부품들이 우르르 쏟아졌다. 다이얼에서 나오던 불빛이 꺼졌고, 밸브 몇 개에서 실패한 불꽃놀이처럼 스파크가 일었다. 프레야의 손전등 불빛에 창백하고 땀에 젖은 얼굴이 떠올랐다. 그러나 실눈을 뜨고 불빛 사이로 프레야를 알아본 그의 표정은 금방 공포에서 억지웃음으로 변했다.

"전하?"

30. 앵커리지

　요즘은 거의 아무도 프레야를 전하라고 부르지 않았다. 심지어 미스 파이와 스뮤까지도 그녀를 그냥 프레야라고 불렀다. 정말 물정 모르는 교수 같으니!

　"바쁘게 일하는 걸 보니 기쁘군요. 미스터 아키우크는 교수님이 이렇게 자기 창고를 기웃거리고 다니는 걸 알고 있나요?"

　"기웃거리다니요, 전하?" 페니로얄은 충격을 받은 표정을 지었다. "페니로얄은 절대 기웃거리는 짓은 안 합니다. 그게 아니라… 단지… 미스터 아키우크를 귀찮게 하고 싶지 않았을 뿐이지요."

　프레야의 손전등이 깜빡였다. 도시 전체를 통틀어 남은 배터리가 몇 개 되지 않을 거라는 데 생각이 미친 프레야는 스위치를 찾아 녹슨 서까래에 매달린 아르곤 램프를 켰다. 페니로얄은 갑자기 밝아진 불빛에 눈을 깜빡거렸다. 창백한 피부에 충혈된 눈, 정리한 지 오래돼서 들쭉날쭉해진 턱수염. 볼만한 광경이었다.

　"누구에게 이야기하고 있었죠?" 그녀가 물었다.

　"아무하고나. 아니, 아무하고도…."

　"왜 바보들만 있는 이 도시에서 구출해 달라고 했죠? 우리랑 같이 가는 게 아니었나요? 아메리카의 푸른 계곡과 아름다운 우편 번호*

---

* zip code. 페니로얄을 구해 줬다는 원주민들의 이름에서도 잠시 보였지만 조각조각 남은 '고대인'들의 유물을 견인 도시 시대 사람들이 얼마나 잘못 이해하고 있는지 보여 주는 예다. 아마도 봉투 귀퉁이가 찢어져 남은 것을 발견하고 '우편 번호'라는 지역이 있었던 것으로 잘못 해석하지 않았을까. 저자는 이런 예를 통해 현재 우리가 갖고 있는 고대 문화에 대한 지식에 대해서도 다시 생각할 수 있는 기회를 마련해 준다.

로 돌아가고 싶어 하는 줄 알았는데요?"

프레야는 페니로얄의 얼굴이 지금보다 더 창백할 수는 없다고 생각했었다. 그러나 그의 얼굴에서 핏기가 한층 더 가셨다. "아! 험…."

지난 몇 주 동안 프레야는 가끔씩 끔찍한 생각을 하곤 했다. 그 생각은 아무 때나 찾아들었다. 샤워를 하는 도중, 새벽 세 시쯤 자다가 깨어났을 때, 혹은 미스 파이나 미스터 스캐비어스와 저녁식사를 하는 동안에…. 사실 다른 사람들도 같은 생각을 하고 있을 것이 분명했지만 그녀는 아무하고도 그 이야기를 하지 않았다. 그 생각이 날라 치면 그녀는 다른 생각을 하려고 노력했다. 왜냐하면, 왜냐하면…. 말도 안 되는 생각이니까.

그러나 문제는 그것이 말도 안 되는 생각이 아니라는 사실이었다. 그것이 바로 진실이었다.

"아메리카로 가는 길을 모르는 거죠, 그렇죠?" 프레야는 목소리가 떨려 오는 것을 가까스로 참으며 물었다.

"음…."

"교수님의 조언과 책을 따라 우리 모두 여기까지 왔어요. 그런데 그 푸른 계곡을 어떻게 다시 찾아갈지 모른다는 건가요? 애당초 찾아갈 계곡은 있는 건가요? 아메리카에 가 보기나 했나요?"

"감히…?" 페니로얄은 그렇게 시작하려다 말을 멈췄다. 이제 더 이상 거짓말을 해 봤자 소용없다는 걸 깨달은 그는 한숨을 쉬면서

30. 앵커리지

고개를 저었다. "맞아요. 모두 지어 낸 이야기예요." 그는 비참하고 풀 죽은 얼굴로 옆에 있던 엔진 덮개에 주저앉았다. "아무 데도 간 적이 없습니다, 전하. 다른 사람들 책을 읽고, 사진을 보고, 그리고 이야기를 지어냈지요. 피치스 잔지바라고, 젊고 매력적인 여자와 함께 파리 상층 갑판에 있는 호텔 수영장에 앉아서 쓴 책이 『아름다운 아메리카』였어요. 아주 먼 곳을 잡는다고 잡았는데…. 누가 거길 직접 가고 싶어 할 거라고 상상이나 했겠어요?"

"그러면 왜 처음부터 거짓말이라고 하지 않았어요?" 프레야가 물었다. "왜 수석 네비게이터로 임명할 때 모든 게 거짓말이라고 나한테 말하지 않았죠?"

"그 많은 돈과 좋은 집, 그리고 수석 네비게이터의 포도주 창고를 포기하라고요? 프레야, 나도 인간이에요. 게다가 대 사냥터까지 소문이 퍼지기라도 하면 난 웃음거리가 돼 버릴 텐데! 그냥 톰이랑 헤스터와 함께 떠날 생각이었어요."

"그래서 헤스터가 제니 하니버를 타고 떠났을 때 그렇게 화를 냈던 거군요!"

"맞아요. 헤스터가 내 탈출 통로를 다 막아 버린 거예요! 이 도시에서 벗어날 길도 없고, 그렇다고 실토할 수도 없고. 그랬다가는 당장 사형에 처하라고 명령했을 텐데."

"안 그랬을 거예요!"

"전하가 안 했더라도 다른 사람들이 가만히 있지 않았을 거예요.

그래서 이 구닥다리 무전기로 도움을 요청하고 있었던 거죠. 길 잃은 비행 무역상이나 탐험선에서 혹시 듣고 구해 줄지 모른다는 생각에…."

도시 하나를 통째로 죽음의 길로 몬 주제에 철저히 자기 혼자 살 궁리만 하는 교수를 보면서 프레야는 분노로 몸을 떨었다. "당신… 당신… 당신 해고예요, 페니로얄 교수! 수석 네비게이터 자리에서 당장 물러나세요. 금 나침반이랑 휠하우스 열쇠 당장 반납하세요!"

그렇게 말하고도 화가 풀리지 않자 프레야는 그 자리에 털썩 주저앉았다. 그녀의 무게에 눌려 오래된 기계 부품들이 끼익거렸다. 미스 파이, 미스터 스캐비어스 그리고 모든 사람들에게 어떻게 이 소식을 전한단 말인가? 앞에서 기다리는 것은 죽은 대륙뿐이고 기수를 돌린다 한들 연료가 부족해서 절대 고향으로 돌아갈 가망은 없게 된 이 상황이 모두 자기 책임이었다! 서쪽으로 향한 이 여정은 얼음의 신들이 원한 것이라고 사람들에게 말했었지만, 사실 그것을 원한 것은 바로 자기 자신이었다. 페니로얄과 바보 같은 그의 저서들에 넘어가지만 않았어도!

"이제 난 어떻게 해야 하죠? 난 어떻게 해야 하냐고요!"

항구 뒤쪽 거리 어디에선가 누가 소리를 질렀다. 페니로얄이 고개를 들었다. 어디선가 웅웅거리는 소리가 들려왔다. 올라갔다 내려갔다 하는 그 소리는 희미하지만 꼭….

"비행선 엔진 소리다!" 벌떡 일어난 페니로얄은 부품 더미들을

30. 앵커리지

마구 쓰러뜨리면서 서둘러 문 쪽으로 뛰어갔다. "클리오 만세! 이제 살았다!"

프레야도 눈물을 닦고 방한 마스크를 올리면서 뒤따랐다. 바깥은 이미 어둠이 사라지고 여명이 찾아들고 있었다. 페니로얄은 항구를 가로질러 뛰어가다가 항구 관리사무소 뒤쪽 하늘로 뭔가 지나가는 것을 가리켰다. 프레야는 어두운 하늘을 배경으로 여러 개로 뭉친 빛과 그 뒤로 문지르듯 그려진 배기가스 자국을 잘 보기 위해 눈을 게슴츠레 떴다. "비행선이다!" 페니로얄이 눈 덮인 도킹 부두 한가운데서 춤을 추며 외쳤다. "내 구조 요청을 누군가 들은 거야! 이제 살았어! 살았다고!"

프레야는 그 옆을 뛰어 지나가면서도 비행선에서 눈을 떼지 않았다. 아키우크가 항구 관리사무소 밖에 서 있었다. "이런 곳에 비행선이? 도대체 누굴까?" 프레야는 그가 혼잣말로 하는 소리를 들었다.

"프레야, 얼음의 신들이 누가 온다고 예언했나요, 혹시?" 아키우크 부인이 물었다.

레뮤얼 퀴니크라는 사람이 커다란 발에 신은 눈신을 터덕거리며 뛰어왔다. 그는 프레야와 함께 여러 번 정찰을 해 봤기 때문에 그녀를 그다지 어려워하지 않고 말했다. "전하, 저 비행선을 본 적이 있습니다. 저건 피오트르 마스가드의 클리어 에어 터뷸런스입니다!"

"아크에인절의 사냥단!" 아키우크 부인이 비명을 지르듯 말했다.

"여기?" 프레야가 외쳤다. "그럴 리 없어. 아크에인절이 그린란드 서쪽까지 사냥을 나서다니. 이쪽에는 사냥감이 하나도 없는데!"

"우리가 있잖아요." 쿼니크가 말했다.

클리어 에어 터뷸런스는 앵커리지 상공을 한 바퀴 돈 다음 사냥감 뒤를 쫓는 늑대처럼 도시 말미에 따라붙었다. 프레야는 휠하우스로 뛰어가 제어 브리지로 올라갔다. 윈돌린 파이가 긴 머리를 풀어 내리고 잠옷을 입은 차림으로 이미 와 있었다. "사냥단이에요, 프레야!" 그녀가 외쳤다. "어떻게 우리를 찾은 거죠? 우리가 여기 있는지 도대체 어떻게 알아낸 걸까요?"

"페니로얄!" 프레야는 깨달았다. "페니로얄 교수가 바보같이 무전을 계속 쳐 대는 바람에…."

"신호를 보내오고 있습니다." 미스터 우미악이 무전실에서 몸을 기울여 밖을 내다보며 말했다. "엔진을 끄라고 명령하고 있어요."

프레야는 도시 후미 쪽을 흘깃 쳐다봤다. 희미한 새벽빛을 받은 얼음이 창백하게 빛나고 있었다. 앵커리지의 뒷바퀴가 남긴 자국이 북동쪽으로 쭉 뻗다가 안개 속으로 사라지는 것이 보였다. 추격해 오는 도시의 모습은 아무데도 없었고, 오직 앵커리지가 전진하면서 내는 바람을 맞아 흔들리는 비행선밖에 보이지 않았다.

"답을 할까요, 프레야?"

"아니! 못 들은 척하세요!"

그렇다고 피오트르 마스가드가 포기할 인물은 절대 아니었다. 클

30. 앵커리지

리어 에어 터뷸런스는 휠하우스와 수평으로 마주 볼 때까지 가까이 다가왔다. 프레야는 유리벽을 통해 비행 갑판 안에서 조종을 하느라 바쁜 비행사들과 엔진 밑에 매달린 사격대에서 프레야를 보고 씩 웃는 사격수를 봤다. 그때 곤돌라 문이 열리더니 피오트르 마스가드가 확성기 같은 것을 입에 대고 무슨 말인가 하는 것이 보였다.

미스 파이가 환기창을 열자 커다란 소리가 휠하우스 안으로 울려 퍼졌다.

"축하한다, 앵커리지 시민들! 위대한 아크에인절이 그대들을 사냥감으로 선택했다. 현재 하이 아이스의 악몽, 북극의 회초리 아크에인절은 하루 거리 안에 접어들었고 이 순간에도 두 도시 간의 간격은 빠르게 줄어들고 있다. 지금 엔진을 끄고 불필요한 추격전을 벌이지 않겠다는 의사를 표시하면 선처하겠다."

"우리를 먹을 수는 없어요!" 미스 파이가 말했다. "여기까지 왔는데! 아, 이럴 수가!"

프레야는 마치 얼음물에 빠진 것처럼 먹먹한 감각이 온몸으로 퍼져 가는 것을 느꼈다. 미스 파이를 비롯한 방 안의 모든 이들이 그녀를 통해 얼음의 신들이 계시를 내려 주기를 기다리고 있었다. 지금 진실을 말하는 것이 나을까 하는 생각도 했다. 아무도 와 보지 않은 이 얼음 광야를 헤매 정말 '죽어 있는' 대륙으로 가느니 아크에인절에 먹히는 것이 차라리 나을지도 모른다는 진실을. 그러나 그녀는 아크에인절에 관해, 그리고 사냥감 도시에서 잡은 포로들을 어떻게 취급하는지에 대해 들은 이야기들을 기억해 냈다. '안 돼, 안 돼. 그보다 더 나쁜 건 있을 수 없어. 얼음에 빠지든, 죽은 아메리카에 가서 굶어 죽든 아크에인절에 잡힐 수는 없어!'

"지금 당장 엔진을 꺼라!" 마스가드가 다시 외쳤다.

프레야는 동쪽을 쳐다봤다. 만일 아크에인절이 그린란드 산맥을 가로질러 왔다면 마스가드가 말한 대로 하루 거리에 있을 수도 있었다. 그러나 앵커리지가 도망갈 수 있는 여지는 아직 남아 있었다. 제아무리 아크에인절이라도 이 처녀 빙판으로 너무 깊이 들어오려고 하지는 않을 것이다. 그래서 미리 사냥단을 보낸 게 분명했다.

확성기가 없었기 때문에 프레야는 탁자에 놓여 있던 펜을 집어 들고 지도 뒤에다 커다랗게 'NO'라고 썼다. "미스 파이, 미스터 스캐비어스에게 '전속력 전진' 지시를 전달해 주세요."

미스 파이가 명령을 전달하기 위해 스피킹 튜브로 다가가는 것을 보고 프레야는 자기가 쓴 메시지를 유리창에 갖다 댔다. 마스가드가 눈을 찡그려 가며 메시지를 읽고, 뜻을 이해한 후 얼굴 표정이 돌변하는 것까지 다 보였다. 그는 곤돌라 안으로 들어가 문을 쾅 닫고 기수를 돌렸다.

"저것들이 뭘 어쩌겠어요?" 네비게이터 중의 한 명이 말했다. "우리를 공격하지는 않을 거예요. 우리가 너무 망가져 버리면 먹어 봤자 소용없을 테니."

"아크에인절이 하루 거리에 있다는 것도 거짓말인 게 분명해요."

30. 앵커리지

미스 파이가 선언하듯 말했다. "몸집만 크지 아무짝에도 쓸모없는 사냥꾼 도시 같으니! 아주 절박한 게 분명해요. 그렇지 않고서야 저 버르장머리 없는 마스가드를 보내 비행 해적 짓을 시키겠어요? 프레야, 잘했어요. 도망가는 건 식은 죽 먹기예요!"

하지만 클리어 에어 터뷸런스는 앵커리지 제일 하층 갑판 근처까지 내려가서 얼음 가루를 뚫고 구동 바퀴 지지대에 대고 로켓을 퍼부어 댔다. 연기, 스파크, 불길이 솟구쳤다. 바퀴 축이 부서지면서 바퀴가 옆으로 빠져나가 얼음판을 가로질러 굴러갔다. 게다가 바퀴에 아직 붙어 있는 서로 엉킨 체인과 도시 몸체에서 떨어져 나간 기둥들이 헝클어지면서 떨어져 나간 바퀴는 앵커리지의 발을 묶는 닻이 되어 도시 전체의 발목을 잡아 그 자리에 멈추게 만들었다.

"빨리!" 프레야가 소리쳤다. 점점 가라앉는 얼음 안개 사이로 비행선에서 나오는 빛이 올라오는 것을 보면서 그녀는 공포가 온몸으로 퍼지는 걸 느꼈다. "다시 움직여야 해요! 캐터필러 바퀴를 내려서…."

미스 파이는 스피킹 튜브에 붙어 서서 하층 갑판에서 외치는 보고를 들은 후 말했다. "오, 프레야, 소용없어요. 바퀴가 너무 무거워서 끌고 갈 수 없대요. 잘라 내야 하는데 쇠렌 말로는 몇 시간 걸린답니다!"

"하지만 지금 몇 시간이 어디 있다고!" 그렇게 소리는 질렀지만 프레야는 이제 몇 시간은커녕 몇 분도 남지 않았다는 것을 깨달았다. 그녀는 미스 파이를 부둥켜안고 비행선 항구 쪽을 쳐다봤다. 클리어 에어 터뷸런스는 항구에 잠깐 정박해서 엔진 구역을 점령하기 위해 계단을 내려간 장정들을 토해 낸 후 다시 떠올라 휠하우스 위쪽 하늘에 와서 멈췄다. 다음 순간 비행선의 곤돌라에서 밧줄을 타고 몸을 날린 대원들이 휠하우스의 유리벽을 박차고 들어왔다. 산산조각난 유리가 사방으로 날리고 비명, 고함이 난무한 가운데 불빛에 칼들이 번쩍이고 지도 탁자가 뒤집혔다.

미스 파이를 놓친 프레야는 엘리베이터 쪽으로 뛰어갔지만 그곳에는 벌써 그녀를 기다리고 있는 사람이 있었다. 모피와 갑옷으로 치장하고 얼굴에 웃음을 머금은 그는 프레야를 잡기 위해 장갑 낀 커다란 손을 뻗었다. 그 순간 프레야의 머릿속을 채운 생각은 오직 한 가지뿐이었다. '여기까지 왔는데! 이렇게 잡아먹히려고 여기까지 왔단 말인가!'

PREDATOR'S GOLD

31

칼을 뽑은 사람

제니 하니버의 곤돌라에서 수백 피트 아래에는 광대한 얼음 바다가 펼쳐져 있었다. 때로 뾰족하게 솟구친 얼음 산과 눈 덮인 계곡이 섞인 끝없는 백색의 세계를 내려다보면서 톰과 헤스터는 평생 이 갑옷 입은 바다 위 하늘에서 산 것 같은 느낌이 들었다.

로그스 루스트에서 탈출한 다음 날 둘은 작은 눈유목민 고래잡이 타운에 내려 페니로얄이 준 금화를 다 털어 연료를 샀다. 그 후로는 계속 앵커리지를 찾아 북으로 서로 헤매 다녔다. 눈을 감을 때마다 죽은 안나 팽의 스토커가 꿈에 나타났기 때문에 둘 다 별로 잠을 자지 않았다. 비행 갑판에 앉아서 눅눅한 비스킷과 커피를 먹으며 둘은 헤어진 다음 서로 겪은 이야기들을 하다가 말다가 했다.

헤스터가 앵커리지에서 떠난 일과 왜 그랬는지에 대해서는 이야기하지 않았다. 첫날 밤, 딱딱하고 차가운 갑판 위에 둘이 숨을 헐떡이며 엉킨 채 누워서 이야기를 나눈 이후 둘은 그 문제를 다시 입에 올리지 않았다. 그때 헤스터는 작은 목소리로 말했다. "설명해야 할 게 하나 있어. 널 떠난 뒤에 끔찍한 짓을 저질렀어…."

"화가 나서 떠나 버린 거지?" 말을 잘못 알아들은 톰이 말했다. 헤스터를 되찾은 게 너무 기뻐 그는 언쟁을 시작하고 싶지 않았다. 그래서 그냥 용서하기 쉬운, 사소한 문제인 것처럼 행동했다.

헤스터는 고개를 저었다. "그게 아니라…." 그러나 설명을 할 수 없었다.

얼어붙은 파도와 눈 쌓인 땅 위를 몇 날 며칠 헤매고 다니던 어느 날 갑자기 톰이 말했다. "난 전혀 그럴 의도가 아니었어. 나랑 프레야 말이야. 앵커리지에 돌아가도 전처럼 되지 않을 거야. 약속해. 아크에인절에 대해 경고만 하고 떠나자. 다도해든 어디든 우리 둘이 같이 있을 수 있는 곳으로. 예전처럼."

헤스터가 고개를 저었다. "너무 위험해, 톰. 이제 곧 전쟁이 시작될 거야. 당장은 아니더라도 머지 않아. 아주 끔찍한 전쟁이. 어떻게 막을 수가 없어. 게다가 연맹은 아직까지 우리가 노던 비행 함대를 파괴했다고 믿고 있어. 그린 스톰은 로그스 루스트가 공격당한 것도 우리 탓이라 생각할 거고. 스토커 팽이 우리를 계속 지켜 주지는 않을 거야."

"그럼 어딜 가야 안전하다는 말이야?"

"앵커리지. 앵커리지를 안전하게 지킬 방법을 찾은 다음 몇 년 동안 거기 숨는 거야. 어쩌면…."

31. 칼을 뽑은 사람

 그러나 앵커리지를 살릴 방법이 있다 해도, 그곳에 자기가 있을 곳은 없다는 걸 헤스터는 알고 있었다. 톰을 프레야와 함께 안전하게 살도록 한 다음 그녀는 혼자 떠날 생각이었다. 착하고 평화로운 도시에 밸런타인의 딸은 어울리지 않았다.

❈ ❈ ❈

 그날 밤, 오로라의 빛이 춤을 추는 하늘을 날아가던 톰은 구름 틈새로 얼음 위에 난 커다란 상처처럼 수백 개의 줄이 나란히 이어져서 동쪽으로 향하다가 구름 낀 고원 지대를 거쳐 서쪽으로 방향을 튼 것을 보았다.
 "썰매 바큇자국이야!" 서둘러 헤스터를 깨우면서 톰이 외쳤다.
 "아크에인절이야." 그녀는 속이 메슥거리고 두려웠다. 엄청나게 넓은 사냥꾼 도시의 바큇자국을 보니 다시 한번 아크에인절이 얼마나 큰 도시인지 실감 났다. 저렇게 거대한 도시를 저지해 보겠다고 생각한 것이 믿어지지 않았다.
 둘은 아크에인절의 경로와 일치하도록 제니의 기수를 돌렸다. 한 시간 후 아크에인절의 자동 유도 장치에서 나오는 전파가 무전기에 잡혔고, 얼마 지나지 않아 안개를 뚫고 반짝이는 비행선 유도 조명이 보였다.
 아크에인절은 수없는 현장 탐사용 썰매와 걸어 낼 것은 다 걸어

낸 빈 도시들을 앞세워 얼음 두께를 테스트하면서 보통 때의 4분의 1 정도 속도로 전진하고 있었다. 도시 위에는 많은 비행선들이 떠 있었다. 아크에인절에 실려 지도에도 나와 있지 않은 곳까지 가는 게 싫은 무역상들이 동쪽으로 떠나기 위해 이륙하는 것 같았다. 톰은 그 사람들과 이야기하고 싶어 했지만 헤스터가 말렸다. "아크에인절하고 거래를 하는 종류라면 뻔하지. 어떻게 믿어?"라고 말하기는 했지만, 그중 누군가가 자신을 알아보고 톰에게 자신이 한 짓을 폭로할까 두려운 것이 진짜 이유였다. "가까이 가지 말고 계속 앵커리지를 찾아보자."

그래서 둘은 아크에인절을 빙 돌아 계속 앞으로 나아갔다. 북쪽에서 눈보라가 휘몰아치면서 아크에인절의 불빛이 뒤쪽으로 사라져 갔다. 그러나 아크에인절의 자동 유도 전파가 희미해지자마자 또 다른 종류의 자동 유도 전파가 무전기에 잡히기 시작했다. 처음에는 희미하다가 점점 더 커져 가는 그 유도 전파는 전방에서 오고 있었다. 둘은 제니의 기닝에 바람이 매섭게 몰아치고, 눈발이 유리창을 두드리는 어둠 속을 뚫어져라 살폈다. 멀리서 희미하게 불빛이 반짝였고, 그와 동시에 자동 유도 전파음이 무전기를 통해 길게 울렸다. 늑대 울음소리처럼 처량하고 외로운 소리였다.

"앵커리지야."

"움직이지 않고 있어!"

"뭔가 잘못된 거야…."

31. 칼을 뽑은 사람

"너무 늦었어!" 톰이 소리쳤다. "기억 안 나? 아크에인절은 먹으려고 하는 도시에 사냥단을 먼저 보내잖아. 에어헤이븐에서 만났던 그 깡패들 말이야! 그놈들이 먼저 가서 사냥감 도시의 기수를 돌려 아크에인절의 턱 안으로 몰고 가는 거야. 기수를 돌려야 해. 앵커리지에 지금 착륙하면 사냥단이 우리까지 붙잡을 거야. 제니도 앵커리지와 같이 잡아먹히고 말아."

"안 돼!" 헤스터가 말했다. "착륙해야 해. 그냥 이러고 있을 수는 없어." 그녀는 톰을 바라봤다. 왜 자기한테 이 일이 이렇게 중요한지 너무도 말하고 싶었다. 자기가 지은 죄를 갚으려면 사냥단과 싸워야 하고, 그 과정에서 죽게 될 거라는 걸 이제 알 것 같았다. 자기가 마스가드와 한 협상에 대해 톰에게 실토하고 용서를 받고 싶었다. 그러나 톰이 용서하지 못하겠다고 하면? 너무나 정이 떨어져서 자기를 밀어내 버리면? 혀끝에서 돌고 있는 말을 헤스터는 차마 입 밖으로 꺼내지 못했다.

톰은 제니의 엔진을 끄고 바람에 의지해 소리 없이 앵커리지로 접근해 갔다. 그는 헤스터가 갑자기 앵커리지에 대해 그렇게 염려하는 것을 보고 상당히 감동받았다. 사실 앵커리지를 직접 눈앞에 보기 전까지는 자기가 그곳을 얼마나 그리워했는지 깨닫지 못했었다. 눈물이 차올라 휠하우스와 겨울 궁전에 켜진 불빛이 거미줄 모양을 그리며 번졌다. "꼭 쿼크마스 트리처럼 온갖 곳에 불이 다 켜졌네…"

"아크에인절이 잘 볼 수 있게 하려고 그런 거야." 헤스터가 말했다. "마스가드 일당들이 엔진을 끄고 전등과 자동 경보 신호를 켰을 거야. 아마 프레야의 궁전에 앉아서 아크에인절을 기다리고 있을 걸."

"프레야는?" 톰이 물었다. "그리고 다른 사람들은?"

헤스터도 그 질문에 대한 답은 알지 못했다.

비행선 항구도 불을 환히 밝히고 있어서 누구나 반길 것 같은 분위기였지만 항구에 정박하는 건 어불성설이었다. 헤스터는 제니의 착륙 신호등을 끄고 자기보다 더 능숙한 톰에게 비행선 조종을 맡겼다. 톰은 곤돌라 바닥이 거의 얼음을 긁을 정도로 낮게 내려갔다가 갑자기 비행선을 위로 띄워서 하층 갑판에 있는 창고 건물 사이의 좁은 틈으로 몰고 갔다. 정박 클램프가 물리는 소리가 비행 갑판에까지 크게 들렸지만 아무도 뛰어나오지 않았다. 곤돌라 밖으로 나온 두 사람은 인적 없이 정적만 감도는 눈 쌓인 거리로 나섰다.

아무 말도 하지 않고 재빨리 비행선 항구 쪽으로 향하면서 두 사람의 머릿속에는 앵커리지에 대한 서로 다른 추억이 떠올랐다. 항구 중간쯤에 있는 야외 정박장에 착륙한 클리어 에어 터뷸런스의 기낭에 아크에인절을 상징하는 늑대 마크가 붉게 빛나고 있었다. 비행선 바로 옆에 털옷을 입은 보초가 한 명 서 있었고, 곤돌라 창문으로 사람들이 움직이는 게 보였다.

톰은 헤스터를 바라보며 말했다. "이제 어떻게 하지?"

31. 칼을 뽑은 사람

그녀는 고개를 저었다. 아직 확실한 계획은 없었다. 톰은 헤스터를 따라 연료 탱크의 짙은 그림자 사이로 숨어 관리소장 관사 뒷문으로 들어갔다. 불 꺼진 집안에는 서리 낀 창문을 통해 항구 쪽에서 들어오는 빛만 비치고 있었다. 항상 말끔했던 거실과 부엌은 폭풍이 지나간 자리처럼 깨진 기념 접시와 식기들로 어지러웠고, 집안 사당에 모셔져 있던 아키우크 가문 아이들의 초상화 액자들도 모두 바닥에 내동댕이쳐져 있었다. 거실 벽에 걸려 있던 골동품 늑대 라이플이 제자리에 없었고, 난로는 차갑게 식어 있었다. 헤스터는 활짝 웃는 라스무센가 사람들의 얼굴이 찍힌 도자기 조각들을 소리 나게 밟으면서 찬장으로 가 칼이 든 서랍을 열었다.

뒤에서 계단이 삐걱거리는 소리가 들렸다. 계단에 더 가까이 서 있던 톰이 휙 고개를 돌리자 난간 사이로 자기를 쳐다보고 있는 얼굴의 회색 그림자가 보였다. 날쌔게 2층으로 몸을 숨겨 버렸기 때문에 누구였는지 확인할 수는 없었다. 놀란 톰은 소리를 지르려다 밖에 있는 적들을 생각하고 얼른 손으로 입을 틀어막았다. 거칠게 톰을 밀치고 지나가는 헤스터의 손에서 날카로운 부엌칼이 번뜩였다. 난간 그림자 뒤에서 한차례 소동이 벌어진 후 "제발! 살려 줘!" 하는 소리와 함께 집채만 한 몸집이 엉덩방아를 찧으며 계단 밑으로 떨어졌다. 헤스터가 칼을 손에 쥔 채 숨을 헐떡이며 뒤를 따라 내려왔다. 톰은 헤스터의 포로를 내려다봤.

페니로얄이었다. 더러운 옷에 기름져 달라붙은 머리카락, 해쓱한 얼굴에 하얀 수염은 더부룩했다. 마치 바깥세상보다 앵커리지의 시간이 더 빨리 가기라도 한 듯 안 본 사이에 10년은 더 늙은 것 같았다. 그는 작게 신음 소리를 내며 튀어나온 눈으로 톰과 헤스터를 번갈아 바라봤다. "톰? 헤스터? 아이고, 클리오 감사합니다. 난 또 그 빌어먹을 사냥단인 줄 알았네. 하지만 어떻게 다시 돌아왔나? 제니를 타고? 이렇게 운이 좋을 수가! 지금 당장 떠나야 하네."

"앵커리지에 무슨 일이 있었죠, 교수님?" 톰이 물었다. "사람들은 다 어디 있나요?"

칼을 쥔 헤스터의 손을 조심스럽게 살피며 페니로얄은 계단에 몸을 기대고 좀 더 편안한 자세를 취한 다음 말했다. "아크에인절의 사냥단이 왔다네, 톰. 마스가드가 이끄는 그 깡패들 말이야. 한 열 시간 전쯤 도착해서 구동 바퀴를 부서뜨리고 도시 전체를 점령했지."

"죽은 사람은 있어요?" 헤스터가 물었다.

페니로얄은 고개를 저었다. "아마 없을 거야. 노예로 부려 먹으려면 다치지 않는 게 좋으니까. 그냥 전부 사로잡아서 겨울 궁전에 가둬 놓고 아크에인절이 올 때까지 기다릴 셈인 것 같아. 스캐비어스 부하들 중 용감한 사람들 몇이 맞섰다가 크게 얻어맞은 것 말고는 아무도 다친 사람은 없을 거야."

"당신은?" 헤스터는 불빛 쪽으로 걸어와 페니로얄을 무섭게 노려보며 물었다. "당신은 왜 다른 사람들과 함께 겨울 궁전에 갇혀 있

31. 칼을 뽑은 사람

지 않은 거지?"

 페니로얄은 희미하고 비겁한 미소를 지으며 말했다. "미스 쇼, 우리 페니로얄 가문의 모토가 바로 '사태가 나빠지면 큰 가구 밑에 몸을 숨기자.'라는 거 몰라요? 저놈들이 착륙했을 때 우연히 비행선 항구에 가 있었거든. 상황 파악이 빠른 나는 얼른 이 집으로 와서 침대 밑에 몸을 숨기고 모든 게 끝날 때까지 나오지 않았지. 사실 마스가드한테 가서 내가 있다는 걸 알리고 사냥꾼의 현상금을 받을까도 생각했지만 그놈을 믿을 수가 있어야지. 그래서 여기 그냥 숨어 있었던 거야."

 "사냥꾼의 현상금이라뇨?" 톰이 물었다.

 "아, 그건…." 페니로얄은 약간 무안한 얼굴로 웃으면서 위기를 모면하려 했다. "그게 말이야, 톰. 사냥단을 여기로 오게 한 게 난거 같단 말이야."

 무슨 이유에서인지 헤스터가 웃기 시작했다.

 "아무 생각 없이 구조 요청하는 무전을 몇 번 보냈을 뿐이야! 아크에인절이 그 메시지를 받을 줄 누가 알았겠나? 전파가 그렇게 멀리까지 가는지 전혀 몰랐어. 아마 너무 추워서 뭔가 비정상적으로 작동한 것 같아…. 어쨌든 이렇게 돼서 내가 덕을 본 것도 없지 않나. 보다시피 여기 몇 시간 동안이나 박혀 꼼짝못하고 있고. 사냥단이 몰고 온 비행선을 훔쳐 타고 도망갈까도 생각했지만 덩치 큰 보초도 있고, 안에도 몇 놈 더 있는 것 같고…."

"저희도 봤어요." 톰이 말했다.

"하지만 자네들이 제니 하니버를 몰고 돌아왔으니 아무 문제 없지 않나? 언제 떠날까?" 페니로얄이 밝아진 얼굴로 물었다.

"안 떠나." 헤스터가 대답했다. 사냥단을 상대로 싸우겠다는 헤스터의 말에 아직 확신이 서지 않은 톰이 그녀를 바라봤다. "어떻게 그냥 떠나? 아키우크 씨랑 프레야, 그리고 앵커리지 사람들한테 빚을 졌는데. 가서 구해 줘야 해."

자기를 놀란 눈으로 쳐다보고 있는 두 사람을 뒤로 하고 헤스터는 프리즘처럼 서리 낀 부엌 창문을 통해 바깥을 살폈다. 항구에 켜진 가로등의 원추형 불빛에 정처 없이 내리는 눈송이가 반짝이고 있었다. 비행선을 안에서 지키고 있는 보초들과 추운데 시려운 발을 동동거리며 밖에서 지키고 있는 보초는 아마 겨울 궁전에서 라스무센가의 포도주로 몸을 덥히고 있을 동료들을 부러워하고 있을 게 분명했다. 졸음도 오는데다 앵커리지 사람들이 상대가 되지 않는다는 생각 때문에 자만심에 젖어 별 경계도 하고 있지 않을 터였다. 밸런타인이라면 저런 정도의 적을 해치우는 건 식은 죽 먹기였을 것이다. 헤스터는 자신이 그의 힘과 잔인성과 교활한 머리를 물려받았다면 아무 문제없이 저들을 해치울 수 있을 거라는 생각이 들었다.

"헤스터?" 톰은 그녀 주변을 감도는 차가운 분위기에 겁을 내면서 가까이 다가왔다. 곤경에 빠진 사람들을 돕겠다고 무모한 계획을 세우는 것은 보통 톰이었다. 헤스터가 그런 제안을 하자 톰은 세

31. 칼을 뽑은 사람

상이 거꾸로 뒤집힌 것 같은 느낌이 들었다. 조심스럽게 헤스터의 어깨에 손을 올리자 그녀의 몸이 굳으면서 물러서는 것이 느껴졌다. "헤스터, 저놈들은 수가 엄청나게 많고 우리는 셋뿐이야…."

"둘이라고 해 둬. 난 그런 바보 같은 짓 하다가 죽고 싶지 않으니까." 페니로얄이 끼어들었다.

다음 순간 헤스터의 칼날이 페니로얄의 목에 닿아 있었다. 그녀의 손이 가늘게 떨렸다.

"시키는 대로 해. 그렇지 않으면 내가 죽여 주겠어." 밸런타인의 딸이 말했다.

32
밸런타인의 딸

"다 먹지 그래, 꼬마 마그라빈!" 먹다 남은 닭다리를 흔들어 대며 피오트르 마스가드가 식탁 저쪽에서 소리쳤다.

프레야는 음식이 식어 기름기가 엉기기 시작한 접시를 내려다봤다. 그녀는 자신도 다른 사람들과 무도회장에 함께 갇혀 사냥단이 주는 찌꺼기 음식을 먹기를 바랐다. 그러나 마스가드가 그녀와 함께 저녁을 먹어야겠다고 고집했다. 천한 백성들과 마그라빈이 함께 식사를 하는 건 말도 안 되기 때문에 그녀에 대한 예우를 하는 게 당연하고 아크에인절의 사냥단 대장인 자기가 마그라빈을 대접하는 건 의무이자 기쁨이라는 게 그의 주장이었다.

식탁도, 식당도, 음식도, 그리고 음식을 요리한 스뮤도 모두 프레야 것이라는 점만 빼면 다 괜찮았다. 그리고 고개를 들 때마다 새로 잡은 사냥감을 자랑스럽게 훑어보고 있는 마스가드의 재미있다는 듯한 푸른 눈과 마주치는 것도 문제였다.

32. 밸런타인의 딸

휠하우스가 공격을 당하고 모든 것이 혼란스러웠던 초기만 해도 프레야는 '스캐비어스가 가만 있지 않을 거야. 부하들을 데리고 와서 우리를 구해 주겠지.' 하고 생각하면서 마음을 진정시켰다. 그러나 다른 포로들과 함께 무도회장으로 끌려갔을 때 이미 거기 잡혀 와 있는 사람들의 수를 보고는 모든 사태가 너무나 빨리 벌어져 버렸다는 걸 깨달았다. 스캐비어스와 그의 부하들은 기습 공격에 당했거나, 로켓 공격으로 인한 불을 끄느라 바빠 자기들 자신조차 방어하지 못한 게 틀림없었다. 악이 선을 정복한 것이다.

"위대한 아크에인절이 몇 시간 후면 도착할 것이다." 마스가드는 부하들이 총과 석궁을 겨눈 채 지키고 있는 방에서 포로들을 둘러보며 말했다. 그의 목소리는 부대장이 쓰고 있는 뿔 달린 헬멧에 설치된 확성기를 통해 방 전체에 울려 퍼졌다. "얌전히 있으면 내장 갑판에서 건강하게 열심히 일할 기회가 주어질 것이고, 저항하면 그 자리에서 죽음을 맞이할 것이다. 도시 자체만 해도 좋은 수확이기 때문에 내 말이 정말인지 시험해 보고 싶어 안달이 난 노예 한둘쯤은 없어져도 된다."

아무도 저항하지 않았다. 폭력에 익숙하지 않은 앵커리지 사람들은 험상궂은 사냥단의 얼굴과 가스 총만 봐도 오금이 저려 왔다. 그들은 무도회장 가운데에 한데 엉켜서 아내들은 남편에게 매달리고, 엄마들은 아이들이 울거나 해서 사냥단의 주의를 끌까 봐 안달했다. 마스가드가 저녁식사를 하자고 프레야를 불렀을 때 그녀는 승

낙하하는 것이 현명한 일이라고 판단했다. 그의 기분을 거슬러서 백성들에게 좋을 게 없다는 판단이 선 것이다.

빠르게 식어 가는 식사를 포크로 깨지락거리며 그녀는 생각했다. '그래도 마스가드랑 저녁을 먹는 게 내가 견뎌야 하는 최악의 일이라면 괜찮은 거야.' 그렇게 자신을 위로하려 해도 사실 괜찮게 느껴지지가 않았다. 눈을 들 때마다 마스가드를 싸고 있는 공기가 위협으로 가득 차 있는 것을 느꼈기 때문이다. 속이 메슥거리면서 토할 것 같았다. 음식을 먹지 않기 위해 그녀는 대화를 시도해 봤다. "그래, 어떻게 우리를 찾아냈지요, 마스가드?"

그가 씩 웃자 푸른 눈이 눈꺼풀 밑으로 사라졌다. 처음 도착했을 때 사실 그는 조금 실망했었다. 사람들은 너무 빨리 항복해 버렸고, 프레야의 호위병들도 마스가드의 칼이 무색할 정도로 상대가 되지 않았다. 그러나 그는 포로가 된 마그라빈을 신사적으로 대하기로 마음먹었다. 프레야의 왕좌에 앉아 있으려니 자기 자신이 늠름하고 잘생긴 개선장군처럼 느껴졌다. 프레야도 같은 인상을 받은 게 틀림없었다. "내가 가진 사냥꾼의 본능과 기술로 찾아왔다고 하면 믿겠소?"

프레야는 억지웃음을 지었다. "원래 그런 식으로 일하지 않잖아요. 당신에 관한 이야기를 많이 들었어요. 아크에인절도 절박해져서 다른 도시에 관해 푸는 사람들에게 현상금을 준다는 소문."

"부는 사람들."

32. 밸런타인의 딸

"뭐라고요?"

"다른 도시에 관해 분다는 거지. 하층 갑판 속어를 쓰려면 정확히 써야지, 전하."

프레야는 얼굴을 붉혔다. "페니로얄 교수였죠? 바보같이 무전을 쳐가지고. 지나가는 탐험가나 상인들과 접촉하려는 거라고 했지만 결국 당신한테 계속 무전을 치고 있었던 거죠?"

"무슨 교수?" 마스가드가 웃음을 터뜨렸다. "아니, 친애하는 전하. 정보를 분 것은 비행사였소."

프레야는 다시 한번 마스가드를 쳐다보지 않을 수 없었다. "헤스터!"

"더 좋은 건 뭔지 알아? 앵커리지를 팔고 현상금도 원하질 않았어. 남자 하나만 달라고 했지. 아무 짝에도 쓸모없는 비행 부랑아 같은 놈. 내츠워디라는…."

"아, 헤스터!" 프레야가 속삭였다. 헤스터가 언제고 문제를 일으킬 거라는 예감은 있었지만 이렇게 끔찍한 일을 저지를 수 있을 거라고는 상상하지 못했다. 자기한테 어울리지도 않는, 다른 사람하고 훨씬 잘 맞는 소년 하나 때문에 도시 전체를 배반하다니! 그녀는 마스가드가 또 한번 웃을 기회를 주고 싶지 않아서 분노를 억누르며 말했다. "톰은 여기 없어요. 아마 죽었을 거예요."

"그렇다면 운이 좋은 거지." 마스가드가 음식을 입에 가득 물고 낄낄거리며 말했다. "뭐 별 상관은 없지만, 그 여자도 사라져 버렸거든. 계약서에 잉크가 마르기도 전에 어디론가 사라져 버렸어."

식당 문이 큰 소리를 내면서 열렸다. 프레야는 순간 헤스터고 뭐고 다 잊어버리고 고개를 돌렸다. 스피커 헬멧을 쓰고 다니는 마스가드의 부하가 서 있었다. "나으리, 불이에요. 항구 쪽입니다."

"뭐라고?" 마스가드는 창 쪽으로 가서 두꺼운 커튼을 젖혔다. 눈발이 어지럽게 날리고 있는 정원 너머로 빨간 불길이 치솟아 라스무센 프로스펙트의 건물 지붕 위까지 선명하게 두드러져 보였다. "항구에 있는 가르슈탕과 나머지 놈들한테는 연락 없나?"

부하가 고개를 저었다.

"늑대 이빨 같으니라고!" 마스가드가 으르렁거렸다. "누군가 불을 지른 게 틀림없어! 우리 비행선을 공격하고 있어!" 그는 칼을 뽑아들고 밖으로 나가는 길에 프레야 옆에 와서 잠깐 멈췄다. "벌레 같은 당신 백성이 클리어 에어 터뷸런스에 작은 흠집이라도 냈으면 범인을 꼭 잡아내서 껍질을 벗겨 발판을 만들어 팔아 버리겠어!"

프레야는 의자에 깊숙이 앉아 몸을 될 수 있는 대로 조그맣게 만들고 작은 소리로 말했다. "우리 중의 한 명일 수는 없어요. 모두 무도회장에 갇혀 있는데…" 하지만 그렇게 말하면서도 페니로얄이 생각났다. 무도회장에서는 보지 못했는데. 어쩌면 잡히지 않았을지도 몰랐다. 앵커리지를 구하려고 뭔가 작전을 짜고 있을지도? 그럴 것 같지는 않았지만 물에 빠진 사람이 지푸라기라도 잡듯 프레야는 그 희망에 매달렸다. 마스가드가 그녀를 의자에서 거칠게 일으켜

32. 밸런타인의 딸

부하에게 밀치면서 말했다.

"무도회장으로 다시 데려가! 라븐, 토르, 슈카엣은 어딨어?"

"아직 정문을 지키고 있습니다, 나으리."

 마스가드가 뛰어 나가자 부하는 프레야를 식당에서 끌어내 무도회장으로 향하는 우아한 복도로 밀고 나갔다. 프레야는 이럴 때 탈출을 시도해야 하지 않을까 생각했지만 자기를 끌고 가는 마스가드의 부하가 너무 크고, 강하고, 중무장을 하고 있어서 포기했다. 복도에 걸린 조상들의 초상화가 마치 싸우지 않는 프레야에게 실망했다는 듯 그녀를 내려다봤다. "당신들 비행선에 진짜 누군가 불을 질렀기를 바라요!"

"우리는 별 상관 없지만 당신은 대가를 톡톡히 치르게 될걸. 아크에인절이 도착해서 이 도시를 삼키는 건 시간문제니까. 그러고 나면 우리는 굳이 비행선을 타지 않아도 이 빌어먹을 곳에서 빠져나갈 수 있지."

 무도회장으로 가까이 갈수록 안에서 들리는 목소리가 크게 들려왔다. 포로들도 화재가 난 것을 봤는지 보초들이 조용히 하라고 아무리 소리쳐도 자기들끼리 신나서 떠들어 대고 있었다. 그때 뭔가가 프레야 머리 위를 획 지나가더니 마스가드의 부하가 소리 없이 뒤로 넘어갔다. 그가 미끄러진 줄 알고 뒤돌아본 프레야는 헬멧 앞쪽으로 튀어나온 석궁 화살과 헬멧에 달린 뿔에서 피가 흘러나오는 것을 봤다.

"에유!" 프레야는 자기도 모르게 그렇게 말했다.

무도회장 문 뒤 어두운 곳에서 그림자가 모습을 드러냈다.

"페니로얄 교수님?" 프레야가 속삭였다. 그러나 그림자의 주인은 석궁에 다시 화살을 메우고 있는 헤스터 쇼였다.

"돌아왔구나!" 프레야가 소리쳤다.

"잘 알아맞히셨네요. 영리하기도 하시지, 전하!"

프레야는 화가 나서 얼굴이 빨개졌다. 감히 자기를 조롱하다니. 게다가 이 사태가 모두 그녀 잘못 아닌가! "네가 우리 위치를 팔았지? 어떻게, 어떻게 그런 짓을!"

"이제 맘을 바꿔 먹고 도와주러 다시 돌아왔잖아요?"

"돕는다고?" 프레야는 무도회장의 보초들이 들을까 봐 화난 목소리로 속삭였다. "어떻게 돕는다는 거지? 처음부터 내 도시 근처에는 얼씬도 하지 말았어야 해. 그게 제일 잘 돕는 거야! 우린 너 필요 없어! 톰도 널 필요로 하지 않았어! 이기적이고 사악하고 냉정하고… 자기밖에 모르면서…"

프레야는 거기서 말을 멈췄다. 헤스터가 화살이 메워진 석궁을 쥐고 있다는 사실을 둘 다 동시에 기억해 냈기 때문이다. 헤스터가 손가락만 까딱하면 프레야는 화살과 함께 벽에 가서 꽂힐 수도 있었다. 헤스터는 프레야의 가슴에 화살 끝을 댄 채 잠시 생각했다.

"네 말이 맞아. 난 사악해. 아빠를 닮았거든. 하지만 톰은 소중해. 그 때문에 너랑 바보 같은 네 도시도 소중하게 생각하지 않을 수 없

32. 밸런타인의 딸

게 된 거야. 그리고 지금 당장은 너도 내가 필요할걸."

그녀는 석궁을 내리고 자기가 방금 죽인 사람을 내려다봤다. 그의 벨트에 가스총이 끼워져 있었다. "저거 사용할 줄 알아?"

프레야는 고개를 끄덕였다. 가정교사들한테서 무기 다루는 법보다는 에티켓이나 행동가짐에 대해 더 많이 배우기는 했지만 대충은 알고 있었다.

"그럼 날 따라와." 헤스터가 말했다. 그렇게 말하는 헤스터의 태도와 목소리가 너무나 위엄 있어서 프레야는 그 명령에 복종하지 않을 수 없었다.

❊ ❊ ❊

제일 어려웠던 건 톰을 따라오지 못하도록 설득하는 일이었다. 그를 위험에 빠뜨리고 싶지 않았고, 또 톰이 옆에 있으면 그녀도 밸런타인의 딸처럼 행동할 수 없었다. 아키우크 소장의 어두운 응접실에서 그녀는 톰을 가까이 끌어당겨 속삭였다. "겨울 궁전으로 들어가는 뒷문 아는 거 있어? 사냥단이 깔려 있는데 정문으로 가서 문 두드리고 마스가드 만나러 왔다고 할 수는 없잖아?"

톰은 잠깐 생각한 다음 코트 주머니에서 지금까지 그녀가 한번도 보지 못한 반짝이는 작은 물건을 꺼냈다. "그림스비에서 가져온 자물쇠 따는 도구야. 이거면 문제없이 분더캄머 뒤쪽 열 보존실 문을 열 수 있을 거야!"

 톰이 그 아이디어에 스스로 너무나 자랑스러워하는 것을 보고 헤스터는 그에게 키스하지 않을 수 없었다. "이젠 어서 가. 분더캄머에서 날 기다려."

 "뭐? 넌 안 오는 거야?" 이제 더 이상 신나는 표정이 아니라 겁먹은 표정으로 변한 톰이 물었다.

 그녀는 손가락을 그의 입술에 대며 조용히 하라는 신호를 보냈다. "저 비행선에 좀 들렀다 갈게."

 "하지만 보초들이 지키고 있는데…."

 헤스터는 무섭지 않은 척했다. "이래 뵈도 내가 슈라이크의 조수였잖아. 잊지 않았지? 아직 써 보지도 않은 여러 기술을 많이 배워뒀지. 난 괜찮을 거야. 그러니 어서 가."

 톰은 무슨 말인가 하려다가 포기하고 그녀를 한번 안아 주고는 얼른 떠났다. 처음 1-2초 정도 헤스터는 혼자 남게 되어 안도했다. 그러나 바로 다음 순간 톰이 다시 돌아와 줬으면, 그래서 그의 품에 안겨 지금껏 하지 못했던 말을 다 할 수 있었으면 하는 마음이 너무도 간절했다. 문을 열고 바깥을 살폈지만 이미 톰은 찾을 수 없었다. 궁전으로 가는 비밀 통로를 따라 간 것이 틀림없었다.

 그녀는 톰의 이름을 흩날리는 눈에 대고 속삭여 봤다. 다시 보지 못할 사람이었다. 끝없는 심연 쪽으로 너무 빨리 미끄러져 가는 느낌이었다.

32. 밸런타인의 딸

페니로얄은 아직 계단 제일 아래쪽에 웅크리고 앉아 있었다. 그녀는 그를 밀치고 부엌으로 가서 오일 램프를 꺼내 들었다. 램프에 불을 켜는 것을 보고 페니로얄이 사납게 말했다. "뭐 하는 거야?" 연기에 그은 유리 안에서 노란 불빛이 서서히 밝아지더니 방 전체로 퍼져 벽과 창문, 그리고 하얗게 질린 페니로얄의 얼굴을 비췄다. "마스가드 부하들이 보겠어!"

"바로 그거야." 헤스터가 말했다.

"난 돕지 않을 거야!" 자칭 대 탐험가께서 떨리는 목소리로 말했다. "억지로 시켜도 소용없어! 미친 짓이야!"

헤스터는 칼을 꺼내 들고 말고 할 것도 없이 끔찍한 상처가 난 자기 얼굴을 그에게 들이밀고 말했다. "바로 나였어, 페니로얄!" 그녀는 자기가 얼마나 가차 없는지를 그에게 이해시키고 싶었다. "네가 아니야. 사냥단을 보낸 건 바로 나라고!"

"너? 맙소사, 도대체 왜?"

"톰 때문에." 그렇게 간단히 대답한 다음 헤스터는 조금 더 설명을 덧붙였다. "톰을 내가 독차지하고 싶어서였어. 사냥단에게 톰을 현상금으로 달라고 했지. 결국 계획대로 일이 돌아가지는 않았지만… 이제 죗값을 치러야 할 때가 됐어."

부엌 창문 밖으로 눈을 밟는 소리가 들리더니 외부 열 보존실 문이 열렸다. 부두에서 보초를 서던 사람이 방 안으로 들어오자 헤스터는 문 뒤 그늘에 몸을 숨겼다. 눈이 엉겨 붙은 모피 코트에서 나오는 냉기가 느껴질 정도로 가까운 거리였다.

"일어서!" 보초는 페니로얄에게 명령하며 다른 사람들이 더 있는지 보려고 실내를 둘러봤다. 자기를 보기 직전, 헤스터는 팔을 뻗어 그의 갑옷과 방한 마스크 사이 틈으로 칼을 찔러 넣었다. 그가 가르랑 소리를 내면서 몸을 틀자 칼이 몸에 꽂힌 채 헤스터의 손에서 빠져나갔다. 그녀가 날아오는 석궁 화살을 피하느라 몸을 옆으로 굽히는 순간 자기가 서 있던 곳 뒤 찬장 문에 화살이 꽂히는 소리가 들렸다. 사냥꾼이 자기 칼을 빼려고 벨트를 더듬는 것을 보고 그녀는 그의 팔을 붙잡았다. 몸싸움을 하는 두 사람의 거친 숨소리와 발밑에서 밟히는 깨진 그릇 조각 소리, 그리고 페니로얄이 이리저리 몸을 피하며 내는 소리를 빼고는 아무 소리도 나지 않았다. 마스크에 난 구멍으로 헤스터를 노려보던 사냥꾼의 분노에 찬 눈초리가 그녀 뒤 아주 먼 곳에 있는 무엇엔가 초점을 맞추는 듯하더니 이윽고 가르랑거리던 숨소리가 멈추고 옆으로 쓰러졌다. 무거운 그의 몸집에 쏠려 같이 넘어질 뻔한 헤스터는 그가 몇 번 헛발차기를 하다가 완전히 멈추는 것을 내려다봤다.

헤스터는 지금까지 아무도 죽여 본 적이 없었다. 죄책감을 느낄 거라 생각했지만 그렇지 않았다. 아무 느낌도 없었다. '아버지도 이랬겠구나.' 그녀는 죽은 사람의 코트와 모피 모자, 방한 마스크를 벗겨 입으면서 그렇게 생각했다. '모든 것이 자기가 사랑하는 도시와 사랑하는 사람들을 안전하게 지키기 위한 일에 불과했구나. 엄

32. 밸런타인의 딸

마, 아빠를 죽이고도 이런 느낌이었겠지. 투명하고 냉정하고 단호하게. 마치 유리처럼.' 그녀는 사냥꾼의 석궁과 화살을 메면서 페니로얄에게 말했다. "램프를 가져와."

"하지만, 하지만, 하지만…."

바깥에서는 항구의 등불 밑으로 눈발이 하얀 나방 떼처럼 흩날렸다. 겁에 질린 페니로얄을 밀어붙이면서 도킹 부두를 지나던 헤스터는 격납고 사이 동쪽 하늘 먼 곳에 커다란 불빛이 번져 있는 것을 보았다.

클리어 에어 터뷸런스의 문이 열려 있고, 또 다른 사냥꾼 한 명이 기다리고 있었다. "뭐야, 가르슈탕? 누굴 찾았어?"

"그냥 늙은이 한 명." 헤스터는 그렇게 대답하면서 방한 마스크 때문에 목소리가 구별이 안 되고 모피 코트가 바싹 마른 자기 몸매를 가려 주기를 기원했다.

"그냥 늙은이래." 그 사람은 몸을 돌려 곤돌라 안에 있는 사람에게 소리친 다음 더 큰 목소리로 헤스터에게 말했다. "궁전으로 데려가, 가르슈탕! 다른 놈들하고 같이 둬! 여기 데려오면 귀찮기만 해!"

"제발, 사냥꾼 나으리!" 페니로얄이 갑자기 소리쳤다. "함정이에요! 이 여자가…."

헤스터가 황급히 석궁을 쏘자 곤돌라 입구에 서 있던 사냥꾼이 비명을 지르며 나가떨어졌다. 동료들이 거칠게 경련을 일으키고 있는 그의 몸을 넘어 밖으로 나오려고 했지만 헤스터는 페니로얄한테서 오일 램프를 낚아채 열린 문 안으로 던져 넣었다. 사냥꾼 중 한 명의 코트에 불이 옮겨 붙었고, 이내 곤돌라 안에서 불길이 솟구쳤다. 페니로얄은 공포에 질린 비명을 지르며 도망쳤다. 그를 쫓아가려던 헤스터는 그러나 두 걸음쯤 뛴 후 이제는 자기가 뛰고 있는 것이 아니라 날아가고 있다는 것을 깨달았다. 뒤에서 불어닥친 뜨거운 바람에 공중으로 들어 올려진 헤스터가 떨어진 곳은 할로윈 파티처럼 울긋불긋 주홍빛으로 물든 눈밭이었다. 커다란 폭발음은 없었다. 가스에 불이 당겨지면서 부드러운 '흡' 소리가 났을 뿐이다.

눈밭을 구르며 헤스터는 뒤를 쳐다봤다. 모피 코트에 붙은 불씨를 두들겨 끄면서 사람들이 불타는 곤돌라에서 뛰쳐나오고 있었다. 두 명밖에 되지 않았지만 그중 한 명이 그녀가 있는 쪽으로 달려들었기 때문에 그녀는 떨어뜨린 석궁을 서둘러 찾아 들었다. 그러나 그 사람은 헤스터를 보지 못했는지 그녀 옆을 지나치면서 사보타지 어쩌고 외쳐 댔다. 헤스터는 차분히 석궁에 화살을 메우고 그의 등을 쏘았다. 페니로얄은 어디에도 보이지 않았다. 그녀는 불타는 비행선 주변을 돌다가 마지막 사냥꾼을 만났다. 연기가 자욱한 곳에 쓰러져서 죽어 가는 그의 벨트에서 칼을 뽑아 든 헤스터는 라스무센 프로스펙트 쪽으로 달리기 시작했다. 저 멀리 겨울 궁전에서 흘러나오는 불빛이 보였다.

32. 밸런타인의 딸

❀ ❀ ❀

엉클이 발명한 도구가 열쇠 구멍에서 달각거리더니 열 보존실의 문이 열렸다. 안으로 들어간 톰은 궁전 안의 낯익은 냄새를 들이마셨다. 복도에는 아무도 없었다. 두껍게 깔린 먼지에 발자국조차도 없었다. 그림자를 따라 분더캄머로 간 그는 스토커들의 뼈대 때문에 또 놀란 가슴을 쓸어내리면서 다시 한번 엉클의 자물쇠 따는 도구를 사용해 문을 열고 들어갔다. 정적만 감도는 방 안에서 거미줄이 가득한 전시 캐비닛 사이를 지나가며 톰은 떨리면서도 뿌듯했다.

사각형 알루미늄 포일이 부드럽게 빛나는 것을 보고 그는 프레야, 그리고 그녀와 자신의 입맞춤을 엿본 머리 위 난방 덕트 안의 게 카메라를 생각했다. "카울?" 그는 어둠 속을 올려다보면서 희망을 버리지 못하고 조용히 불러 봤다. 그러나 이제 앵커리지에는 소년 도둑들이 아니라 사냥단만 있었다. 그는 갑자기 헤스터가 하려는 일에 대한 두려움으로 숨이 막힐 것 같은 느낌을 받았다. 자기가 여기서 기다리는 사이 그녀는 밖에서 위험에 처해 있을 생각을 하니 견딜 수가 없었다. 항구 근처 하늘에서 주황색 빛이 날름거리는 것 같았다. 무슨 일이 벌어지고 있는 것일까? 가서 살펴봐야 하는 것 아닐까?

아니. 헤스터가 여기서 만나자고 했잖아. 지금까지 한번도 약속을 저버린 적이 없는 헤스터였다. 그는 딴 생각을 하기 위해 벽에 전시

된 무기들을 살펴본 후 하나를 골랐다. 칼집과 손잡이에 정교한 장식이 되어 있는 무겁고 둔탁한 칼을 집어 든 톰은 좀 더 용감해진 느낌이 들었다. 그는 칼을 조심스럽게 휘두르면서 좀이 슨 박제 동물들과 올드-테크 기계들 사이를 서성이며 헤스터가 오기를 기다렸다. 그녀가 오면 같이 뛰어나가 앵커리지를 구할 수 있을 텐데.

무도회장에서 총격전이 벌어지고 고함 소리와 총소리, 비명 소리가 궁전 복도를 따라 들리기 시작하고 나서야 그는 헤스터가 정문으로 들어와 자기 없이 싸움을 시작했다는 것을 깨달았다.

❈ ❈ ❈

가스총은 프레야가 생각했던 것보다 무거웠다. 그녀는 그 총으로 누군가를 쏘는 걸 상상해 봤지만 잘 되지 않았다. 헤스터에게 자기가 얼마나 겁이 나는지 이야기해야 할까 잠시 생각했지만 때가 아니라는 생각이 들어서 포기했다. 헤스터는 벌써 무도회장 문에 도착해 고개를 까닥이며 프레야를 부르고 있었다. 그녀의 머리와 옷에서 연기 냄새가 났다.

둘은 함께 커다란 문을 밀어젖혔다. 그들이 들어오는 것을 본 사람은 아무도 없었다. 사냥단이나 포로들이나 모두 창문에 붙어서 항구 위 하늘에 비치는 거대한 불꽃의 나래를 구경하고 있었다. 프레야는 땀으로 미끈거리는 손으로 총을 붙잡고 헤스터가 "손 들

32. 밸런타인의 딸

어!" 혹은 "아무도 움직이지 마!" 혹은 뭐가 됐든지 이런 상황에 해야 할 말을 소리치기를 기다리고 있었다. 그러나 그녀는 석궁을 들더니 제일 가까운 곳에 있는 사냥꾼의 등에 대고 화살을 쐈다.

"어이! 그러면 안…." 그렇게 말하려던 프레야는 바닥으로 몸을 던졌다. 쓰러진 사냥꾼 옆에 있던 동료가 몸을 돌리면서 이쪽을 향해 연발로 총을 쏘았기 때문이다. 그녀는 이것이 실제 상황이라는 것을 자꾸 망각했다. 총알이 문에 맞아 나무 덩이리가 날아다니고 자기 바로 옆 대리석 바닥에 튀는 것을 보면서 그녀는 바닥에 몸을 웅크렸다. 헤스터가 그녀의 손에서 피스톨을 잡아채자마자 그 사냥꾼의 얼굴이 피범벅이 됐다. 그가 쓰러지면서 떨어뜨린 총을 집어 든 스뮤가 혼란스러운 상황에 정신을 못 차리던 세 번째 보초를 겨냥했다.

"라스무센!" 누군가 그렇게 소리치자 갑자기 방 전체가 떠나갈 듯 모두 합류했다. 프레야의 조상들이 비행 해적 그리고 유랑 제국의 스토커들을 대적해서 싸우던 고대부터 내려온 앵커리지의 전통적인 전쟁 함성이었다. 총소리가 나고 비명 소리가 들린 다음 실로폰 소리 같은 딸랑거리는 소리가 길게 들렸다. 죽어 가는 사냥꾼 하나가 먼지 자욱한 샹들리에를 잡고 쓰러지면서 나는 소리였다. 상황은 아주 빨리 해결됐다. 윈돌린 파이는 사람들을 지휘해서 부상자들을 치료하기 시작했고, 남자들은 죽은 사냥꾼들의 무기로 제각각 무장했다.

"스캐비어스는 어디 있죠?" 헤스터가 소리치자 누군가가 스캐비어스를 그녀 쪽으로 밀었다. 미스터 스캐비어스는 열성적인 표정으로 총을 한 자루 쥐고 있었다. "아크에인절이 오고 있어요. 항구에서 이미 불빛이 보이기 시작했어요. 빨리 움직이는 게 좋을 것 같아요."

스캐비어스가 고개를 끄덕였다. "하지만 엔진 구역에 아직 사냥꾼들이 있고 구동 바퀴가 폭격을 받은 상태인데…. 캐터필러 바퀴로만 움직이면 최고 속도의 4분의 1밖에 내지 못하고, 그것도 부서진 구동 바퀴를 잘라내야만 하고…."

"그럼 빨리 자르는 작업을 시작하세요." 헤스터는 석궁을 내던지고 칼을 뽑아 들며 그렇게 말했다.

스캐비어스는 머리에 수백 개 질문이 떠올랐지만 어깨만 한번 으쓱해 보이고 고개를 끄덕였다. 계단으로 향하는 그의 뒤를 앵커리지 시민의 절반 정도가 따랐다. 무기가 없는 사람은 가는 길에 의자, 병 등 닥치는 대로 집어 들었다.

프레야는 속으로 겁이 잔뜩 났지만 옛 마그라빈들처럼 자기도 이 전투를 진두지휘해야 하지 않을까 하는 생각에 문 쪽으로 향하는 군중 사이에 끼어들었다. 그러나 헤스터가 그녀를 붙잡았다. "여기 있어. 앵커리지 시민들에겐 살아 있는 마그라빈이 필요하거든. 마스가드는 어디 있지?"

"몰라." 프레야가 대답했다. "정문 쪽으로 가는 것 같았는데."

32. 밸런타인의 딸

헤스터가 빠르고 작게 고개를 끄덕였다. 수만 가지로 해석이 가능한 동작이었다. "톰이 박물관에 있어."

"톰이 여기에?" 프레야는 너무 빨리 진행되는 상황에 적응할 수가 없었다. "제발, 마그라빈 전하! 모든 일이 끝났을 때 톰을 안전하게 지켜 줘!"

"하지만…." 프레야가 무슨 말인가 하려고 입을 뗐지만 헤스터는 이미 사라져 버리고 문 닫히는 소리가 났다. 따라갈까 생각해 봤지만 마스가드를 만난다고 해도 어떻게 해 볼 도리가 없었기 때문에 돌아섰다. 겁먹은 표정의 사람들이 무도회장 안에 아직 많이 모여 있었다. 노인, 어린이, 부상자 그리고 너무 겁이 나서 싸움에 나서지 못한 사람들…. 프레야는 그 사람들이 지금 어떤 느낌일지 알고 있었다. 그녀는 떨리는 손이 보이지 않도록 주먹을 꼭 쥔 채 마그라빈이 지을 수 있는 최고의 미소를 지은 채 말했다. "무서워하지 말아요. 얼음의 신들이 우리와 함께하고 있어요."

❋ ❋ ❋

무도회장 쪽으로 향하던 톰은 스캐비어스 일행과 마주쳤다. 빠르게 뛰어오는 팔다리들의 그림자, 쇠붙이에 반사된 빛, 어두운 램프 빛에 비친 굳은 표정의 얼굴들이 난파선에 밀려드는 바닷물처럼 복도를 메우고 있었다. 톰은 그들이 자기를 사냥꾼으로 착각할까 봐 걱정했지만 스캐비어스가 먼저 보고 그의 이름을 불렀다. 다음 순간 그는 물결에 휩쓸린 조각배처럼 사람들과 한 무리가 되었다. 아키우크, 프롭스테인, 스뮤 등의 낯익은 얼굴들이 보였다. 모두 그의 어깨를 두드리고 가슴을 치면서 반가워했다. "톰!" 스뮤가 그의 허리께를 두드리며 소리쳤다. "다시 돌아오다니 반가워!"

"헤스터!" 겨울 궁전에서 밖으로 나가는 인파에 휩쓸린 톰이 소리쳤다. "헤스터는 어디 있죠?"

"헤스터가 우리를 구했어, 톰!" 스뮤가 앞에 뛰어가며 큰소리로 말했다. "정말 대담하더라고! 무도회장에 들어와서 사냥단을 모두 해치웠지. 스토커처럼 가차 없이! 굉장했어!"

"하지만 어디…. 미스터 스캐비어스, 헤스터가 같이 왔나요?"

하지만 그의 말은 "라스무센! 라스무센!" 하고 외치며 엔진 구역 계단으로 내려가는 사람들의 발자국 소리와 함성 소리에 파묻혀 버렸다. 고함 소리와 총성이 낮은 천장에 메아리치는 소리가 들려오자 톰은 가서 도울까도 생각했지만 헤스터를 찾아야 한다는 생각에 발길을 돌렸다. 그녀의 이름을 부르며 톰은 보레알 아케이드를 지나 눈발이 휘날리는 라스무센 프로스펙트로 나갔다. 눈 위에 발자국 두 줄이 비행선 항구 쪽으로 향하고 있는 것이 보였다. 그중 하나가 헤스터 발자국일까 아닐까 고민하던 톰은 거리 저쪽의 상점 문 안쪽에서 자기를 보고 있는 얼굴을 발견했다.

"페니로얄 교수님?"

32. 밸런타인의 딸

페니로얄은 옆으로 몸을 빼서 눈 위를 휘청거리며 가게 사이의 좁은 골목으로 사라졌다. 그의 발자국 주변으로 동전들이 떨어져 있었다. 가게에 들어가서 동전을 훔쳐 담고 있었던 게 분명했다.

"교수님!" 톰은 칼을 칼집에 꽂고 뛰어가며 소리쳤다. "저예요, 톰! 헤스터는 어디 있죠?"

페니로얄의 불규칙한 발자국이 갑판 가장자리로 향해 있었다. 하층 갑판으로 내려가는 계단이 있는 곳이었다. 톰은 페니로얄의 최고급 방한화가 남긴 곰발자국처럼 커다란 발자국을 밟으며 서둘러 계단을 내려갔다. 계단이 끝나기 직전 얼핏 검은 날개를 본 톰은 그 자리에 얼어붙었다. 심장이 심하게 빨리 뛰고 있었다. 그러나 그것은 스토커 새의 날개가 아니라 '스프레드 이글'이라는 이름의 선술집 간판에 불과했다. 그는 새에 대한 공포증이 가실 날이 있을까 궁금해하며 다시 뛰었다.

"페니로얄 교수님?"

❈ ❈ ❈

마스가드는 궁전 정문에 없었다. 헤스터는 궁전으로 들어서면서 자기가 해치운 사람들 사이를 두리번거리면서 생각했다. '어쩌면 스캐비어스 일행이 해치웠는지도 모르지.' 아니면 싸우는 소리를 듣고 전세가 기울었다는 걸 눈치채고 아크에인절로 도망갈 비행선을 찾으러 항구 쪽으로 갔을 가능성도 있었다.

그녀는 열 보존실 문을 밀고 밖으로 나갔다. 방한 마스크 때문에 옆을 볼 수 없다는 것을 깨달은 헤스터는 마스크를 벗어 던지고 라스무센 프로스펙트를 걸어 내려갔다. 얼굴에 닿는 눈송이가 마치 차가운 손가락처럼 느껴졌다. 길게 앞서 간 발자국이 벌써 새로 내린 눈에 묻혀 희미해져 가고 있었다. 그녀는 상당히 넓게 벌어진 간격을 재면서 발자국을 따라갔다. 앞쪽에 꺼져 가는 항구의 불에 비친 남자의 실루엣이 보였다. 마스가드였다. 헤스터는 발걸음을 재촉했다.

가까이 다가가자 그가 죽은 동료들의 이름을 부르는 소리가 들렸다. "가르슈탕? 구스타프슨? 슈르뤼?" 그의 목소리가 점점 절박해졌다. 그도 자기한테 맞설 사람이 있을 거라고는 상상도 못 하고 해적 놀음을 즐기던, 버릇없이 자란 도시 건달에 불과했다. 싸움을 하러 왔지만 정작 진짜 싸움이 벌어지자 어찌할 바를 모르는 것이 분명했다.

"마스가드!" 헤스터가 그의 이름을 불렀다.

그가 거친 숨을 몰아쉬며 몸을 돌렸다. 그의 뒤로 숯덩이가 되어 버린 클리어 에어 터뷸런스가 보였다. 화재 끝자락의 작은 불길에 비친 도킹 부두가 살아 움직이는 느낌이었다.

헤스터는 칼을 쳐들었다.

"도대체 속셈이 뭐지?" 마스가드가 소리쳤다.

32. 밸런타인의 딸

"이 도시를 나한테 팔아 치울 때는 언제고 다시 저놈들을 도와? 이해가 안 돼! 속셈이 뭐야?"

"속셈 같은 거 없어." 헤스터가 말했다. "그냥 그때그때 닥치는 대로 행동할 뿐이지."

마스가드는 칼을 뽑아 들고 헤스터에게 다가오면서 칼을 이리저리 휘저으며 화려한 펜싱 동작을 흉내 냈다. 한 1미터쯤 가까워졌을 때 헤스터는 앞으로 쑥 나서면서 그의 어깨를 향해 칼을 찔렀다. 크게 상처를 입힌 것 같지도 않은데 마스가드는 칼을 떨어뜨리고 상처에 손을 갖다 대더니 눈밭에 몸을 던졌다. "제발!" 그가 소리쳤다. "자비를!" 그는 코트 속을 더듬어 커다란 돈자루를 꺼내 들고 헤스터와 자기 사이를 반짝이는 금화로 덮었다. "네가 말한 그 애는 여기 없지만 이 돈을 가져가고 날 살려 줘!"

헤스터는 그가 누워 있는 곳으로 걸어가 두 손으로 칼을 쥐고 그를 내리쳤다. 그의 비명이 멈출 때까지 몇 번이고 내리치던 그녀는 칼을 옆으로 내던지고 마스가드의 피가 분홍빛으로 눈에 젖어 들고 커다랗고 하얀 눈송이가 흩뿌려진 금화들을 다 덮을 때까지 우두커니 서 있었다. 팔꿈치가 아팠다. 그리고 이상한 실망감이 밀려들었다. 오늘 밤 일어난 모든 일이 그녀의 기대에 미치지 못했다. 이렇게 공허하고 멍한 감각 말고 뭔가 다른 느낌을 기대했었다. 죽을 것이라 생각했었다. 죽기는커녕 다치지도 않은 자신이 뭔가 잘못된 느낌이었다. 죽은 사냥단 모두를 생각했다. 그리고 싸우다가 죽은 다른 사람들도 생각했다. 모두 자기 때문에 목숨을 잃은 사람들이었다. 그런데 아무 벌도 받지 않아도 되는 걸까?

하층 갑판의 창고 어디에선가 한 발의 총성이 들려왔다.

❈ ❈ ❈

발자국을 따라가던 톰은 위층 갑판의 화재 때문에 환하게 밝은 거리로 들어섰다. 낯익은 곳이었다. 불안한 마음을 애써 가라앉히며 톰은 마지막 코너를 돌아섰다. 그곳에는 창고 건물의 그림자 사이에 자기가 몰래 정박해 놓은 제니 하니버가 서 있었고 페니로얄이 곤돌라의 해치 문을 열려고 더듬거리고 있었다.

"교수님!" 톰이 다가가면서 큰 소리로 말했다. "뭘 하고 계신 거죠?"

"제기랄!" 페니로얄이 올려다보더니 발각난 것을 깨닫고 그렇게 내뱉었다. 그러더니 그는 정말 못 참겠다는 어투로 말했다. "내가 뭘 하고 있는 것처럼 보이나, 톰? 아직 기회가 있을 때 이 망할 놈의 도시에서 빠져나가려는 거야! 자네도 정신이 조금이라도 붙어 있다면 떠나는 게 좋을걸. 맙소사, 이렇게 잘 숨겨 두다니. 찾는 데 한참 걸렸잖아."

"하지만 이제 떠날 필요 없어요!" 톰이 말했다. "엔진을 돌려 아크에인절한테서 도망갈 수 있어요. 어쨌든 헤스터 없이 떠날 수는

32. 밸런타인의 딸

없어요!"

"그 애가 무슨 짓을 했는지 알고 나면 떠나고 싶어질걸!" 페니로얄이 은밀한 어조로 말했다. "아주 못된 애야, 톰. 완전히 정신이 나갔어. 못생기기만 한 게 아니라 돌기까지 했으니…."

"헤스터에 대해 감히 그렇게 말하다니!" 화가 난 톰은 그렇게 부르짖으며 페니로얄을 끌어내리기 위해 팔을 뻗었다.

페니로얄은 코트 안쪽에서 피스톨을 꺼내 톰의 가슴을 향해 쐈다. 총에 맞은 충격으로 톰은 뒤로 날아가 눈보라 속으로 쓰러졌다. 일어나 보려고 애를 썼지만 일어나지지가 않았다. 코트에 뜨거운 액체로 젖은 구멍이 나 있었다. "불공평해!" 그렇게 속삭이자 피가 목구멍으로 차올라 입을 가득 채웠다. 뜨겁고 짠 맛이었다. 아픔이 로그스 루스트의 긴 회색빛 파도처럼 몰려왔다. 끊임없이, 천천히, 한번 몰려온 아픔이 사라질 때면 그다음 아픔이 새롭게 몰려왔다.

뽀드득거리며 눈을 밟는 소리가 났다. 페니로얄이 아직 총을 쥔 채 쭈그리고 톰을 들여다봤다. 톰만큼이나 그도 놀란 것 같았다. "아이쿠! 미안하구먼. 그냥 겁만 줄려고 했는데, 그냥 총알이 나가 버렸어. 이런 건 처음 만져 보거든. 자네 여자 친구가 해치운 사냥꾼한테서 주운 건데…."

"도와주세요!" 톰이 가까스로 속삭였다.

페니로얄이 톰의 코트를 젖히고 상처를 살폈다. "어억!" 그는 그렇게 외마디소리를 내뱉더니 고개를 저으며 톰의 안주머니를 뒤져 제니의 열쇠를 꺼냈다.

앵커리지의 엔진에 시동이 걸리는지 톰이 누워 있는 갑판 바닥이 진동하기 시작했다. 스캐비어스의 부하들이 도시 뒤쪽에 있는 부서진 견인 바퀴를 잘라 내는 톱질 소리가 요란했다. "들어 보세요!" 그렇게 속삭이면서도 톰은 자기 목소리가 멀리서 희미하게 들리는 남의 목소리처럼 들린다고 생각했다. "제니를 가져가지 마세요! 그럴 필요가 없어요! 미스터 스캐비어스가 앵커리지를 다시 움직일 거예요. 아크에인절한테서 도망갈 수 있…."

페니로얄이 일어섰다. "정말이지! 자네 정말 구제불능의 낭만주의자로구먼, 톰. 도망가서 어디로 갈 건데? 아메리카에 초록색 자연이란 것은 없어, 잊었나? 앵커리지의 운명은 얼음 위에서 천천히 얼어 죽기 아니면 아크에인절의 내장 갑판에서 빨리 타서 죽기 둘 중 하나야. 여기 계속 남아서 어느 쪽으로 결말이 나는지 확인하고 싶은 생각은 없어!" 그는 열쇠를 공중으로 던졌다 받으면서 돌아섰다. "서둘러야 해. 다시 한번 미안해. 안녕!"

톰은 눈을 헤치고 몸을 움직여 보려 애썼다. 헤스터를 꼭 찾아야겠다는 생각밖에 없었는데 잠시 후에는 그녀를 만나서 무슨 이야기를 하려고 했는지도 생각나지 않았다. 그는 그냥 눈 속에 누워 잠시 후 페니로얄이 이륙시킨 제니 하니버가 창고 건물 속에서 솟아올라 어둠 속으로 사라지는 소리를 들었다.

이제는 아무것도 중요하게 생각되지 않았다. 죽는 것조차도 그다

32. 밸런타인의 딸

지 중요하지 않아 보였다. 폭스 스피리츠 함대와 스토커를 피하고 바다 밑까지 가서 모험을 한 후에 이런 식으로 죽는 것이 묘하다는 생각이 들기는 했지만 말이다.

눈이 계속 내렸다. 그러나 이제 더 이상 춥지 않았다. 그냥 부드럽고 아늑한 정적의 담요가 앵커리지 전체를 덮고 평화의 꿈으로 온 세상을 감싸는 느낌이었다.

33
살얼음

동이 튼 직후 엔진 구역에서는 환호성이 터져 나왔다. 구동 바퀴의 잔해를 마침내 끊어 내자 도시가 남남서 방향으로 움직이기 시작했기 때문이다. 그러나 구동 바퀴 없이 캐터필러 바퀴만 가지고 움직이려니 시속 10마일도 안 되는 거북이걸음을 할 수밖에 없었다. 벌써 동쪽에서는 눈보라 사이로 오염된 산처럼 모습을 드러낸 아크에인절이 보이기 시작했다.

프레야는 미스터 스캐비어스와 함께 선미 쪽 전망대에 서 있었다. 그는 사냥꾼의 총알이 스치고 지나간 이마에 분홍색 반창고를 붙이고 있었다. 그러나 엔진 구역을 다시 장악하는 싸움에서 부상을 입은 사람은 스캐비어스뿐이었다. 수적으로 상대가 안 되는 것을 일찌감치 깨달은 사냥꾼들은 얼음 위로 도망가서 아크에인절 정찰대의 구조를 기다리는 편을 택했다.

"희망은 단 한 가지밖에 남아 있지 않습니다." 낮게 뜬 태양이 사

33. 살얼음

냥꾼 도시의 유리창에 반사되어 반짝이는 것을 보면서 스캐비어스가 낮은 목소리로 말했다. "남쪽 깊숙한 곳까지 도망치면 얼음이 너무 얇아져서 저놈들이 추격을 포기한다는 시나리오지요."

"하지만 얼음이 너무 얇아지면 우리도 빠지는 거 아니에요?"

스캐비어스가 고개를 끄덕였다. "그 위험은 항상 있었지요. 어차피 아크에인절을 따돌릴 정도로 속도를 내려면 정찰팀 같은 건 보내 봤자 소용이 없지요. 그냥 최대한으로 속도를 내 달리면서 모든 걸 운명에 맡기는 수밖에…. 아메리카 아니면 죽음을 달라…."

"맞아요." 프레야가 대답했다. 그리고 더 이상 거짓말을 할 필요가 없다는 생각이 들자 덧붙였다. "사실은 미스터 스캐비어스. 모든 게 거짓말이었어요. 페니로얄은 한번도 아메리카에 가 본 적이 없어요. 모든 게 지어 낸 이야기였어요. 그래서 톰을 쏘고 제니 하니버를 훔쳐 도망간 거예요."

"그래요?" 스캐비어스가 그렇게 말하면서 고개를 돌려 마그라빈을 내려다봤다.

프레야는 그가 말을 잇기를 기다렸다. 그러나 그는 더 이상 아무 말도 하지 않았다. "그게 다예요?" 그녀가 물었다. "그냥 '그래요?' 하고 마는 거예요? 페니로얄을 믿다니 어리석었다든지 그런 말을 할 줄 알았는데…."

스캐비어스가 미소를 지었다. "프레야, 솔직히 말하자면 처음부터 그 녀석을 믿지 않았어요. 어딘가 진실되지 못한 구석이 있었거든."

"그럼 왜 아무 말도 하지 않았죠?"

"희망을 가지고 여행하는 쪽이 더 낫기 때문이지요. 하이 아이스를 건너는 아이디어가 좋았어요. 여행을 시작하기 전 앵커리지의 상태를 기억하세요? 움직이는 폐허 그 자체였지요. 떠나지 않은 사람들은 너무 슬픔에 겨워 어디도 가지 못한 사람들뿐이었어요. 사람이라기보다는 유령에 가까웠죠. 하지만 여행을 시작하면서 모두 다시 깨어나 삶을 살기 시작했어요."

"아마 오래 살지는 못하겠지만." 프레야가 우울하게 덧붙였다.

스캐비어스는 어깨를 으쓱했다. "그래도 이게 나아요. 그리고 누가 알아요? 길을 찾을지. 먼저 저 괴물의 아가리에서 벗어날 방도를 찾아야겠지만."

둘은 아무 말도 하지 않고 나란히 서서 추격하고 있는 도시를 바라봤다. 보고 있는 사이에 더 커진 것 같았다.

"솔직히 고백하자면, 페니로얄이 아무리 사기꾼이어도 사람을 쏘기까지 할 줄은 몰랐습니다. 불쌍한 톰은 상태가 어떤가요?" 스캐비어스가 물었다.

❂ ❂ ❂

그는 대리석상처럼 침대에 누워 있었다. 스토커 새들과 싸우면서 생긴 상처와 멍들이 창백한 얼굴에 두드러져 보였다. 헤스터가 잡

33. 살얼음

고 있는 그의 손은 차가웠다. 오직 희미한 맥박만이 그가 아직 살아 있다는 표시였다.

"미안해, 헤스터." 마치 큰 소리로 이야기하면 겨울 궁전에 차려진 이 임시 병실을 죽음의 신에게 들키기라도 할까 봐 윈돌린 파이는 작은 소리로 속삭였다. 미스 파이는 밤낮으로 부상자들의 치료에 매달렸다. 특히 가장 부상이 심한 톰은 그녀의 최우선 환자였다. 갑자기 나이가 들고 피로한 기색이 역력한 얼굴로 그녀가 말했다. "가능한 치료는 다 했어. 하지만 총알이 심장에 박혀 있는데 빼낼 엄두를 못 내겠어. 이렇게 도시 전체가 흔들리며 이동하고 있으니…."

헤스터는 톰의 어깨 언저리를 쳐다보면서 고개를 끄덕였다. 그의 얼굴을 바로 바라볼 수 없었다. 미스 파이가 그의 몸을 담요로 덮어 두었지만 헤스터가 서 있는 쪽의 어깨와 팔은 나와 있었다. 창백하고 각진 그의 어깨가 헤스터에게는 지금까지 본 것 중 가장 아름다운 물건처럼 보였다. 손을 대 보았다. 그의 팔을 쓰다듬으며 그녀의 손가락이 지난 자리에 부드러운 솜털이 누웠다 다시 일어나는 것을 바라봤다. 피부 밑으로 강한 근육과 인대가 느껴졌다. 그리고 파란 핏줄에서 느껴지는 희미한 맥박….

그녀가 만지자 톰은 눈을 반쯤 뜨면서 몸을 움직였다. "헤스터?" 그가 중얼거렸다. "제니를 가져가 버렸어. 미안해."

"괜찮아, 톰. 괜찮아. 비행선 같은 건 상관없어. 너만 괜찮으면."

헤스터는 톰의 손을 자기 얼굴에 갖다 대며 말했다.

전투가 끝난 다음 사람들이 와서 톰이 총을 맞아 죽어 가고 있다는 말을 전했을 때 헤스터는 뭔가 착오가 있겠거니 생각했다. 이제는 그것이 착오가 아니라는 것을 알았다. 이것이 프레야의 도시를 아크에인절에게 팔아 넘긴 죗값이었다. 이 방에 앉아서 톰이 죽어 가는 것을 지켜보는 것이 그녀에게 내려진 벌이었던 것이다. 자기가 죽는 것보다 훨씬, 훨씬 더 지독한 벌이었다.

"톰." 헤스터가 속삭였다.

"다시 의식을 잃었어요." 미스 파이를 돕던 여자가 말했다. 그녀가 톰의 이마를 찬 물수건으로 닦았고, 누군가가 헤스터에게 의자를 가져다 주었다. "의식이 없는 게 덜 힘들지도 몰라요." 누군가가 그렇게 속삭이는 것이 들렸다.

긴 유리창 밖으로는 벌써 어둠이 깔리고 있었다. 아크에인절의 불빛이 지평선에서 반짝였다.

❄ ❄ ❄

새벽녘이 돼서는 사냥꾼 도시가 더 가까워져 있었다. 눈이 내리지 않을 때는 벌써 건물들까지 자세히 보일 지경이었다. 주로 공장과 분해 작업장, 그리고 노예들을 가둬 두는 감옥들이 많았고, 그 위 제일 높은 갑판에 늑대 신을 모시는 신전이 있었다. 아크에인절의

33. 살얼음

긴 그림자가 앵커리지 쪽으로 길게 드리워질 무렵 정찰 비행선들이 마스가드와 사냥단이 어떻게 됐는지 살피러 왔다가 클리어 에어 터뷸런스의 타다 남은 잔해를 보고는 재빨리 돌아가 버렸다. 그날은 하루 종일 정찰 비행선이 한 대도 다시 오지 않았다. 아크에인절의 디렉토르는 아들의 죽음을 애도하느라 칩거 중이었고, 참의원에서는 해질 무렵이면 어차피 자기들 것이 될 도시에 미리 비행선을 보내는 위험을 감수하지 않기로 결정했다. 아크에인절의 커다란 턱이 곧 집어삼키게 될 사냥감에 대비하기라도 하듯 열렸다 닫혔다 했다. 앵커리지의 선미 쪽 전망대에서 그 광경을 지켜본 보초들은 자신들을 기다리고 있는 엄청난 규모의 용광로와 사냥감 분해 기계들을 두 눈으로 목격했다.

"무전을 쳐서 저것들이 보낸 사냥단이 어떻게 됐는지 알려 줍시다." 그날 오후 임시로 열린 방향조정위원회에 참석한 스뮤가 말했다. "지금 후퇴하지 않으면 아크에인절도 똑같은 운명을 겪게 될 거라는 경고도 함께."

프레야는 대답하지 않았다. 토론에 집중하려고 애썼지만 온 신경이 병실로만 향하는 것은 어쩔 수 없었다. 톰이 아직 살아 있는지 궁금했다. 거기 가서 톰 곁에 앉아 있고 싶었지만 미스 파이는 헤스터가 항상 거기 있다고 이야기해 줬다. 프레야는 아직 그녀가 무서웠다. 특히 사냥꾼들을 해치우는 것을 본 다음에는 더 그랬다. 왜 헤스터가 총에 맞지 않았을까? 하필이면 왜 톰한테 그런 일이 벌어져야만 했을까?

"그러면 사태가 좀 더 악화될 것 같은데, 스뮤." 마그라빈에게 말할 기회를 주기 위해 잠시 기다린 후 스캐비어스가 말했다. "저놈들을 더 화나게 할 필요는 없지 않은가."

대포 소리같이 낮고 육중하게 쿵 하는 소리가 유리창을 흔들었다. 모두 고개를 들었다. "저놈들이 사격을 시작했어요!" 미스 파이가 스캐비어스의 손을 잡으며 말했다.

"그럴 리 없어요!" 프레야가 부르짖었다. "아무리 아크에인절이지만…."

창문에는 성에가 끼어 밖이 잘 보이지 않았다. 모피 코트를 걸쳐 입고 서둘러 발코니로 나가는 프레야를 모두 따라나섰다. 거기 서니 사냥꾼 도시가 얼마나 가까이 와 있는지 알 수 있었다. 얼음을 지치며 빠른 속도로 달려오는 아크에인절의 썰매 소리가 하늘을 채우는 듯 했다. 그녀는 이것이 지도에도 나와 있지 않은 이 얼음 평야의 정적을 처음으로 깨는 소리가 아닐까 생각했다. 그때 다시 한 번 쿵 소리가 들려왔다. 이번에는 대포 소리가 아니라 얼음 도시에 사는 모든 사람들이 두려워하는 바로 그 소리라는 것을 그녀는 알고 있었다. 바다 얼음에 금이 가는 소리였던 것이다.

"오, 맙소사!" 스뮤가 중얼거렸다.

"저는 휠하우스에 가 있을게요." 미스 파이가 말했다.

"저는 엔진 쪽 일을 봐야 하는데…." 미스터 스캐비어스도 머뭇거

33. 살얼음

리며 말했다. 그러나 이제 시간이 없었다. 아무도 움직이지 않았다. 이제는 서서 기다리는 것 말고는 어떻게 할 도리가 없었다.

"안 돼!" 프레야는 그렇게 말하는 자기 자신의 목소리를 들었다. "안 돼! 안 돼!"

또 다시 쿵! 이번에는 번개처럼 더 날카롭게 들렸다. 그녀는 절벽처럼 솟은 아크에인절을 쳐다봤다. 거기서도 이 소음을 듣고 아이스 브레이크를 걸었는지 궁금해서였다. 그러나 사냥꾼 도시는 브레이크를 걸기는커녕 점점 더 가까워지고 있었다. 모든 것을 미친 듯한 마지막 추격에 거는 것 같았다. 프레야는 발코니의 레일을 꼭 붙잡고 얼음의 신들에게 기도했다. 자기가 아직 신을 믿는지 아닌지 마음을 정할 수 없었지만, 지금 이 순간 누구에게 도움을 구할 수 있겠는가? "오, 신들이시여! 앵커리지가 속도를 내서 이 고난을 극복하게 하소서. 얼음 바다에 빠지지 않도록 하소서!"

다음 쿵 소리는 더 컸다. 이번에는 앵커리지 오른쪽으로 400미터 정도 떨어진 곳에서 검은 미소처럼 금 간 얼음이 벌어지는 것이 보였다. 앵커리지는 급히 반대편으로 방향을 바꿨다. 프레야는 지그재그로 금이 가는 얼음을 피하기 위해 절박한 노력을 기울이고 있을 조타수를 상상했다. 다시 한번 방향이 바뀌면서 궁전 어디에선가 유리잔들이 떨어져 깨지는 소리가 났다. 얼음 위의 금이 이제 아주 가까이, 그리고 사방에 생기면서 쿵 소리도 훨씬 가깝게 들렸다.

이보다 더 멀리는 전진하지 못할 거라는 걸 깨달은 아크에인절은 있는 힘을 다해 최고 속도로 달리기 시작했다. 크게 벌린 턱이 덜컹거리면서 안쪽에서 돌아가고 있는 무쇠 이빨에 햇빛이 반짝였다. 프레야는 노동자들이 내장 갑판으로 가기 위해 계단을 서둘러 뛰어내려가고, 모피 코트를 입은 구경꾼들이 추격전을 보기 위해 높은 발코니에 모여 있는 것을 봤다. 그러나 그 큰 턱이 앵커리지의 후미를 물어뜯기 직전, 아크에인절 전체가 부르르 떨면서 속도를 늦추는 느낌이 들었다. 하얀 얼음 가루가 공중에 흩날렸다. 마치 두 도시 사이에 유리 구슬 커튼이 내려온 듯했다.

얼음 가루는 차가운 비가 돼서 앵커리지 위를 덮쳤다. 아크에인절은 절박하게 후진하려고 해 봤지만 도시를 받치고 있는 얼음이 조각조각 부서지면서 구동 바퀴가 헛돌았다. 천천히, 마치 산이 무너져 내리는 것처럼 도시 전체가 앞으로 기울더니 턱과 하층 갑판의 앞부분이 지그재그 모양으로 점점 넓어지고 있는 검은 바닷물에 잠기기 시작했다. 차가운 바닷물이 용광로에 닿자 수증기 기둥이 솟구쳐 오르면서 사냥감의 꾀에 속은 상처 입은 맹수가 울부짖는 듯한 굉음이 울렸다.

앵커리지도 곤란한 지경에 처해 있기는 마찬가지여서 아무도 사냥꾼 도시의 패배를 축하하고 있을 겨를이 없었다. 도시가 왼쪽으로 심하게 기울고 있었고, 캐터필러 바퀴들이 힘들게 얼음을 지치며 앞으로 나아가느라 얼음 가루가 사방에 자욱했다. 프레야는 이런 움직임을 느껴 본 적이 없었기 때문에 그것이 무슨 의미인지 알

33. 살얼음

지 못했지만 대강 추측은 할 수 있었다. 그녀는 미스 파이와 스뮤의 손을 붙잡았다. 미스 파이는 이미 미스터 스캐비어스에게 매달려 있었다. 그들은 모두 다 함께 부둥켜안은 채 검은 바닷물이 계단으로 차올라 모두를 삼키기를 기다리고 있었다.

기다리고, 또 기다렸다. 천천히 사방이 어두워졌다. 그러나 그것은 밤이 돼서 찾아온 어둠이었다. 눈송이가 얼굴을 건드렸다.

"엔진 구역까지 내려갈 수 있는지 한번 보고 와야겠군요." 스캐비어스가 껴안고 있던 사람들한테서 떨어져 나가면서 약간 머쓱한 목소리로 말하고 황급히 사라졌다. 잠시 후 프레야는 엔진이 꺼지는 것을 느꼈다. 이제는 도시가 전처럼 격렬하게 움직이지 않았지만 아직 많이 기울어져 있는 바닥에서는 희미하지만 뭔가 낯선 움직임이 느껴졌다.

스뮤와 미스 파이는 추위를 피해 실내로 들어갔지만 프레야는 발코니에 그대로 남아 있었다. 아직 가라앉지 않고 남은 아크에인절의 잔해는 어둠과 눈에 둘러싸여 있었지만 여전히 불빛이 보였고, 더 단단한 얼음으로 올라가기 위해 최고로 가동하고 있는 엔진 소리가 들려왔다. 앵커리지는 어떻게 된 것인지 알 수 없었다. 아직도 일렁거리는 느낌이 있었고, 엔진이 꺼졌는데도 아크에인절로부터 점점 멀어지고 있었다.

두둑한 체격의 누군가가 궁전 정원을 가로질러 오는 것을 보고 프레야는 발코니 난간에 기대서 몸을 앞으로 한껏 내밀고 소리쳤다.

"미스터 아키우크?"

파카 후드의 털 때문에 위를 올려다보는 그의 얼굴에 누군가 하얀 동그라미를 쳐 놓은 것처럼 보였다. "프레야? 괜찮아요?"

그녀는 고개를 끄덕였다. "어떻게 된 거죠?"

아키우크는 손을 모아 입에 나팔 모양을 만든 다음 외쳤다. "물에 떠 가고 있어요! 얼음 평야 끝까지 도착했던 것 같아요. 우리가 있던 곳 얼음이 깨져서 바다 위를 떠 가고 있어요!"

프레야는 도시 경계 너머의 어둠을 응시했다. 여전히 아무것도 보이지 않았지만 적어도 갑판이 왜 오르락내리락 하는지는 이해가 됐다. 앵커리지가 물 위에 떠 있는 것이다. 뚱뚱한 어른이 어린이 튜브를 탄 것처럼 위태롭게 바다 위를 떠 가고 있는 것이다. 죽은 대륙의 중심부까지 두꺼운 바다 얼음이 펼쳐져 있을 거라고? 흥! "페니로얄!" 그녀는 빈 하늘에 대고 외쳤다. "우리를 여기까지 몰고 온 벌을 신들이 내릴 거예요!"

※ ※ ※

그러나 신들은 페니로얄에게 벌을 내리지 않았다. 아크에인절에서 빠져나온 유조 비행선한테서 훔친 돈으로 연료를 산 그는 아크에인절이 남긴 썰매 자국을 따라 이미 동쪽 멀리멀리 날아가고 있었다. 그는 능숙한 비행사는 아니었지만 운이 좋아서 날씨가 협조

33. 살얼음

를 했다. 그린란드 동쪽에서 작은 얼음 도시를 만난 그는 제니 하니버에 새로 페인트 칠을 하고 이름도 바꾼 다음 큐파이 퀸터벌이라는 이름의 예쁘장한 여비행사를 고용해서 남쪽으로 날아갔다. 몇 주 지나지 않아 브라이튼으로 돌아간 그는 옛 친구들을 만나 얼어붙은 북쪽 나라에서 경험한 모험 이야기를 하느라 바쁘게 지내고 있었다.

  그 즈음 아크에인절의 디렉토르는 자기 도시가 구제불능이라는 것을 시인했다. 이미 비행 요트, 전세 비행선(블링코의 다섯 과부들은 착시 현상에 난 빈 좌석을 팔아 제거슈타트 울름의 상층 갑판에 집을 살 정도로 돈을 많이 벌었다) 등을 타고 부자들은 대부분 도시를 뜬 후였다. 혼란 속에서 하층 갑판을 장악한 노예들도 훔친 화물 비행선이나 얼음 탐사선 등을 타고 도시를 떠나기 시작했다. 마침내 도시를 떠나라는 공식 지침이 내려졌고, 겨울이 깊어질 무렵 아크에인절은 텅 비고 어두운 껍질만 남은 채 서서히 쌓여 가는 눈 밑에서 차차 형체가 없어져 갔다.

  그해 겨울 몇몇 대담한 눈유목민 고물 수집 타운들이 아크에인절의 폐허에 가까이 가서 남아 있는 연료를 빼내고 도망간 시민들이 채 가져가지 못하고 남겨 놓은 귀중품들을 챙겼다. 봄이 되자 더 많은 고물 수집 타운들이 이곳을 찾았고, 고물 수집 비행선들도 떼로 몰려들었다. 그러나 이미 폐허 아래의 얼음이 점점 약해져 가고 있었다. 한여름과 자정에도 지지 않는 태양 아래 한때 악명 높았던 이 사냥꾼 도시는 다시 한번 몸을 부르르 떨더니 축하 의례에서 울리는 연속 포성을 연상시키는 얼음 깨지는 소리와 함께 차갑고 낯선 바다 밑 세상을 향한 마지막 여정을 시작했다.

  그해 여름 샨 구오에서는 반 견인 도시 연맹 내에서 쿠데타가 일어났다는 소문이 들려왔다. 청동 마스크를 쓴 스토커가 이끄는 그린 스톰 파가 최고 참의원을 대신해 권력을 잡았다는 소문이었다. 대 사냥터에는 이 소문에 신경 쓰는 사람이 아무도 없었다. 반 견인 도시주의자들끼리 치고 받고 하는 게 자기들과 무슨 상관이 있으랴 하는 생각들이었다. 파리, 맨체스터, 프라하, 트랙션그라드, 고르키, 페리파테티아폴리스…. 모든 도시에서 삶은 여전히 계속되었다. 사람들은 모두 아크에인절의 멸망에 대해 이야기했고, 글자 그대로 모든 사람들이 님로드 페니로얄의 놀라운 새 책을 읽었다.

33. 살얼음

퓨멧 앤드 스프레인트의 신작!
『아름다운 아메리카』, 『뱀 신의 피라미드 도시』
대 사냥터 최대의 베스트셀러 작가, 님로드 페니로얄 교수의 최신작

『사냥꾼의 현상금』

정열과 스릴이 넘치는 실화
집착에 빠진 아름다운 마그라빈의 포로가 되어
하이 아이스를 지나 아메리카로 향한 앵커리지에 사로잡힌
모험가의 여정!

**얼음 밑에서 썰매 도시들을 노리는 기생선 해적들과 벌인
페니로얄 교수의 활극!**

그린란드 서쪽 얼음 처녀지의 풍경이 눈앞에 펼쳐진다!

★ ★ ★

깊은 상처로 얼굴이 기형이 된 젊은 여비행사의 비극적 일생과
앵커리지를 아크에인절에 팔아 넘기게까지 한
페니로얄에 대한 그녀의 절박한 사랑 이야기!

악명 높은 사냥단을 홀로 물리친 페니로얄 교수의 대 활약!

아름다운 얼음 도시 앵커리지의 최후와 차가운 바닷속으로 가라앉는
도시에서 마지막 순간 몸을 피한 페니로얄 교수의 아슬아슬한 탈출!

34
안개의 나라

 그러나 앵커리지는 바닷속에 가라앉지 않았다. 앵커리지를 실은 커다란 얼음 조각은 때로 다른 빙산들과 부딪혀 가면서 세찬 해류에 실려 아크에인절로부터 멀어져 두터운 안개 속으로 흘러갔다.
 다시 해가 뜨자 시민들 대부분이 상층 갑판 후미의 난간 근처에 모여들었다. 엔진을 끄고 나니 다들 별로 할 일도 없었고, 얼마 남지 않은 어두운 미래에 대해서 서로 할 이야기도 없었다. 모두 침묵 속에 서서 얼음에 와 부딪히는 파도 소리를 들으며 짙은 안개 사이로 가끔 비치는 바다라는 낯선 풍경을 바라보았다.
 "이게 그냥 커다란 빙호일까요, 아니면 좁은 해협일까요?" 방향 조정위원회와 함께 관측 전망대 앞쪽으로 걸어가면서 프레야는 혹시나 하고 물었다. '바다에 빠져 죽는 날' 마그라빈은 어떤 옷을 입어야 할지 판단이 서질 않아서 수가 놓인 오래된 코트와 어머니의

34. 안개의 나라

얼음 뗏목을 탈 때 신었던 물개 가죽 부츠, 그리고 부츠와 세트인 방울 달린 물개 가죽 모자를 썼다. 하지만 그녀는 속으로 그 모자를 쓴 것을 후회하고 있었다. 방울이 흔들리면서 쓸데없이 명랑한 분위기를 만들어 내 본의 아니게 희망적인 말을 하게 만들었기 때문이다. "어쩌면 안전하게 바다를 건너 다시 두꺼운 얼음을 만나게 되지 않을까요?"

부상자들을 치료하느라 창백하고 피곤한 얼굴을 한 윈돌린 파이가 고개를 저었다. "한겨울이 될 때까지는 얼지 않을 거예요. 외딴 기슭에 닿을 때까지 떠 가거나, 아니면 그 전에 빙산이 부서져서 우리 모두 가라앉든지 하겠죠. 불쌍한 톰! 불쌍한 헤스터! 우리를 구하려고 여기까지 왔는데 결국 헛수고를 하다니!"

미스터 스캐비어스가 그녀의 어깨를 팔로 감싸자 미스 파이는 고맙다는 표정으로 그에게 기댔다. 프레야는 어색해서 고개를 돌렸다. 그녀는 아크에인절에 앵커리지의 경로를 판 것이 헤스터였다는 말을 해야 할까 고민했다. 그러나 그렇게 하는 것은 죽어 가는 톰을 지키고 앉아 있는 불쌍한 그녀에게 어쩐지 너무 가혹하다는 생각이 들었다. 어찌 됐든 앵커리지는 지금 영웅이 필요했다. 사냥꾼들이 온 것을 페니로얄의 잘못으로 돌리는 편이 훨씬 나을 것 같았다. 사실 아크에인절 말고 다른 모든 것은 다 그의 잘못이었다.

프레야가 무슨 말을 할까 궁리하고 있는데 빙산 앞쪽 바다에서 매끈한 검은 물체가 표면 위로 떠올랐다.

하얀 물결을 가르면서 마치 고래처럼 공기를 내뿜으며 솟아올랐기 때문에 쇠로 된 몸체에 박힌 나사못들과 해치 문, 창, 그리고 스텐실로 쓰인 글씨가 보일 때까지 모두가 처음에는 고래라고 생각했다.

"그 기생선 해적들이잖아!" 늑대 라이플을 들고 나서며 스뮤가 소리쳤다. "더 훔쳐 갈 게 없나 보러 왔겠지!"

기생선은 물결에 흔들리면서 거미 다리를 펼쳐 빙산의 가장자리에 매달리더니 물속에서 빠져나왔다. 엔진 구역 출신의 무장한 남자들을 가득 태운 썰매차들이 그쪽으로 빠르게 다가가고 있었다. 해치 문이 열리기 시작하자 스뮤는 늑대 라이플을 조심스럽게 겨냥했다.

프레야가 손을 뻗어 총구를 돌렸다. "아니, 스뮤. 한 사람밖에 타고 있지 않아요."

이렇게 공개적으로 모습을 드러낸 것을 보면 나쁜 짓을 하러 온 것 같지는 않았다. 프레야는 기생선의 해치 문을 통해 나오는 깡마른 체구의 소년을 자세히 살폈다. 소년이 나오자마자 스캐비어스의 부하들이 바로 그를 낚아챘다. 서로 언성을 높여 대화하는 것 같긴 했지만 무슨 소리를 하는지 정확히 들리지는 않았다. 프레야는 미스 파이, 스뮤, 스캐비어스와 함께 얼음으로 내려가는 계단 위에 서서 일행이 올라오기를 초조하게 기다렸다. 가까이 오면 올수록 소년의 모습은 더 괴상해 보였다. 찌그러진 얼굴은 보라, 노랑, 초록

34. 안개의 나라

색으로 얼룩져 있었다. 기생선을 타고 다니는 사람들이 도둑이라는 것은 알았지만 괴물일 줄은 몰랐다.

하지만 막상 바로 앞에 와서 선 소년을 보자 그가 괴물이 아니라 누군가 그에게 끔찍한 짓을 했을 뿐이라는 걸 알 수 있었다. 이빨이 몇 개 빠졌고, 목에는 채찍으로 목을 조른 것 같은 자국이 있었다. 그러나 그의 눈, 딱지가 지고 멍이 들었지만, 깜빡이며 그녀를 보고 있는 그의 까만 눈은 사랑스러웠다.

프레야는 정신을 차리고 한껏 마그라빈다운 목소리로 말했다. "앵커리지에 온 것을 환영해요. 무슨 일로 우리 도시를 방문하게 되었나요?"

카울은 입을 열었다가 그냥 다시 닫았다. 무슨 말을 해야 할지 생각이 나지 않았다. 그는 그야말로 물 밖에 나온 고기 같은 느낌이 들었다. 그림스비에서 여기까지 오는 동안 내내 이 순간을 계획해 왔다. 그러나 평생 드라이들의 눈에 띄지 않는 데 온 정신을 집중하다가 이렇게 많은 드라이들에 둘러싸여 있으려니 너무나 부자연스러웠다. 프레야의 모습도 약간 놀라웠다. 소년처럼 짧게 자른 머리카락도 새로웠고 자기가 기억했던 것보다 키도 더 크고 몸집도 더 큰 것 같았다. 스크린에서만 보고 익숙해졌던 그 소녀, 창백하고 꿈에 젖어 사는 소녀가 아니라 장밋빛 볼을 가진 건강한 숙녀가 되어 있었다. 그녀의 뒤로 스캐비어스, 스뮤, 윈돌린 파이를 비롯해 앵커리지 시민의 절반 정도가 나와서 자기를 쏘아보고 있었다. 차라리 그림스비에서 죽는 편이 더 쉽지 않았을까 하는 생각이 들기 시작했다.

"대답을 해!" 프레야 옆에 서 있던 난쟁이가 카울의 배를 총으로 찌르며 말했다. "마그라빈 전하가 질문을 하셨잖아!"

"이것을 가지고 있었습니다." 카울을 생포한 사람들 중의 하나가 찌그러진 양철 원통을 내밀었다. 프레야 뒤에 서 있던 사람들이 작은 비명들을 지르며 뒤로 물러섰다. 그러나 프레야는 그것이 골동품 서류함이라는 것을 알아차렸다. 그녀는 그것을 받아 들고 뚜껑을 열어 안에 들어 있는 종이를 꺼냈다. 그러고는 카울을 보고 미소를 지으며 물었다.

"이게 뭐죠?"

스크류 웜이 나타난 후부터 계속 조금씩 세지던 바람이 오래돼서 갈색으로 변하고 약간 너덜거리는 종이를 프레야의 손에서 낚아챌 뻔했다. 카울은 손을 뻗어 종이를 잡으며 말했다. "조심하세요! 꼭 필요한 물건이에요."

"왜죠?" 프레야가 그를 뚫어져라 쳐다보면서 물었다. 밧줄이 살 속으로 파고들었는지 소년의 손목에 빨간 자국들이 나 있었다. 종이에도 빨간 자국이 보였다. 녹슨 쇠 같은 색의 잉크로 위도와 경도가 고풍스러운 서체로 적혀 있었다. 가느다랗고 구불구불한 해안선도 표시되어 있었다. 고무 도장으로 찍은 듯한 경고문도 있었다. '레이캬비크 도서관에서 반출하지 마시오.'

34. 안개의 나라

"슈뇌리 울바우슨의 지도입니다." 카울이 말했다. "몇 년 전에 레이캬비크 도서관에서 엉클이 훔친 것 같아요. 그 후 내내 엉클의 지도실에 보관되어 있었죠. 거기 아메리카로 가는 방법이 적힌 메모 지도 있어요."

프레야는 그의 친절한 마음이 고마워 미소를 지으면서도 고개를 저었다. "하지만 아무 소용 없어요. 아메리카는 죽은 대륙이에요."

그녀를 이해시켜야 한다는 급한 마음에 카울은 프레야의 손을 움켜쥐었다. "아니에요! 여기 오는 동안 내내 읽어 봤어요. 슈뇌리는 사기꾼이 아니었어요. 정말 숲을 발견했었어요. 페니로얄 교수가 상상한 것처럼 엄청나게 우거진 숲도 아니고 곰이나 사람들도 아직 살지 않지만, 풀과 나무가 있고, 그리고…." 그는 나무는커녕 풀을 본 적도 없었다. 상상력의 부족이 뼈저리게 느껴지는 순간이었다. "자세히는 모르겠지만 동물이랑 새 그리고 물고기들이 있을 거예요. 정착 도시로 변화해야 할 수도 있지만 거기서 사는 것이 가능합니다."

"하지만 거기까지 가는 건 불가능해요." 프레야가 말했다. "당신이 하는 말이 모두 사실이라 해도 갈 수가 없어요. 지금 앵커리지는 물에 둥둥 떠 가고 있는 중이에요."

"아니…." 프레야의 어깨 너머로 지도를 뚫어져라 쳐다보고 있던 미스터 스캐비어스가 끼어들었다. "아니에요, 프레야. 할 수 있어요! 우리가 올라앉아 있는 이 빙산을 안정시켜서 프로펠러를 달면…"

"그리 멀지 않아요." 프레야의 다른 어깨너머로 지도를 보고 있던 미스 파이가 손가락으로 지도 한 부분을 가리키며 말했다. 안쪽으로 굽이친 해안선 언저리에 바인랜드라는 지명이 적힌 곳이었다. 근처에는 작은 섬들이 흩어져 있었다. 너무 작아 잉크를 뿌려 놓은 것처럼 보였지만 슈뇌리 울바우슨은 거기에 어린아이 같은 솜씨로 섬마다 작은 나무를 한 그루씩 그려 놓았다. "약 700마일 정도 남았습니다. 지금까지 온 거리를 생각하면 그야말로 엎드리면 코 닿을 거리라고 할 수 있어요!"

"하지만 자네는?" 스캐비어스가 카울에게로 주의를 돌렸다. 카울은 엉거주춤 뒤로 몇 걸음 물러섰다. 엔진 구역에서 유령처럼 나타나 스캐비어스를 반쯤 미치게 했던 것을 기억했기 때문이다. 스캐비어스도 같은 생각을 하고 있는 것 같았다. 그의 눈빛이 차갑게 변하면서 먼 곳을 응시하는 듯했다. 긴 정적이 흐르는 동안 주변에 모여든 초조한 군중들이 내는 작은 소음과 프레야의 손에 든 지도가 바람에 날리는 소리밖에 들리지 않았다. "이름이 뭔가?"

"카울입니다." 카울이 대답했다.

스캐비어스가 손을 내밀면서 미소를 지었다. "자, 자, 추워 보이는군, 카울. 배도 고픈 것 같고. 여기 이렇게 세워 놓을 일이 아닌 것 같군. 궁전으로 가서 더 이야기하도록 하지."

프레야도 그제서야 정신이 들었다. "물론이죠!" 그녀가 그렇게

34. 안개의 나라

말하자 주변을 에워쌌던 군중들이 흩어지기 시작했다. 모두들 카울이 가져온 지도에 대해 신나서 떠들었다. "미스터 카울, 겨울 궁전으로 같이 갑시다. 스뮤가 코코아를 준비해 줄 거예요. 그런데 스뮤는 어디 있지? 괜찮아요. 내가 만들 수도 있어."

 마그라빈이 라스무센 프로스펙트로 길을 인도하자 스캐비어스, 미스 파이가 그 뒤를 따랐고 아직 긴장을 풀지 못한 카울이 그 사이에 섞였다. 갑자기 바다에서 나타난 소년이 새로운 희망을 가져왔다는 소문이 퍼지면서 행렬이 점점 늘어났다. 아키우크 부부, 우미악 부부, 미스터 콰아닉, 그리고 스뮤 등이 사람들을 제치고 앞으로 나섰다. 프레야는 슈뇌리 울바우슨의 지도가 든 골동품 서류통을 흔들면서 사람들과 농담을 주고받기도 하고 큰 소리로 웃기도 하며 걸었다. 지금 자기 모습이 그다지 위엄 있는 행동이 아니라는 건 그녀 자신도 알고 있었다. 어마마마, 아바마마 그리고 예절 담당 가정교사 등이 눈살을 찌푸릴 일이라는 것도 분명했다. 그러나 그녀는 아랑곳하지 않았다. 그들의 시대는 지나갔고, 이제 프레야 자신이 마그라빈이기 때문이다.

35

빙산 위의 방주

그 후 며칠 동안 망치와 톱질 소리가 앵커리지를 가득 메웠다. 작업 램프들의 불빛이 북쪽 나라의 긴 겨울밤을 밝히는 가운데 스캐비어스의 감독 아래 여분의 갑판 재료로 임시 프로펠러 날개를 만들고 못 쓰게 된 비행선 꼬리 날개로 빙산의 균형을 잡을 아우트리거를 만드느라 용접기에서 나오는 불꽃이 불꽃놀이만큼 화려했다. 오랜만에 시동을 건 엔진들이 부르르 떨고, 캠축과 드라이브-벨트의 위치를 바꾸느라 모두 분주했다.

  카울이 스크류 웜을 타고 빙산 아래로 내려가 상태를 확인하는 동안 새로 만든 프로펠러가 앵커리지 아래로 조심스럽게 내려와 부착됐고, 스캐비어스는 자신이 발명한 임시 방향타를 시험했다. 원하는 만큼 잘 작동해 주지는 않았지만 그런 대로 쓸 만했다. 카울이 도착한 지 일주일 만에 엔진이 풀가동되기 시작했고, 프레야는 앵커리지가 방향을 갖고 움직이기 시작했다는 것을 알아차렸다. 빙산

35. 빙산 위의 방주

 가장자리에서 물거품이 일면서 앵커리지는 천천히 바다를 가르며 움직이기 시작했다.
 그리고 천천히 낮이 길어지기 시작하고, 주변에 떠다니는 빙산들의 수가 줄어들면서 안개를 뚫고 느껴지는 햇빛이 조금씩 따스해지기 시작했다. 아직 늦가을이 끝나지 않은 위도 지역으로 앵커리지가 들어섰기 때문이다.

❇ ❇ ❇

 헤스터는 여정의 마지막 몇 주 동안 온 앵커리지를 휩쓴 파티와 회의 등에 한번도 참여하지 않았다. 심지어 쇠렌 스캐비어스와 윈돌린 파이의 결혼식에도 가지 않았다. 그녀는 대부분의 시간을 겨울 궁전에 누워 있는 톰 곁에서 보냈다. 나중에 그 시간을 뒤돌아보고 헤스터는 자신이 그 기간을 창밖에 지나가는 풍경 ― 죽어 버린 섬들, 서로 엉겨 길을 막았던 빙산의 무리, 지평선에 걸려 있던 아메리카의 생명력 없는 산들 ― 이 아니라 톰이 회복하면서 보여 준 조그마한 변화들로 기억하고 있다는 것을 깨달았다.
 어느 날 미스 파이가 온갖 용기를 끌어 모으고 가지고 있던 의학 서적에서 얻을 수 있는 지식을 총동원해서 톰의 몸을 칼로 자르고 어둡고 축축한 그의 몸 속에 기다란 집게를 넣어…. 그 부분에서 헤스터는 기절하고 말았다. 그러나 그녀가 다시 정신을 차렸을 때 미스 파이가 그녀에게 건넨 것은 작고 찌그러진 청회색의 쇳조각이었다. 이 사소한 물건이 어떻게 사람에게 해를 입힐 수 있을까 하는 생각이 들었다.

그리고 어느 날 톰이 처음으로 눈을 뜨고 말을 했다. 열에 들떠서 런던과 페니로얄, 프레야에 대해 알아듣지 못할 말을 지껄였지만 아무 말도 안 하는 것보다 나았다. 헤스터는 그의 손을 잡고 이마에 입을 맞추고 그가 다시 잠드는 것을 도왔다.

톰이 죽지 않을 거라는 게 확실해진 후부터는 프레야도 자주 톰을 찾아왔다. 헤스터는 심지어 프레야가 자기 대신 톰의 옆을 지키는 것까지 허락했다. 물에 떠가는 앵커리지의 움직임이 체질에 안 맞는 것인지 헤스터도 몸 상태가 나빠졌기 때문이다. 둘의 관계가 처음에는 어색했지만 프레야가 몇 번 찾아온 다음 헤스터는 용기를 내서 질문을 하기로 마음먹었다. "사람들한테 말할 거야?"

"뭘?"

"아크에인절한테 앵커리지를 팔아먹은 게 나라는 거 말이야."

프레야도 그 문제에 대해 많이 생각하고 있기는 했다. 잠시 침묵이 흐른 후 그녀는 물었다. "내가 말하면 어떻게 할 건데?"

헤스터는 바닥을 바라봤다. 더러운 부츠로 부드러운 카펫을 쓰다듬으며 그녀가 말했다. "말을 하면 여기 더 이상 머무를 수 없겠지. 난 어디론가 떠나고 넌 톰을 갖게 되겠지."

프레야가 미소를 지었다. 톰에 대한 호감은 영원히 없어지지 않겠지만 그를 좋아했던 감정은 그린란드 얼음 평야를 지나오면서 사라진 지 오래였어. "나는 앵커리지의 마그라빈이야. 내 결혼은 정치적으로 이익을 볼 수 있는 상대와 하게 될 거야. 아마 엔진 구역에서… 아니면 혹시…." (그녀는 착하지만 항상 어색한 카울을 생각하며 얼굴을 붉혔다.) "어쨌든…." 그녀는 얼른 말을 이었다. "떠나지 않았으면 좋겠어. 앵커리지에 너 같은 사람이 필요해."

헤스터가 고개를 끄덕였다. 그녀는 오래 전 자기 아버지가 하이런던의 어느 방 안에서 매그너스 크롬과 이 비슷한 대화를 하는 장면을 상상했다. "그러니까 앵커리지에 문제가 생기면, 가령 엉클과 그의 로스트 보이들이 공격을 한다든지, 비행 해적들이 위협한다든지, 페니로얄 같은 배신자를 조용히 제거해야 한다든지 하는 골치 아픈 일이 생기면 해결할 사람이 필요하다는 거지?"

"뭐, 상당히 잘하잖아." 프레야가 말했다.

"내가 싫다고 하면?"

"그러면 아크에인절하고 있었던 일을 사방에 이야기해 버리지 뭐. 그러기 전에는 우리 둘만의 비밀로 남아 있을 거고."

"그건 공갈협박 아니야?"

"정말? 어이쿠!" 프레야가 상당히 만족스런 표정을 지었다. 마치 이제야 한 도시를 운영하는 데 필요한 요령을 조금씩 터득하는 것 같았다.

헤스터는 그녀를 잠시 주의 깊게 바라보다가 그녀 특유의 비뚤어진 미소를 지었다.

※ ※ ※

그리고 마침내 앵커리지의 여정이 거의 끝나 갈 무렵 어느 날 밤 꿈과 현실을 오락가락하면서 톰의 곁을 지키던 헤스터에게 작고 익숙한 목소리가 들렸다. 딱 한 단어였다. "헤스터?"

순식간에 졸음을 떨쳐 버리고 그녀는 톰에게 몸을 기울였다. 그의 눈썹을 살짝 만지고 그의 창백하고 걱정 가득한 얼굴을 향해 미소를 지으며 그녀는 "톰, 이제 많이 나았구나!" 하고 말했다.

"죽을 줄 알았어." 톰이 말했다.

"거의 죽을 뻔했어."

"사냥단은?"

"간 지 오래야. 그리고 아크에인절은 저 멀리 어디선가 얼음에 갇혀 꼼짝 못 하고 있고. 우리는 남쪽을 향해 가고 있는 중이야. 옛 아메리카의 심장부를 향해. 뭐, 엄격히 말하자면 옛 캐나다 지역일지도 모르지. 국경이 정확히 어디였는지 아무도 모르니까."

톰이 얼굴을 찡그렸다. "그러면 페니로얄 교수가 거짓말을 했던 게 아니었어? 죽은 대륙에 정말 다시 생명이 자라고 있는 거야?"

헤스터는 머리를 긁적였다. "잘 모르겠어. 이야기가 좀 복잡한데…. 오래된 지도가 나타났어. 처음에는 페니로얄이나 슈뇌리 울

35. 빙산 위의 방주

바우슨이나 마찬가지 아닐까 생각했지. 하지만 여기저기 초록색이 보이는 건 사실이야. 가끔 안개가 옅어졌을 때 보면 산등성이에 작은 나무들이 힘겹게 자라고 있는 풍경이 보일 때도 있어. 하지만 페니로얄이 약속했던 것하고는 거리가 멀지. 대 사냥터와는 완전히 다른 곳이야. 섬만 군데군데 있어. 앵커리지는 아마 정착촌이 되어야 할 거야."

톰이 겁먹은 표정을 짓자 헤스터는 그의 손을 꼭 쥐면서 톰에게 겁줄 만한 이야기를 한 자신을 책망했다. 톰 같은 견인 도시인들이 맨 땅에서 사는 걸 얼마나 두려워하는지 잊고 있었다. "나도 섬에서 태어났어, 기억해? 참 좋았어. 여기서 행복하게 살 수 있을 거야."

톰은 그녀를 바라보며 고개를 끄덕이고 미소를 지었다. 좋아 보였다. 좀 창백하고, 누가 봐도 미인이라고 할 수 있는 인물은 아니지만 검은색의 새 옷을 입은 모습이 멋졌다. 죄수복 대신 보리얼 아케이드의 가게에서 찾은 옷이라고 했다. 새로 감은 머리는 은색 고무줄 같은 걸 이용해 뒤로 묶고 있었다. 기억이 닿는 한 처음으로 자기 얼굴을 가리려고 하지 않았다. 그는 손을 뻗어 그녀의 뺨을 어루만졌다. "넌 괜찮아? 좀 창백해 보이는데."

헤스터가 웃었다. "내가 어때 보이는지 신경 쓰는 사람은 너밖에 없어. 여러 가지 후유증이 있는 건 뭐 다 아는 사실이고…. 요즘 별로 속이 안 좋은 것 말고는 괜찮아."('멀미라고 생각하고 윈돌린 파이에게 진단을 받으러 가서 밝혀진 이야기는 아직 하지 않는 게 좋겠지. 톰에게 그

이야기를 하면 다시 앓아누울 게 분명해.')

톰이 그녀의 입에 손을 댔다. "끔찍한 기분인 거 알아. 네가 죽여야 했던 사람들 말이야. 슈라이크를 죽인 죄책감에서 나도 아직 벗어나지 못하고 있어. 퓨시와 겐치도 그럴러. 하지만 네 잘못이 아니야. 하지 않으면 안 되는 일이었으니까."

"알아." 헤스터가 속삭였다. 자기와 톰이 서로 얼마나 다른지 생각하면서 그녀는 미소를 지었다. 그녀는 마스가드와 사냥꾼들에 대해 죄책감보다는 만족감을 느꼈다. 그들을 해치우고 살아남았다는 것이 기쁘기도 했다. 헤스터는 톰 옆에 누워 그를 안고 앵커리지에 둘이 처음 온 후 일어난 모든 일을 생각했다. "나는 밸런타인의 딸이야." 톰이 확실히 잠든 후에 그녀는 조용히 말했다. 거기 누워 톰을 팔에 안고, 배 속에서 자라는 톰의 아기를 느끼며 그녀는 밸런타인의 딸이라는 사실이 그렇게 나쁜 것만은 아니라고 생각했다.

※ ※ ※

커튼 사이로 흘러든 은빛 아침 햇살에 프레야는 잠에서 깨어났다. 궁전 밖 거리에서 사람들이 소리치고 있었다. "육지다! 육지!" 그다지 새로운 뉴스는 아니었다. 지난 며칠 동안 땅이 보이는 거리에서 조심스럽게 천천히 좁은 만을 통과해 슈뇌리 울바우슨이 바인랜드라고 부른 곳을 향해 항해하고 있었기 때문이다. 그러나 사람들

35. 빙산 위의 방주

의 고함 소리는 계속되고 있었다. 프레야는 침대에서 빠져나와 드레싱 가운을 걸치고 커튼을 연 다음 기다란 창문을 열고 추운 발코니로 나섰다. 얼음처럼 맑은 동이 트고 있었다. 도시의 양 옆으로 웅크린 검은 산들 위로 군데군데 눈이 쌓여 있었다. 산등성이에는 박박 깎은 머리에 새로 나는 머리털처럼 작고 여린 소나무들이 자라고 있었다. 그리고 그곳에….

　프레야는 두 손으로 발코니의 난간을 움켜쥐었다. 손에 닿는 차가운 쇠의 감촉이 꿈을 꾸고 있는 게 아니라는 걸 상기시켜 주는 듯해서 반가웠다. 전방의 고요한 물 위 안개 사이로 섬의 윤곽이 서서히 드러나고 있었다. 높은 지대에 소나무들이, 그리고 지난 여름부터 채 떨어지지 않고 남은 창백한 금화 같은 이파리들을 보유한 자작나무들이 보였다. 작은 상록수 관목들과 죽은 고사리들 덕분에 가파른 낭떠러지는 녹색과 고동색이 어우러져 있었다. 산사나무, 참나무 그리고 이름 모를 나무들이 눈을 덮고 서 있는 것도 보였다. 그 뒤로는 햇빛을 받아 빛나는 해협, 그리고 또 다른 섬들이 줄지어 늘어서 있었다. 프레야는 그녀의 도시가 서서히 속도를 줄이면서 서쪽 나라의 비밀 보금자리 가까이 다가가 마지막으로 한번 크게 흔들리는 것을 발밑으로 느끼며 소리 내어 웃었다.